Papel certificado por el Forest Stewardship Council®

MIXTO
Papel | Apoyando la
silvicultura responsable
FSC® C117695

Penguin
Random House
Grupo Editorial

Primera edición en esta colección: julio de 2025

© 2024, María Esclapez
© 2024, 2025, Penguin Random House Grupo Editorial, S. A. U.
Travessera de Gràcia, 47-49. 08021 Barcelona
© 2024, Tomás Hijo, por las ilustraciones del interior
Diseño de la cubierta: Penguin Random House Grupo Editorial / Anna Puig
Imagen de la cubierta: © Celia Mallada

Printed in Spain – Impreso en España

ISBN: 978-84-10381-03-2
Depósito legal: B-8.853-2025

Compuesto en El Taller del Llibre, S. L.
Impreso en Black Print CPI Ibérica
Sant Andreu de la Barca (Barcelona)

BB 81032

MARÍA ESCLAPEZ es psicóloga experta en psicología clínica y de la salud, sexología clínica y terapia de pareja. Además, cuenta con formación en cuestiones de apego, trauma y EMDR. A lo largo de sus años de experiencia ha logrado compatibilizar la atención sanitaria a pacientes con la divulgación de contenidos de salud mental y relaciones de pareja en sus redes sociales. También colabora con medios de comunicación a nivel nacional y con ayuntamientos, institutos y universidades de toda España. Actualmente es referente en materia de relaciones sanas tanto para miles de jóvenes y adolescentes como para adultos. Ha escrito los libros de no ficción *Ama tu sexo*, *Me quiero, te quiero*, *Tú eres tu lugar seguro* y *Tu miedo es tu poder*, además de su primera novela, *Mujeres que arden*.

Mujeres que arden

MARÍA ESCLAPEZ

A mi abuela Esperanza,
que ahora me sigue cuidando desde el cielo

PRIMERA PARTE

CAER

1

No podía evitar preguntarme en qué momento mi vida había empezado a desmoronarse por completo. ¿Fue culpa de aquel gato negro que se cruzó en mi camino la noche en que Susana y yo salíamos de fiesta por la capital o quizá de aquella cadena de Hotmail que no reenvié a veintisiete personas hace quince años? Sea como fuere, allí estaba, delante de la catedral de Toledo, frente a la majestuosa Puerta de los Leones. Ella tan imponente y yo tan insignificante. Ironías de la vida, supongo.

El arco apuntado, las estatuas de mirada perdida que la custodian, las escenas de la muerte y asunción de la Virgen, las columnas con los leones, los adornos variopintos repartidos por toda la pared... Una miscelánea muy a juego con mi vida desastre. Quién iba a pensar que la ruptura con Álex y la muerte de mi abuelo harían que dejara aquel maldito trabajo que siempre había odiado. Abuelo... Te acababas de ir y ya te echaba de menos.

Las gotas de lluvia que empezaban a caer se deslizaban por mis mejillas, mezclándose con mis lágrimas. No sé cuánto rato estuve allí parada mirando sin mirar aquella maldita puerta, pero sentí que me moría por dentro unas dos veces y que me ahogaba con la sola idea de tener que seguir adelante y cruzar sin red el abismo de la vida. Era como si delante de aquella puerta se detuviera el tiempo. Como si el hecho de moverme y ponerme a caminar supusiera volver a darle al play y proseguir con mi existencia cuesta abajo y sin frenos. No quería volver a casa. No podía moverme. Mi cuerpo me lo impedía. El miedo y la angustia me paralizaban y yo me dejaba llevar.

Y además era domingo. Odio los domingos, son como la máxima expresión de la soledad y la melancolía. Me dan ansiedad. Con el domingo se acaba la semana, pero para mí es como si se acabara la vida, como si jamás fuera a alcanzar las cosas que no había logrado aquellos siete días. Como si se acabara la cuenta atrás y mis objetivos ya no tuvieran validez. No sabría cómo explicarlo mejor.

Cuando ya no sabía si llovía o lloraba, recordé una frase que mi abuelo decía a menudo: «Estas piedras son testigos de nuestra historia». Apreté los puños.

—¡Estas piedras son una mierda, abuelo! —grité con rabia entre lágrimas. Por suerte era de noche y no había nadie por la calle.

Me senté enfadada y afligida en el suelo mojado. No llevaba paraguas ni lo necesitaba.

A ratos pensaba que todo aquello era fruto de una pesadilla de la que estaba a punto de despertar.

«Quizá lo consiga si me tiro desde la torre más alta del campanario. El dolor que siento es tan intenso que puede que así deje de fastidiarme de una vez por todas», pensé.

Recordar a mi abuelo en aquel momento era como clavarme a un tiempo cinco cuchillos afilados en el corazón.

Rápidamente cambié de opinión.

«Pero en qué estás pensando, Eleonor, qué tontería acabas de decir. A ti aún te queda mucha vida por delante, aunque ahora mismo tengas peor pinta que esas cagadas de paloma que hay en el suelo».

Hacía treinta primaveras que había nacido en estas tierras y, aun siendo más toledana que los mazapanes, siempre tuve la sensación de que el frío de la zona me congelaba hasta la médula. Daba igual el tiempo que hubiera transcurrido y los años que hubiera vivido en Madrid, Toledo siempre era un buen sitio para estar bajo la manta, al calor de la chimenea; un calor que me iba a costar mucho restaurar en mi interior.

Sentí aún más rabia.

Dicen que el dolor emocional es como el físico, y cuánta razón tienen, pero a quien lo afirma se le olvida añadir un pequeño detalle: el dolor físico termina desapareciendo, el emocional puede durar toda la vida.

Toda la vida fue lo que me prometió Álex. Toda la vida era lo que yo tenía por delante. Toda la vida era lo que pasaba en aquel momento ante mis ojos. Toda la vida y el agua corriendo por las calles empedradas y oscuras de Toledo.

Eran casi las doce de la noche y el estómago me rugía. «¿Desde cuándo no como?», pensé.

Respiré hondo. Eché un último vistazo a la puerta, como si me importara, y poco a poco empecé a caminar hacia la casa de mi abuelo, la que, muy a mi pesar, desde aquel día sería mi nuevo hogar.

2

Abrir la puerta de la casa que un día albergó a tanta gente y que no te reciba nadie es duro. El silencio carece de hospitalidad.

La casa de mi abuelo era una mansión del siglo XV. Tenía dos plantas, de trescientos metros cuadrados cada una, con un total de diez habitaciones y dos baños. La habíamos heredado de generación en generación, aunque nunca tuvo un semblante tan decadente como el que advertí aquella noche. Lo único que interrumpió el goteo constante del agua en el suelo del patio interior fue el agudo chirrido de las bisagras de la puerta.

Crucé el umbral y cerré el portón. La casa estaba fría y oscura.

Dejé las llaves sobre la cómoda. Un escalofrío recorrió mi cuerpo. Me di cuenta de que iba calada hasta los huesos.

Aunque con el paso del tiempo la casa había sufrido varias modificaciones y se encontraba totalmente reformada y acomodada a la vida del siglo XXI, aún conservaba materiales originales, como la piedra de las paredes, las lámparas colgantes de hierro macizo y algunas estancias con la decoración característica de los palacetes del siglo XVI. La entrada señorial a pie de calle daba paso a un precioso patio abierto rodeado de columnas y capiteles mudéjares.

Caminé por aquel patio mientras el agua seguía cayendo a mares sobre mí. Miré hacia arriba y observé que en aquel instante un relámpago iluminaba todo el cielo. El epicentro de la tormenta debía estar sobre el mismísimo casco histórico de Toledo, porque el trueno retumbó por toda la casa apenas una milésima de segundo después.

En una de las esquinas del patio central estaban las escaleras para acceder a la planta superior. En la planta baja, de derecha a izquierda y alrededor del patio, se distribuían el salón, al que se accedía a través de un gran arco de yesería; mi dormitorio; la cocina con la puerta trasera de la casa, que daba a un pequeño jardín y al baño contiguo, y un par de habitaciones más que, aunque en su época fueron la lavandería y el dormitorio del servicio de la casa, ahora estaban destinadas a bodega y a trastero, respectivamente.

Caminé hasta el baño. A mi paso dejaba regueros de agua.

Encendí rápidamente la estufa y me quité toda la ropa.

El agua y el frío de la ciudad habían sido suficiente castigo para mi cuerpo, pero no fui consciente hasta que me miré al espejo y me vi los labios morados. Me sentí temblar. Es curioso, me miraba en el reflejo, pero no me reconocía. Sentía que aquella cara no era la mía y que aquellos ojos que me miraban pertenecían a otra persona. Observé mis manos. Eran mías; mis manos de siempre, aunque mi piel estaba más blanca que nunca y mis uñas se habían puesto a juego con mis labios. Volví a fijarme en el rostro del espejo. Me miraba como si quisiera decirme algo. Parecía la niña de la curva: delgada, pálida, ojerosa y con los largos mechones de pelo castaño oscuro cayéndome sobre la cara hasta los hombros. Siempre tuve un cuerpo bastante normativo, pero en aquellas últimas semanas el estrés se había apoderado de mí y vivía con un nudo constante en el estómago. Los ojos verdes que heredé de mi padre se notaban apagados. Me asusté y me metí deprisa en la ducha. Es probable que estuviera bajo los efectos de una despersonalización; suele suceder ante episodios de alto estrés emocional. Aunque no hubiera llegado a ejercer como psicóloga, haber estudiado la carrera al menos me servía de vez en cuando. Abrí el grifo del agua caliente y simplemente dejé que esta cayera y me abrazara el cuerpo.

Logré recomponerme. Decidí terminar la noche comiendo

las sobras de la pizza que había pellizcado durante el trayecto desde Madrid hasta Toledo. Había sido un viaje tranquilo a pesar de las tres llamadas de mi madre. La primera para decirme que no se me olvidaran las llaves de la casa de Toledo —cuando ya había salido de mi casa—, la segunda para volver a lamentarse de mi ruptura con Álex y la tercera para convencerme de que volviera a mi puesto de trabajo.

Sentía que la cabeza me iba a explotar. No podía más. No podía dejar de dar vueltas a lo ocurrido mientras escuchaba a mi madre: «Eleonor, piensa». Pero Eleonor no podía pensar más. Eleonor solo tenía ganas de descansar. Aquel último mes había sido devastador.

Lo último que recuerdo de aquel día es el reloj de péndulo que tenía frente a la cama, justo antes de cerrar los ojos, que marcaba las tres de la madrugada.

Por la mañana desperté creyendo que el apocalipsis había llegado, pero se trataba solo de un lunes vacío de metas y productividad, con cero ganas de ser la mejor versión de mí misma, y mi móvil vibrando. Es lo que tienen las alucinaciones hipnopómpicas, ensoñaciones previas al despertar y auténticos terrores nocturnos. Aunque de nocturna la situación tenía poco: según el reloj eran ya las tres de la tarde. ¿Desde cuándo podía dormir con el incansable tictac del reloj? Lo había odiado toda mi vida. Supongo que, tras dos noches en vela, una tercera era una locura incluso para un cuerpo que había aprendido a vivir en ella.

Hay momentos en los que sientes que la vida va más rápido que tú. Tu cabeza se acelera para atraparla y mientras tanto tú, como una mera espectadora, intentas sobrevivir con todo ese ruido de fondo y esquivando la majadería. Me parece que es como si alguien encendiera una radio a todo volumen que solo emite el sonido de una cadena a medio sintonizar; buscas con desesperación el dichoso aparato para silenciar las molestas interferencias, pero por más vueltas que das nunca la encuentras.

Como en esas pesadillas en las que corres con todas tus fuerzas y nunca consigues moverte del sitio, o en las que tienes que marcar un número de teléfono para pedir ayuda, pero tus dedos parecen gelatina y nunca puedes contactar con nadie.

Creí estar en uno de aquellos momentos.

Ni siquiera tenía hambre, para variar. Cogí el móvil y ahí estaban las dos llamadas perdidas de Álex con sus correspondientes mensajes de WhatsApp. Me dio un vuelco el corazón. ¿Quién quiere café teniendo un ex con el que lo acabas de dejar?

> Hola, fea   11:01

> Perdona que te moleste, Eleonor.
> He estado pensando   11:35

«"Perdona que te moleste", dice, como si no me hubiera molestado lo suficiente los últimos cinco años». Me di cuenta de que escuchaba más fuerte el latido de mi corazón que mis propios pensamientos. Estaba nerviosa, ilusionada y enfadada a la vez.

> Me he dado cuenta de que no puedo vivir sin ti. Ya sé que he hecho muchas cosas mal y que soy un mierda, pero creo que no deberíamos haberlo dejado y que, si queremos, podemos volver a intentarlo. Han sido cinco años juntos, no podemos tirarlo todo por la borda. No te merezco. Te echo mucho de menos. Eres la mujer de mi vida y pienso luchar por ti   12:15

Mi alegría e impulsividad me invitaron a contestar rápidamente, pero tras escribir «Hola, Álex» no supe qué más poner. El pecho me iba a explotar de la emoción, pero me quedé en blanco. Esas milésimas de segundo me sirvieron para recordar las veces que me prometí a mí misma no volver a caer, así que di marcha atrás: lo borré todo, bloqueé el móvil y lo dejé de nuevo en la mesita de noche. Decidí que esperaría unas horas antes de responder, si es que lo hacía.

Me levanté de la cama, me puse mi pijama de felpa con dibujos de ositos en tonos pastel y fui directa a la cocina. ¿Por qué todo lo que es de felpa siempre tiene que llevar estampados ridículos?

Una vez ahí, no sabía si hacerme un café o un gin-tonic. Esos mensajes me habían alegrado la mañana. Mi dopamina estaba por las nubes y creo que, si hubiera querido, me podría haber ido de fiesta en aquel mismo instante.

«¡Álex quiere volver! Es genial porque al fin se ha dado cuenta de que realmente merezco la pena. Aunque ha tardado cinco años».

Me decidí por el café. Para un regimiento. Al parecer mi abuelo solo tenía una cafetera italiana tamaño tanque alemán.

El móvil volvió a vibrar. Pegué un brinco y salí disparada por el pasillo, con tan mala suerte que resbalé con un folio que estaba por ahí tirado. La casa era grande, pero el papel tenía que esperarme allí, y yo, que acostumbraba a ir descalza con calcetines, añadí el factor determinante. Caí de espaldas y me di fuerte contra el suelo. Por un momento temí haberme roto la crisma.

Tardé unos segundos en procesar lo que había sucedido. Me recompuse como pude y, tras comprobar que estaba sana y salva, cogí el papel y le eché un vistazo. Eran garabatos. Garabatos pisados: el papel estaba manchado con la huella de una suela, probablemente de la zapatilla de mi abuelo. Su despacho estaba en la planta de arriba, ¿qué diantres hacía aquel papel allí? Lo interpreté como una señal desde el más allá: claramente él no quería que retomara mi relación con Álex.

Maldije con fuerza mi torpeza, me levanté del suelo y pensé en subir el papel al despacho. Desde que llegué no me había atrevido a entrar allí. Sentía escalofríos al pensar que habían encontrado su cuerpo sin vida en esa estancia.

Sin embargo, una parte de mí quería subir y enfrentarse al dolor cara a cara. Pensé que eso me ayudaría a asumir lo ocurrido.

Respiré hondo y, sin apenas vacilar, salté los escalones de dos en dos.

El primer piso estaba distribuido de forma similar a la planta baja. De derecha a izquierda: el segundo salón, el despacho de mi abuelo, su antiguo dormitorio con cama de matrimonio y baño contiguo, y dos dormitorios más que, aunque en su época habían sido las habitaciones de mi padre y mi tío, ahora eran cuartos fantasma. El pasillo superior, como el de una corrala, daba entrada a las habitaciones de la planta de arriba y hacía de balcón con vistas al patio. La barandilla era de madera de roble, a juego con las puertas y los marcos de las ventanas que se asomaban al corredor y al patio interior.

Solo era una habitación. Accedería, dejaría el papel, cerraría con llave y no volvería a entrar ahí nunca más.

Cambié el ritmo y avancé con lentitud por el amplio pasillo de madera. El sol del mediodía caía de lleno sobre mis ojos. El suelo crujía a mi paso. Pensé en que aquella situación no podía acumular ya más drama.

—Allá vamos… —murmuré intentando convencerme de mi propia valentía mientras giraba la manija y empujaba la puerta del despacho.

Allí dentro olía a cerrado. Sabía que mi abuelo era bastante desastre, así que no me sorprendió para nada el desorden que encontré; de hecho, todo estaba tal cual lo recordaba. Las estanterías estaban llenas de enciclopedias de historia y libros de segunda mano que acumulaban el polvo de los años. El suelo apenas se veía y caminar entre tal montón de archivadores, carpetas y papeles apilados en torre era una tarea compleja. Siempre pensé que mi abuelo tenía la mala costumbre de guardarlo todo y de no organizar nada. Lo que para unos era basura para él era un tesoro. Lo bueno era que, entre tantas baratijas coleccionadas, a veces —pocas, eso sí— había algo de valor. Me acordé de la vez que me trajo como regalo de Navidad una caja de música. Yo tenía siete años. Recuerdo abrirla y escuchar la melodía favorita de mi abuelo: «Over the Rainbow». Me gustaba subir a su despacho, asomarme entre los libros mientras él trabajaba y decirle: «Abuelo, te voy a poner música para que te relajes». Solo lo veía de ojos para arriba y, por su expresión, se notaba que sonreía. Por eso sabía que lo hacía feliz.

Dejé el papel en el escritorio y detuve allí la mirada unos segundos. En el único hueco que le quedaba para trabajar había una taza de té vacía, una libreta abierta con un texto escrito a mano y varios folios en los que, al parecer, iba anotando ideas. Probablemente, el papel con el que había resbalado pertenecía a esta, en apariencia, inconexa colección. No sé qué estaría estudiando aquella vez, pero la escena inacabada me devolvió a la realidad: a mi abuelo lo habían encontrado sin vida ahí mismo, sentado en su sillón, con el torso echado sobre la mesa. Según los sanitarios, había muerto de un infarto, algo típico a los setenta años. Al cabo de una hora, el juez ordenó el levantamiento del cadáver y dos días después lo enterramos en el cementerio de Nuestra Señora del Sagrario, en el mismo mausoleo familiar en el que habíamos sepultado a mi abuela tres años antes. Desde entonces mi abuelo no había levantado cabeza. Al parecer, sus estudios habían sido, una vez más, su refugio.

De repente, desapareció toda aquella calidez que emanaba de mi recuerdo. Mi abuelo no estaba, yo no tenía siete años y la habitación estaba helada y olía a cerrado. Y a muerte.

Pensar que nunca más volvería a verlo me removió de nuevo. Era el momento de huir sin mirar atrás.

Por impulso, cogí los papeles y la libreta, y me los guardé en el bolsillo del pijama. Quería saber qué había dejado a medias.

Salí rápido de allí y bajé corriendo las escaleras. Por suerte esa vez no tropecé.

La cafetera había empezado a borbotear, me había olvidado de que la había puesto en el fuego. El café ya estaba listo. Corrí hasta la cocina. La aparté rápido del quemador, solo me faltaba rematar mi mala suerte incendiando la casa.

Mientras tomaba un sorbo de café con leche, el móvil vibró de nuevo. Recordé el mensaje de Álex. Volví a la habitación con la taza en la mano y cogí mi smartphone. ¡Anda! Pues no, no era mi exnovio. Era Susana, mi amiga de la infancia, que aún vivía en Toledo a sabiendas de que se le quedaba pequeño. Su sueño era viajar a Italia y cursar un máster para especializarse en Investigación y gestión de patrimonio histórico, artístico y cultural. Estudió el grado de Historia del arte y nada deseaba más en el mundo que trabajar en el Museo Vaticano o en los Museos Capitolinos. Era mi amiga y una de las mujeres más inteligentes que había conocido en mi vida.

> No me puedo creer que no me hayas avisado de que estás en Toledo. Quedamos en Zocodover en veinte minutos, y no acepto un no por respuesta. Nos tenemos que poner al día! 15:15

Con el segundo mensaje hacía ver que me conocía demasiado:

> Solo espero que no me estés contestando porque estás ocupada con algún tío y no porque estés aún durmiendo 16:26

Le pregunté cómo leches se había enterado de que estaba en Toledo y la respuesta no me sorprendió: mi madre se había encargado de llamarla el día anterior para decirle que yo estaba de camino y para pedirle que me vigilara, porque ellos dos, mis padres, estarían las dos semanas siguientes de viaje.

Que me vigilaran.

Con treinta tacos.

Para mí, estar en Toledo sin mis padres era la libertad absoluta. Para mis padres, que yo estuviera en Toledo sin ellos, una tortura.

Le respondí:

> Que sean treinta, acabo de ver tu mensaje
>
> 16:29

Antes de bloquear el móvil me di cuenta de que marcaba una hora diferente a la del reloj de mi cuarto. Eran las cuatro y media de la tarde. Por un momento pensé que aquella noche se había producido el tradicional cambio al horario de invierno, pero estábamos en noviembre: no solo habría llegado un mes tarde, sino que, en caso de haberse hecho el cambio de horario, me habría tocado retrasar la hora. De repente me di cuenta: el maldito reloj de péndulo estaba parado, por si todavía no estaba lo bastante desubicada.

Mi vuelta a Toledo estaba siendo maravillosa. Nótese la ironía.

3

La casa de mi abuelo estaba en la calle Plata, no me llevaría mucho tiempo llegar a la plaza Zocodover. Unos cuatro o cinco minutos, a lo sumo.

A las cinco de la tarde la ciudad bullía en todo su esplendor. Los comercios estaban abiertos, los bares empezaban a servir cañas y la gente paseaba por las calles. Era lunes y aun así se notaba la masificación turística. Toledo es una ciudad de parada obligatoria.

Llegué a Zocodover y encontré la plaza como siempre: grande, muy transitada y rodeada de tiendas y terrazas. Tuve que esquivar a varios guías turísticos para llegar al banco de piedra en el que me esperaba Susana.

—¡Tía, pero cuánto tiempo! —Mi amiga de la infancia se abalanzó sobre mí y me abrazó muy fuerte.

—¡Susana, que me ahogas! —dije entre risas. Se me había olvidado lo pizpireta que era y su efusividad me pilló por sorpresa. Noté como daba saltitos de la emoción.

—¿Cuánto llevamos sin vernos? Te debía muchos abrazos, El.

«El». Hacía mucho tiempo que no me llamaban así. De repente me sentí como en casa. Noté que en mi pecho se instalaba un calorcito muy agradable.

Esbocé una sonrisa cariñosa. Estaba muy contenta de ver a Susana después de tantos años. Su sonrisa de lado a lado denotaba auténtica felicidad y su pelo rubio dorado estaba más brillante y largo que nunca.

—Guau, ¡estás guapísima! —exclamé admirándola de arriba abajo—. Me tendrás que contar tu secreto.

Susana soltó una carcajada y dijo:

—Vamos a tomar algo, tenemos mucho de lo que hablar.

Nos sentamos en una de las terrazas de la plaza. Yo me pedí una caña, y ella, una copa de vino blanco. Susana era de las típicas personas que son elegantes hasta sin quererlo. Siempre quise parecerme a ella: inteligente, sofisticada, con buen tipo y guapa a rabiar. Tenía muy buen gusto y siempre vestía a la moda, combinando las prendas y los tonos más adecuados para cada ocasión. Las facciones de su cara eran las propias de los estereotipos de belleza clásica. Sus rasgos románticos y redondeados me recordaban a los de las princesas Disney: contorno ovalado, piel clara, pómulos pronunciados y sonrosados, ojos grandes y azules, nariz chata y labios carnosos. Cada vez que se acercaba, gesticulaba o se atusaba la melena ondulada, emitía su característico aroma empolvado de rosas. Habíamos ido a la misma clase en el colegio y todos los chicos decían estar enamorados de ella. En el instituto continuamos siendo amigas, pero ya en la universidad nos distanciamos y solo hablábamos muy de vez en cuando.

Tras darme el pésame por lo de mi abuelo y jurarme que a partir de ese momento no pensaba dejarme sola por mucho que renegara, me preguntó por mi regreso.

—Necesitaba romper con todo. —Hice una pausa para coger aire. Miré hacia la mesa y di un trago largo a mi cerveza—. Llevaba cinco años sintiéndome prisionera de un trabajo que no me gustaba y de una relación que no terminaba de cuajar.

La miré antes de continuar. Me daba vergüenza lo que le iba a decir.

—Mi ex es Álex.

—¿Qué Álex? —Tras varios segundos, Susana se dio cuenta—. Espera… ¿Álex? ¿El chulo ese de la moto que tanto te molaba en bachillerato?

—Sí… —Puse los ojos en blanco para que viera mi pesar—. Ese…

—Pero, Eleonor, ese tío no tenía nada que ver contigo. ¿Cómo fue?

—Como ya sabes, él también había vivido aquí toda su vida. Terminó secundaria y, mientras nosotras estábamos en bachillerato, se dedicó a estudiar una oposición para acceder al Ejército de Tierra. A los pocos meses entró en la Academia de Infantería de Toledo. Años después lo trasladaron a Madrid. Allí nos conocimos mientras yo terminaba el máster de Psicología general sanitaria.

—Guau. Me dejas sin palabras.

Continué rápido, sentía que necesitaba vomitar todo lo que me estaba generando dolores de cabeza desde hacía varios días:

—Empezamos a salir y todo era maravilloso. Yo ya sabía que Álex era un cabrón, pero pensaba que conmigo sería diferente, que al estar enamorado jamás me haría daño. Nunca pensé que me dejaría la misma semana en la que murió mi abuelo. Eso me rompió todos los esquemas. Demasiadas emociones por un lado y demasiados recuerdos por otro. He venido aquí para intentar empezar de cero y escapar de todo.

—Eso es muy valiente por tu parte.

—¿Huir?

—No, coger las riendas de tu vida. Te conozco y, por lo que dices, tengo la sensación de que llevabas muchos años dejándote llevar.

—Demasiados… —Miré al frente y me detuve a observar a un grupo de turistas japoneses que escuchaba con atención a su guía turístico. El guía hablaba en inglés y les contaba por qué el Arco de la Sangre, que se encuentra en una de las bocacalles que dan a la plaza, se llama así—. Creo que habría sido más valiente si lo hubiera hecho mucho antes…

—Bueno, cada persona tiene sus tiempos.

—Lo entiendo… —dije sin apartar la mirada de aquel grupo—, pero siento que es como si hubiera perdido cinco años de mi vida.

Susana observó la dirección de mi mirada, giró la cabeza y escuchó también con interés.

«Desde el centro de la plaza vemos el Arco de la Sangre, punto de acceso a Zocodover desde el Puente de Alcántara. Como veis, es una puerta de herradura de origen islámico, construida alrededor del siglo diez. Se llama de esta manera porque, en la Edad Media, aquí era donde se celebraban los autos de fe de los prisioneros de la Inquisición española. Los reos venían hasta aquí caminando en procesión por todo el pueblo para ser ajusticiados en medio de la plaza. Debido a estas ejecuciones, los regueros de sangre corrían por el suelo cuesta abajo desde la plaza hasta las afueras de la ciudad por el Arco de la Sangre, de ahí su nombre».

Los japoneses hacían fotos sin cesar mientras exclamaban sorprendidos: «¡Oh!».

—Les está hablando de la leyenda negra de Toledo —comentó Susana.

—Cómo no, son turistas.

—Si supieran que la única sangre que corría por esta plaza era la de los animales cuando los mataban en el mercado o cuando hacían las corridas de toros…

—Aquí nunca se llegó a ajusticiar a nadie, ¿no, Susana?

—Qué va, eso lo hacían a las afueras de la ciudad. Aquí como mucho se celebraban los autos de fe.

—¿El auto de fe no se hacía para ejecutar a los reos?

—No, no. El auto de fe es una cosa y la ejecución es otra. —Susana se incorporó y se inclinó hacia mí—. El auto de fe estaba organizado por la Inquisición y en él los condenados por el tribunal se arrepentían de sus pecados. Normalmente se celebraban en privado, en las instalaciones de la Inquisición, pero de vez en cuando los hacían públicos en plazas como esta, y así aleccionaban al pueblo y aprovechaban la tesitura para gobernar desde el miedo. Siempre eran actos con mucha afluencia de gente, imagino que porque en esa época no había más entretenimiento.

—Eran como una especie de juicio.

—Parecido. El auto de fe era más para leer la sentencia y ofrecer la oportunidad de mostrar arrepentimiento: hacer posible la reconciliación con la Iglesia católica.

—¿Qué pasaba si se arrepentían?

—Recibían el perdón de la Iglesia. Y un castigo, claro.

—¿Y si no se arrepentían?

—Entonces los ejecutaban.

—¿La Inquisición los mataba?

—¿La Inquisición? No, el Santo Oficio jamás se manchaba las manos. Ellos eran un tribunal eclesiástico y no podían condenar a la pena capital. Se limitaban a demostrar la herejía y luego, en el auto de fe, dictaban una sentencia en la que, si el reo había cometido un delito grave o era reincidente y no mostraba arrepentimiento, otorgaban el poder a la justicia civil. Era lo que se conoce como «relajar al brazo secular», es decir, los entregaban a las autoridades civiles para que ellos dictaran la sentencia y la ejecutaran. Las fuerzas civiles los conducían al lugar donde iban a ser quemados, ahorcados o decapitados, y los ajusticiaban. De hecho, hay un cuadro muy famoso de Francisco Rizi que representa un auto de fe en la plaza Mayor de Madrid.

—¿Ahí hubo un auto de fe?

—Sí, en mil seiscientos ochenta. Y como en España no se hacían autos de fe desde mil seiscientos treinta y dos, a ese se le dio mucha importancia y solemnidad, así que imagínate. Montaron gradas, un tablado, púlpitos, un escenario… ¡Hasta alfombras pusieron!

—El morbo atrae mucho a la gente.

—Sí, da igual la época. —Susana esbozó una media sonrisa irónica y retomó la conversación—: Oye, ¿cómo te dejó?

—Hablando de penas capitales, ¿no? —Reí—. Te contaré la mía, ¡va! Vivíamos juntos en un piso de alquiler y un día viene a casa, nos acostamos y, cuando estamos tranquilos en la cama, me dice que ya no siente lo mismo, que se aburre en la relación y que le agobia tener que dar explicaciones cada dos por tres acerca de dónde está o con quién ha quedado. Pero bueno, creo que lo que yo le pedía es lo normal cuando compartes tu vida con alguien. Entiendo que pueda necesitar tiempo para él y sus amigos, pero a mí me preocupaba el hecho de no ser partícipe de su entorno en ningún momento y me sentía mal cuando le llamaba y no cogía el teléfono, o cuando tardaba días en responder a mis wasaps. —Sonreí con ironía—. Incluso me comentó que se había empezado a fijar en otras chicas. También me soltó un rollo sobre la monogamia y las relaciones abiertas, imagino que con la intención de abrir la nuestra. Pero, claro, si vio mi cara de asco, que ya te digo yo que la vio, es posible que se echara para atrás. Todo esto para terminar confesándome que no estaba preparado para tener una relación.

—¿Tras cinco años juntos? —La cara de mi amiga parecía un cuadro.

—Eso le pregunté yo. Pero, qué quieres que te diga, no han sido exactamente cinco años juntos. Han sido cinco años de idas y venidas, de incertidumbre y de bastantes peleas.

—¿Y por qué aguantaste tanto tiempo?

—Porque no todo era malo. También tuvimos muy buenos momentos. En el fondo me quería. —Suspiré—. Tenía la esperanza de que cambiara, de que todo volviera a ser como al principio. Intentó cambiar porque siempre que lo hablábamos me juraba que se arrepentía y que me quería muchísimo... Yo sé que es buena persona, ¿sabes?

—Pero ¿cómo puede ser buena persona alguien que te dice después de cinco años que no está preparado para tener una relación?

Me sentí mal porque no supe qué responder. Bajé de nuevo la mirada y me di cuenta de que había llenado la mesa de bolitas de papel hechas con la servilleta del bar.

—Oye, ¿tienes alguna foto del susodicho? —Susana me sacó de mis pensamientos.

—Sí, claro, mira. —Saqué el móvil y le enseñé unas cuantas. Me vi fuerte e incluso bromeé con alguna. Quizá el alcohol de la cerveza me estaba empezando a afectar.

—Joder, Eleonor... Es un capullo, pero tengo que reconocer que es un capullo muy atractivo.

—Lo sé, qué me vas a contar. Alto, fuerte, rubio, ojos claros, mandíbula cuadrada, mucha labia...

—Ay, amiga, esos son los peores —se lamentó Susana—. Espero que al menos follara bien.

Por mi cabeza desfilaron varias escenas de sexo a la vez, y un escalofrío me recorrió el cuerpo desde los pies hasta la cabeza.

—Más que bien —confirmé—. Mis cientos de orgasmos lo atestiguan.

—Pues un brindis por esos orgasmos.

Ambas alzamos las copas y bebimos, no sin antes apoyarlas, claro.

Hacía días que no lo hacía, pero en aquel momento no pude evitarlo y nos reímos al unísono. Habían pasado doce años separadas, pero ninguna había olvidado esa estúpida tradición.

—El..., siento lo que ha pasado. Álex no te merecía. —Susana colocó su mano sobre la mía, que aún andaba haciendo papelitos, en una muestra de compasión.

Sentí que entre nosotras no había pasado el tiempo. Quizá podía confiar en ella como antaño.

—Seguramente no... —susurré.

Tras una breve pausa, di un par de tragos más. Vacié el vaso y pedí otra cerveza al camarero con un gesto. Eran ya más de las cinco y media de la tarde. La segunda caña estaba justificadísima.

Susana me observaba atenta, en silencio.

—Para colmo —añadí tras dar un trago a mi segunda cerveza—, lo estuve manteniendo casi la mitad del tiempo que estuvimos juntos.

—¿En serio? ¿Por qué?

—Por una lesión no podía seguir trabajando como militar, así que lo expulsaron del cuerpo. Me decía que iba a buscar otro trabajo, pero ese otro trabajo nunca llegaba. Mientras tanto, se dedicaba a ir al gimnasio, salir con la moto e irse de fiesta con los colegas. Creo que se sentía frustrado. Pero esas salidas a mí me alteraban demasiado. No podía vivir con la idea de que conociera a otra chica mejor que yo y me dejara. Ahora pienso que eso es justo lo que ha pasado y que está con otra mientras yo me muero del asco.

—Y si está con otra ¿qué? —Me desafió mi amiga—. ¿No te parece que ya te ha jodido suficiente la vida como para que ahora tengas que estar preocupándote por lo que hace o deja de hacer?

Como si no la hubiera escuchado, continué:

—Mientras que a mí no me respondía los wasaps, daba like en Instagram a otras tías. Tías con un cuerpo que no tenía nada que ver con el mío. Yo le preguntaba y él me decía que no tenía por qué darme explicaciones, que debía respetar su privacidad.

—¿Te llegó a poner los cuernos?

—Sí, una vez. Me enteré porque le pillé una conversación de WhatsApp con una tal Mónica. Una pelirroja exuberante.

—Y lo perdonaste —afirmó, como si ya fuera conocedora del desenlace de la historia.

—Pero lo perdoné porque me dijo que era la novia de un colega a la que entre los dos estaban poniendo a prueba para ver si le era fiel.

Susana levantó una ceja, incrédula.

—¡No me juzgues! —exclamé resignada.

—No te juzgo a ti, lo juzgo a él. —Susana dio un pequeño sorbo al vino—. En realidad no creo que durante estos cinco años hayas perdido el tiempo, sino que lo has ganado. Ahora ya sabes lo que no quieres. Además, creo que es difícil movilizarte en una situación así. Dependencia emocional lo llaman.

—Sí, sé lo que es…

Qué irónico es ser psicóloga, ver claramente la movida en la que andas metida y que aun así tu cerebro siga insistiendo en que te quedes en una relación que solo te produce sufrimiento. Era adicta a un cabrón.

—Eleonor, prométeme que no vas a volver con él nunca más.

—Sí… —En aquel instante recordé los mensajes que unas horas antes había recibido de mi ex. Sentí mariposas en el estómago—. Te lo prometo… —mentí como una bellaca para que me dejara en paz.

—¿Y con el trabajo qué?

—Una mierda. No pienso volver. Trabajar como administrativa no es lo mío.

Pedí otra caña.

—¿Y tú a qué te dedicas ahora, Susana?

—Bueno, ya sabes que no encuentro trabajo de lo mío, así que estoy ayudando a mi novio en el suyo. Trabaja como coleccionista de arte.

—¿Coleccio… qué? Explícate.

Menos mal que esa vez nos trajeron un par de tapas. Mi estómago lo agradeció.

—Conocí a un tío hace unos meses. Se llama César. Es algo mayor que nosotras, tiene cuarenta y siete años.

—Seguro que a ese no hay que mantenerlo. —Definitivamente, tomar cerveza sin comer nada no me estaba sentando nada bien. Menos mal que Susana prosiguió como si nada mientras yo procedía a devorar la comida.

—Es un buen hombre. Amable, cariñoso e inteligente. Ha pasado por mucho en la vida, pero no es de esos tíos traumados que buscan que los cures con el poder del amor. —Me miró de soslayo para comprobar que no me había ofendido, pero mientras ella hablaba yo estaba bastante entretenida peleándome con el trozo duro de jamón serrano que me habían servido en el pan tostado—. Me dijo que necesitaba ayuda para clasificar unas obras, y en ello estoy. Así que trabajo en la biblioteca de su casa.

—¿La biblioteca de su casa? O sea, que vive en una mansión.

—Bueno, algo así. En realidad, su casa es un antiguo convento a las afueras de la ciudad. Mira. —Me enseñó unas fotos, tal y como yo había hecho antes, en las que se veían varias estancias de la casa: el salón con chimenea, el dormitorio principal con una cama con dosel, el jardín lleno de plantas y flores… Y ellos sonriendo enamorados.

—Eres una tía con suerte.

—Quiero que lo conozcas.

Tosí al atragantarme con el jamón.

—¿Qué? ¿Por qué?

—¿Cómo que por qué? —Soltó una carcajada—. Eres mi amiga y quiero que conozcas a mi pareja. Me encantaría presentarte a César. Además, tiene amigos. —Me guiñó un ojo.

Fruncí el ceño.

—¿Y eso qué quiere decir?

—Quiere decir que el viernes salimos y tú te vienes. Serás nuestra invitada especial.

—Espera, espera…

Susana me contestó con su habitual «no acepto un "no" por respuesta».

Intenté excusarme aludiendo a que no tenía nada que ponerme, pero no me sirvió en absoluto porque, después de estar un buen rato más hablando en aquel bar, nos pasamos dos horas yendo de tienda en tienda en busca de algo con lo que no pareciera que me encontraba en plena crisis existencial.

Me despedí de Susana pasadas las nueve de la noche. Iba cargada de bolsas. El frío volvía a acechar y las calles de la ciudad se veían vacías. Sin el gentío de las mañanas, solo se escuchaban mis pasos al caminar.

Llegué a casa y tiré las bolsas en el suelo de mi cuarto. «Mañana las organizo», pensé.

Fui directa a la cocina a por una, o mejor dicho, otra cerveza y algo de comer. Me di una ducha breve y, al terminar, me puse el pijama. Noté un peso en uno de los bolsillos y rápidamente llevé la mano ahí. Recordé enseguida el cuaderno y las notas de mi abuelo.

Me senté en el sofá del salón y comencé a ojear el cuaderno. Parecía una libreta antigua con las tapas forradas en piel.

Las hojas que había doblado y metido de cualquier manera

dentro del cuaderno estaban llenas de apuntes, garabatos y dibujos con formas geométricas y flechas. Me di cuenta de varios detalles que me sorprendieron.

La caligrafía no era la misma. En los folios garabateados la letra era una cursiva hecha a mano, bastante elegante. En el cuaderno, la letra también parecía manuscrita, pero tenía una forma un poco más ruda, y los palos de las letras formaban ligaduras: terminaban en una curva larga que se unía a la siguiente letra.

A la libreta le faltaba una hoja. Pensé que la página arrancada podía ser uno de los folios garabateados, pero me parecían demasiado grandes y, por más que buscaba la manera, no cuadraban. La idea de que mi abuelo hubiera comprado esa libreta en un mercadillo medieval se esfumó por completo cuando, al tocar el papel, comprobé que tenía pinta de ser muy antiguo —casi tanto como para que se rompiera con solo mirarlo—, mientras que el aspecto de los folios era más actual.

Desde luego todo resultaba muy curioso. Sin embargo, lo que más me extrañó fue que no entendía en absoluto qué coño ponía en las páginas del interior. Estaba escrito en otro idioma. No, espera, en dos. Uno de ellos parecía castellano antiguo. Y el otro... ¿latín? ¿Griego? ¿Élfico? ¡Por Dios, qué caligrafía tan enrevesada!

Estuve un rato largo observando mi hallazgo, pero me dio sueño. Lo dejé todo encima de la mesa del salón y me fui a mi cuarto pensando en continuar al día siguiente.

Me acosté en la cama y miré el reloj: las tres y media. «Ah, no —pensé—, que está parado». Cogí el móvil. En realidad eran las once y cuarto de la noche. Activé el modo avión, lo dejé a un lado de la mesilla de noche y me arropé.

La siguiente media hora estuve dando vueltas en la cama. Tenía sueño, pero mi cabeza había decidido arreglar el mundo antes de dormir. No podía más, así que me rendí.

Quité el modo avión y escribí a Susana:

> Oye, conoces algún sitio donde llevar un reloj antiguo a arreglar? 23:45

Imaginé que no me respondería hasta el día siguiente.

Me levanté y fui directa al salón para continuar con mi investigación. Ya que no podía dormir, al menos me distraería un poco con algo que no fuera el móvil.

Fui hojeando página tras página sin entender ni papa. Bueno, alguna palabra suelta sí que entendía, como «amiga», «mazmorra» y «bruxa», que supuse que significaba «bruja». Todas las páginas estaban escritas, excepto un par que continuaban en blanco o en amarillo mugriento, según se mire. Me di cuenta de que al final de cada uno de los textos aparecía una firma. Exactamente decía: «Yo, Julia». ¿Quién demonios era Julia?

Lo último que recuerdo antes de dormirme fue el mensaje de Susana:

> Taller Hijos del Ángel. Calle del Ángel, 10 00:15

4

Los siguientes tres días los pasé dormitando entre la cama y el sofá, sin quitarme el pijama de felpa más que para ir a la compra. Las magdalenas duras que le quedaban a mi abuelo en la despensa estaban bien para subsistir un día o dos, pero si las comía durante más tiempo me arriesgaba a acabar por confundirlas con alguna piedra del jardín. ¿Sabes esos momentos de tu vida en los que lo único que te falta para completar la escena perfecta es una banda sonora? Pues a mí me faltaba Céline Dion cantando «Sola otra vez».

Para colmo, mientras caminaba por la calle me topé con un cartel que no esperaba: POLLERÍA ALEJANDRO. Todo me recordaba a él.

El mundo parecía seguir con normalidad mientras yo intentaba esconderme bajo las mantas. Había visto en un reel de Instagram que era importante dejar fluir las emociones después de una ruptura. Que no se dijera que no lo ponía todo de mi parte.

El martes me tragué un documental de tres horas sobre la reproducción del pez payaso. Terminé dormida encima del mando a distancia. Me desperté con la marca de los botones en la mejilla y la baba cayéndome por la comisura de los labios.

El miércoles lo pasé borrando fotos de Álex de mi móvil y comprobando una y otra vez si había actualizado su perfil de Instagram. Luego estuve a punto de cortarme el flequillo. Esa catástrofe la evitó, con una llamada telefónica, mi madre.

—Hija, te noto desanimada.

—No, mamá, estoy bien. —Mentira.

—¿Necesitas que te limpie el aura? Quizá tengas los chakras desalineados.

—¡Qué chakras ni qué chakras! ¿Qué dices?

—¡Que sí, Eleonor! Te lo miro desde aquí. Si es que ya sabía yo que no tenías que haber tomado decisiones estos días. ¡Que Mercurio está retrógrado!

—¿Retrógrado? Mamá, no sé en qué idioma me estás hablando.

Una conversación bastante rara.

El jueves por la tarde Susana me escribió un «Sigues viva?». Le contesté tres horas después, porque estaba muy ocupada viendo un programa de pujas a ciegas en el que varias parejas apostaban una gran cantidad de dinero por unos contenedores cerrados. Unas veces encontraban artilugios que podían vender y sacarse un pico; otras solo había basura. Me descubrí a mí misma gritando «¡¡Nooooo, jodeeeeer!! ¡No apuestes más, que ahí no hay una mierda!». Con una cerveza en la mano, eso sí. Definitivamente, lo de dejar salir las emociones se me estaba yendo de las manos.

Nada más enviarle el mensaje, Susana me llamó. Parecía que lo estaba deseando.

—¿Podrías no tardar siete años en contestarme cada vez que te escribo?

Mierda, eso me lo hacía Álex.

—Al menos te cojo el teléfono —dije excusándome.

—¡Pues menos mal! —se lamentó—. ¿Cómo vas?

—Bien. —Intenté ser convincente.

—¿Cuánto hace que no te duchas?

No resulté nada convincente.

—Pues… —Me olí la ropa—. ¿Ayer?

—¿Con ayer te refieres a hace tres días?

—Ni confirmo ni desmiento.

—¡Eleonor, por Dios!

—¡¿Qué?!

La oí suspirar detrás del teléfono. Me la imaginé llevándose la mano a la frente, en modo desesperación.

—¿Necesitas ayuda?

—¿Para ducharme? No, no...

—¡No! Me refiero a ayuda para organizar la casa, hacer limpieza y todas esas cosas.

—Ah, no, eso lo hago yo en un momento. —Evidentemente no lo iba a hacer.

—¿Seguro? Solo espero seguir teniendo amiga mañana y no haberla perdido de repente porque se la haya comido la mierda, ¿me oyes?

—Que sí, que sí. —Puse los ojos en blanco—. Que yo lo limpio todo ahora en un momento y me ducho después. El viernes nos vemos.

—¡Tía!, ¿seguro?

—Que sí, te lo prometo.

Me despedí y colgué.

No negaré que tras aquella conversación fui consciente de mi decadencia, así que me duché y me cambié de ropa.

«Eleonor, tienes que ponerte en serio», me dije. Eso era lo que quería, ponerme en serio con la vida y que ella también se pusiera en serio conmigo, porque hasta el momento aquello parecía un drama de serie B.

Me hice una coleta e intenté alejarme de mis miserias. Todo el mundo sabe que cuando te haces una coleta es porque la cosa va en serio. Abrí el cajón de la mesa del comedor, saqué el cuaderno de mi abuelo y me puse a ojearlo de nuevo. Había algo que me atraía, que me producía curiosidad. Pero nada, no entendía nada. Todo era como un jeroglífico para mí.

Así anduve hasta la madrugada, cuando descubrí una cosa: la libreta de los tiempos de Maricastaña no parecía una libreta, se asemejaba más a un diario por la forma de sus escritos. El diario de una tal Julia, que era quien firmaba. Pero ¿por qué mi abuelo habría perdido el tiempo en estudiar aquello?

Guardé de nuevo la libreta —perdón, el diario— en el bolsillo de mi pijama de felpa y dormí las pocas horas que le quedaban a la noche.

El viernes me desperté pronto a pesar de haber trasnochado. Me había puesto en serio con la vida y tenía pensado cumplir mi objetivo del día: ir al taller que me había recomendado Susana días atrás para preguntar por el reloj. Si quería que la vida me tratara bien, yo también tenía que colaborar. En el fondo me había cansado de que mi existencia consistiera en dormir, comer y beber, así que pensé que cuidar un poco de lo que me quedaba de mi abuelo, hacer limpieza y ordenar la casa me ayudaría a sentirme realizada.

Como desayuno tomé el café restante del día anterior. Me puse lo primero que pillé y salí sin siquiera lavarme la cara. Nada más ver la luz del sol me dio lo que yo llamo «El efecto vampiro», que viene a ser ese intenso dolor de cabeza que sientes cuando sales a la calle después de varios días encerrada y tus ojos se tienen que acostumbrar a la claridad del exterior. Después de tres días con un total de cero contacto social me sentí algo abrumada por el barullo diurno toledano.

La calle Ángel estaba por la judería. Como en Toledo todo son cuestas, los ocho minutos desde casa me parecieron una media maratón. Bueno, eso y que yo tampoco es que fuera muy asidua al deporte.

«Hijos del Ángel en la calle Ángel. Qué original», pensé.

Había oído hablar del lugar, pero nunca me había interesado en saber qué era. Entré en aquel taller pequeño y a rebosar de cachivaches: lámparas de cristal, faroles de latón, espejos antiguos… Más que un taller parecía una tienda de antigüedades.

Sonaba mi versión preferida de «Over the Rainbow», la de Aretha Franklin. La misma melodía de la caja de música que me regaló mi abuelo, y además su favorita. Sentí nostalgia y volví a recordarlo.

Durante unos minutos husmeé en aquel curioso sitio, pero nadie apareció para atenderme.

—¡Hola! —saludé levantando la voz—. ¿Hay alguien ahí?

No me había dado cuenta de que justo detrás de un enorme espejo con molduras en dorado estaba el hueco de unas escaleras que conducían al sótano, hasta que escuché a alguien ascender por ellas.

—Hola. —Asomó un chico joven. Tenía barba y una media melena castaña y ondulada—. ¿Qué desea?

Se acercó a la radio maldiciendo haber nacido y la apagó.

—No podía ser otra —musitó.

—¿Perdón?

El tipo era alto. Vestía una camisa de cuadros, vaqueros y zapatillas. Llevaba un delantal sucio y su cara parecía de pocos amigos. No tenía mucha fe en que estuviera por la labor de ayudarme. Pensé que quizá era de aquellas personas que odiaban su trabajo.

—Que qué desea.

—¡Ah! Quería saber si podría traer un reloj que tengo en casa. Está parado. Es bastante grande y obviamente no he podido transportarlo a cuestas, pero he hecho unas fotos para ver si…

—No somos relojeros —me espetó mientras se colocaba tras una mesa de madera maciza que tenía a modo de mostrador.

Sonreí nerviosa. No me esperaba aquel desplante.

—Ah…, verá…, tengo una amiga que me ha recomendado venir aquí, creo que, precisamente, porque el reloj es bastante antiguo. Hace mucho tiempo que me fui de Toledo y la verdad es que no conozco otro sitio al que pueda acudir para que me ayuden.

Observé cómo cruzaba los brazos y se acariciaba la barba mientras me miraba de arriba abajo. Me fijé en sus manos, propias de alguien que trabaja con ellas.

—Si quiere le puedo recomendar otro sitio al que ir. —Aunque su actitud era firme, tenía un tono de voz suave. Forzó una media sonrisa y a continuación se puso a organizar los documentos que tenía encima del mostrador. Básicamente me estaba echando.

—Entiendo... —Me mordí el labio inferior y miré al suelo cabizbaja. Empezó a caerme mal. Recordé por qué los toledanos tenemos fama de bordes.

—¿Le puedo ayudar en algo más? —preguntó sin mirarme siquiera.

Dios, ese no era toledano, era gilipollas.

—No, eso era lo único que necesitaba. Muchas gracias.

«Muchas gracias por nada», pensé. Estaba dispuesta a irme con las manos vacías cuando, de pronto, mi móvil vibró. Me llamaba Susana. Descolgué allí mismo.

—Dime. No. Me han dicho que aquí no arreglan relojes.

Por el rabillo del ojo pude ver que el chico me estaba mirando.

—Pues pregúntale a César si conoce algún otro sitio. No, no sé dónde lo consiguió mi abuelo. Lo acabo de heredar, pero qué más da, buscaré algún otro taller en el que puedan atenderme. —Respondí a su mirada con una mueca irónica—. No me apetece rayarme ahora con eso, Susana. Ya tengo bastantes cosas en la cabeza. Sí, te escribo luego. Adiós.

Colgué.

Hice ademán de marcharme, pero me detuvo su carraspeo antes de hablar.

—Por curiosidad, ¿de qué año es exactamente ese reloj?

Me sorprendió su cambio de actitud. ¿Ahora le interesaba el reloj?

—No tengo mucha idea, pero calculo que puede tener unos noventa años. Solo sé con seguridad que es más grande que yo. —Hice un gesto con la mano indicando la altura del objeto.

Mostró una leve sonrisa, imagino que le hizo gracia algo que yo desconocía. Al menos parecía una sonrisa más sincera que la anterior.

—Aunque no fabricamos los mecanismos internos, sí hemos fabricado y restaurado algunas piezas similares a la que describes. ¿Podrías darme algún detalle más?

Ya no me trataba de usted.

No entendía muy bien adónde pretendía llegar, aun así me dejé llevar. Describí vagamente algunos detalles.

—En la parte superior hay dibujada una estrella de cinco puntas con una especie de halo alrededor. Además, tiene una frase grabada en latín…

—*Tempus fugit* —dijimos al unísono.

—El tiempo vuela… —musitó él.

—Sí, exacto. ¿Cómo lo sabías?

—El tiempo vuela y es doloroso reconocerlo, sobre todo cuando piensas en aquello que pudo ser y no fue —dijo ignorando mi pregunta—. ¿Cómo son las agujas?

—También son doradas. —Definitivamente no entendía nada.

—Decías antes que le habías hecho unas fotos. ¿Podrías enseñármelas?

Saqué mi móvil con cierto recelo y le fui enseñando unas cuantas.

—Es bonito… —dije sin apartar la mirada de la pantalla.

—Muy bonito… —El chico levantó la vista del móvil y me miró fijamente—. Además, solo conozco a una persona que tenga un reloj así.

Sin distanciarnos, ambos fruncimos el ceño y nos miramos en silencio durante un par de segundos que me parecieron eternos. El tiempo vuela excepto cuando no lo hace.

Até cabos.

—¿Conocías a Rodrigo? —pregunté al fin.

—Sí, lo conocía, éramos buenos amigos. ¿Qué relación tenías tú con él?

—Soy su nieta.

—¿Eres Eleonor?

Asentí despacio y en silencio. Su gesto cambió completamente. La dureza de su mirada se transformó en una mezcla de sorpresa y dulzura. En aquel momento me percaté del azul de sus ojos. Era un chico bastante guapo.

—Me llamo Beltrán. —Me tendió la mano.

—Un placer, aunque no me vayas a arreglar el reloj.

A Beltrán se le escapó una carcajada sonora.

—Puedo intentarlo —dijo.

—¿Ahora sí?

—Ese reloj lo fabricamos nosotros hace más de cien años. Probablemente lo hiciera mi abuelo. Si quieres puedes traerlo mañana. No tengo mucha idea de mecanismos de relojería, pero puedo echarle un vistazo.

—Pesa un quintal.

—Claro, es verdad. Si el reloj sigue en casa de tu abuelo, puedo pasarme por allí esta semana.

—Por supuesto. Te llamo —mentí. No pensaba hacerlo. Buscaría en Google otro sitio en el que me pudieran ayudar y aquí paz y después gloria.

Pensé de nuevo en irme, pero no quería quedarme con las ganas de hacer una pregunta que me rondaba la cabeza:

—Oye, ¿de qué conocías a mi abuelo?

—Éramos muy buenos amigos. —Sus ojos emanaban nostalgia—. Rodrigo en realidad era amigo de mi abuelo Sancho, el verdadero dueño de este taller. Hasta hace poco trabajábamos juntos. Cuando mi abuelo falleció, yo heredé el negocio. Rodrigo seguía visitándome para arreglar algunos chismes que encontraba en los mercadillos a los que iba. Se pasaba horas aquí conmigo. Hicimos buenas migas.

Empaticé con él.

—Lo siento.

—Fui yo quien dio la voz de alarma al ver que tu abuelo no contestaba al timbre —continuó—. Llamé a la policía y cuando entramos en la casa lo encontramos en su despacho. No lo llevo nada bien. Aunque imagino que tú estarás peor.

Apreté los labios y asentí de nuevo en silencio. Lo que había descrito me dolió.

—Lo siento —dijo—. Hoy era uno de esos días en los que parecía que todo iba bien hasta que sonó esa estúpida canción en la radio.

—Te refieres a «Over the Rainbow» —afirmé.

—Sí, perdona. Me trae malos recuerdos.

«Ni te cuento a mí», pensé, aunque en aquel momento también entendí por qué había apagado la radio lamentando su existencia.

—En fin, si necesitas cualquier cosa…

—Solo arreglar el reloj —interrumpí. Me habría encantado preguntarle qué hacía aquel día en casa de mi abuelo, pero sentía que, si seguía hablando, iba a terminar llorando delante de aquel desconocido, y eso era lo que menos me apetecía.

—Pues aquí me tienes. —Inclinó la cabeza a modo de reverencia.

Antes de que mis ojos se humedecieran delante de él, me despedí y salí del taller.

Habría preferido no volver a ver a Beltrán, pero a veces la vida tiene preparado un plan del que no puedes escapar. Y el destino quiso que aquella no fuera la última vez que coincidiéramos.

5

El tiempo vuela, pero eso es relativo; ya lo decía Einstein.

Cuando somos niños disfrutamos del día a día sin pensar en el mañana. No nos resultan relevantes las horas, los minutos ni los segundos porque nuestra cabeza está en lo único que importa: el presente. Las tardes de juegos nos parecen microsegundos, y las vacaciones de verano, apenas unos días. Aun disfrutando de aquel tesoro, anhelamos ser adultos sin saber que, cuando lo seamos, nos pasaremos la vida sufriendo por un futuro que quizá exista o quizá no. Y así pasarán los años y, cuando nos demos cuenta de que no hemos vivido el presente, ya será tarde. La corta edad y la escasa experiencia nos empujan a desconocer que la mayor fortuna que se puede poseer es la libertad de mantener la mente en una sola cosa, sin anticipar hechos ni regresar a otros tiempos.

A veces echo la vista atrás y me arrepiento de esas palabras que no dije, de ese beso que no existió o de ese abrazo que no di. El tiempo es la cárcel más oscura de todas, aquella de la que no puedes escapar por más que lo intentes.

No sé si te ha pasado alguna vez eso de ponerte a pensar en lo grande que es el universo y lo pequeños que somos nosotros. Yo me siento una hormiga. Un piojo. Un microbio. Me da ansiedad. Pues con el tiempo me pasa lo mismo: me abruma por su infinidad y magnitud. Siento que cuanto más mayor me hago, más pequeña me siento, que cada tictac del reloj es un segundo más en mi trayectoria, pero un segundo menos en mi oportunidad de exprimir los momentos y sumar experiencias. Un segundo menos para encontrar mi camino en la vida. Un segundo menos para conseguir un buen trabajo, conocer al amor de mi vida, criar hijos y formar una familia. Porque de eso va la vida, ¿no? Pero... ¿y si se me pasa el arroz? No, espera. ¿Y si yo no quiero hacer nada de eso? ¿Y si no he nacido para seguir un orden preestablecido? ¿Seré la típica tía loca, soltera y sin hijos, pero con siete gatos, que pasa de los hombres y bebe coñac para olvidar? ¡Qué estoy diciendo, si ni siquiera me gusta el coñac! Qué idiota. Yo no voy a ser nada de eso, básicamente porque ya no sé qué o quién soy, ni qué o quién quiero ser.

El tiempo volaba y, mientras pasaba, yo le deseaba las buenas tardes tirada en el sofá, pensando en lo poco que me apetecía salir. Seré sincera: lo que no me apetecía era ducharme y arreglarme —odio la expresión «arreglarse». Es como si al natural estuviéramos rotas y tuviéramos que cambiar las piezas estropeadas por maquillaje, peluquería, tacones y perfume—. A mí lo que me apetecía era beber. ¡Oh, genial! Ya estaba un paso más cerca de ser la tía loca.

| Quedamos a las 21:00? | 19:03 |

Susana había interrumpido mis elucubraciones. Ya no se podía ni tener una crisis existencial tranquila.

| Cuál es el plan? | 19:04 |

| Picar algo y beber mucho | 19:04 |

Qué cabrona, cómo me conocía.

> **Solo nosotras?** 19:05

> Sí, más tarde nos reuniremos con César y sus amigos 19:07

Qué nerviosa me ponían esas cosas. Susana y su manía de querer que me relacionara con todo el mundo. Ella siempre había sido muy extrovertida, pero no entendía que los que la rodeábamos no éramos igual. Para mí, acudir a un sitio con más de tres personas era un suplicio. Aguantaba un par de horas, tres a lo sumo si había alcohol; luego me tenía que ir —haciendo bomba de humo, claro, porque Susana siempre estaba preparada para liarme un poco más—. Mi batería social aguantaba lo que aguantaba.

Me levanté del sofá no sin antes remolonear un poco más: «Venga Eleonor, a la tercera va la vencida. ¿O esta es ya la cuarta? Bueno, pues a la cuarta va la vencida». Me duché y entré en el dormitorio pensando en qué me pondría aquella noche. Efectivamente, abrí el armario y ahí dentro solo me esperaban los cuatro jerséis llenos de bolas que había llevado y un par de vaqueros. Recordé la ropa que me había comprado el lunes anterior con Susana. Aún seguía en aquel rincón de la habitación. En las bolsas. Hecha un higo. Mierda, no la saqué para que no se me arrugara. Lo peor de todo es que aquella semana me había tropezado con ellas unas cuantas veces y las había ignorado por completo.

Yo miraba las bolsas. Ellas me miraban a mí. «Dios, qué pereza ponerme a planchar ahora».

Finalmente, planché un top lencero rosa y me lo puse con unos vaqueros de pitillo y unas zapatillas. Me dejé el pelo suelto con mis ondas naturales y me pinté los labios a juego con el top. Al mal tiempo, buena cara. Me coloqué el abrigo y salí pitando.

El aire frío de la calle me recordó lo a gusto que estaba en casa, pero ya no podía dar marcha atrás.

Quedamos en la taberna El Marinero y nos pusimos finas a tapas de rabo de toro, croquetas y carcamusas. Susana se bebió tres copas de vino, y yo, cuatro tercios de cerveza. Mi hígado tendría que estar ya hasta los mismísimos de mí, pero «¡bah!, que me quiten lo bailao», pensé.

Cuando íbamos por la tercera ronda me animé un poco más y le pregunté a mi amiga por su nuevo novio. Me dijo que lo había conocido cuando trabajaba de camarera en La Desfavorecida. Ni puta idea de qué sitio era ese. Luego estuvo contándome que quizá ya no quería irse a Roma porque gracias a él había encontrado su lugar en el mundo, que le apasionaba lo que hacía y que por fin era feliz. En esto último tenía razón, tengo que reconocerlo: Susana lucía más radiante que nunca y tenía un brillo especial en los ojos. Me alegré mucho por ella, porque, aunque estuviéramos en momentos de la vida diferentes, se merecía que las cosas le fuesen bien. Nunca he sido envidiosa y siempre me he alegrado de corazón por los demás.

Tras mi cuarta cerveza pedimos la cuenta.

Salí del bar bastante bolinga, no me escondo. Éramos dos por la calle y parecíamos ocho.

En la discoteca cruzamos la pista bailando. En el otro extremo nos esperaban su novio y los amigos de este. Sonaba «Las 12», de Ana Mena y Belinda. Sintonizamos nuestros pasos como antaño. A pesar de mi estado, noté que algunas miradas se clavaban en nosotras. Estoy segura de que pensaban que nos parecíamos a Ana Mena y Belinda en su videoclip, o a Ana Morgade y Eva Soriano en *Tu cara me suena*, según se mire.

Nos contoneábamos en un sitio donde unos cientos de años antes eso mismo habría sido motivo de captura, condena y, probablemente, ejecución. Actualmente era el Círculo de Arte de Toledo. Aquella discoteca donde la gente daba rienda suelta a sus bajos deseos terrenales, entre luces epilépticas y al son de la música, en la Edad Media había sido una iglesia y la sede de la Inquisición. Pensé en los Reyes Católicos y en Torquemada revolviéndose en sus tumbas y me dio la risa. Saber de esa evolución cultural me hacía sentir aún mejor. La libertad había ganado a la represión. Estaba sacando los pasos prohibidos en suelo sagrado.

Pensé en todo el tiempo que llevaba sin salir de fiesta. Me sentía como hacía tiempo que no lo hacía; estaba en una nube.

Al fin llegamos al grupo de chicos que nos esperaba al otro lado.

—¡César! —gritó Susana mientras corría a sus brazos—. El, te presento a César.

Joder, era aún más guapo en persona. Muy atractivo, con el tono de piel oliva, pelo largo, algo canoso y recogido en una coleta baja, barba y ojos oscuros. Se notaba que se cuidaba.

—Encantada de conocerte. —Le di dos besos.

Me presentó también a Federico y Miguel. Uno era más bajito que el otro. Federico tenía el pelo corto, iba perfectamente afeitado y, por su forma de vestir, tenía aspecto de italiano: americana y pantalón de pinzas que se estrechaba conforme llegaba al tobillo. Iba hecho un pincel. Miguel era calvo y algo regordete. Tenía los ojos verdes y la barba rubia ceniza. Tampoco se quedaba atrás en estilo. Los dos parecían muy majos.

Por raro que parezca, llevaba sonriendo más de media hora.

De repente empezó a sonar una de mis canciones favoritas: «Los Ángeles», de Aitana. Sin embargo, aunque la canción me encantaba, mi nube desapareció y mi sonrisa se fue con ella.

Mierda.

Mierda. Mierda. Mierda.

¿Quién coño estaba detrás de César?

—Eleonor, te presento a… —empezó Susana.

—… Beltrán —terminé yo.

«No puede ser. En serio. No me puede estar pasando esto a mí. ¿Beltrán y César son amigos?», pensé.

—Hola, Eleonor.

—Hola. —Forcé una sonrisa. Creo que hice demasiada fuerza porque me empezó a temblar el labio. El de la boca, digo.

—¿Qué tal estás? —Tuvo que acercarse a mi oído porque la música estaba muy alta.

Joder. Olía muy bien.

—Perfectamente —respondí.

Y hui. Así, como te lo digo. Me puse nerviosa y me piré sin más a la barra. Allí me pedí un whisky cola que prometía cagalera mañanera. ¿Has probado alguna vez el whisky? Sabe a zumo de madera. No es que haya chupado nunca un trozo de madera, pero me lo imagino.

Desde allí pude contemplar cómo mi amiga se morreaba con su novio, y a Federico, Miguel y Beltrán, que hablaban entre ellos. Pillé a Beltrán mirándome de manera furtiva.

—¿Vas fuerte, no? —Un tío random se apalancó a mi lado.

No le respondí, me limité a fruncirle el ceño. Luego fingí una sonrisa amable y lo esquivé. No estaba el horno para bollos.

Tras varios minutos luchando contra mi incapacidad para volver a acercarme al grupo, saqué el móvil.

No quería, pero lo hice.

Abrí la conversación.

Sí, esa conversación. La tenía pendiente desde hacía ya varios días. Demasiado me había contenido.

Y escribí. Ya te digo que si escribí:

«Hola, Álex.

»Espero que estés bien.

»No sé por dónde empezar. Quizá sea mejor hacerlo por el principio.

»Todo cambió el día en que te conocí. Yo apenas era una niña y, aunque tú no me conocías, yo ya te soñaba. El destino quiso que nuestros caminos coincidieran y que nos conociéramos. Desde el primer momento en que contactamos, conectamos. Me devolviste la sonrisa cuando yo ya no sabía a qué aferrarme para recuperar la alegría. En ti encontré lo que siempre estuve buscando. Gracias, una vez más, por todo.

»Tengo dudas con toda esta situación, pero tengo que decirte algo: mi corazón dio un vuelco el día que me escribiste. Sé que yo tampoco soy perfecta y que hice algunas cosas mal, pero siento que debemos intentarlo. Mi cabeza me dice que no vuelva contigo, pero mi corazón me indica lo contrario. Del amor que sentía por ti aún queda mucho y sé que tú eres capaz de hacer que cada día vaya a más y de conseguir que parezca que nunca ha pasado nada.

»Voy a borrar de mi corazón aquellos días de dolor en los que te fuiste y no supe nada de ti. Voy a colocarme una venda y los dejaré atrás. Hemos coincidido en esta vida por un buen motivo y solo por eso merece la pena intentarlo. Siento que a esta historia aún le falta mucho para terminar de escribirse. Confío en ti, confío en nosotros».

Esto es lo que me hubiera encantado ponerle. Pero los mensajes, en realidad, quedaron algo como así:

> OLA aLEX   1:40

> Espero que estés bin   1:40

> !No se por conde empezar. Quizá sea mejor hacerlo por el ronco pío   1:41

> Toco cambió el día en que te concilias. Yo apenas era Uña y, aunque tú no me conocías, yo ya te adueñaba. El destino queso que nosotros caminos coincidieran y nos convirtamos Desde el primer momento que contactamos, concretamos. Me devolviste la sonrisa cuando yo ya no sabía queso aferrarme para recuperar la alegría LUZ. En ti encontré lo que siempre estuque buscando. Gracia una vez más, por todo   1:42

Tengo dudas con toda esta situación, pero tengo que decirte algo: 'i corazón dio un vuelvo wl día que me escribiste. Sé que yo tampoco soy perfecta y que hice alguNas cosas mal, pero siento que debemos urbe rálo. Mi cabeza me dice que no vuelva Con TIGO, pero mi corazón me indice lo fontanero. Del amor que sentía por tu atún queda mucho y sé que tú eres capaz d hacer que caída día vaya a más y de conseguir que parcela que nunca ha posado nada. 1:44

Voy a jurar de mi corazón aquellos días de color en los k te fuiste a Yelp nada d esto. Voy a colocarme ya conesa y los dejaré atrás. Hemos confiados en esta visa pop un UE. Motivo y solo por eso merece la pena enterrarlo. Siento que a esta historia atún le falta mucho para remiabr de escribirse. Confió en ti, confió en nosotros 1:46

Hala, ENVIAR.

No le llegaba el mensaje. Levanté el brazo y lo moví para que el móvil pillara señal, pero nada. Para colmo se me encendió sin querer la linterna. Ahora parecía que estaba en mitad de un concierto coreando «El tonto», de Lola Índigo y Quevedo, que justo sonaba en aquel mismo momento y que no me podía venir más al pelo.

Me acerqué al grupo con la intención de coger mi chaqueta y salir a la calle para buscar cobertura.

—¡Ey, El! ¿Dónde te habías metido?

Pensé en contarle lo que acababa de hacer, pero, si se lo decía, me iba a caer una bronca del quince. Ya me lo imaginaba: que si cómo se te ocurre, que si dependencia emocional, que si tienes que empezar a olvidarlo ya, que si no te merece, que si es gilipollas... Y ya lo sabía, en serio; todo eso ya lo sabía, pero mi corazón mandaba sobre mis actos. Qué le iba a hacer.

Lejos de lo previsto, Susana vino hacia mí con un chupito en cada mano:

—¡Venga, tómate uno conmigo!

—¿Qué es?

—¡Tequila!

«La madre que la parió», pensé.

César había pedido una ronda de chupitos para todos. Y allí estábamos, brindando y apoyando antes de beber, no fuera que...

Quitando que casi me ahogo con el ácido del limón de después y que el esófago me ardía, no estuvo mal. Era tequila del bueno.

—Estás seria, Eleonor. ¿Te pasa algo? —César se acercó para hablar conmigo.

—Soy así. —Di un trago a mi copa.

Desde la distancia observé que Susana y Beltrán estaban hablando. César también se percató.

—Estoy enamorado de ella, ¿sabes? —dijo refiriéndose a Susana.

—¿De verdad? —Lo miré a los ojos. Tenía cara de ilusión.

—Sí. Desde el primer momento en que la vi supe que quería compartir el resto de mi vida con ella.

—Eso es muy bonito.

César sonrió. Parecía realmente enamorado.

—¿Qué hay de ti? —me preguntó.

—¿Yo? —Recordé el maldito mensaje no enviado—. Prefiero no hablar de ello.

—¿Mal de amores?

—Mal de todo.

—¿Por eso has vuelto a Toledo?

—Sí. Necesitaba desconectar.

—Espero que al menos lo estés pasando bien esta noche. —César dio un trago a su bebida. Parecía vodka a palo seco.

—Sí, me ayuda a distraerme.

—Me ha dicho Susana que estás en casa de tu abuelo. ¿Todo bien por allí?

—Sí. Estoy intentando pasar página. Es difícil, teniendo en cuenta que vivía allí.

—Imagino que la casa aún estará repleta de cosas suyas.

—Exacto. Sin ir más lejos, su despacho está igual que cuando vivía. Es como si no hubiera salido de allí en mucho tiempo —balbuceé—. Hay papeles suyos con anotaciones por todas partes. El otro día incluso me resbalé con uno y casi me mato. ¡A saber a qué le dedicaba tantas horas y qué hacía allí metido tanto tiempo!

—Seguro que a algo muy interesante. Según lo que me ha contado Beltrán, Rodrigo era un hombre muy inteligente. Alguien así no malgasta su tiempo en cosas inútiles.

César tenía razón. Mi abuelo no habría empleado ni un segundo en algo que no fuera mínimamente importante. Aquel montón de anotaciones sobre la tal Julia solo podía significar una cosa: había invertido mucho tiempo porque sus investigaciones eran importantes.

Susana regresó con otra copa y se puso a bailar sola delante de su novio. Parecía estar en trance, y César, dadas las circunstancias, pues también.

Yo, aprovechando la tesitura, salí de allí con la bebida aún en la mano. Tenía que encontrar cobertura.

—¡Es un momento, vuelvo enseguida! —le grité al portero. La verdad es que me miró como si estuviera loca, pero me importó entre nada y menos.

Dejé atrás la música atronadora. Me pitaban los oídos.

Por fin fuera.

No tuve que hacer de parabólica porque, nada más salir, mi móvil recuperó la señal.

Ahora sí. Check.

Doble check.

Álex estaba en línea. Qué nervios.

Doble check azul.

Esperé.

Y esperé.

Y nada. No sucedió nada.

Se desconectó.

¡¿En serio?!

Bloqueé el móvil y di un trago lo suficientemente largo como para terminarme la copa.

Estaba decidida a entrar y pedirme otra para ahogar mi frustración cuando vi que Beltrán salía. Iba solo y me estaba mirando. Creo. Veía borroso.

«Dime que no está viniendo a donde estoy yo», pensé.

Y, efectivamente, lo estaba haciendo.

Y llegó.

Y me preguntó que si estaba bien.

Y yo le dije que no, que necesitaba un cigarro.

—¿Fumas? —preguntó sorprendido.

—No, pero creo que este es un buen momento para empezar a hacerlo —le dije medio desquiciada.

Se palpó los bolsillos y abriendo los brazos me dijo:

—Pues yo no tengo tabaco, habrá que ir a buscar.

—Genial. ¡Pues vamos! —dije señalando con el vaso vacío hacia un grupo de personas que estaban a unos metros de distancia. Me dieron un cigarro y yo, que no había probado el tabaco en mi vida, empecé a fumar.

Evidentemente, tosí como si no hubiera un mañana.

—¿Estás segura de que quieres seguir haciendo eso? —preguntó entre la risa y el desconcierto. Debí de parecerle bastante patética.

Aunque lo fusilé con la mirada, sabía que tenía razón. Apagué el cigarro con la suela de la zapatilla.

—¿Por qué te comportas como si estuvieras enfadada con el mundo?

—Porque lo estoy —respondí, seca.

Me senté en un portal a beber el agua de los hielos. Fijé la mirada en una piedra del suelo y me sumergí en un monólogo interior en el que solo me escupía odio a mí misma por ser tan sumamente tonta. Me sentía estafada. Una estafada del amor.

Aún bajo los efectos del alcohol, la corriente de pensamientos no cesaba. De golpe, desperté del trance y miré a Beltrán desde abajo. Él seguía de pie, frente a mí.

—¿Qué quieres? —le pregunté.

—Quería pedirte disculpas por lo de esta mañana. —En su mirada se detectaba un indudable recelo, como el de quien no se fía al acercarse a una bestia dormida que puede despertar en cualquier momento—. Me comporté como un maleducado. Sé que no es excusa, pero no tenía un buen día.

Esa sí que no me la esperaba. Aun sintiendo cierta compasión, me mostré firme.

—Disculpas aceptadas.

—Pues… eso era —vaciló un poco antes de emprender el camino de vuelta a la discoteca.

—Espera. —El río de pensamientos se detuvo. Mi mente había encontrado el hueco de la historia que quedaba sin rellenar—. ¿Puedo saber a qué fuiste a su casa aquel día?

—¿A casa de tu abuelo?

Asentí.

—Había quedado con él. La noche anterior también estuvimos juntos. Le estaba ayudando con unas investigaciones acerca de un diario.

El diario. ¿Sería el mismo diario que había encontrado en su despacho?

—¿Investigaciones? —pregunté con un tono muy agudo.

—Sí, llevaba tiempo estudiando a una mujer llamada Julia. Al parecer era la autora del diario. Uno muy antiguo, como del siglo dieciséis. No sé muchas más cosas porque solo lo ayudaba con algunos datos históricos.

Pensé en hablarle del diario y contarle mis hallazgos, pero noté que mi cabeza poco a poco iba perdiendo facultades.

—¿Te gusta la historia? —Desvié el tema.

—Soy historiador, solo que nunca he llegado a ejercer. No oficialmente, al menos. El trabajo está muy mal y alguien tenía que continuar con el negocio familiar, así que…

—Ya…, dímelo a mí. Se supone que soy psicóloga y jamás he pisado una clínica.

—¿En serio?

—Totalmente. Hasta hace dos días trabajaba como administrativa.

—¿Estás de vacaciones?

—Estoy hasta el coño. Lo he dejado.

Beltrán se echó a reír.

—¿Quieres contarme qué ha pasado?

—No.

—¿Seguro? Soy todo oídos.

—No te interesa.

—Te aseguro que nada me interesa más en este momento que escucharte —dijo divertido, colocando los brazos en jarra.

Levanté una ceja y sonreí con una ligera picardía. Se venía verborrea de borracha.

—Creo que hay personas que se creen dueñas del mundo cuando en realidad no son dueñas de nada. —Lo miré esperando una reacción.

—Continúa.

—Y creo que, como no pueden asumir que su autoestima está a la altura del subsuelo, necesitan alimentarla con la de quienes los rodean. ¡Te absorben la energía! —Esto último lo exclamé haciendo unos aspavientos exagerados.

—¿Algo así como si fueran vampiros emocionales?

—¡Sí! ¿Y sabes qué es lo peor de todo? Que te venden el cuento de que les importa la humanidad, que tienen valores y que se preocupan por los demás, pero en el fondo lo único que buscan es el aplauso de los demás, la gloria social.

—Les encanta sentirse alabados.

—¡Exacto! —Chasqueé los dedos mientras intentaba recordar lo que tenía en la punta de la lengua. Le pedí ayuda a Beltrán—: Es esto que pasa cuando te exhibes con la intención de que los demás te digan que lo has hecho bien. ¿Cómo se llamaba eso? La frase sería algo así como «Hacer las cosas bien…». Es que me viene «lavandería», pero eso no es. Es una expresión…

Aunque empezaba a arrastrar las palabras, mi mente seguía despierta.

—¿De cara a la galería?

—¡Eso! ¡De cara a la galería! —Celebré haber resuelto el misterio—. De cara a la galería son personas ejemplares, perfectas en todas y cada una de las cosas que hacen. Pero, una vez que las conoces, te das cuenta de que por dentro están podridas, de que no tienen alma y de que, para colmo, se entretienen manejando los hilos como si los otros fuesen marionetas. Manipulan, abusan y controlan desde la falsa sensación de poder que les da el dinero o cualquier relación en la que puedan posicionarse en un rol dominante.

—Algo me dice que odiabas a tu jefe.

—Y a mi ex. Oh, Dios mío, acabo de darme cuenta de que mi jefe y Álex podrían ser la misma persona.

—Vaya, la cosa se pone interesante.

—Tienen un nombre.

—Álex, lo acabas de decir.

—Me refiero a ese tipo de personas.

—Ah. ¿Cuál?

—Narcisistas.

—¿Como Narciso, que se ahogó en el río admirando su propio reflejo?

—Los que conozco serían capaces de ahogarte a ti primero o arrastrarte al agua con ellos. —Se me escapó una carcajada nerviosa.

—Eso no suena nada bien. —Beltrán rio conmigo.

Me levanté del escalón. Sentí que todo el alcohol me subía de repente. Perdí el equilibrio por un momento y me apoyé en Beltrán. Él estuvo ágil y me agarró firme del brazo para que no cayera.

—Gracias —pude decir con torpeza mientras me apartaba el pelo de la cara.

—No hay de qué.

—Necesito otra copa —dije decidida.

—¿Otra?

—Eso o un morreo. Cualquiera de los dos me vale.

¿Pero qué coño acababa de decir? Me estaba rindiendo a las garras del alcohol.

—¿Un morreo? —Beltrán rio. Me cedió su brazo y yo lo agarré fuerte; en ese momento habría sido capaz de tropezarme hasta con el aire. Tenía el bíceps más duro que una piedra, dicho sea de paso—. Creo que lo que necesitas es irte a casa.

—¿A casa yaaaaa? —pregunté estirando la última a—. ¿Qué sabrás tú lo que yo necesito?

—¿Quieres quedarte?

—Quiero besarte.

—No vamos a besarnos, Eleonor.

—¿Por qué?

—¡Porque vas borracha!

—Déjame darte un beso en la mejilla, al menos. Tienes el brazo muy duro, ¿lo sabías? —dije apretando su bíceps.

Sí, definitivamente estaba KO.

—Mejor voy a avisar a Susana. —Cogió su móvil y llamó—. Susana, llevo a Eleonor a casa. Va bastante bebida…

—¿Si vamos a casa te puedo besar en el portal, como en las películas?

—¡Eleonor! —Beltrán estaba a dos bandas—. ¿Eh?… Sí, sí. No te preocupes, pasadlo bien. Hasta mañana.

Seguí riendo descontroladamente.

Me tambaleaba y caminaba haciendo eses. Beltrán también iba algo borracho, pero desde luego a él el alcohol no le había afectado tanto como a mí.

—En el fondo me caes bien —dijo—. Tienes carácter.

—¿De verdad? Tú a mí no. —Volví a reírme.

—¿No te caigo bien? ¿Puedo saber qué he hecho para no caerte bien?

—Me recuerdas a mi abuelo.

—Eso suena un poco raro.

—No me refiero a físicamente, ¿sabes? Me refiero a que eras su amigo y, cuando te veo, siento tristeza y ¡eso me da rabia! —Esto último lo dije con un gorgorito—. ¿Sabías que a veces expresamos la tristeza con rabia?

—Me acabo de enterar.

—Pues te puedo contar más cosas. Soy psicóloga, ¿sabes?

—Eso ya me lo has dicho.

—¿Sí? Ay, te perdono si me das un beso.

—¿Cómo que me perdonas? —Beltrán volvió a reír—. No te voy a besar, vas muy bebida. Eso sería aprovecharme de ti.

—No voy muy bebida. Voy en mi punto.

—¿En serio? ¡Pero si casi no puedes ni sostenerte sola! —Volví a tropezarme, pero una vez más no me caí porque él volvió a tirar de mí con fuerza—. ¿Qué has bebido?

—Whisky.

—¿Te gusta el whisky?

—No, pero era lo más fuerte que tenían. De todas formas —empecé a hipar— tengo que decirte que yo soy torpe sin necesidad de ir borracha.

—¿Ah, sí?

—Sí, suelo caerme bastante. Siempre voy llena de moretones. Mira. —Me deslicé la chaqueta por el hombro para enseñarle uno que tenía en la parte de atrás del brazo—: Me lo hice esta misma tarde.

—¿Cómo fue? —preguntó acercándose para verlo mejor—. Menudo golpe, ¿no?

Se me erizó la piel al sentir tan cerca su respiración.

—Se me quedó enganchado el jersey en el picaporte de la puerta. —Me coloqué bien la chaqueta.

—¿Qué hacía ahí esa puerta? ¿Cómo se le ocurre?

—¡Eso digo yo!

—Mira que estar en medio…

—Hueles bien, ¿lo sabías? —La bebida me transformaba en una tremenda bocazas, pero lo cierto es que me encantó esa mezcla de olor corporal y toques de sándalo que alcancé a distinguir.

—Gracias, tú también. Hueles como a jazmín intenso.

Frené en seco la marcha y me coloqué frente a él. Me tambaleé.

—Gracias. —Sonreí—. Y tus ojos también son bonitos. Son... azules.

«Magnífico y elaborado piropo, Eleonor», me dije.

—Los tuyos son... verdes.

—Sí... —Sonreí tontamente. No sabía qué más decirle.

Dos segundos después, las náuseas se apoderaron de mí. Maldije la cerveza, el tequila, el whisky y todos sus sucedáneos.

—Creo que voy a vomitar.

Y, efectivamente, así fue.

Por suerte no le vomité encima. Me aparté con rapidez y arrojé en un lado de la calle.

El resto de la noche no la recordaría. Eso sería cosa de Beltrán la próxima vez que nos viéramos.

6

No sé qué fue peor, si el dolor de cabeza o las náuseas con las que desperté la mañana del sábado.

Estaba en la cama.

Lo último que recordaba era que la noche anterior había vomitado hasta las ganas de vivir. Y que el mensaje de Álex nunca llegó.

Miré el móvil por si se había obrado el milagro, pero nada. Ni rastro. Entré en la conversación para releer lo que le había escrito:

> OLA aLEX   1:40

Menudo comienzo. «Se vienen cositas, Eleonor», anticipé.

Cuanto más avanzaba en el texto más vergüenza ajena sentía.

«¿Pero cómo que "Con TIGO"? ¿Pero quién es "TIGO"? ¡Madre mía!», me dije.

Dejé de leer cuando llegué a «Del amor que sentía por tu atún queda mucho».

Por.

Tu.

Atún.

Le había dicho a Álex que sentía amor por su atún.

¡Tierra, trágame! Quería llorar.

Pensé en borrarlo, pero era demasiado tarde. El doble check azul estaba desde la noche anterior y seguro que le habría dado tiempo a leerlo, a sacarse un máster en descodificación y a descifrarlo. Bueno no, era Álex, todo eso le habría llevado demasiado esfuerzo. Ni siquiera había tenido tiempo para contestarme un mísero «Ok», como acostumbraba. Tiempo o ganas, según se mire.

Me sentí tonta. Aunque no sé qué esperaba, la verdad. Él siempre había sido así. No iba a cambiar de la noche a la mañana por muy intensa que yo me pusiera.

Noté que la frustración me estaba empezando a abrumar y salí de la conversación. Retrocedí y eché un vistazo a la bandeja de entrada. También tenía mensajes de Susana:

> Tía, dónde estás? 02:15

> Vale, ya me ha dicho Beltrán que te acompaña a casa 02:45

> A ver si con él olvidas ya al patán de tu ex 02:47

Espera, espera. ¿Al final me acompañó? ¿Vine a casa con él? ¿Hicimos algo?

Me asusté. Levanté las mantas. Aún llevaba puesta la ropa de la noche anterior. Eso era buena señal.

No recordar nada me daba ansiedad. ¿Cómo había llegado hasta allí?

Hasta el lunes, cuando fui al taller de Beltrán, no pude responder a ninguna pregunta. Imagínate lo que es eso para un cerebro ansioso.

—Vomitaste varias veces —me explicó Beltrán.

Habían pasado tres días desde aquella noche y yo aún arrastraba la resaca. Es lo que tiene pasar de los treinta. Él, en cambio, estaba más fresco que una lechuga.

—Sí, de eso me acuerdo —dije avergonzada—. No hace falta entrar en detalles.

—Insistías en entrar en la discoteca y beber otra copa, pero apenas te sostenías de pie.

—Esa soy yo, claramente.

—Al final, y dado tu estado, te convencí para volver a casa. Me vi en la obligación de acompañarte. No iba a dejarte sola. Además, vives a apenas un par de calles.

Fruncí el ceño.

—¿Pasó algo?

—¿Entre nosotros? No, no. No es mi estilo.

—¿De verdad?

—De verdad, aunque he de decir que me pediste que te besara.

—Eso no pasó.

—Sí, pasó. Lo pediste varias veces, además. Pero no, tampoco nos besamos.

Me eché a reír presa del nerviosismo.

—No te preocupes. No hablabas tú, hablaba el alcohol —dijo con una sonrisa amable. Me pareció muy comprensivo.

—Verás… Cuando me desperté estaba en mi cama y no…, no recuerdo cómo fue el momento de irme a dormir. Ni siquiera me acuerdo de cómo llegué a casa —dije con dificultades para formular la frase.

—Ah, sí. Tuve que ayudarte a buscar las llaves. Mira que el bolso era pequeño, pero aun así no había manera. Así que te ayudé y abrí yo directamente, porque estabas tú como para encontrar la cerradura. Entraste a tu casa cantando. —Se rio—. Cantas bastante mal, por cierto.

—Gracias —dije con ironía.

—Canturreabas «Como una ola», de Rocío Jurado.

—¡Ay, no! —Me llevé las manos a la cara y me escondí tras ellas.

—Sí... —Beltrán se rio con ganas—. No pensaba entrar, pero después del numerito, con baile incluido...

—¡¿Con baile?!

—Sí, usaste uno de los pilares del patio como barra de *pole dance*.

—Ese dato no era necesario.

—No haber preguntado. ¿Sigo o no?

—Sí, claro. ¡De perdidos al río!

—Luego te apoyaste en uno de ellos y te quedaste dormida de pie, así que te cogí a peso y te metí en la cama. Antes te quité los zapatos. Eso fue todo.

—¡Menos mal que eso fue todo!

—Conforme te oí roncar, salí de allí y me fui a mi casa.

—¡¿Roncar?! Madre mía, qué bochorno... —admití sujetándome con el pulgar y el índice el puente de la nariz.

—No te preocupes, son cosas que pasan —dijo con voz amable—. Fue una buena cogorza la tuya. ¿A quién no le ha pasado alguna vez?

—¿Delante de una persona a la que no conoces de nada?

—De nada no, ya habíamos hablado una vez. Además, conocía a tu abuelo.

Resoplé fuerte.

—Siento que tuvieras que cargar conmigo de esa manera. Estoy muy avergonzada.

—No pasa nada. Si te sientes mejor... digamos que me debes una. —Se cruzó de brazos y mostró una sonrisa sugerente.

—Hecho. Y no le cuentes a nadie nada, por favor. —Ese «por favor» lo enfaticé abriendo mucho los ojos y levantando las cejas.

—Tranquila, tu secreto está a salvo conmigo.

Quizá Beltrán no era tan gilipollas como pensaba. Quizá mis experiencias solo estaban condicionadas por los psicópatas de los que siempre me había rodeado. Mi pasado me decía que cualquier hombre en su situación habría aprovechado la oportunidad para acostarse conmigo. En ese caso no había sido así y eso me llamó la atención. Manda huevos que lo que debería ser lo normal se convierta, en mi caso, en la excepción que confirma la regla.

De pronto recordé el reloj. Aunque había decidido no decirle nada y buscarme la vida, cambié de opinión. Quizá no era tan mala idea contar con él. A fin de cuentas había demostrado que la impresión que me había llevado en nuestro primer encuentro se había debido a un malentendido. Aquel día él estaba tan jodido como yo.

—¿Te apetece venir esta tarde a echar un vistazo al reloj de mi abuelo?

—Claro, por supuesto.

—Genial, no te robo más tiempo, que tendrás trabajo.

—Dos apliques y un espejo de plata me están esperando —dijo señalando hacia el sótano con un pincel en la mano.

—Al menos no roncan —bromeé.

Beltrán rio mientras se perdía escaleras abajo.

—¡Te veo esta tarde, colorín! —Se escuchó desde abajo.

¿«Colorín»? ¿Qué era eso?

Salí del taller y me fui directa a casa. Allí busqué en Google que era eso de colorín:

Colorín. Forma popular de referirse a una especie de ave de la familia de los fringílidos, caracterizada por su llamativo plumaje rojo intenso en la parte ventral y blanco en la parte dorsal. El colorín, también llamado jilguero, se encuentra en áreas arboladas y bosques de Europa, Asia occidental y norte de África. Es conocido por su canto melodioso.

«Conocido por su canto melodioso». Genial. Era una burla inteligente.

No pude evitar reírme para mis adentros. No lo culpo, yo habría hecho lo mismo.

Como por la tarde llovía a mares, pensé que Beltrán no vendría. Me equivoqué. Eran las cuatro en punto cuando tocó a la puerta.

—Hola, colorín —saludó con una sonrisa de oreja a oreja. Estaba calado.

—Te crees muy gracioso, ¿verdad? —Puse una mueca y lo dejé pasar.

—Vamos a ver ese reloj —dijo ignorándome.

—Es por allí. —Señalé mi habitación.

—Ah, este camino lo conozco —soltó con sorna.

Confieso que por un momento la situación me resultó extraña. Era la primera vez en mi vida que invitaba a un tío a mi habitación sin intenciones sexuales.

Caminaba detrás de él, de modo que pude observar el reguero de agua que iba dejando a su paso.

—Oye, ¿no tienes paraguas en casa o qué? —pregunté.

—Tú tampoco tienes.

—¿Cómo lo sabes?

Se paró en seco, se volvió y me señaló con la mirada la entrada de la casa.

—No tienes paragüero.

Derrapé con los pies. Casi me choco con su cara. Eso me pasa por no dejar la distancia de seguridad.

—Qué observador —dije irónica.

—Siempre.

Beltrán continuó su marcha, tiró al suelo la mochila con sus bártulos, se quitó la chaqueta mojada y se puso a inspeccionar el reloj.

—Es muy bonito. Sin duda una obra de arte —dijo mientras acariciaba la madera.

—Si lo deseas, os puedo dejar a solas —bromeé.

Beltrán rio.

—Gracias, no será necesario.

—Oye, ¿quieres algo caliente? ¿Un té? ¿Un café? ¿Una cerveza?

—¿Una cerveza caliente? —Se echó a reír de nuevo—. Un café está bien. Por suerte tienes la calefacción puesta.

—Te traeré entonces un café y una toalla —dije sonriendo.

—Te lo agradezco.

Al rato regresé.

—Aquí tienes.

—Gracias. —Se pasó la toalla por la cabeza para secarse los mechones de pelo húmedos y desordenados que le caían por la cara.

Dio un sorbo al café y prosiguió.

—He encontrado algo interesante. —Alargó el brazo y me dio un trozo de papel rasgado por uno de los lados.

—¿Esto qué es?

—No lo sé. Solo sé que el reloj tiene un doble fondo y que esto estaba dentro.

—¿Doble fondo?

—¿No lo sabías?

—¿Que el reloj tenía doble fondo? No. Tampoco sé lo que es un doble fondo.

—El doble fondo es un espacio adicional oculto o un compartimento secreto. Lo he descubierto al intentar acceder al mecanismo del reloj. Mira. —Me mostró el espacio del que estábamos hablando.

—¿Y para qué suele servir?

—No se ve a simple vista, así que se suele usar para ocultar objetos.

Puse cara de póquer.

—¿Y esto es lo que había dentro? —pregunté mientras cogía con los dedos pulgar e índice el trozo de papel.

Beltrán asintió.

Leí en voz alta lo que había escrito:

Observando el paso del tiempo, impasible se halla una de las tres. Custodiada por las bestias de oro, tras las que se esconde el tesoro.

Bajo la mirada de quien admira el origen de la vida.
Para, con la eternidad, burlarse de aquellos
que el silencio usan como culto a la justicia.

Era la letra de mi abuelo.

—¿Qué quiere decir?

—No tengo ni idea —respondió Beltrán—, pero ¿no parece como si la hoja hubiera sido arrancada de alguna parte?

—Pues ahora que lo dices... —El aspecto amarillento del papel me recordó a uno que ya conocía—. Un momento.

Levanté la almohada de mi cama y saqué mi pijama de felpa. Escuché a Beltrán carraspear y decir con una notable incomodidad un «muy bonito» mientras yo intentaba sacar el diario del bolsillo. Se me había atascado con la propia tela. Al fin lo logré.

—Eso me suena. —Me miró con el ceño fruncido.

Lo abrí directamente por el final.

—Mira. —Coloqué la parte rasgada del papel donde debería estar la última hoja del diario. Cuadraba a la perfección.

—Qué curioso...

—Es raro, ¿no? ¿Por qué mi abuelo garabatearía y rompería un diario del siglo dieciséis?

—No tiene mucho sentido, pero, bueno, tu abuelo era raro. —Dio un último sorbo al café—. ¿Es descafeinado?

—A buenas horas preguntas. Lo hice normal.

—Genial. Esta noche no duermo.

—Haber elegido la cerveza.

Lo miré divertida.

De repente sonó el timbre de casa.

Fui a ver quién era.

Abrí la puerta y allí estaba, con un brazo apoyado en el marco de la puerta y con el otro sujetando el casco de la moto. Era idiota, pero un idiota jodidamente guapo. Creo que lo amaba y odiaba a partes iguales.

—¿Álex?

—Eh…, creo que sí, aún me sigo llamando así.

—¿Qué haces aquí?

—¡Sorpresaaaaa! —dijo con tono sarcástico—. He venido a verte, ¿no te parece bien?

—No… —Carraspeé—. Quiero decir… Me parece fenomenal, pero no te esperaba.

Y desde luego que tampoco me parecía bien. Bueno, sí pero no. Por una parte, me moría de ganas de hablar con él, pero, por otra, Beltrán estaba en casa y no era el mejor momento.

—¿Puedo pasar, fea, o me vas a dejar fuera todo el rato, con la que está cayendo?

—Sí, claro, pasa. Perdona.

Álex olía a «necesito que me empotres ya mismo». Me envolvió su estela cuando cruzó el umbral.

—Por cierto, la otra noche saliste, ¿verdad? —dijo mientras se quitaba la chupa de cuero y la dejaba colgada en el perchero de la entrada.

—No… —Me puse roja como un tomate.

—¡No, qué va! Eleonor, que nos conocemos.

—Bueno, quizá un poco.

Quería echarle en cara que no me hubiera respondido, pero recordé el mensaje. Ese mensaje. Tal vez hubiera sido diferente en otra ocasión, pero ya me sentía lo bastante humillada como para recordarle a él lo pava que soy. Si no lo nombraba, no existía.

—¿Has venido a algo en concreto? —dije rápidamente, antes de que sacara el tema.

Se encendió un cigarro.

—He venido a verte.

—¿A verme? Pero ¿no lo hemos dejado? —Me hice la dura.

—Lo sé… —Hizo una pausa para dar una calada —, pero no puedo dejar de pensar en ti.

Clavó su mirada en la mía. Me derretí un poco mientras expulsaba el humo por la boca, no me escondo.

—En realidad he venido a pedirte perdón —añadió.

«¿Álex pidiendo perdón? Qué raro...», pensé.

—Te echo de menos. —Y siguió—: Me he dado cuenta de que soy un capullo y de que mi vida no tiene sentido si tú no estás a mi lado. —Se pasó la mano por su brillante pelo rubio, en modo desesperado—. Te necesito, Eleonor.

Entiendo que eso debía de ser muy difícil para él. Tenía delante de mí a una persona que nunca había estado ni se la esperaba y que, por una vez en su vida, estaba presente en cuerpo y alma. Una parte de mí quería abalanzarse sobre él para besarlo apasionadamente; la otra quería abalanzarse sobre él para pegarle un guantazo. Me daba una rabia tremenda que ese señor nunca hiciera las cosas cuando tocaba y que, cuando las hacía, siempre hubiera algo que le reforzara la respuesta de huida. Beltrán en el otro lado del patio y al susodicho se le ocurre ahora afrontar la primera situación complicada de su vida. No, ese no era precisamente el reencuentro que yo había imaginado.

—Álex, ahora no es el moment...

—Creo que nunca voy a sentir por nadie más lo mismo que siento por ti.

Vi a Beltrán en el patio con cara de circunstancias. Álex le daba la espalda y no pudo darse cuenta de su presencia. Había recogido sus cosas y se disponía a salir.

Mientras mi ex hablaba y recitaba su consabido repertorio de frases de siempre, entre las que se encontraban «hemos superado muchas cosas, podemos con esto», «te quiero y sigo enamorado de ti como el primer día» y «lo nuestro siempre ha sido especial, y lo sabes», yo intentaba comunicarme por señas con Beltrán. Le indiqué, como pude, que la puerta del jardín estaba abierta. Tuve que disimular uno de mis aspavientos haciendo como que había una mosca en el aire. Por lo demás, parecía que todo salía a la perfección.

—¿Qué haces? ¿Estás bien? —preguntó extrañado Álex.

—Sí, sí, es solo una mosca.

Siguió hablando y diciendo no sé qué de que jamás encontraría a alguien como yo. Todo habría quedado ahí si no fuera porque a la puerta del jardín hacía como veinte años que no se le echaba aceite. Oyó el chirrido de la puerta hasta el vecino que vivía dos calles más abajo.

—¿Y este? —dijo Álex con aires de chuleta de barrio.

—Es el electricista —dije lo primero que me vino a la cabeza.

—¿Electrici?... Eh... Sí... Soy el electricista. Estaba comprobando que todo funciona correctamente. —Pulsó el interruptor de la luz de la cocina varias veces—. Sí, en efecto, funciona. Ya me puedo ir.

—¿Electricista? ¿De la empresa Pornhub?

—¡Álex!

—Yo ya me iba... Eleonor, ya nos veremos. —Beltrán hizo un gesto con la mano para despedirse. Quiso abrir la puerta del jardín tan rápido que no midió su fuerza y se quedó con el pomo en la mano—. Vaya, lo siento. —Rio nervioso.

Álex resopló.

—Vaya tela con el Capitán América —se mofó.

—¡Álex, cállate! ¡Eres idiota! —Fui hacia la puerta con Beltrán—. No te preocupes, lo arreglaremos en otro momento —le dije.

—Perdona, te lo compensaré. —Me miró con amabilidad. Luego observó a Álex de mala gana desde la distancia. Si las miradas matasen...

Álex sonrió sin disimular que lo hacía de manera forzada y levantó la mano para despedirse de él.

—Imbécil... —susurró Beltrán mientras la puerta se cerraba. Suerte que solo lo oí yo.

Volví donde mi ex.

—¿En serio has tenido que decir todo eso? —le dije a Álex una vez a solas.

—¿En serio estás ya con otro?

No podía creer que estuviera montando el numerito de novio celoso.

—No tienes ningún derecho a decirme eso.

—¿Ah, no? ¿Lo dejamos cuatro días y al quinto ya estás tirándote a otro? ¿Es eso todo lo que nuestra relación ha sido para ti?

—¿Perdona?

—Estoy decepcionado, Eleonor. Pensaba que eras diferente, pero eres como todas las demás.

—¿Como todas las demás? ¿Y cómo se supone que son todas las demás?

—A la mínima os vais con el primero que os hace caso.

—Punto número uno: eso es muy misógino.

—¿Misógino por decir la verdad?

—Y punto número dos: no puedo creer que digas esto cuando, literalmente, hace unos meses te tirabas a otra mientras estabas conmigo. Eso sí fue decepcionante.

—¡Pero no estaba enamorado! Fue solo sexo, nada más.

—¿Solo sexo?

—Sí, joder. No hubo sentimientos porque de quien realmente estoy enamorado es de ti.

—¿Te das cuenta de que no se puede tener «solo sexo» con alguien? Para llegar a eso hace falta un tonteo, un *feeling*, ¡qué sé yo! ¡Algo!

Me empezaba a hervir la sangre.

—Pues me la tiraba y ya, pero luego en quien pensaba era en ti.

—¿Y se supone que me tengo que sentir halagada por ello?

—Me refiero a que a ti te quiero.

Algo se me removió por dentro.

—Yo también te quiero, pero ¿te has parado a pensar en cómo me sentí cuando supe la verdad?

—¿Me quieres?

—¿Qué? ¡Claro!

—Cuando se ama de verdad no se duda. ¿Tú dudas?

—Ahora mismo sí.

—Entonces es que no me quieres de verdad.

Eso me dolió. No sé por qué, pero empecé a notar cargo de conciencia. No quería que pensara que no lo quería de verdad. ¡Claro que lo quería!, pero en aquel momento estaba dolida al recordar lo ocurrido y eso me impedía sentir un amor puro por él. ¿Por qué tenía que culpabilizarme de sentir dolor ante su traición?

—Álex, sí te quiero. Siempre te he querido.

—Pues, si me quieres, olvídalo todo.

—No puedo, me hiciste mucho daño.

—¿Ves? No me quieres. No pasa nada, lo entiendo. Espero que te vaya bien con ese tío. —Se puso la chupa e hizo ademán de marcharse.

—Álex, no te vayas, por favor. Te quiero.

—No me quieres, Eleonor. Me lo acabas de demostrar.

—Espera… ¿Qué? —De repente me di cuenta. Con él siempre me había sentido inferior, como si estuviera en deuda. Como si me tuviera que ganar su amor todo el rato, incluso cuando era él quien hacía las cosas mal—. Le estás dando la vuelta a la tortilla.

—No lo hago.

—Sí, sí lo haces. La que empezó estando enfadada contigo soy yo y ahora resulta que me siento como si hubiera cometido una falta grave.

—Si te sientes así por algo será.

Reflexioné unos segundos. ¿Había hecho algo mal? Quizá no le tendría que haber pedido a Beltrán que viniera a casa. Así Álex no se habría enterado de su visita y entonces podríamos estar bien. Encima de que había venido a pedirme perdón…

—Solo veo que durante todo este tiempo he estado pensando en ti todo el rato. Si es que soy gilipollas por creer que esto podía volver a funcionar.

—No eres gilipollas…

—Sí lo soy. He venido a pedirte perdón y resulta que tú ya estabas pasando página. He quedado como un pringado.

—¡Que no tengo nada con él!

—¿Y por qué has tenido la necesidad de mentir diciendo que era el electricista?

—Porque me daba miedo que pensaras que tenía algo con él.

—No, te daba miedo que descubriera la verdad. ¿Me tomas por tonto?

—No.

—Pues lo parece. ¿Quién es?

—Un amigo.

Álex rio irónicamente.

—Un amigo. Ya.

—Es el chico que trabaja en el taller Hijos del Ángel.

—¿El nieto de Sancho?

—Sí.

—¿Y qué hacía aquí?

Ni me apetecía ni quería contarle toda la movida.

—Vino a por un farol del patio, se lo lleva al taller para restaurarlo.

Álex permaneció en silencio unos segundos. Miró a su alrededor y rio sutilmente.

—¿Cuál de todos los que están colocados se ha llevado?

—Álex, ya está bien.

—No, no está bien, Eleonor. ¿Por qué me mientes otra vez? ¿Sabes? No podría estar con alguien así. Si me mientes una vez, me vas a mentir más veces. La confianza es como un espejo. Una vez roto, ya no hay manera de que vuelva a su estado original por mucho que se arregle.

Puse una mueca de incredulidad.

—Pero ¿por qué te haces el ofendido ahora? Álex, no me jodas, ¡que el infiel fuiste tú!

—¡Me estás mintiendo todo el rato!

—¿Y tú? ¿No me has ocultado nada nunca? ¿Te has parado a pensar en cómo me sentí cuando descubrí que estabas con aquella chica que no tiene nada que ver conmigo? ¿En cómo me quedé cuando supe la verdad? Deja de evitar esta pregunta y contéstame de una vez. —Podía sentir la presión en el pecho ahogándome cada vez más.

—Sí..., y la simple idea de que puedas conocer a otro tío me mata... ¿Que otro te toque, te bese y te disfrute como lo he hecho yo tantos años? No lo soportaría. —Sus ojos se percibían vidriosos.

—¡No estoy hablando de eso! ¿Sabes las veces que me hiciste pensar que estaba loca y que me lo estaba inventando todo? Estuviste engañándome con otra persona durante mucho tiempo. Te pillé y me lo negaste todo. Me abandonaste la semana en que murió mi abuelo. No puedo hacer como si nada. —Sentí que un escalofrío me recorría todo el cuerpo y estallé a llorar.

—Es que si te lo contaba te ibas a enfadar.

—¡¿Y cómo coño quieres que reaccione?! —grité—. ¿Por qué contigo siempre tengo la sensación de que no hablamos el mismo idioma? ¿Por qué parece que hablo, hablo, hablo y no me escuchas? ¡Solo quiero que me entiendas!

—¡Es que no sé qué quieres que te diga!

—¡No quiero que me digas nada! No se trata de lo que quiero que me digas, ¡se trata de que me digas lo que tú sientes!

—Pero ¿tú ves cómo te estás poniendo?

—¿Cómo me estoy poniendo de qué?

—Pareces una loca.

—¿Una loca? ¿Pero eres idiota o qué te pasa?

—Por favor, no me insultes.

—Álex, vete a la mierda.

—¡Jesús! Menuda desquiciada.

—¿Es que no te das cuenta de que me estás haciendo daño?

—Eleonor, tus emociones son tu responsabilidad. Yo no tengo la culpa de que reacciones de manera desproporcionada a las cosas. Solo estamos hablando, no te he dicho nada malo.

—¡Estás pasando de mí!

—Eso no es así; si estuviera pasando de ti, no habría venido. Creo que necesitas ayuda, El.

—¿Ayuda?

—Conozco a un buen psicólogo, si quieres te puedo pasar el contacto.

Respiré profundamente mientras las lágrimas seguían cayendo por mis mejillas. Me sentía humillada y despreciada. No podía creer que la única solución que contemplara fuera «mi locura».

—Lo que necesito es que te vayas de aquí ahora mismo —musité.

—¿Me estás echando? —Sus ojos se clavaron en los míos.

Pude reconocer el dolor en su rostro, lo que no sé es si él pudo reconocer el mío a pesar de mis lágrimas.

—Te estoy echando. Vete de aquí.

—A mí jamás se me ocurriría hablarte así. Cuando estés bien, quizá podamos volver a estar juntos. Mientras tanto, espero que trabajes en ti.

—¡Que te pires!

Cerré la puerta con un golpe seco y me senté en el suelo, dejándome caer con la espalda contra la madera de la puerta.

—Y yo espero que madures algún día, Álex —dije en voz baja—. Eso espero.

7

Toledo, 15 de octubre del año 1500

El frío y la oscuridad de la noche acechaban en la ciudad amura-
llada, donde minuto a minuto se adentraban en cada calle y cada
rincón. Las tabernas se llenaban de borrachos a la espera de cualquier fulana que pudiera alimentar su ego y saciar sus ganas de
sexo. Los deseos carnales y otras bajezas del ser humano aguardaban pacientemente las horas oscuras para salir a pasear y re-
crearse en el barro de la miseria moral.

    Decían sus religiosos que aquello no podía ser sino obra del
mismísimo diablo. A las mismas gentes que criticaban aquellos
actos de cara a la opinión pública, su hipocresía las delataba de
puertas adentro. Cada vez que el sol se escondía, lo divino y lo
mundano confluían en el mismo espacio. No era ninguna broma.
Aquella noche, la luz de la luna bañaba la fachada de la majestuosa catedral de una manera especial. Ella, que albergaba en su interior maravillosos tesoros celestiales, era testigo de la degradación
de aquellos mortales que por las mañanas rezaban a Dios y por
las noches vendían hasta a su madre si era necesario. Las sombras
que sus torres proyectaban en el suelo se difuminaban con la
pillería de los asaltantes. Lo que de día eran bulliciosas calles y
plazas iluminadas por la luz del sol, repletas de artesanos, merca-
deres y comerciantes en busca del mejor postor, de noche eran
espacios estrechos y solitarios que amenazaban o bien con la
muerte, si eras un pobre desgraciado, o bien con el hurto a punta

de puñal, si eras algo más afortunado. Los alimentos, los aceros, las espadas, los metales, las cerámicas y los textiles pasaban a la historia en cuestión de horas.

Las personas de bien, como los nobles y los clérigos, también acudían a sus celebraciones nocturnas. Los nobles participaban en las fiestas, los bailes y los eventos sociales de la corte o en los palacios aledaños. El objetivo era socializar, establecer contactos y demostrar su estatus social.

En una de aquellas fiestas estaba Julia, la pequeña de cuatro hermanas cuyo padre, el noble Gutierre Gómez de Fuensalida, era una pieza clave en la política internacional de los Reyes Católicos, doña Isabel y don Fernando. Gutierre había servido como embajador ante el Sacro Imperio Romano Germánico, el condado de Flandes y el reino de Inglaterra. Estaba casado y tremendamente enamorado de doña María de Arroniz.

Gutierre y María hacía ya años que, por trabajo, habían fijado su residencia en Málaga. A sus hijas Catalina, Juana, María y Julia las habían dejado en Toledo, a resguardo de los muros que durante tantos años constituyeron su hogar: el palacio de Fuensalida.

La residencia palaciega, de estilo gótico y mudéjar, se construyó en Toledo a finales del siglo XV por encargo de Gutierre de Fuensalida, abuelo de Julia y comendador de Villaescusa de Haro, en la Orden de Santiago. Era un edificio impresionante de dos plantas dispuesto en torno a un patio central rectangular al que se abrían las distintas estancias. Las caballerizas se ubicaban en el sótano de la vivienda. Para la construcción se emplearon el ladrillo, la mampostería, la madera y el yeso, y la impresión para cualquiera que lo observara era sin duda de austeridad y nobleza.

Al principio, las cuatro hermanas vivieron bajo el mismo techo, pero con el tiempo Catalina y Juana se marcharon al casarse y María se metió a monja en el convento de Santa Clara, en Carmona. La pequeña era la única hermana que permanecía en el palacio que los reyes habían cedido al diplomático, militar y político castellano.

A pesar de estar casada, renunció a vivir en cualquier otro lugar; a Julia le gustaba su casa y su ciudad. Había contraído matrimonio un año antes con el duque Felipe Álvarez de Toledo, en virtud del acuerdo que sus padres negociaron con la Casa de Alba, cuyo objetivo era reforzar sus alianzas en Castilla. La difunta esposa del duque, Isabel, había fallecido dos años antes y Felipe necesitaba una esposa que le proporcionara la descendencia que aún no había logrado.

A Julia le gustaba bailar, jugar al ajedrez, leer novelas de caballería y escribir poesía. De vez en cuando organizaba fiestas en el palacio, como la que entonces se celebraba. En aquella ocasión, su marido se hallaba fuera y era ella quien cargaba con la responsabilidad de ser la anfitriona.

Los músicos tocaban sin cesar, los invitados bailaban y había suficiente comida y bebida como para alimentar al doble de los asistentes.

—¡Es una de las mejores fiestas de mi vida!

—Doña Mencía, don Pedro. ¡Qué alegría veros en mi casa! —Julia se acercó a charlar con los condestables de Castilla, que habían acudido a la fiesta desde Burgos, donde residían habitualmente.

A pesar de su juventud, no hay que olvidar que Julia era una mujer de alta cuna. Había recibido una buena educación y eso se notaba.

—Buena música, buenas gentes y lo más importante: ¡buen vino!

—Don Pedro, ya sabéis que en nuestros viñedos se cultiva la mejor uva garnacha de toda la zona.

—Lo sé, doña Julia, ¡nada que envidiar a los nuestros!

—Dejadme deciros que la Ribera del Duero es, sin duda, una de las mejores tierras para las viñas. De allí sale el mejor vino que he probado jamás.

—Estoy completamente de acuerdo. —El condestable rio satisfecho y se giró hacia su mujer—. Mencía, querida, ¿os apetece bailar?

—¡Por supuesto!

Mencía agarró fuerte la mano de su marido y, antes de marcharse, miró a Julia.

—Me encanta veros tan feliz y radiante —le dijo guiñándole un ojo.

Luego, ambos salieron a la zona de baile, sonriendo.

Mencía y Julia se conocían desde hacía varios años. Se podría decir que se tenían casi la misma confianza que dos amigas. Sabía que a Julia no le había hecho mucha gracia un casamiento sin amor, pero al verla aquella noche con ese brillo tan especial en los ojos pensó que, quizá, su amiga había corrido la misma suerte que ella y había terminado enamorándose de su marido. Y en efecto, así había sido. Julia se enamoró locamente de Felipe durante los primeros tres meses de la relación. Felipe era un hombre atractivo y seductor, y ella una joven de apenas diecinueve años.

Mientras los invitados bailaban y bebían, Julia disfrutaba observando el ambiente. Aunque era la primera fiesta que regía en solitario, no le suponía ningún pesar. Ella siempre había sido muy extrovertida. Además, sus lecturas le servían como inspiración e instrucción para desenvolverse con soltura en la más alta sociedad.

—Mi señora, ¿queréis más vino tinto? —Un sirviente asomó por detrás de su hombro sosteniendo una jarra entre las manos. Se llamaba Pedro.

Pedro era un joven muy apuesto. No tenía mucha relación con ella, pero parecía amable, aunque no siempre acudía a sus llamadas cuando se le necesitaba. Julia le había pedido explicaciones en más de una ocasión, pero el joven se limitaba a decir que estaba muy ocupado con los quehaceres de las caballerizas.

—Sí, llenadme la copa.

—Como deseéis, mi señora.

Dio un sorbo a su copa y se incorporó para seguir analizando con disimulo a quienes esa noche habían acudido a la fiesta.

En el otro extremo del salón, un joven de pelo castaño la miraba fijamente. Sus ojos se encontraron y Julia permaneció seria. No esperaba verlo.

—¿Qué hace aquí el hijo del señor de Cañete? —preguntó a Diego, uno de sus vasallos.

—¿El hijo de Juan Martínez de Luna?

—Sí, el necio de Álvaro. Parece que acaba de llegar.

—Lo desconozco, mi señora. Iré a informarme.

Julia asintió y siguió a lo suyo.

Al rato, el vasallo volvió con información relevante.

—Mi señora, Álvaro de Luna es ahora el señor de Cañete. Heredó el título cuando su padre falleció hace unos meses. La invitación llegó a la casa de Luna de parte del arzobispo de Toledo.

—¿Cisneros?

—El mismo. Ya sabéis que a la reina Isabel no le gusta la idea de que dos nobles de Castilla que apoyan su reinado peleen. A ojos de otros nobles podría parecer que el reino se fragmenta. ¿Creéis que la intención de la invitación es calmar las aguas?

—¿Calmarlas o agitarlas un poco más, don Diego? Las heridas aún permanecen abiertas. Las tierras que nos usurparon eran de mis padres. ¡Nos fueron arrebatadas injustamente!

Julia hizo una mueca de desprecio. Dio un trago largo a su copa y respiró hondo para mantener las formas.

Unos años antes, sus padres habían heredado de sus antepasados unas tierras al norte de Toledo, cerca del señorío de Cañete. Todo habría quedado ahí si no hubiese sido porque Juan Martínez de Luna se adueñó de aquellas propiedades a cambio del apoyo militar a los reyes para las expediciones al nuevo mundo.

Le apetecía muchísimo partirle la cara al hombre que un día se atrevió a arrebatarles los dominios que, por orden de sucesión, pertenecían a su familia. Aun así, Julia sabía que debía comportarse. Eran asuntos de hombres en los que ella no debía inmiscuirse, o al menos eso le recomendaban sus vasallos.

Observó atentamente durante un rato largo al nuevo señor de Cañete. El susodicho agarró abruptamente de la cintura a una de las sirvientas que le estaba echando vino en la copa. Luego intentó meterle mano de manera descarada. La sirvienta lo apartó como pudo y siguió con su trabajo.

Al contemplar aquella estampa, Julia pensó en echarlo, pero lamentablemente eso solo acarrearía más problemas. Tras debatir con ella misma qué era lo mejor en ese momento, se dio cuenta de que no le quedaba más remedio que volver a sumergirse en la fiesta.

Al cabo de un rato le apeteció bailar, pero no podía hacerlo al no encontrarse su marido en casa. Sería un escándalo danzar con cualquier otra persona.

Los minutos pasaban con lentitud y el aburrimiento empezaba a instalarse en ella.

—¿Podríais ponerme un poco más de vino? —Levantó la copa para que Pedro le volviera a servir.

—Pero mi señora...

—¡Que me la llenéis, he dicho! —Julia dio un trago—. ¿No ha venido el juglar?

—Sí, mi señora, ¿doy el aviso para que pase?

—¡Pues claro que sí! ¿A qué está esperando ese necio? ¿Trescientos maravedíes le parecen poco a ese juglar para no estar ya aquí divirtiendo a toda esta gente? ¡Rápido! O pensarán que no soy capaz de sacar adelante nada en condiciones —dijo con voz firme.

El sirviente pidió que se hiciera llamar al músico. Este entró en la sala y comenzó su actuación:

¡Oh, nobles señores y damas de renombre,
espero que mi historia les asombre!
En esta fiesta de lujo y distinción,
mis palabras traen alegría y conmoción.

El juglar continuó sus versos entre los aplausos y las risas de quienes lo escuchaban.

Julia se levantó de la mesa y se colocó en un rincón de la sala. Apoyó la espalda en una de las columnas que estaban apartadas del gentío. Así podía observar la escena desde otra perspectiva.

—Es bueno —dijo con voz suave el señor de Cañete apareciendo a sus espaldas.

Julia se volvió sorprendida.

—Don Álvaro de Luna, qué agradable sorpresa —masculló con falsedad y un cierto desaire.

—Un gusto poder saludaros de nuevo, duquesa. La última vez que nos vimos apenas me llegabais por la cintura y ahora miraos. Sois tan hermosa como imaginé.

Aquel chico de ojos oscuros e intensos que besaba su mano con falsa pleitesía no tendría más de veinticinco años y era tan apuesto como manipulador.

—Gracias por vuestros halagos, don Álvaro. Ojalá pudiera decir lo mismo.

La risa de don Álvaro se confundió con la de los asistentes, que seguían atentos al juglar.

Las melodías de tiempos pasados
tejen historias de amores enlazados.
Los jóvenes de alta cuna
esperan a su dama oportuna.

—Dios bendiga la habilidad de entretener a la nobleza —dijo señalando con su copa al juglar—. Es la única manera de evadir nuestras mentes de asuntos más serios.

—¿Con asuntos serios os referís a incrementar vuestras finanzas por medios de dudosa honorabilidad, mi señor? —le espetó Julia.

—Qué mordaz. Os aconsejo que no uséis ese tono conmigo, duquesa. Por algo los hombres son quienes dedican sus jornadas a los asuntos importantes. Dios creó a las mujeres para tejer y procrear, y a eso es a lo que deberían dedicarse en lugar de meter las narices en asuntos que no les incumben.

—Os aseguro que las mujeres somos capaces de muchas más cosas de las que imagináis.

—¿Cantar? ¿Bailar? No recuerdo el día en que algún reino

fuera conquistado o gobernado con una danza. Quizá es que tal cosa nunca existió.

—O quizá es que las mujeres nunca hemos tenido la oportunidad de demostrar nuestra valía más allá de los límites impuestos.

—No son límites impuestos. Son límites naturales. Las mujeres sois la especie débil. —Don Álvaro hizo una pausa para dar un trago a su copa—. Cualquier mujer que no se ocupe del hogar, críe a sus hijos y atienda a su esposo puede considerarse un peligro para la sociedad.

—Qué curioso que esa especie débil a la que os referís os parezca una amenaza. —Julia miró a don Álvaro con ojos desafiantes—. ¿No será que teméis que nos rebelemos algún día?

—Aquella que se atreva a dar el paso será quemada en la hoguera antes de que pueda lograr cualquier cosa.

Julia tragó saliva. Tenía la sensación de estar adentrándose en terreno pantanoso.

—¿Sabéis una cosa? —continuó don Álvaro—. Pese a todo, me gustan las hembras de carácter rudo y rostro angelical. Son las que más reflejan el ansia de un varón que las someta. Necesitan ser dominadas y subyugadas.

—No seáis bobo. Ninguna mujer necesita eso.

Don Álvaro volvió a reír.

—Sois osada. Me gusta. Pero sin duda prefiero los dolores de cabeza que producen las guerras.

—Al menos ahí nadie se atreve a cuestionaros, ¿no es así?

Julia estaba acabando con la paciencia de don Álvaro, que no se lo pensó dos veces y apretó con fuerza la muñeca de la joven.

—¡Pero cómo os atrevéis! —Julia levantó la otra mano en un intento de pegarle un bofetón.

Don Álvaro agarró al vuelo la otra muñeca y evitó tal desenlace.

—No os recomiendo armar un escándalo, mi señora.

La corta distancia entre ellos permitió que la duquesa percibiera el hedor a alcohol del aliento del señor de Cañete.

Ambos miraron alrededor. Aparentemente nadie se había dado cuenta de lo que estaba sucediendo. Todos seguían ensimismados con el juglar.

—Suélteme, don Álvaro.

El señor de Cañete se acercó a su cuello. Pasó la nariz cerca de la oreja de Julia, que pudo escuchar como la olisqueaba con intensidad.

—Tozuda pero bonita, y con un delicioso toque a jazmín. Lástima que ya estéis casada.

Don Álvaro dejó de hacer fuerza y soltó el brazo de la joven.

—Si me disculpáis. —Julia rozó con el hombro el de don Álvaro, que no se apartó ni un milímetro para dejarla pasar, y salió casi a la carrera al jardín trasero, que, debido al frío, estaba vacío.

Pateó con rabia varios arbustos y maldijo toda la estirpe de la casa de Luna.

Cuando se hubo tranquilizado, entró de nuevo al salón, donde pudo comprobar que el alcohol ya causaba estragos entre los invitados.

El resto de la noche transcurrió sin mayores incidentes.

Julia no volvió a ver a don Álvaro; pensó que quizá se había sentido avergonzado por lo ocurrido y se había marchado.

Al finalizar la fiesta, Julia se despidió de todos los asistentes, se dio un baño en compañía de sus doncellas y se fue a dormir.

Entrada la madrugada, todo el mundo descansaba plácidamente en el palacio de Fuensalida. Todo el mundo menos una persona que había permanecido durante el final de la velada escondida en uno de los aposentos de la casa. Tenía un plan y pensaba ponerlo en marcha.

Sobre las dos de la madrugada, en una fría pero tranquila noche de otoño, Julia yacía plácidamente en su cama. Apenas llevaba puesto un camisón que dejaba entrever sus pechos. Aquel hombre pudo observarlos a la luz de una vela cuando entró a hurtadillas en sus aposentos.

Se aventuró a acariciarle la cara con un dedo, el mismo que fue deslizando por su piel hasta el pezón derecho. Y, como si la excitación hubiese poseído su cuerpo de manera repentina, no lo dudó ni un instante: se desvistió rápido, dejó sus pertenencias por el suelo y se abalanzó sobre la muchacha.

Julia se despertó. Intentó gritar con todas sus fuerzas, pero no sirvió de nada porque su agresor le había tapado la boca con ímpetu.

—¡Calla! ¡Chisss!... ¡Cállate, joder!

Al oír su voz, supo de quién se trataba. Forcejeó con todas sus fuerzas y pudo soltarle una patada a don Álvaro. Mientras el otro mantenía su cuerpo encogido, ella vio una oportunidad para escapar, con tan mala suerte que, cuando parecía que se había librado de las sucias manos del señor de Cañete, tropezó con la alfombra, aquella que su marido había traído del sur de España y que tan poco le gustaba.

Qué habría pasado si esa maldita alfombra no hubiera estado ahí. Qué habría pasado si Felipe hubiera accedido a su deseo de quitarla. Qué habría pasado si, tras ese tropiezo, don Álvaro no la hubiera alcanzado.

Quizá no la habría amenazado de muerte tras sacar una daga.

Quizá aquella daga no habría acabado en su cuello, a punto de degollarla.

Quizá el pánico no se hubiera apoderado de Julia y nada de aquello hubiera ocurrido.

En ese momento sentí que era el final.

La vida y la muerte se habían encontrado para discutir de quién era el turno ahora.

Me sentí sola. Ni siquiera la luz de la luna me acompañó esa noche.

Sabía lo que iba a pasar y quería huir. Pero no podía. Sus manos me tenían atrapada como una jaula atrapa a un pájaro.

Sin embargo, no todo estaba perdido. Aún me quedaba un sitio al que escapar.

Abrí aquella enorme puerta de madera que apareció ante mis ojos.

Allí era una hermosa tarde de otoño. El ocaso había comenzado y yo paseaba tranquilamente por el bosque mientras los tenues rayos de sol me acariciaban la piel. La misma luz que me bañaba las mejillas se filtraba entre las ramas y creaba un baile de sombras y luces doradas a mi alrededor. Mi cabello se movía al son de la brisa y yo podía respirar el dulce aroma de la menta, la albahaca o el tomillo, mezclado con la suavidad del musgo y las flores silvestres.

Los árboles que me rodeaban parecían ser los guardianes silenciosos del bosque. Me acerqué al tronco del más próximo y acaricié su corteza. Luego deslicé la mano hasta las raíces, cogí un puñado de tierra húmeda y la dejé caer suavemente. Aquel sitio parecía real.

Levanté la mirada y pude contemplar el vuelo de un cuervo cruzando el cielo anaranjado; apareció como si me quisiera guiar amablemente en ese viaje que estaba dispuesta a emprender.

A medida que avanzaba por el bosque, me iba alejando más de la realidad. El ruido terrenal dio paso al suave crujir de las hojas caídas. El dolor se transformó en los susurros del viento que mecía las que aún se aferraban a las ramas. La angustia se desvaneció lentamente dando paso a las últimas notas del día que los pájaros entonaban.

Pese a que aquel lugar era desconocido para mí, el corazón me decía que había vuelto a casa. Estaba a salvo. Ahora mi cuerpo era el que sufría, no yo. Ya no importaban el daño ni las rasgaduras de mi camisón. Sabía que el peligro que me acechaba afuera aquí no podría alcanzarme. Había encontrado mi lugar seguro y nadie podía arrebatármelo.

Observé que al final del camino me esperaba alguien, pero no supe distinguirlo hasta que no estuve cerca. Reconocía ese rostro, ese tono de pelo rubio ceniza, esa mirada pura e inocente. No podía creerlo, pero quien me esperaba era yo misma años antes, cuando tan solo era una niña y las preocupaciones no existían.

Me vine abajo. Quería pedirle perdón a esa niña por lo que estaba sucediendo. Quería decirle que lo estaba intentando con todas mis fuerzas, pero que no podía luchar más. Quería que supiera que sentía mucho no poder protegerla cuando más lo necesitaba y que, por temor a perder la vida, tenía que resignarme a manos de quien me estaba arrebatando la voluntad y cualquier sueño de futuro que pudiera tener.

La niña me miraba con gesto compasivo. Por la expresión de sus ojos parecía saber más de mí que yo de ella.

Me tendió la mano y yo la agarré con fuerza. Me arrodillé para colocarme a su altura.

—Perdóname —le dije entre lágrimas.

La niña volvió a mirarme.

—Solo tú puedes hacerlo —respondió ella—. Debes volver.

Tras estas palabras, la niña me soltó la mano.

La tierra empezó a temblar y el bosque, como si fuera un escenario ficticio, se resquebrajó.

—Aún no está todo perdido. Ve y demuéstrales quién eres.

Una lágrima me recorrió la mejilla cuando entendí que una parte de mí había muerto aquella noche.

Desperté en medio de la oscuridad. Ya no veía los rayos de sol ni olía el bosque. Volví a conectar con mi cuerpo y, con ello, con el dolor y la vergüenza. Tenía los pies fríos. La culpa no me cabía en el pecho.

Estaba tirada en el suelo, sin ropa.

Sin honor.

Sin alma.

Ya no tenía prisa por vivir. Había muerto en vida.

Estaba segura de que el infierno existía y ahí empezaba el mío.

8

Me pasé la tarde llorando a moco tendido y maldiciendo el día en que me enamoré del susodicho. Bueno, lloraba e intentaba arreglar el pomo de la puerta. Sí, las dos cosas a la vez: todo un cuadro, vamos. Resulta que Beltrán lo había partido. Le puse pegamento fuerte. El bricolaje no es lo mío, pero al menos resistía y cumplía su función.

Sobre las seis, cuando la noche empezó a caer, llamé a Susana, que acudió enseguida con una bandeja de mazapanes.

—Es gilipollas. No sé qué esperabas —dijo metiéndose en la boca un mazapán entero. Le había contado la discusión de principio a fin y aquella era su conclusión—: ¿No te das cuenta de que es un maldito psicópata?

—¿Tú crees?

—¿Que si lo creo? Pondría la mano en el fuego. Una persona a la que le explicas por activa y por pasiva cómo te sientes, y que te ignora completamente, es una persona incapaz de sentir empatía.

—¿Y qué hago?

—¿Cómo que qué haces? ¡Pasa de él! Deja de prestarle atención. Ya se cansará.

—¡No puedo!

—¡Sí puedes!

—¡No! —Me crucé de brazos—. Creo que quiero volver con él.

—Una leche.

—La otra noche le escribí.

Susana frunció el ceño.

—¡Tía, no! —gritó Susana con la boca llena. Se había metido otro mazapán en la boca.

Le dejé el móvil para que leyera el mensaje. Sí, aquel.

—¿Aquí pone «el amor que siento por tu atún»? —Me miró con cara de circunstancias.

—Quería decir «el amor que siento por ti», ¡¿vale?! —Escondí la cara en un cojín—. Iba muy borracha.

—No te respondió.

—No.

—No me extraña, no se entiende nada.

—¡Gracias por tu apoyo! —Le tiré el cojín a la cabeza.

—¡Ay! ¡Era broma! —Se recolocó el mechón de pelo que el cojín le había despeinado—. Mira, Álex es muy guapo, está muy bueno y follará muy bien, pero no es el amor de tu vida.

—¿Y tú eso cómo lo sabes?

—Porque si lo fuera no te haría sufrir de esta manera.

Permanecí en silencio. La verdad duele, sobre todo cuando tiene relación con algo que no quieres ver.

—El amor no es esto, Eleonor.

En aquel momento mi móvil vibró. Miré rápidamente. Noté que Susana asomaba la cabeza por encima de mi hombro.

—Es Álex.

—¿En serio? ¿Otra vez?

—Sí... —Le mostré el mensaje.

> Siento que no hayamos podido acabar bien hoy. Me habría encantado volver a estar como estábamos antes. Mi única ilusión ahora mismo es que tú seas feliz porque si tú estás bien yo estoy bien   18:35

—Desde luego, este tío es como el perro del hortelano, que ni come ni deja comer —dijo mi amiga.

—A mí me ha parecido un mensaje bonito.

—Pero ¿no te das cuenta de que te dice estas cosas porque sabe que lo que sientes por él va a hacer que te ablandes cuando lo leas? —Cogió mi móvil y me lo puso delante—. Bloquéalo.

—¿Qué dices? No.

—Pues lo bloqueo yo.

—¡Susana! ¡Que no! —Forcejeé con ella—. ¡Deja el móvil!

—Blo-que-ar. ¡Ya está!

—¡Dame el dichoso móvil! —Se lo arrebaté de las manos—. Lo voy a desbloquear.

—¡Espera, espera! Hacemos una apuesta. Quiero ver cuánto aguantas manteniendo el bloqueo.

—Pero ¿es que no ves que no estoy preparada?

—¿Y tú no ves que estás enganchada como una adicta? He leído en un libro que el contacto cero es lo mejor en estos casos. Deberías probarlo.

—¿Qué es el contacto cero?

—Se refiere a eliminar todo contacto con esa persona con la que sabes que tienes una relación tóxica. Y, querida, la tuya no es que sea tóxica, es que parece Chernóbil.

—Quizá se pueda trabajar para hacer que no sea tóxica.

—¿Desde cuándo ese señor ha movido un brazo por ti? Cuando una relación ya tiene una dinámica establecida, unos patrones de conducta aprendidos y un cierto rencor instalado…

—¿Y si nos lo perdonamos todo?

—Amiga, de ilusiones se vive, pero también se muere.

Consideré lo que había dicho.

—Está bien. No lo desbloquearé.

Susana, feliz, dio palmitas en el aire.

—Si no lo has desbloqueado de aquí a una semana, te invito a cenar —prometió.

—Vale, ¿y si lo desbloqueo antes?

—Pues invitas tú.

—Genial —contesté desganada. Mi falta de entusiasmo se debía a que sabía que no iba a aguantar tanto tiempo sin saber de él.

Susana se puso de pie, no sin antes coger otro mazapán.

—Haré café —dijo mientras terminaba de masticar.

—Mejor abre una botella de vino —le dije mientras se alejaba.

—¿Te vas a comer los mazapanes con el vino?

—Me voy a comer una mierda. Eso me voy a comer.

—Sí, mejor haré café. —Fue directa a la cocina—. Tía, ¿y esta cafetera? ¿No tienes otra más pequeña? ¡Anda! ¡Pero si ya hay café hecho!

—Ah, sí, se lo hice a Beltrán esta tarde —dije desde el salón.

Oí los pasos rápidos de Susana de vuelta por las habitaciones.

—¿A quién? —preguntó asomando medio cuerpo por el marco de la puerta que comunicaba mi cuarto con el salón.

—A Beltrán.

—¿El amigo de César? —dijo sorprendida, abriendo mucho la boca.

—Sí. ¡Pero no ha pasado nada! Que te conozco.

—Pero ha estado aquí antes.

—Sí.

—Y ha tomado café en tu casa —dijo haciendo hincapié en las dos últimas palabras.

—Pero porque vino a arreglar el reloj.

—Ah. ¿Qué le pasa al reloj?

—Que está roto.

—¿Ya funciona?

—No, aún no. Pero encontró algo dentro, te lo enseñaré.

—Espera, que voy a por el café.

Fui a mi cuarto mientras ella llevaba las tazas de café al salón. Volví con el diario en la mano.

—¿Una libreta mugrosa? Interesante —dijo. A continuación, dio un sorbo al café y se metió otro mazapán entero en la boca.

—Bueno, no es solo una libreta mugrosa. —Yo también di un sorbo.

—¿Y qué es? —pronunció con la boca llena.

—Es un diario del siglo dieciséis que estudiaba mi abuelo. Pero mira… —Saqué la hoja rasgada—. Es una nota de mi abuelo. ¿No te parece raro?

—A ver… —Se puso las gafas de lectura.

—¿Usas gafas de cerca?

—Sí, tengo presbicia. La edad no perdona.

—Pero si tienes treinta y uno.

—¿Te parece poco?

Puse los ojos en blanco.

—Veamos… —Susana empezó a leer en voz alta—: «Observando el paso del tiempo, impasible se halla una de las tres. Custodiada por las bestias de oro, tras las que se esconde el tesoro. Bajo la mirada de quien admira el origen de la vida. Para, con la eternidad, burlarse de aquellos que el silencio usan como culto a la justicia». —Tras una pausa, añadió—: Ah… Qué bonito. ¿Es una poesía?

—No, no creo. Mi abuelo no escribía poesía.

—¿Sabes a qué me recuerda? —Susana bebió un poco más de café—. ¿Conoces la *Divina comedia* de Dante?

—Claro, Dante Alighieri.

—El mismo. Dante escribía de una forma parecida y usaba simbolismos.

—¿Eso quiere decir que para representar ideas usaba símbolos?

—Sí, el simbolismo es un recurso literario y artístico recurrente que se usaba para dar un significado a una imagen más allá de su sentido literal. Por ejemplo, Dante, en un pasaje del «Infierno», menciona a un leopardo para hablar de la lujuria.

—Vaya…

—Puede ser que esté escrito de la misma manera, por eso no lo entendemos. Este escrito es interesante, desde luego. —Hojeó el resto del diario—. Aunque veo que las caligrafías son diferentes. ¿Sabes de quién es la otra letra? Alguien importante, entiendo. Normalmente las personas que sabían leer y escribir en aquella época eran de alta cuna.

—De una tal Julia.

—¿Julia? No me suena ninguna Julia que fuera relevante en Toledo. ¿Es algún familiar tuyo?

—No sé de ninguna Julia en la familia.

—¿Alguna judía? Muchos judíos sabían leer y escribir en el siglo dieciséis.

—Ni idea.

—¡Pues qué misterio, hija! —dijo metiéndose otro mazapán en la boca—. Esto está escrito todo en castellano antiguo y... ¡Ah!, latín. Pues vaya cacao, ¿no? ¿Has averiguado qué cuenta nuestra amiga Julia?

—No entiendo ni papa de castellano antiguo, y mucho menos de latín.

—A ver, vamos a intentarlo. —Abrió una página del diario al azar—. Aquí pone: «Si Dios existe, el perdón me ha de rogar». Uy, esto promete.

—¿Sabes leer castellano antiguo?

—Sí, hay que echarle un poco de imaginación, tampoco es tan diferente. El latín se me da un poco peor. Aunque lo difícil aquí es la caligrafía, que es bastante horrible.

—Porque no has visto la mía.

—Ah, es verdad, que la que te dejaba los apuntes en el insti era yo.

—Pero sigue leyendo, ¿no? —dije intentando pasar por alto aquel dato. Lo cierto es que en clase solía mirar por la ventana mientras mi amiga atendía. Luego le pedía los apuntes, los fotocopiaba, estudiaba y con eso salvaba los muebles. No me enorgullezco de ello.

—A ver, necesito contexto, vamos al principio. —Susana volvió a concentrarse—. «En ese momento sentí que era el final. La vida y la muerte se habían encontrado para discutir de quién era el turno ahora. Me sentí sola. Ni siquiera la luz de la luna me acompañó esa noche».

Leyó hasta lo que parecía el final del fragmento:

«Estaba tirada en el suelo, sin ropa. Sin honor. Sin alma. Ya no tenía prisa por vivir. Había muerto en vida. Estaba segura de que el infierno existía y aquí empezaba el mío». —Me miró con los ojos abiertos como platos—. El, esto es muy fuerte, ¿no?

—¿Soy yo o está describiendo algo chungo?

—No, no eres tú. A mí también me ha parecido lo mismo.

—Me da mal rollo.

Un escalofrío recorrió mi cuerpo.

—Este diario debería estar en un museo ya solo por ser de la época que es —dijo Susana observándolo con detalle—. Pero me parece que la historia que se cuenta es mucho más que interesante. Ahora me apetece saber quién era esta mujer.

—A mí también. ¿Crees que por eso mismo mi abuelo lo estudiaba?

—Es posible. —Mi amiga me miró abriendo mucho los ojos—. ¿Te imaginas que esto nos conduce a algún tesoro escondido y resulta que en realidad eres millonaria?

—Sí, nos lleva al santo grial, ¿no te jode?

—No dejes de soñar, que decía María Patiño.

—¿Eso no era una canción de Manuel Carrasco?

—Bueno, ¡qué más da!

Cogí el diario con las manos y acaricié el forro de piel. Recordé a mi abuelo.

—Beltrán ayudaba a mi abuelo con su investigación. Me lo dijo el otro día. —Dejé el diario encima de la mesa.

—¡No fastidies! ¿Y si le preguntas? Quizá él pueda decirte algo más. —Susana lo volvió a tomar en las manos y lo abrió de nuevo al azar.

—Lo que me gustaría hacer, sobre todo, es pedirle disculpas. ¡Qué momento más bochornoso el de esta tarde! —Me sujeté el puente de la nariz con el índice y el pulgar.

Beltrán se merecía una disculpa. Otra vez. Apenas nos conocíamos y ya era la segunda vez que debía pedirle perdón.

—Pues ve a verlo —planteó Susana sin levantar la vista del

diario—. Es un tío muy majo y creo que va a ser el único que po-drá ayudarte a averiguar de dónde viene esto y por qué alguien escribiría algo como: «Generaciones de mi sangre noble gritan ante el escándalo conocido por todos en la ciudad. La mancha del odio se cierne sobre mi alma, que jamás cometió tal pecado. Las mentiras y las habladurías se propagan como las llamas descon-troladas de un incendio de voces que gritan "¡Bruja!"».

—¿En serio pone eso?

—Sí, mira.

Yo seguía sin entender ni papa, pero es verdad que la palabra «bruxa», que había descifrado el otro día, era la misma de la frase que mi amiga acababa de leer.

—¡Jesús!

—Además, Beltrán siempre me ha caído muy bien. —Se co-mió otro mazapán—. Llévale mazapanes.

—¡Pero qué obsesión tienes con los mazapanes hoy!

—¡Es que con el frío entran muy bien!

—¡¿Quieres dejar de comértelos encima del diario?! ¡Que lo vas a llenar de migas! —Le arranqué de las manos el diario a mi amiga y me lo guardé en el bolsillo trasero del vaquero.

—¡Ay, lo siento! ¡No me había dado cuenta!

—Me voy a verlo. —Me puse en pie.

—¿Sí? ¡Te acompaño! Pero solo un par de calles. Me quedo en la librería que hay de camino, cerca de la catedral. Tengo que mi-rar una cosa.

—Pues tendremos que salir ya, que son las siete y media. Es-tarán a punto de cerrar.

No estaba segura de si quería hablar con Beltrán sobre el dia-rio, lo que sí sabía era que necesitaba verlo después de lo ocurri-do. Me daba una vergüenza tremenda hacerlo en este momento, pero sabía que eso era lo correcto. Beltrán vino a hacerme un favor y yo se lo pagué echándolo de casa, básicamente, no sin antes hacerlo cómplice de una absurda mentira que nos hizo quedar en ridículo a los dos. Cuanto más lo pensaba, más idiota me sentía.

En fin, en la vida siempre hay que coger el toro por los cuernos.

Me puse el abrigo y me guardé las llaves y el paraguas.

Antes de salir de casa fui a coger un mazapán, pero la bandeja ya estaba vacía.

9

Cuando salimos de casa estaba oscuro y lloviznaba.

Susana se despidió de mí a mitad del camino y yo seguí hasta el taller. Entré y, como era de esperar, Beltrán estaba trabajando en el sótano. En esa ocasión no tenía puesta la radio. Me permití la licencia de bajar. Allí el olor a madera antigua, pintura y metal envejecido era más fuerte.

—Ah, estás aquí, Eleonor —dijo levantando la vista de su trabajo y sonriendo amablemente.

—Hola. —Bajé los últimos peldaños, más altos que los primeros, sujetándome a la barandilla de metal—. ¿Qué tal estás?

—Bien. Estoy terminando esto, mira.

Me hizo una señal con la mano para que me acercara. Encima de su mesa de trabajo tenía un enorme espejo de plata.

—Te está quedando precioso.

—Tendrías que haber visto cómo estaba antes. Ya he abrillantado el metal, ahora tengo que reparar un par de arañazos en el cristal.

Me fijé en sus manos. Las tenía negras y manchadas de pintura.

—¿Cómo estás tú? —preguntó.

Se apartó un mechón de pelo que le caía por la cara y se lo colocó detrás de la oreja. Ese gesto me encantó.

—Estoy bien. —En realidad era un «ahora estoy mejor porque vengo de desahogarme en un gabinete de crisis convocado por causa mayor», pero preferí obviar los detalles.

—Tengo que ir a tu casa a arreglar el pomo de la puerta del jardín. Lo siento, soy un bruto. Me paso la vida trabajando con las manos y a veces no mido mi fuerza.

—No, no te preocupes. Ya lo he arreglado yo.

—¿Ah, sí? ¿Cómo?

—Mejor no te lo cuento. —Reí nerviosa.

—¿Qué le has hecho al pomo? —Me miró con desconfianza.

—Le puse pegamento fuerte. —Me tapé la cara con las manos.

Arqueó una ceja. Luego estalló en una carcajada sonora.

—Bueno —dijo entre risas—, al menos seguirá haciendo su función. Espero. —Se puso serio—. Sigue haciendo su función, ¿verdad?

—Sí, sí. —Reí yo también—. Menos mal.

—Siento el trabajo extra.

—Nada. —Tomé aliento—. La que quería pedirte perdón soy yo. Lo ocurrido esta tarde ha sido bastante vergonzoso.

—No te preocupes. Imagino que la situación fue más incómoda para ti que para mí.

—No sabía que Álex iba a venir, de lo contrario no te habría hecho pasar por eso.

—Ha sido divertido ser electricista durante treinta segundos de mi vida —dijo riendo—. Álex es tu ex, ¿verdad?

—El mismo.

—El narcisista.

—Sí…

—No hace falta que lo jures… Espero no haberte causado problemas con él.

—Álex ya es un problema en sí mismo.

—Vaya, lo siento. —Beltrán se mostró reflexivo—. ¿Llevabais mucho tiempo juntos?

—Cinco años, para ser exactos.

—¿Y por qué vuelve ahora?

—Porque es muy pesado.

—Quizá te echa de menos.

—O quizá solo se echa de menos a sí mismo cuando está conmigo.

—Esa es buena. ¿Puedo preguntar qué pasó?

—Me engañó con otra persona.

—Y ahora vuelve pidiendo perdón, ¿no es así?

Lo miré sorprendida.

—Perdona, no quería entrometerme tanto. —Beltrán cogió el pincel e hizo ademán de incorporarse de nuevo al trabajo.

Cavilé unos segundos.

—¿Tú crees que si se quiere a alguien hay que perdonarlo? —me atreví a preguntar. En el fondo quería seguir hablando con él.

—Creo que depende de lo que tengas que perdonar. —Volvió a dejar el pincel—. Aun queriendo mucho a alguien, si esa persona te ha hecho mucho daño, puedes sentirte traicionada.

—Eso pienso yo. —Agaché la mirada.

—Perdonar no es fácil. —Beltrán se levantó de la silla de trabajo y se quitó el delantal—. Para mí, confiar en alguien es como caminar al lado de una persona con la que puedo contar cuando más lo necesito. La traición, por el contrario, es que esa persona te deje sin luz cuando ese camino se oscurece. Es fácil alejarse de alguien a quien prácticamente no conoces. El problema está cuando sientes el deber de hacerlo con tus seres queridos, porque sabes que, aunque te alejes, siempre quedará en ti el recuerdo de aquello que un día te salvó y que ya no volverás a tener.

—Sí… Es como si dentro de ti convivieran dos fuerzas: la de alejarte y la de permanecer. —Retrocedí para sentarme en las escaleras.

—Porque aquello que te hiere es también lo que te hace feliz.

Tenía razón, había sido muy feliz con Álex, pero ahora mismo esa felicidad no era más que un espejismo. Mi mente se había aferrado al pasado como un clavo ardiendo en busca de una luz que pudiera iluminar un camino repleto de oscuridad, inseguridad y rencor. La batalla hacía tiempo que ya estaba perdida, pero yo aún seguía con la esperanza de luchar, tirando sola de un carro que en realidad estaba lleno de decepciones. Me había dado de bruces con la disonancia entre la ilusión de que todo cambiara y la triste realidad, que nada tenía que ver con el cuento de hadas que siempre había soñado. Tenía una relación amor-odio: quería estar bien con Álex, pero él sacaba lo peor de mí.

—El dolor hace que el ser humano muestre su peor cara —dije.

—A nadie le gusta que le hagan daño. —Vino a sentarse conmigo en las escaleras. Se colocó unos escalones más abajo—. Por si te sirve, te diré que, cuando dudo respecto a una pareja, pienso en si me gusta ser tal cual me estoy mostrando en esa relación o si, por el contrario, puedo desarrollar otras versiones de mí mismo.

Medité sobre lo que me acababa de decir.

No, desde luego que no me gustaba nada verme llorar ni gritar como una poseída. Esa no era yo.

Yo no era esa que se rayaba cada vez que no le cogían el teléfono o no le respondían un mensaje.

Yo no era esa que vivía con un nudo en el estómago por miedo a que la otra persona pudiera dejarme en cualquier momento.

Yo no era esa que se pasaba las noches sin dormir, con la duda eterna de si la otra persona seguiría estando ahí el día de mañana. Ni era esa que se tenía que desvivir demostrando valía y recibiendo unas migajas a cambio.

Yo no era esa que se comportaba como una acosadora obsesa y comprobaba las redes sociales en busca de las respuestas que la otra persona no me daba.

Tampoco era esa que manipulaba para conseguir que la otra persona se quedara un poco más a mi lado.

Yo no era esa que se entregaba a cambio de un poco de cariño.

Nada de eso era yo. No me reconocía. Me había perdido. Necesitaba volver a encontrarme, aunque eso supusiera romper con todas mis esperanzas de recuperar aquello que, en realidad, nunca fue.

—Creo que esta es una de esas dichosas veces en las que la realidad no se corresponde con lo que deseamos —concluí en voz alta.

Podría perdonarlo. Al fin y al cabo, perdonar no implica olvidar ni justificar el dolor que te hicieron. Tampoco tiene que ver con reconciliarte con la persona que te hirió. Perdonar no quiere decir que no deba haber consecuencias. Perdonar es soltar, dejar atrás lo que te dañó, cerrar una puerta al pasado y continuar sin esa mochila. Así que sí, podría perdonarlo. Lo que no sé es si podría perdonarme a mí misma por seguir en aquella relación más tiempo.

Observé atentamente la expresión de Beltrán. Parecía introspectivo.

—¿A quién debes perdonar tú?

Me miró. Percibí cierta tristeza en sus ojos y me arrepentí de haberle hecho esa pregunta.

—Todavía no estoy preparado para hablar de eso.

—Lo siento.

Mi mirada y la suya se cruzaron.

Decimos que siempre hay un roto para un descosido, una respuesta para cada pregunta, una oportunidad de aprendizaje por cada obstáculo, y que todo pasa por alguna razón. Aún no sabía por qué Beltrán había llegado a mi vida, pero había algo en él que me producía un cierto interés.

Sus ojos azules me atraparon unos segundos.

Beltrán carraspeó.

—¿Tienes hambre? —preguntó.

—Eh…, sí, me has leído la mente. —Reí nerviosa.

—¿Te apetece salir a cenar algo?

—Estaría genial, pero no llevo dinero encima.

—Tranquila, yo invito.

—En ese caso… —Me puse en pie con la intención de apuntarme a un bombardeo.

—Genial. —Sonrió—. Dame un segundo.

Beltrán se dirigió a lo que intuí que podría ser el baño. Mientras, yo lo esperé echando un vistazo al entorno. El sótano del taller estaba separado en dos por un pequeño arco de yeso que dividía la estancia entre la parte principal y un pequeño espacio a uno de los lados. Las paredes de piedra y ladrillo estaban decoradas con estanterías que almacenaban una parte del material de trabajo. Varios armarios de madera tallada ocupaban la pared frontal. Al lado había una puerta de madera cerrada. En el centro del taller estaba la mesa de trabajo donde yacían el espejo, un par de botes abiertos, pinceles, guantes, un ordenador portátil y más instrumentos cuya utilidad desconocía.

En ese momento me pregunté si esa visita inesperada acababa de convertirse involuntariamente en una cita.

—Estoy listo —dijo al salir, interrumpiendo mis pensamientos—. ¿Sigue lloviendo?

—No, pero hace bastante frío.

—Para variar.

Subimos las escaleras y apagamos las luces del taller. Luego cerró con llave la puerta principal y bajó la persiana. Qué vida más solitaria debía de llevar Beltrán desde que mi abuelo había muerto.

Comenzamos a caminar por las calles tranquilas y solitarias de la ciudad. A esas horas todo el mundo estaba ya cobijado en su casa.

—Vamos a ir a un sitio que me encanta.

—¿Cómo se llama?

—La Garza.

—Me suena, está en la judería, ¿verdad?

—Sí. Tienen unos platos increíbles y un vino espectacular. ¿Te gusta el vino?

—Me gusta todo, aunque soy más de cerveza.

Beltrán sonrió satisfecho.

No, aquello no era una cita. Beltrán simplemente estaba intentando ser amable. Había sido muy amigo de mi abuelo e irremediablemente estábamos unidos por su recuerdo. Podríamos ser amigos nosotros también. ¿Por qué no iba a poder tener amigos? Estaba claro que aquello no era una cita. Él no me gustaba a mí y seguramente yo no le gustaba a él.

Apenas nos cruzamos a un par de personas antes de llegar a

nuestro destino. El restaurante era realmente bonito. Entramos al salón, un espacio íntimo rodeado de paredes de piedra y maderas nobles. Me encantó encontrar velas encendidas en las mesas y las ventanas, le daban un toque cálido al lugar.

Nos sentamos a una mesa preciosa, cerca de un ventanal enorme que daba a la calle. Había empezado a llover con fuerza de nuevo, pero desde dentro solo se oía ligeramente la lluvia repiqueteando en el suelo. Justo a tiempo.

Miramos la carta y pedimos un entrante para compartir y un plato principal para cada uno.

—¿Qué tal es eso de volver después de tanto tiempo a la ciudad donde te criaste? —preguntó Beltrán.

—Es bonito y raro a la vez, sobre todo cuando vuelves para encontrarte.

Di un sorbo a la copa de vino tinto que nos acababan de servir. Habíamos pedido una botella para los dos y, ¡maldita sea!, estaba buenísimo. Odiaba cuando un vino estaba tan bueno, eso solo señalaba mi perdición.

—¿Es lo que estás haciendo? ¿Encontrarte?

—Lo intento. Antes vivía en Madrid. Es una gran ciudad en todos los sentidos, pero en este momento de mi vida siento que no es para mí.

—Siempre he creído que las grandes ciudades tienen dos caras.

—¿Dos caras?

—Sí. Por una parte, me parece que tienen el poder de hacerte creer que puedes alcanzar el cielo con las manos; por otra, si no logras adaptarte a su ritmo vertiginoso, te atrapan y te devoran como un león a su presa.

—Las grandes ciudades son una jungla. —Asentí con la cabeza.

Mientras hablábamos, el camarero sirvió el entrante: foie con algo de fruta y panecillos para untar.

—Volver a Toledo es volver a mis raíces y, tal y como está mi vida ahora, creo que es lo que necesito para saber hacia dónde tengo que dirigirme —continué.

—¿Sabes hasta cuándo te vas a quedar? —Beltrán se lanzó al plato con ganas—. Esto tiene muy buena pinta.

Yo también lo probé.

—Dios mío, ya te digo, está tremendo. —Di otro sorbo de vino—. Me quedaré el tiempo que haga falta. Es momento de pensar en mí y en lo que yo quiero, no en lo que quieren los demás.

Una parte de mí creía fielmente en lo que decía, la otra estaba muerta de miedo. Los comienzos no son fáciles. Parar en seco, cambiar el rumbo, comenzar de nuevo. Es aterrador. Aun así, sonó tan convincente como para acallar por una noche esa voz interior que decía una y otra vez: «No lo vas a conseguir».

—Siento que conectar con el lugar de donde vengo me ayudará a recordar quién soy. Estar aquí es recordar cosas que creía olvidadas —seguí.

—¿Crees que los recuerdos te ayudarán a encontrarte?

—Eso espero. Ahora mismo los recuerdos son lo único que permanece estable en mi vida. Solo necesito tiempo y un punto de apoyo.

—¿Qué me dices de la gente que te quiere? Tu familia, tus amigos...

—Eso también es importante. En Madrid tengo amigos, pero volver aquí también me ha permitido reencontrarme con Susana. Ahora mismo necesito estar sola y creo que ella es de las pocas personas a las que toleraría cerca en un momento así.

—Que tu amiga de la infancia fuera la novia de uno de mis mejores amigos es lo último que me esperaba.

—El mundo es un pañuelo. —De repente recordé el diario. Hablar de mí ya se me estaba haciendo bola—. Justo hemos estado esta tarde juntas. —Por supuesto que no le iba a hablar sobre aquella media hora en la que me había convertido en una fábrica de lágrimas y mocos en el hombro de mi amiga—. Hemos tomado café y leído algunas páginas del diario.

—¿El de tu abuelo?

—Ese mismo. Es curioso. ¿Qué sabes al respecto?

—Apenas tuve la oportunidad de revisarlo detenidamente,

aunque sentía curiosidad. Rodrigo estaba obsesionado con ese diario y no dejaba que nadie se acercara. Ni siquiera yo. Anotaba cosas todo el rato y me llamaba de vez en cuando para quedar y trabajar con algunos datos que iba encontrando. Me preguntó varias veces por el contexto y la historia del siglo quince y principios del dieciséis, pero bueno, ya sabes: Edad Media, Reyes Católicos, Inquisición...

—¿Sabes algo acerca de esa tal Julia?

—¿La autora del diario? Una judía, imagino.

—¿Estás seguro? Susana y yo tuvimos la oportunidad de leer algunas páginas y... dice que era noble.

—¿Quién lo dice?

—Ella misma.

—No, eso no puede ser. Rodrigo me hizo la misma pregunta hace un tiempo. Hasta donde yo sé, no hay registros de una noble llamada Julia en el siglo dieciséis.

—Toma, échale un vistazo tú mismo.

Saqué el diario de mi pantalón y se lo entregué abierto por la misma página que había leído Susana horas antes.

—¿Por qué está el diario lleno de migas? —Arqueó una ceja.

Le arranqué el diario de las manos, limpié las migas como si nada y se lo volví a entregar.

—Ya está. Sin migas.

Beltrán me miró con desconfianza, con la frente arrugada. Leyó en voz alta: «Generaciones de mi sangre noble gritan ante el escándalo conocido por todos en la ciudad. La mancha del odio se cierne sobre mi alma, que jamás cometió tal pecado. Las mentiras y las habladurías se propagan como las llamas descontroladas de un incendio de voces que gritan "¡Bruja!"».

Me miró con sorpresa.

—¿Brujería? —Se llevó la mano a la barbilla—. Esto es raro.

—¿Raro en qué sentido?

—Procesar por brujería a una noble en aquella época habría sido un escándalo de una gran magnitud. No es lógico que no exista alguna prueba.

—¿Prueba? ¿A qué te refieres?

—Testimonios, obras de arte, escritos, leyendas... No sé, algo.

—¿No te suena nada?

—No, pero podría ir mañana a la biblioteca del Alcázar y hacer un repaso. Quizá haya algo relacionado con las mujeres y la Inquisición que pueda ayudarnos. —Dio un sorbo a su copa de vino—. ¿Te interesa el tema?

—Me produce curiosidad. Tú eres historiador, quizá puedas contarme algo más sobre el tema.

—Pues verás, todos los casos que conozco narran historias impregnadas de sugestión, cuyas protagonistas no tienen nada que ver con la nobleza, sino con mujeres pobres, esposas infieles, monjas endemoniadas, judías conversas, librepensadoras que usaban hierbas a modo de medicina o gitanas que se aprovechaban del miedo y la superstición para estafar a la población. Existen cientos de historias de mujeres que practicaban la hechicería y que se ganaban unas monedas ayudando a viudas, jóvenes y otras mujeres abandonadas, señaladas o marginadas, sin dinero ni medios para obtener por otra vía una esperanza de cambio y mejoría en su vida.

—Era su único recurso.

—Eso es. También hay historias que, aunque relacionadas con la brujería, son en realidad sucesos banales o casualidades que se fueron adornando deliberadamente con detalles escabrosos. Así resultaban más interesantes y morbosas para la plebe. Algunas leyendas incluso nacen de las mentiras que contaban los vendedores ambulantes para atraer a los posibles compradores.

—Como las manos de gloria falsas.

—¿Cómo sabes eso? —Beltrán me miró con los ojos muy abiertos.

—Mi abuelo me contaba alguna de estas cosas cuando era pequeña.

—¿Te hablaba de manos humanas cortadas para usarlas de amuleto?

—Los niños de hoy en día escuchan reguetón.

—Pues también es verdad.

—Y eran manos de delincuentes, que no se te olvide —dije levantando el índice a modo de advertencia.

—Ah, bueno, entonces está justificado —contestó él irónicamente—. Imagínate, si los vendedores ambulantes conseguían hacer creer que la mano de una persona usada como candelabro podía abrir cualquier puerta e inmovilizar a quien se le mostrase, ¿qué no iban a colar?

—Bueno, no nos precipitemos en nuestras conclusiones, que nunca he usado la mano de un malhechor como llave. Quizá funcione —bromeé.

—Ahora que lo dices, a ti te vendría muy bien. Seguro que es más fácil encontrarla en tu bolso.

Se refería al momento en el que tuvo que buscar las llaves la noche que me acompañó a casa.

—¡Qué humor más fino tienes!

Nos reímos a carcajadas.

Terminamos con el entrante y llegaron los principales. Yo pedí cochinillo, y él, perdiz de caza. Todo muy ligero.

—La leyenda negra española tiene más de leyenda que de verdad —dijo cuando el camarero se fue de la mesa.

—Algo imagino. En España no se quemó a muchas brujas, ¿no?

—En España eso solo pasó en Zugarramurdi. La histeria colectiva tuvo más popularidad en otros países de Europa. La Inquisición española, aunque se cargó a mucha gente, no fue tanta en comparación. La mayoría de los autos de fe se celebraban con conversos. El objetivo principal de la Inquisición aquí era defender la fe católica y perseguir a los herejes y apóstatas. Al menos esa era la intención de los Reyes Católicos cuando la fundaron en España en mil cuatrocientos setenta y ocho. La Iglesia solo pensaba en matar a personas con dinero y propiedades, puesto que, después de la ejecución, se lo quedaban todo.

—Por eso perseguían y mataban sobre todo a judíos conversos.

—Claro, los que más dinero tenían. Tontos no eran. En el resto del país puede que hubiera algún caso más, pero nada que ver con lo que tenemos en mente cuando hablamos de brujería e Inquisición. España no es Salem; el cine ha hecho mucho daño.

—Hay mucho mito al respecto.

—Muchísimo. El morbo vende. Otro ejemplo lo tienes en los métodos de tortura medievales. La mitad nunca se emplearon y la otra mitad solo los utilizaba la Santa Hermandad, nada que ver con la Inquisición. Una de las normas de la Inquisición era no derramar sangre ni mutilar con sus tormentos, que solo eran tres: la garrucha, la toca de agua y el potro. Sin embargo, a la Santa Hermandad eso le traía un poco al pairo.

—La Santa Hermandad era como la Guardia Civil de la época, ¿no?

—Algo parecido, aunque un poco más bestias. Digamos que la Santa Hermandad era la institución civil y la Inquisición la institución religiosa. La mayoría de los presos civiles se declaraban endemoniados, herejes o brujos para que la Inquisición procesara su caso. Allí eran algo más amables.

—No me habría gustado vivir en esa época.

—Quitando que había mucha pobreza, que apenas había higiene y que la medicina estaba muy atrasada, si no pecabas, no sufrías inconveniencias.

—¡Si no pecabas, dice! Solo esta semana ya he cometido tres de los pecados capitales: ira, gula y pereza. Por no hablar de las veces que habré blasfemado. Según mis cálculos, a estas alturas ya me habrían quemado como siete veces en una semana.

—No te preocupes, en el siglo veinte sigues teniendo la opción de ir al infierno.

—Entraré por la puerta grande, en ese caso. —Alcé mi copa y brindé.

Habíamos acabado ya con los principales y faltaba el postre, así que aproveché para ir al baño. Al levantarme de la mesa noté los efectos del vino; aquello tenía que ser otro pecado, estaba segura.

Cuando volví a la mesa, Beltrán estaba hojeando el diario.

—¿Qué tal va nuestra amiga Julia?

—Pues es curioso, porque estaba echando una ojeada a la parte inferior de las páginas y, si bien es cierto que las fechas están escritas al pie y cuadran con el año mil quinientos, hay una página en la que solo aparecen números romanos, y no logro descifrar a qué fecha pertenece.

—¿Cómo?

—Mira, fíjate en las esquinas inferiores de las páginas.

Observé lo que estaba escrito: «XVI de octubre MD, XVII de octubre MD...» y lo leí en voz alta:

—Dieciséis de octubre de mil quinientos. Diecisiete de octubre de mil quinientos...

En todas pone la fecha.

—Exacto. Si pasamos las páginas, en todas pone la fecha. Excepto en esta, mira.

En esa página solo había escrita una fila de números romanos: VIXXVXIIIXVIIIIXIIXIVI.

—No tiene ningún sentido —dije.

—Como fecha no. Pero debe de tenerlo como cualquier otra cosa. ¿Tienes papel y boli? —preguntó visiblemente interesado Beltrán.

—No.

—No importa, se lo pediré al metre.

Beltrán hizo una seña con la mano y el metre se acercó con una sonrisa. Era un hombre de unos cuarenta años, vestido con traje y corbata, y algunas arrugas de expresión alrededor de los ojos.

—¿Qué desea, señor?

—¿Podría traernos papel y algo para escribir?

—Por supuesto. Enseguida vuelvo.

Un par de minutos más tarde, nos ofreció un pequeño papel y un lápiz. Miré a Beltrán, que estaba tan absorto con el diario que ni siquiera se dio cuenta. Le tuve que poner el material encima del libro para que volviera al mundo real.

—Ah, disculpa. —Reaccionó, y comenzó a trasladar las letras al papel—. Si convertimos los números romanos en dígitos, obtenemos una serie numérica bastante peculiar.

Me mostró lo que había escrito: 5110105101111051111101110151.

—Veo muchos ceros y unos. Parece un código binario —sugerí.

—Podría ser... —Se mantuvo ensimismado unos segundos—. Pero el código binario no se inventó hasta el siglo dieciocho. —Chasqueó la lengua—. Creo que no va por ahí... Estoy seguro de que se trata de una secuencia de números, pero no tengo ni idea de qué puede ser.

Observé con detenimiento el escrito original.

—Un momento. ¿Has visto esto? —Señalé algunos detalles de las letras—. Es como si, cuidadosamente, la pluma se hubiera mantenido más tiempo en algunos trazos. No es parte de la caligrafía, porque de ser así ocurriría en todas las letras. Parece más bien un detalle marcado adrede.

—¿Para indicar qué?

—Creo que podría indicar una lectura agrupada de las letras.

—Tiene sentido... Lo había transcrito como si cada letra se correspondiera con un número, pero los números romanos se leen agrupados, así es como adquieren un sentido. —Beltrán observó de nuevo el código inicial—. En ese caso, la secuencia quedaría así: VI. XX.V.XIII.XVIII.I.XI.IX.IV.I. Trasladado al sistema decimal sería: 6.20.5.13.18.1.11.9.4.1.

—No parece una fecha.

—No, pero estos números deben de tener algún sentido.

—¿Sucesión de Fibonacci?

—La sucesión de Fibonacci es una secuencia en la que cada número es la suma de los dos anteriores. Los números de Fibonacci empiezan por 0, 1, 1, 2, 3, 5, 8, 13, 21, 34, 55... No parece que sea eso.

—¿Y el número áureo? ¿Ese no era el que se obtenía dividiendo cada número por el número anterior de la secuencia de Fibonacci?

—Sí, se determinó un valor aproximado, dado que, a medida

que se avanzaba en la secuencia, los resultados convergían hacia un valor constante de 1,618034. Pero no se parece y, además, el número áureo es infinito, como el número pi.

—Pi empezaba por 3,141592…, pero en este caso ni siquiera hay un 3 —añadí.

—Disculpen, señores —interrumpió el metre—. Estamos a punto de cerrar el restaurante, ¿desean pedir algo más? ¿Postre, tal vez?

Observé a nuestro alrededor. Nos habíamos quedado solos y el personal del local ya estaba recogiendo. Recordé la expresión inscrita en el reloj de mi abuelo: «El tiempo vuela». Miré a Beltrán y le dije que no con la cabeza. La cena había sido lo bastante pesada como para no tener más hambre.

—No, no deseamos nada más. Traiga la cuenta, si es tan amable —le dijo Beltrán al metre.

—Oye —dije mientras guardaba el diario en mi bolsillo trasero—, ¿te apetece venir a mi casa y seguir indagando?

Beltrán no dudó ni un segundo:

—Me encantaría. Necesito saber qué significan estos números. Es algo personal.

Salimos del restaurante. Por suerte había dejado de llover.

10

¿Destino o casualidad? A menudo me pregunto si las cosas que nos suceden están ya escritas o son fruto del azar. ¿Nuestras vidas están determinadas por alguna potencia superior que escapa a nuestra lógica y control, o todo lo que ocurre es simplemente fruto de una serie de coincidencias? Quizá lo propio no sea entender estas dos fuerzas como contrapuestas, sino como las dos caras de una misma moneda, que trabajan en equipo, traman infinitas posibilidades y trazan el camino por el que vamos a transitar. Ambas interactuarían de una manera compleja y misteriosa, nos enseñarían a abrazar la incertidumbre y a aceptar que, a veces, lo inesperado puede llevarnos a lugares inimaginables.

Intenté no tropezar con el escalón a la salida del restaurante, pero el suelo estaba mojado y resbalé. Me agarré rápido a Beltrán, que casi perdió también el equilibrio.

—Lo de tener los dos pies en el suelo al mismo tiempo no lo llevas muy bien, ¿no? —dijo con tono sarcástico.

—Prácticamente un reto imposible para mí. —Reí.

El resto del camino fui atenta al suelo, por si acaso.

Cuando llegamos a la puerta de casa, abrí el bolso para sacar las llaves. Comencé a rebuscar exagerando los movimientos.

—¡Oh, mierda! —exclamé.

—¿Qué? ¿Qué pasa? —preguntó preocupado.

—Hoy no me he traído la mano de gloria. —Ambos reímos—. Bueno, y ahora en serio. Vamos a buscar las llaves. —Removí el bolso un poco más, ahora sí intentando encontrarlas de verdad—. ¡Aquí están!

Alcé la mano en señal de victoria. Pero cuál fue mi sorpresa cuando, al ir a meter la llave en el cerrojo, la puerta se desplazó. Estaba abierta.

El buen rollo se esfumó de golpe.

—Beltrán... —Tragué saliva—. La puerta está abierta.

—Ya no cuela, Eleonor.

—No, no. Lo digo en serio. La puerta ya estaba abierta. —Un escalofrío recorrió todo mi cuerpo.

—No jodas. —Puso el gesto serio—. ¿Cerraste al salir de casa esta tarde?

—Sí, siempre lo hago.

—Es posible que hayan entrado.

—¿Qué hacemos? —Estaba notablemente nerviosa. Me temblaban las manos.

—Espera. Quédate aquí. Voy a entrar. —Beltrán se adelantó y abrió con cuidado la puerta de par en par.

Las bisagras desengrasadas convirtieron aquella situación en aún más tétrica, si cabía.

Beltrán entró despacio en la casa. Parecía que no había nadie. Pulsó el interruptor de las luces del patio, pero no se encendían.

—Puede que haya saltado el automático.

—Ah, espera. Pongo la linterna en mi móvil.

—¿Dónde tienes el cuadro eléctrico?

—Justo aquí. —Abrí el panel de mandos, que estaba en la pared, a la izquierda—. Los interruptores están en su sitio. —Probé igualmente a subirlos y bajarlos todos, por si acaso—. Nada, siguen sin encenderse.

Beltrán caminó lentamente pero con seguridad hasta el salón. Allí sí funcionaba la luz.

A pesar de que me había dicho que esperara en la puerta, decidí entrar.

—Dios santo, pero ¿qué ha pasado aquí?

Parecía que había atravesado el salón una manada de rinocerontes. ¿Alguien había estado jugando a *Jumanji*? Estaba todo patas arriba. Habían dejado los cajones abiertos y mis pertenencias y las de mi abuelo se encontraban tiradas por el suelo. Fui corriendo a mi cuarto. Estaba igual. Incluso le habían dado la vuelta al colchón y lo habían cosido a puñaladas. En la cocina, los cacharros estaban desparramados, y algunos platos, hechos añicos. Habían saqueado la casa de mi abuelo.

Temblaba tanto que creí que me iba a desmayar. Todo me daba vueltas.

Como pude, me agarré fuerte a la barandilla de las escaleras y subí rápido al despacho de mi abuelo.

—¡Eleonor, espera! —gritó Beltrán desde abajo.

Un dolor agudo se instaló en mi pecho cuando entré en la habitación y observé el desastre. Por el despacho de mi abuelo parecía haber pasado un huracán. Todos sus libros y sus documentos estaban desordenados, la taza de té dormía rota en el suelo, habían despellejado su sillón e incluso algunas estanterías habían sido arrancadas de la pared. Los cuadros de la pared estaban torcidos. Las fotografías me miraban desde el suelo, rodeadas de los cristales de sus propios marcos, como si trataran de retener sus recuerdos intactos a pesar de la intrusión.

Por encima de la voz de Beltrán, que llamaba a la policía, escuchaba mi corazón latir con fuerza. Apoyé la espalda contra la pared y me dejé caer al suelo. Mi cuerpo no podía soportar ya más dolor.

—¡Eleonor! —Beltrán subió también al piso de arriba. Me vio e inmediatamente se tiró conmigo al suelo para abrazarme con fuerza.

Mis manos comenzaron a humedecerse. Mis piernas temblaban. El aire se volvía cada vez más denso. Creí que me estaba dando un infarto.

Me dieron náuseas.

Estaba asustada. Abrumada.

Veía borroso a Beltrán.

Mi cabeza no paraba de dar vueltas. Me resultaba imposible

concentrarme en otra cosa que no fuera la avalancha de miedo que me consumía.

Me ahogaba. No me pasaba el aire.

Sentía que estaba perdiendo el control sobre mí misma. ¿Y si me estaba volviendo loca? ¿Y si de repente me estaba dando un brote psicótico por todo el estrés emocional que había vivido aquellos días? La gente te dice que pienses en cosas positivas cuando te agobias, pero ¿en qué cosas positivas debía pensar? ¿En un prado lleno de flores?

«Espera, Eleonor, eres psicóloga. Intenta recordar qué se hace en estos casos. Ah, sí, respirar. No. No puedo», pensaba.

—Me estoy ahogando… —logré decir.

Perdí el equilibrio. Beltrán me agarró fuerte entre sus brazos mientras me escurría aún más hacia el suelo. Todo me daba vueltas. Todo se fundía a negro.

—Eh, eh. ¡Eleonor! ¡Mírame! —Noté levemente que Beltrán me daba unas palmaditas en la cara—. Por favor, ¡mírame! —Se colocó en cuclillas frente a mí y me giró suavemente la barbilla para hacer que lo mirara directamente a los ojos. Colocó mi mano húmeda y temblorosa en su tórax y la suya en el mío—. Respira conmigo. Al mismo ritmo que yo. Céntrate en el movimiento de mi pecho.

Atendí sus instrucciones como pude. Al principio era incapaz de seguir el ritmo, me faltaba el aire. No había oxígeno suficiente para mí en aquella habitación. Pensé en salir a la corrala, necesitaba más aire para respirar mejor. Hice un amago de levantarme para echar a correr, pero Beltrán me lo impidió cogiéndome por la cintura.

—No, espera. Te está dando una crisis de ansiedad. Se pasa mal, pero te vas a poner bien. Mírame. Intenta concentrarte y el aire pronto volverá a entrar. Sigue el movimiento de mi pecho, mírame y céntrate en mi voz.

Sentía que mis pulmones se habían cerrado. Por mi garganta estrecha solo pasaba un fino hilo de aire. Aun así, traté de hacer todo lo que me Beltrán me decía.

—Coge aire... Aguántalo un poco... Suéltalo... —Intentó sincronizar su ritmo con el mío y poco a poco fue alargando más las respiraciones—. Coge aire de nuevo... Aguántalo un poco... Suéltalo. Eso es. Vamos, una vez más. No estás sola.

Repetimos el proceso varias veces. Noté que la presión de mi pecho iba desapareciendo paso a paso.

—Esta sensación nunca dura para siempre. Pronto se pasará, ya lo verás. Estás en un lugar seguro.

Asentí con la cabeza sin apartar la mirada de la suya. En medio de aquel terremoto emocional tuve un momento para apreciar la calma que transmitían sus ojos. La luz tenue de la habitación hacía que se vieran brillantes; invitaban a sumergirte en ellos y perderte.

—Tu cuerpo se irá relajando. —Seguía hablando con la intención de hacerme sentir mejor. Y lo estaba consiguiendo.

Tras varios minutos intentando redirigir mi mente, para mí ya no existía nada más que su voz y su mirada.

Su expresión era dulce, amable, confiable. Me hizo sentir bien percibir tanta bondad de repente. El calor que su mano me transfería al pecho también ayudó mucho.

Las manos dejaron de temblarme. Me sentí segura. Acompañada. Mi cuerpo respondía bien y yo estaba más tranquila.

Nuestros respectivos pechos se sincronizaron. Respirábamos a la vez. Ya no tenía sensación de ahogo.

—¿Estás mejor? —dijo sin apartarse de mí.

Asentí con la cabeza levemente.

—Gracias —pude decir.

Seguíamos en el suelo, uno frente al otro. Yo sudaba como un pollo. Era un sudor frío. Tenía el pelo mojado y notaba cómo las gotas de sudor seguían cayéndome por la espalda y el pecho. Aun así, no podía dejar de mirar sus ojos.

—Me alegro. —Sonrió de manera cálida—. Sea lo que sea lo que haya pasado aquí, lo vamos a averiguar.

Asentí con la cabeza de nuevo. Me daba miedo hablar y perder el poco aire que me entraba por la garganta.

Aparté despacio la mano de su pecho.

—Vamos abajo. —Con delicadeza, despegó también la mano—. Tenemos que esperar fuera hasta que venga la policía. Podrían seguir dentro.

Juntos, cogimos una manta del salón para que no me enfriara en el exterior. Me enrollé en ella como un bollito de canela y me senté en el portal, a esperar. Beltrán se sentó a mi lado.

Al cabo de pocos minutos, la policía se presentó en la casa. Eran dos hombres de entre cuarenta y cincuenta años. Uno era bajito y rechoncho. El otro era más alto y delgado. Por el brillo que desprendían sus ojos, diría que eso era lo más emocionante que les había pasado en toda la noche.

—Buenas noches. —Saludó el más bajito—. Nos han avisado por radio de un robo con allanamiento de morada.

—Sí, he llamado yo —respondió Beltrán poniéndose en pie—. Nos encontramos la puerta abierta y toda la casa patas arriba.

El más delgado me miró de arriba abajo. Tuvo que verme la cara descompuesta a juzgar por su pregunta:

—¿Qué le pasa, señora?

«¿Señora? ¿Cómo que señora?».

—Nada, me he mareado un poco —dije todavía desde el suelo.

—¿Necesita que llamemos al SAMUR?

—No, no. De verdad, estoy bien.

«Solo me faltaba eso, el SAMUR», pensé.

—Pues, si nos dan su permiso, procedemos a registrar la casa.

Beltrán los invitó a pasar moviendo el brazo hacia un lado, de manera cortés.

—Vamos al lío, Benito —dijo el más bajito una vez dentro.

Mientras los agentes registraban la casa, nosotros esperamos en la calle.

—¿Te sueles morder las uñas? —Beltrán se volvió a sentar en el suelo, a mi lado.

—Solo cuando estoy nerviosa. —Suspiré—. Parece que me hayan echado una maldición.

Por el rabillo del ojo noté que Beltrán me miraba.

—Cuando las cosas van mal, me gusta imaginar que estoy

navegando en un barco en medio de un océano revuelto —dijo—. Pienso que el temporal no se va a terminar cuando yo quiera, sino cuando tenga que ser. Mientras tanto, lo único que tengo que hacer es mirar al horizonte con valentía, surcar las olas y mantenerme fuerte mentalmente para no sucumbir ante la oscuridad del miedo.

—¿Y si la tormenta no termina nunca? ¿Y si esta tempestad ha venido para quedarse?

—Nada es para siempre, Eleonor.

Los agentes salieron y ambos nos pusimos en pie.

—No hay moros en la costa —dijo el bajito ajustándose la gorra—. Está todo desordenado. Es probable que los ladrones buscaran algo de valor. Hemos visto que en una de las paredes del patio había una caja de conexión eléctrica abierta. Había un cable cortado, probablemente lo hayan manipulado. Puede que por eso las luces del patio no funcionen. Por otra parte, parece que han despedazado los colchones, extraído algunos cajones y destrozado un reloj. Les aconsej...

—Perdone, ¿ha dicho un reloj? —pregunté.

—Sí, un reloj. Como decía, les aconsejamos que den un repaso a todas las estancias, poniendo especial atención en los objetos de valor. Dicho esto, pueden entrar a la casa.

—Sí, Manolo, pero antes habrá que tomarles declaración por si quieren denunciar —advirtió el otro a su compañero.

—Ah, es verdad. ¿Quieren denunciar?

Parecían un poco torpes. En mi mente los imaginé siendo amigos y viviendo aventuras, rollo Miguel y Tulio de *El Dorado*.

Antes de responder, el tal Benito siguió hablando.

—Para la denuncia lo recomendable sería que hicieran un recuento de los objetos de valor que echen en falta. Si lo prefieren, pueden presentarla mañana en comisaría. Así descansan un poco esta noche. Allí les atenderán nuestros compañeros.

—En ese caso iremos mañana —dije.

—Como ustedes quieran —comentó Manolo—. Por nuestra parte ya está todo, ¿no, Benito?

—Sí, ahora sí. —Benito se giró para responder a su compañero y de nuevo para mirarnos a nosotros—. Buenas noches, señores.

—Que descansen —se despidió el otro oficial.

—Buenas noches —dijimos Beltrán y yo a una.

Cerramos la puerta y fuimos hasta el salón. Yo arrastraba los pies. Nos sentamos en el sofá.

—Probablemente entraron cuando estábamos en el restaurante —comentó Beltrán desanimado.

Me llevé la mano a la frente. Mis ojos se encharcaron rápido y las lágrimas comenzaron a resbalar por mis mejillas.

Beltrán volvió a abrazarme.

—Lo siento mucho.

—No es culpa tuya —dije entre lágrimas.

—Me quedaré contigo esta noche.

—No es necesario.

—Eleonor, estás aterrada. No pienso dejarte sola.

—Llamaré a Susana —dije cogiendo mi móvil.

—Son las dos de la madrugada.

—Ah, mierda.

—No te preocupes. Me quedo contigo. Hoy te haré compañía. Mañana, con la cabeza fría, vemos qué hacemos. ¿Te parece?

—Sí, sí. Me parece bien. —Me soné los mocos y, con su permiso, apoyé la cabeza encima de su regazo—. Gracias, Beltrán.

—No hay de qué —susurró.

Me acarició la mejilla y me pidió que intentara dormir.

—Yo estaré despierto hasta que amanezca, por si acaso.

Asentí, me arropé con la manta y cerré los ojos. La manta era tan grande que, bajo ella, cabíamos los dos. Si Beltrán no tenía intención de dormir lo respetaba, pero al menos que no pasara frío.

Las siguientes horas intenté dormir. Estaba agotada, pero, a medida que me iba adentrando en el sueño, me sobresaltaba y me daban taquicardias. El último recuerdo que tengo de aquella noche es la mano de Beltrán pasando por mi cuero cabelludo intentando calmarme en cada espasmo.

11

Toledo, 16 de octubre del año 1500

El sol había salido y Julia aún yacía en el suelo de sus aposentos. La noche había transcurrido ante sus ojos, que aún derramaban lágrimas. Apenas se había movido más que para respirar el poco aire que creía merecer. Quiso morir cada vez que el dolor de su cuerpo le recordaba lo sucedido. No le quedaban fuerzas para nada más que no fuera permanecer a la espera de ser hallada por algún sirviente de palacio.

Eran ya más de las nueve de la mañana cuando Rosa, una de sus doncellas y fiel amiga, tocó a la puerta de la habitación y nadie respondió. Las nueve era la hora prevista para adecentarse y empezar la mañana, así que a Rosa le extrañó que Julia no la hubiera llamado ya. La encontró en el suelo cuando abrió temerosa la puerta y, con mucha preocupación, corrió rápido a socorrerla.

—¡Mi señora! ¡Mi señora! ¿Qué os ha pasado? Dios mío, mi señora... doña Julia...

Rosa estalló en llanto y agarró fuerte a Julia por la espalda para incorporarla y levantarla. Esta, que seguía sin pronunciar palabra, la miró como solo miran las personas que buscan desesperadamente el refugio de quien pueda aliviarles el dolor de saberse deshonradas.

—¿Quién os ha hecho esto, señora? ¿Quién? —Rosa lloraba desconsolada. Para ella Julia era como una hermana. Habían crecido juntas y juntas seguían a pesar de los cambios que Julia debió emprender en su vida cuando llegó a la edad adulta.

Su amiga siguió sin responder.

Rosa preparó rápidamente una bañera y ropa limpia para su señora mientras luchaba por limpiarse las lágrimas que le cubrían los ojos y le impedían ver con claridad.

La lavó con cuidado y le cepilló el pelo con cariño. Las manos le temblaban y el corazón casi se le salía del pecho. Sabía que algo horrible había ocurrido aquella noche y, aunque en ningún momento supo qué decir, pensó que lo mejor que podía hacer era estar ahí y acompañarla en ese momento.

Algo se le rompió por dentro cuando observó varios hematomas en la espalda de su señora. Tragó saliva, notando el nudo de la garganta, y apretó los labios en un intento vano por contener las lágrimas.

Al final de cada baño, Rosa siempre le ofrecía a Julia un espejo de mano para que observara su rostro después del cepillado. Quiso seguir la rutina intentando convencerse, de manera desesperada, de que todo estaba bien. Así que lo hizo una vez más. Sin embargo, aquella no fue una de tantas. Aquella fue la vez en la que Julia se miró sin reconocerse, la vez en la que pudo apreciar el rostro de alguien que acababa de morir en vida. Ladeó el brazo derecho y dejó caer el espejo como la persona a quien ya no le importa tener siete años de mala suerte. El espejo se rompió en casi tantos añicos como su alma. Desde lo alto, Julia observaba las diferentes partes de su rostro reflejadas en los múltiples trozos de cristal que ahora adornaban el suelo.

—¿Qué vamos a hacer? —dijo Rosa entre lágrimas.

Julia tomó aire y cerró los ojos apenas un instante. Recordó su paseo por el bosque y aquel diálogo con la niña que la miraba con compasión. Abrió los ojos y con voz firme dijo:

—Les demostraré quién soy.

12

No podía parar de correr. Corría y corría sin rumbo fijo y muerta de miedo. Trataba de huir de las sombras que me acosaban.

Mis piernas estaban cansadas y apenas me respondían, pero no podía parar. La jauría tenía sed de sangre y de venganza, y estaba dispuesta a devorar a su presa.

Aún con la respiración entrecortada, miré al cielo y pude contemplar la luna teñida de rojo, como si fuera un presagio de lo que aquella noche me deparaba. Las casas que me rodeaban parecían condenadas, y sus ventanas rotas y puertas corroídas me hablaban de un pasado que no podía comprender. El viento susurraba secretos de tiempos oscuros y enigmáticos que me invitaban a danzar entre el pavor y la desesperación. El mundo se desdibujaba entre el aroma del humo y el azufre, que dejaban a su paso por mi garganta un regusto amargo.

El pueblo entero me perseguía. Avanzaban con furia y gritaban «¡Bruja!», mientras yo empleaba mi último aliento en mover las piernas y luchar por mi vida. Traté de chillar varias veces para pedir ayuda, pero de mi boca no salió sonido alguno.

No podía más.

Supe que era el final cuando me vi en un callejón sin salida. La trampa se cerraba y no había escapatoria.

Las sombras estaban ya cerca, muy cerca.

Cerré los ojos esperando lo inevitable.

Pude sentir el fuego de las antorchas que me quemaba la piel, el dolor del hierro que traspasaba mi carne y la profunda tristeza de saber que mis últimos momentos los iba a vivir en la más profunda soledad y desolación.

Pero entonces desperté.

Estaba empapada en sudor y con el corazón desbocado.

—¡Hola!

—¡Joder, Susana! ¡Qué susto me has dado!

—¡Ay, perdona!

Abrir los ojos y encontrarte la cara de tu amiga a pocos centímetros, mirándote fijamente, es una experiencia… ¿Cómo decirlo? ¿Impactante?

Se abalanzó sobre mí para abrazarme.

—¡Has dormido toda la mañana!

Recordé lo ocurrido horas antes.

—No me extraña, he pasado una noche de perros.

Busqué con la mirada y, enseguida, Susana supo que trataba de localizar a Beltrán.

—No está, salió. Dijo que era urgente.

—¿Hace mucho? —pregunté ubicándome en tiempo y espacio.

—Se fue cuando llegué yo, hace como tres horas o así. No queríamos dejarte sola. Me llamó a primera hora y me contó lo sucedido. Vine para acá en cuanto me enteré.

—Muchas gracias. Espero que a César no le haya molestado.

—No te preocupes, hoy no había mucho trabajo. Por cierto, he aprovechado que dormías como un tronco para organizar algunas habitaciones, aunque no he conseguido devolver la casa a su estado original. También ha venido el cerrajero y ha cambiado la cerradura.

—Tranquila, bastante has hecho ya.

Sonó el timbre y Susana salió disparada hacia la puerta.

—¡Voy! —gritó.

Era Beltrán. Entró rápido, tenía aspecto de cansado. Susana casi corría tras él.

—Eleonor, tenemos que hablar —dijo desde el umbral de la puerta.

—¿Dónde estabas?

—De eso precisamente quería hablarte.

¿Alguna vez un «tenemos que hablar» ha traído algo bueno detrás?

—¿Qué ocurre? —Mi mente experta en Catastrofología y Ciencias de la desgracia se puso a elucubrar catorce millones de terribles posibilidades en el tiempo que Beltrán tardaba en acomodarse en uno de los sillones del salón, frente al sofá. También pude leer cinco microgestos y quince microexpresiones.

—¿Hago café? —preguntó Susana.

—Sí, por favor —rogué ya prácticamente desesperada.

—¿Quieres mejor una tilita, El?

—Si me tomo una tila, me duermo.

—¿Estás segura? —insistió. La miré de mala gana—. ¡Marchando tres cafés! —gritó mi amiga de camino a la cocina.

«O siete, con la cafetera de mi abuelo nunca se sabe», dije para mí.

Una vez solos, miré a Beltrán intrigada.

—Eleonor, verás… hay algo que no me cuadra. —Estaba visiblemente nervioso y verlo así me inquietó aún más.

—¿Qué es lo que no te cuadra? —pregunté.

—El diario, el reloj, el asalto a la casa… ¿No lo ves todo un poco raro?

—Normal no es, desde luego.

Beltrán se frotó los ojos con las manos. Debía de llevar más de veinticuatro horas sin dormir.

—No sé cómo decirte esto, pero ¿y si todo estuviera relacionado?

—¿Cómo? —pregunté sin entender muy bien a qué se refería.

—Verás, he pasado toda la noche intentando atar cabos. Me resultó extraño cómo nos encontramos la casa. Es como si los ladrones hubieran estado buscando algo en concreto. No se llevaron nada de valor y aun así estaba todo patas arriba. Colchones rajados, incluso. Si querían algo caro, lo tenían fácil; podrían haberse llevado el reloj. Ni siquiera era necesario rebuscar más.

Sin embargo, el reloj es lo que precisamente aparece despedazado. —Hizo una pequeña pausa y me miró sin pestañear—. Puede ser que buscaran algo de valor, pero no del valor que imaginamos. ¿Y si buscaban el papel que tu abuelo guardaba en el doble fondo?

Fruncí el ceño.

—¿El papel? Lo llevaba yo encima, junto con el diario. —Me palpé el bolsillo del pantalón trasero. El diario seguía ahí.

—¡Claro! Por eso no lo encontraron. Por eso se volvieron locos poniéndolo todo patas arriba. —Beltrán se pasó la mano por la cabeza—. ¿Y si esas anotaciones recogen algo importante que tu abuelo descubrió y escondió?

—Para que nadie más lo encontrara. Tiene sentido.

—Más bien para que tú lo encontraras antes que nadie.

Lo miré sorprendida.

—Si alguien no quiere que algo se sepa, ¿qué sentido tiene contarlo? Sin embargo, tu abuelo dejó una pista. —Me miró esperando una respuesta, pero yo estaba boquiabierta intentado procesar toda la información—. Confió en que tú la encontrarías.

—¿Por qué crees que alguien podría estar interesado en algo que no tiene sentido? —De repente recordé lo que había comentado mi amiga el día anterior—. Espera. Dante... —musité.

—¿Qué? —Beltrán me miró confuso.

—Susana me dijo que la forma de escribir le recordaba a la de Dante. Quizá sean frases simbólicas. Las bestias de oro, el tesoro... no sé, puede que se refiera a otra cosa. Algo importante.

—¡Ya traigo el café, chicos! —Susana entró con las tres tazas de café en una bandeja—. ¿Qué os pasa? —dijo al observar mi cara de póquer. Apoyó la bandeja en la mesa y se sentó en el otro extremo del sofá.

—Susana, tú dijiste que Dante usó el simbolismo para escribir la *Divina comedia*.

—Sí, es algo común en las obras de la Edad Media.

—También dijiste que el escrito que guardaba mi abuelo dentro del reloj podía estar formulado de la misma manera.

—Eso es. Me recordaba bastante.

Miré a Beltrán sin decir nada.

—¿Qué está pasando aquí? —preguntó desconcertada.

—Creemos haber averiguado algo —dijo él serio.

—¿Algo de qué? Me estáis asustando.

Saqué el diario del bolsillo. Dentro estaba el trozo con la anotación de mi abuelo.

—Creemos que alguien va detrás de esto —dije.

—¿Qué?

—Escuchad. Tengo más sospechas.

—No me estoy enterando de nada —dijo Susana por lo bajini.

—Veréis… Sé muy poco acerca de relojes, pero he estado investigando a raíz de que Eleonor me pidiera ayuda con el de Rodrigo, y resulta que un reloj puede pararse por un desajuste en la longitud del péndulo.

—¿Y eso qué quiere decir? —pregunté antes de tomar el café de un solo trago. Por el rabillo del ojo vi cómo Susana me miraba desconcertada.

—La precisión de un reloj de estas características depende de la longitud correcta del péndulo. Si la longitud se desajusta debido a un movimiento o una manipulación incorrecta, el reloj puede perder su precisión o incluso detenerse.

—Siempre he odiado la asignatura de tecnología. ¿Puedes explicarlo en castellano, por favor? —se quejó mi amiga.

Beltrán la miró y puso más énfasis en su discurso:

—Basta que Rodrigo hubiera manipulado el reloj con brusquedad para que el péndulo se desajustara y el mecanismo dejara de funcionar.

Miré a Susana; tenía cara de pasmada.

—Quiere decir que el reloj se paró al guardar en el doble fondo la página del diario. —Traduje.

—¡Ah! —exclamó ella—. ¡Yo es que soy de letras!

—Rodrigo estaba obsesionado con ese diario. —Beltrán se puso en pie y empezó a caminar de un lado a otro de la alfombra—. ¿Y si tras dar con aquello que buscaba escribió apresuradamente la conclusión y luego la escondió dentro del reloj?

—Él no estudiaría nada que no fuera importante… —susurré para mí al recordar las palabras de César en el Círculo de Arte.

—Estuve aquí la misma noche en que murió y el reloj funcionaba —continuó—. Lo sé porque el segundero prácticamente era la banda sonora de esta casa las veinticuatro horas.

Mi amiga y yo nos miramos atónitas. Arqueé una ceja.

¿Sabes esos momentos en los que necesitas tanta concentración que incluso dejas de respirar? Esa era yo entonces.

—Vale, entonces supongamos que mi abuelo tuvo que esconder este jeroglífico rápidamente y que por eso el reloj se paró. Ahora la pregunta es: ¿por qué lo escondió de manera tan repentina?

—Quizá sabía que se le acababa el tiempo —dijo Beltrán—. Eso explicaría por qué lo hizo en una de las páginas del diario. ¡Nadie en su sano juicio ultrajaría un documento tan antiguo!

—¿Sabía que le iba a dar un infarto? —dudé.

—¿Y si no fue un infarto? —sugirió Susana.

—Espera, espera. Ahora me estás asustando tú a mí. ¿Qué otra cosa podría haber sido?

Susana y Beltrán me miraron con gesto preocupado.

—¿Estáis insinuando que a mi abuelo lo asesinaron?

Miré a Susana esperando que de repente sacara un ramo de flores y juntos se pusieran a aplaudir mientras señalaban dónde estaba la cámara que grababa esta macabra y absurda broma. Pero nada de eso ocurrió. Mi amiga apartó la mirada con rapidez y también se bebió el café de golpe, como quien se toma un chupito de tequila en un intento desesperado por calmar los nervios.

La tensión en mi mandíbula podría estar rozando perfectamente las cuatrocientas atmósferas.

—El forense dijo que mi abuelo había fallecido de madrugada —masculló.

—El reloj estaba parado a las tres. Pudo ocurrir a las tres de la mañana —apuntó Beltrán.

—¡La Virgen! ¡Qué movida! —exclamó Susana.

Aunque del reloj solo quedaban astillas, podía sentir cada tictac dentro de mí. El corazón se me iba a salir por la boca.

—¿Hace calor aquí, no? —dije abanicándome con la mano.

—Sé que parece una locura, pero es todo muy raro y creo que si investigamos podemos averiguar qué coño esconde ese diario, qué encontró Rodrigo y, lo más importante, qué le pasó.

—Beltrán, tú conocías a mi abuelo. ¿De verdad crees que pudo estar metido en algo peligroso?

—Tenía muchos secretos. Lo conocía, sí, pero siempre me daba la sensación de que tenía un mundo interior muy complejo. Aunque ahora me planteo la posibilidad de que no fuera tan interior.

—Sí… sé a lo que te refieres. —Y tanto que lo sabía.

—Hay algo más —advirtió Beltrán—. Es sobre el diario. Fui a la biblioteca del Alcázar.

—Julia —respondí firme.

—¿La del diario? —preguntó mi amiga.

—Exacto. No existe ningún caso de brujería en Toledo protagonizado por alguien con ese nombre.

—¿No?

Beltrán sacó una libreta y empezó a leer:

—Sor Magdalena de la Cruz, María de San Gerónimo, sor Francisca de la Anunciación, Mariana de los Reyes, Isabel María, Juana, Inés, Catalina… La lista es interminable. Pero ninguna mujer llamada Julia aparece en ella.

—Dios mío, hay algo muy turbio detrás de todo esto —musité.

—Deberíamos ir a comisaría. —Beltrán cogió su abrigo.

—¡Espera, espera! —Lo detuvo Susana—. Si tenías relación con Rodrigo y fuiste tú el que lo vio vivo por última vez, eres el principal sospechoso.

Beltrán retrocedió. Dejó de nuevo el abrigo en la percha.

—Es verdad. Además, tú encontraste el cuerpo esa misma mañana. Si denunciamos nuestras sospechas, irán a por ti —añadí.

—¿Lo hallaste tú? —quiso saber Susana.

Beltrán asintió despacio y en silencio.

—Estamos jodidos. —Susana se llevó la mano a la frente.

—Entonces ¿qué hacemos? —dudé.

—Investigar —respondió él.

—¿Acaso tenemos otra alternativa? —preguntó retóricamente Susana.

—No sé si estoy preparada para esto.

Susana y Beltrán se miraron alarmados.

—Eleonor, si a él le pasó algo por esa nota, tú también estás en peligro —dijo Susana.

Me costó tragar saliva. Aquellas últimas palabras me hicieron sentir al borde de un abismo: «Tú. También. Estás. En. Peligro».

13

Toledo, 20 de noviembre del año 1500

Han pasado treinta y seis días desde que mi mundo se tiñó de silencios dolorosos.

Los rayos de sol atraviesan las cortinas de mis aposentos; el día quiere empezar pese a mis deseos en contra. La vuelta de Felipe me enfrenta a un destino amargo del que no quiero ser partícipe. Necesito abrazar a mi amado, pero el miedo me invade cuando pienso en su réplica.

El destino ha tejido para mí un camino que jamás imaginé. Recuerdo como si fuera ayer, con angustia y desesperación, que las sombras me envolvieron aquella noche y me hicieron víctima de un acto que nunca creí posible.

Los días desde entonces transcurren lentos. Sobre mi espalda descansa el secreto de la vergüenza y sobre mis hombros el peso de la culpa como un yugo sólido y firme.

Mi cuerpo ahora es la morada de una vida no deseada. Las náuseas me recuerdan a todas horas el allanamiento de mi cuerpo.

¿He de confesar yo el pecado que otros cometieron? Temo la decepción y la repulsa. ¿Seré despreciada por mi propio marido como si fuera yo una miserable ramera? ¿Me ofrecerá la misericordia que tanto anhelo?

Las paredes de mi castillo son frágiles, ya no pueden guardar por más tiempo este secreto.

Debo ser valiente para enfrentarme a sus ojos.

Que Dios me ayude y me dé fuerzas para soportar lo que venga.

Con temor y determinación.

Yo, Julia

Julia cerró su diario y guardó su pluma.

Estaba ya vestida, así que, cuando su doncella Rosa le dio el aviso, bajó rápido las escaleras y se colocó junto a su corte para dar la bienvenida a su esposo, el duque de Alba, que había estado fuera dos meses por motivos financieros.

—Felipe —dijo sonriendo mientras hacía una reverencia.

Él bajó de su caballo y, con la mano, levantó cuidadosamente la barbilla de Julia para poder observar su rostro. Dos meses fuera no eran nada en comparación con los viajes que el duque estaba acostumbrado a realizar; en aquella ocasión, sin embargo, dos meses sin ver el rostro de su amada le parecieron demasiado tiempo.

Felipe era veinte años mayor que Julia y eso se notaba, especialmente en su manera de ver las cosas; él era más conservador. Con respecto a su apariencia, era un hombre alto y apuesto, de rasgos afilados, pelo largo y canoso, y barba poblada y blanquecina.

—Julia, vuestros ojos guardan tristeza. —Se acercó a su oído—. ¿Qué ocurre? —susurró.

—Mi señor, debo contaros algo.

—Como deseéis. Pero antes me gustaría descansar de tan largo viaje.

Julia asintió con la cabeza.

El resto del día Julia se mantuvo reflexiva. Ensayaba una y otra vez el discurso que había preparado para Felipe e intentaba no recrear en su imaginación los posibles escenarios catastróficos.

Serían las cinco de la tarde cuando el duque la mandó llamar para dar un paseo antes de la cena. Aún podían apreciarse desde el jardín los últimos rayos de sol.

Durante el paseo hablaron sobre el viaje y las desventuras de este sin entrar en asuntos financieros, pues Julia era una mujer y eso era cosa de hombres.

—¿Qué tal por Toledo? —preguntó el duque.

—Bien, mi señor. Todo está tal y como lo dejasteis cuando partisteis.

—Magnífico, Julia. Dirigir un palacio no es nada fácil. —Felipe carraspeó—. ¿Qué es eso de lo que queríais hablarme?

—Veréis… —A pesar de todas las veces que hubo ensayado el discurso, le costó empezar a articular palabra—. He de confesaros algo que me pesa en el corazón.

—¿Sucede algo grave? Hablad.

—Yo… —Las manos de la reciente duquesa empezaron a humedecerse—. No sé cómo empezar.

—Por el principio, mi amada. Siempre por el principio.

Julia cogió aire y finalmente arrancó:

—Hace un mes organicé una fiesta en palacio, tal y como os conté en la carta que os mandé.

—Sí, la recuerdo.

—Todo parecía ir bien…

—¿Parecía? ¿Es que no fue bien?

—Sí, la fiesta fue un éxito, mi señor. —Julia empezó a mostrarse inquieta.

—¿Y qué pasó entonces?

—Pues yo no… yo… no sé cómo deciros esto.

El duque se paró en seco:

—Por Dios, ¡soltadlo ya!

—Sin que tuviera constancia previa de ello, a la fiesta acudió Álvaro de Luna.

—¡¿Ese canalla se atrevió a pisar mi casa?!

—Al parecer, Cisneros quiso mediar para que ambos territorios hicieran las paces. La intención era buena. Sin embargo…, ocurrió algo horrible. —Julia no pudo retener las lágrimas.

—¿Qué ocurrió? ¿Qué? —Felipe empezaba a desesperarse.

—Era de noche, yo no veía nada.

La cara del duque cambió por completo, casi se palpaba el desconcierto que mostraba.

—Entró en mis aposentos… —Julia se percató del cambio de actitud de su esposo.

—¿Qué os atrevéis a insinuar, mujer? —La miraba con los ojos muy abiertos.

—Os ruego que me escuchéis, mi señor. —Le temblaba la voz—. No pude evitarlo, yo estaba dormida y apenas tuve tiempo para reaccionar.

—¿Me estáis diciendo que os forzó? —Felipe la miró con desprecio—. ¿Y por qué no pedisteis ayuda?

—¡Porque no pude! —Julia lamentó no tener pruebas de lo que decía. Las únicas eran los moretones de su espalda, pero tras treinta y seis días ya habían desaparecido.

—¿El castillo lleno de sirvientes y soldados y me decís que no pudisteis avisar a nadie?

—¡Apenas podía moverme! Os pido perdón de manera sincera.

—¿Qué más pasó? ¡Contestad! —Felipe zarandeó del brazo a Julia, que no podía responder, solo lloraba—. No estaréis encinta, ¿verdad?

Julia lo miró con los ojos llenos de lágrimas. Él entendió su silencio como una afirmación.

—Estáis encinta… —masculló—. ¿Cuánta gente lo sabe?

—Nadie, mi señor. —Julia obvió que su doncella Rosa lo supiera. Sabía que ella daría su vida por protegerla. El duque reflexionó. Su cabeza daba vueltas, preocupado por tener un hijo bastardo. La muerte de su anterior esposa había sido motivo de habladurías en el reino. No estaba dispuesto a volver a salir a la palestra con un nuevo rumor.

—Vuestras palabras son como un puñal que hiere mi orgullo y mi honor —dijo con voz firme—. Y aunque ese hijo vuestro jamás vaya a ocupar un lugar en mi corazón, tomo la decisión de acogeros a vos y a él los años venideros. Sabed que no lo hago por vuestra clemencia, sino por la mía.

—Aceptaré cualquier castigo que consideréis justo.

—No os castigaré. Ya es suficiente castigo llevar en el vientre al hijo de un malnacido. —A Felipe se le inyectaron los ojos en sangre—. Mataré a ese Álvaro de Luna.

—¡Iniciaréis una guerra! —gritó Julia.

—Que vuestros ruegos encuentren otros oídos compasivos. —Felipe alzó la mano con un gesto enérgico indicándole que debía retirarse—. ¡Fuera de mi presencia!

14

¿Cuál es el siguiente paso? ¿Qué puedo hacer ahora? ¿Cómo salgo de aquí? La ansiedad que aparece cuando sientes que no tienes salida no se la deseo ni a mi peor enemigo. Yo la encuentro distinta a la que se vive cuando tienes una crisis de pánico. Durante la crisis de pánico sientes que te ahogas o que te vas a morir. Sin embargo, el miedo de verte sin opciones te atrapa de una manera diferente. Te aplasta el pecho de manera lenta y sibilina. Aparece poco a poco, se instala y, mientras la mente repasa las opciones, va ganando terreno y fuerza. Es la consecuencia de proyectarte en situaciones que podrían pasar, pero que probablemente nunca van a suceder. Yo era experta en esto desde hacía ya muchos años, pero por primera vez en mi vida sentía que cualquier otra situación del pasado no era más que un ensayo de una obra que se acababa de estrenar. ¿Sería también esta sensación fruto del miedo?

—¿Y si fueran letras? —El flujo de pensamientos se detuvo. Si mi cerebro hubiera sido una autopista se habría escuchado el derrape.

—¿Qué? —Beltrán y Susana contestaron a la vez.

—Lo que intentábamos aclarar anoche, Beltrán. Los números de Julia. ¿Y si fueran letras?

—No lo había visto así.

—¿Podéis ponerme al día? Gracias —dijo Susana.

Le enseñamos a Susana la secuencia y le explicamos la diferencia que había con las fechas señaladas en cada página.

—Y si fueran letras, ¿cuáles serían? —preguntó.

—Cada número podría estar relacionado con una letra del abecedario, según su orden. —Pedí con un gesto a Beltrán que sacara el papel y el bolígrafo de la noche anterior—. En ese caso, la a sería I, la be sería II, la ce sería III, y así sucesivamente. —Volteé el papel para disponer de espacio en blanco. En un lado, escribí la secuencia VI.XX.V.XIII.XVIII.I.XI.IX.IV.I con sus equivalencias numéricas bajo cada cifra romana: 6.20.5.13. 18.1.11.9.4.1. En el otro lado, escribí el abecedario: A B C D E F G H I J K L M N Ñ O P Q R S T U V W X Y Z—. Si colocamos la letra correspondiente a cada uno de los números... —dije mientras escribía concentrada—.

—... El resultado sería FSEMQAKIDA —completó mi frase Beltrán, que me miró con desconcierto.

—FSEMQAKIDA —dije—. Parece mi padre estornudando.

—O la nueva canción de Shakira —bromeó Beltrán.

—Oye, no te metas con Shakira, que a mí me gusta —protesté.

—¡Voy a buscar en Google! —Susana se puso a teclear en su móvil—. Cero resultados.

—¡Estupendo! —Hundí la cabeza en el cojín y gruñí.

Susana siguió examinando el papel con detenimiento.

—Por Dios, ¡esto es un rompecabezas! —Beltrán también gruñó.

—Siempre he sido fan de los acertijos, pero desde luego que no me agrada la idea de que mi vida dependa de ello.

—¡Un momento! —La voz de Susana se elevó por encima de nuestra conversación. Mi amiga captó nuestra atención rápidamente—. Has usado el abecedario actual.

Asentí con la cabeza.

—El actual no es el mismo que el que se usaba en el final de la Edad Media. Julia vivió en el mil quinientos y la lengua de prestigio todavía era el latín. El abecedario del latín clásico era distinto al nuestro. —Susana me pidió prestado el bolígrafo. Ella misma escribió el alfabeto al que se refería: A B C D E F G H I K L M N O P Q R S T V X Y Z.

—Usaban menos letras —dije sorprendida.

—Usaban veintitrés letras, para ser exactos. Caen de la lista la jota, la eñe, la u y la uve doble. En el abecedario actual contamos con veintisiete letras —explicó mi amiga.

—Así el significado podría cambiar completamente —añadió Beltrán.

Volví a anotar la letra correspondiente a cada número. Ahora el resultado era: FVENSALIDA.

Los tres nos miramos boquiabiertos. Habíamos resuelto el misterio.

—¿Los Fuensalida no tuvieron tres hijas? —preguntó Susana.

—Sí, Catalina, Juana y María —respondió Beltrán.

—¿Y alguna se llamaba Julia de segundo nombre?

—Que yo sepa, no. —Beltrán se encogió de hombros.

—¡Fantástico! —exclamé irónica.

—¿Y si hubo una cuarta hija?

Miramos atónitos a Susana.

—Una cuarta hija llamada Julia... —Beltrán se llevó la mano al mentón—. Interesante.

—Pero, aunque la hubiera habido, ¿para qué alguien pondría en su propio diario su apellido en clave? —pregunté.

—No sé, piensa que vives en el año mil quinientos, que eres noble y que andas metida en un lío con la Inquisición. Quizá no te apetezca ir por ahí pregonando quién eres, dónde vives o a qué dedicas tu tiempo libre —dijo Susana con sarcasmo.

—Las cosas que se suelen poner en clave son para que resulten invisibles a los ojos inoportunos —determinó Beltrán.

—Y difíciles de entender —añadió Susana.

—Vale, vale, me habéis convencido. —Alcé las manos en señal de rendición.

—Necesitaríamos acceder al Archivo Municipal para corroborar eso de las cuatro hijas. —Beltrán colocó los brazos en jarra—. Pero allí no dejan entrar a cualquiera.

—Necesitaríamos un permiso especial —confirmó Susana—. Y creo que sé cómo podemos conseguirlo.

—¿Mandando la solicitud al Ayuntamiento? —pregunté.

—No. César —dijo.

—¿Crees que César podría ayudarnos?

—César conoce a mucha gente. Tiene contactos. Estoy segura de que puede conseguirlo. Lo llamaré ahora mismo.

Mientras Susana hablaba por teléfono y le contaba todo lo ocurrido a su pareja, me percaté de las ojeras que asomaban bajo los ojos de Beltrán.

—No has dormido nada esta noche, ¿verdad? —le pregunté.

Él seguía de pie, frente a mí, a escasos metros.

—No, no pude. Ni quise. Preferí estar despierto, por si acaso. Además te dormiste en mi regazo. No estaba dispuesto a moverme y despertarte. Necesitabas descansar.

—Vaya…, muchas gracias. —Sonreí roja como un tomate.

—Era lo mínimo que podía hacer.

Beltrán había pasado la noche en vela, pendiente de que de yo descansara, y no solo eso, sino que se resistió al sueño y aprovechó las largas horas nocturnas para investigar la posible relación entre los sucesos. No estaba acostumbrada a que un hombre hiciera algo por mí sin ningún tipo de chantaje previo. A decir verdad, eso me hacía sentir fuera de lugar. ¿Cómo se reacciona ante esas situaciones?

—Menos mal que al final el café no fue descafeinado —bromeé torpemente. Al segundo me arrepentí. Yo, como siempre, metiendo la pata. Para mi sorpresa, Beltrán también dibujó una sonrisa en el rostro.

Nuestras miradas se encontraron y el silencio que siguió me pareció elocuente, como si estuviera cargado de una energía que iba más allá de las palabras.

—César dice que vayamos para allá —interrumpió Susana.

—¿A su casa? —pregunté en un intento inútil de volver a la realidad.

—Sí, mientras tanto hará unas llamadas y verá qué puede conseguirnos.

—Pues vámonos. ¿A qué esperamos? —dijo Beltrán, esa vez sí, poniéndose el abrigo.

15

Llegamos a casa de César al mediodía, en las afueras de Toledo, no sin antes santiguarnos y rezar tres padrenuestros por las tres veces en las que casi tuvimos un accidente. La primera fue porque a Susana se le deslizó el coche hacia atrás en una cuesta, la segunda se saltó un stop y la tercera casi se come el coche de delante.

—¡Que nos vas a matar! —grité.

—¡Qué exagerada eres, mujer! —dijo mirándome.

—¿Puedes estar atenta a la carretera? ¡Que me estás poniendo nerviosa!

—Pero ¿dónde te han dado el carnet de conducir, tía? ¿En la tómbola? —se quejó Beltrán.

—Venga, os voy a poner un poco de música para que os relajéis. —Encendió la pantalla del coche.

De repente empezó a sonar a todo volumen «Cha Cha Cha», la canción con la que Käärijä casi gana Eurovisión.

—¿Susana?

—¡Ay, perdón! Esta no. ¡Enseguida os pongo la que es! —Empezó a pelearse con el reproductor.

—¡Déjalo! Ya lo hago yo. —Le aparté la mano—. Porque, si no, nos vamos a matar.

—Pon la lista «Relajantes» —gritó. Aún sonaba Käärijä a todo trapo.

Bajé el volumen.

—Yo espero que no nos siga nadie, porque como sea así solo

me falta ir dejando miguitas de pan por el camino. ¡Menudo escándalo!

—Seguro que algún señor desde su casa en Albacete también nos ha escuchado —dijo Beltrán.

Resoplé. Susana rio.

Al fin encontré la maldita lista de reproducción. Le di al play y empezó a sonar «Only Time», de Enya.

Desde luego, Susana era impredecible.

—¡Ya estamos aquí! —dijo mi amiga al bajarse del coche. Habíamos llegado.

—¡De milagro! —protesté.

—Estás viva, ¿no? ¡Pues eso es lo importante! —respondió sonriendo de oreja a oreja y con los brazos en jarra, como orgullosa de su torpeza al volante.

Puse los ojos en blanco. Por el rabillo pude ver cómo Beltrán me miraba aguantándose la risa. Me asusté cuando cerró la puerta del coche, casi se la carga.

—¡Joder, Beltrán, que me dejas sin coche! —se quejó Susana.

Caminamos por un sendero de gravilla. La casa —perdón, la mansión— de César se levantaba en medio de un extenso terreno de olivos, cipreses, setos y otras plantas. El edificio se veía imponente, elegante y majestuoso; parecía una construcción bastante antigua. La fachada era de piedra maciza y en algunas ventanas se adivinaban vidrieras. En el centro del jardín aguardaban una fuente y un par de estatuas, una frente a la otra, que parecían hablar entre sí. Una me recordaba tanto al *Ángel caído* del Retiro que no pude apartar la mirada. Casi me pego la leche del siglo al tropezar con el primer escalón de las escaleras que conducían a la puerta principal.

—Es la verdadera —dijo César, que aguardaba nuestra llegada en el recibidor.

—¿Qué? —pregunté incrédula.

—El *Ángel caído*. Es la estatua original. La que hay en el parque, en Madrid, es una copia. Hicimos el cambio hace ya varios años. La trajimos aquí porque pensamos que así se conservaría mejor.

¿Lo estaba diciendo en serio?

Susana me miró asintiendo.

Sí, lo estaba diciendo en serio.

Entramos y cruzamos el vestíbulo en dirección al salón. No quise parecer grosera durante el trayecto, pero no pude evitar fijarme descaradamente en cada rincón de aquel lugar. Jamás había visto tanta belleza junta. El vestíbulo tenía doble altura y una escalera de piedra perfectamente tallada que conducía al piso de arriba. Las paredes estaban llenas de obras de arte estratégicamente iluminadas. Los muros de piedra, desgastados por el tiempo, parecían querer narrar las historias que habían presenciado cientos de años atrás. Cada rincón de la casa era un museo en sí mismo: pinturas al óleo, esculturas de mármol, tapices antiguos…

—Es un antiguo convento. Reformado, por supuesto —informó César mientras cruzábamos las estancias—. Estas son de mi propiedad. Arriba, en el desván, tengo las obras con las que estamos trabajando actualmente.

Miré a Beltrán con un gesto de incredulidad. Rio. Imagino que él ya había estado allí antes y nada le sorprendía.

Al cruzar uno de los pasillos me pareció ver algo extrañamente familiar.

—¿Eso era la imagen de una Virgen? —pregunté.

—Sí, la Virgen de la Asunción —confirmó Beltrán—. La que vino por el mar.

—¿Por el mar? —volví a preguntar.

—¿No conoces la historia? —César se giró—. La Virgen de la Asunción es una talla de madera que apareció en las costas ilicitanas hace unos cuantos siglos.

—Concretamente en el siglo catorce —añadió Beltrán.

—¿Y cómo es que «apareció»?

—Bueno, nadie lo sabe. Es un misterio. Solo se sabe que apareció en la costa, en un arca de madera, junto con la consueta de su misterio.

—El *Misterio de Elche*. O *Misteri d'Elx*, como lo llaman los ilicitanos.

—Exacto. Y, según cuenta la historia, la encontró un oficial. Un tal Francesc Cantó.

—Se le perdería a alguna embarcación. —Intenté ser racional.

—O fue enviada por Dios. —Beltrán sonrió.

—Eso es lo que dicen. De cualquier manera, sea como fuere, esa es la verdadera imagen.

—¿La verdadera? ¿También disteis el cambiazo?

—Sí, pero este no lo hice yo. La trajo mi abuelo desde Elche en el treinta y seis. Estaba en la ciudad en el momento del incendio provocado por los izquierdistas en la basílica de Santa María. Entró en compañía de un grupo de amigos con la intención de salvaguardarla. Fue en plena Guerra Civil. Informó a las autoridades en el treinta y nueve, al finalizar la guerra.

—¿Y no la devolvisteis?

—No, Franco y mi abuelo llegaron a un acuerdo. Se informó al pueblo de que la imagen se había perdido en el incendio y se mandó tallar otra en el cuarenta.

—¿Para qué hicieron eso?

—Devolver la original implicaba dejarla a merced de otras catástrofes. Aunque el motivo principal fue usar el suceso para alentar el odio contra los rojos.

—Hicisteis leña del árbol caído —concluí.

—Al menos la imagen original sigue intacta.

Seguimos caminando hasta el salón. Una enorme chimenea encendida presidía la estancia. Allí los muebles eran de época, probablemente restaurados. Me llamaron la atención unas sillas y unas mesas de estilo barroco que parecían sacadas de algún palacio real. Esa casa no era solo una casa; era la representación material del amor por la historia y el arte, un recuerdo tangible del pasado en todas sus épocas.

—Tomad asiento, por favor. —César nos invitó a acomodarnos en un sofá más grande que mi piso de Madrid—. Bienvenidos a mi humilde morada. —Extendió los brazos y luego se sentó junto a nosotros.

«Humilde morada». Imagino que lo dijo con ironía.

Miré a Susana, estaba embelesada.

No sé por qué esperaba que en cualquier momento saliera un mayordomo llamado Charles de detrás de alguna estatua, preparado para servir tazas de té con limón.

—¿Queréis tomar algo? ¿Café? ¿Té? Francisco, mi mayordomo, prepara buenos tés.

Y ahí estaba Charles en versión española.

—Oh, no, acabamos de tomar café —respondí—. Muchas gracias.

—En ese caso, vayamos directamente al grano. Decidme, ¿qué necesitáis? —dijo mientras sacudía con la mano las motas de polvo del terciopelo del sofá.

Me llamó la atención ese gesto. Me recordó a mi madre, maniática del orden y la limpieza. Miré alrededor. Todo estaba impoluto y perfectamente colocado.

—Verás… —arrancó a hablar Susana—. Necesitamos que nos cueles en el Archivo Municipal.

Toma ya, sin anestesia.

—¿Es por lo que me contaste por teléfono? ¿Lo del diario?

—Sí. Necesitamos corroborar que Gutierre Gómez de Fuensalida tuvo cuatro hijas y no tres.

—¿Y eso para qué? —El novio de mi amiga arqueó una ceja.

—Para desentrañar una parte importante de la historia de Toledo —dijo Beltrán.

—Y para aclarar si a Rodrigo lo asesinaron —añadió rápido Susana.

—¿Cómo? —César se puso serio.

Beltrán y yo nos miramos sorprendidos. Habríamos preferido obviar esa información.

—Te lo resumiré. —Se aventuró Beltrán. De perdidos al río—. Desde que el abuelo de Eleonor murió, solo han pasado cosas raras. Además del diario, hallamos una nota escrita a mano por Rodrigo dentro del doble fondo de un reloj de péndulo.

—¿Una nota?

—Sí. Creemos que es algún tipo de pista escrita con un código simbólico. Esa misma noche entraron a registrar la casa y lo pusieron todo patas arriba, pero no se llevaron nada de valor. Por no hablar de que se cargaron el reloj. ¿Casualidad? No lo creo. Está claro que la estaban buscando.

—¿Sabéis quién la estaba buscando?

—No tenemos ni idea —respondí.

—¿Puedo ver esa nota? —preguntó César.

—Sí, claro. —Saqué de mi bolsillo el diario, extraje la nota y se la entregué a César, que se detuvo a observarla con delicadeza—. Interesante…

—Creemos que quien se coló en casa aquella noche pudo haber asesinado a Rodrigo. Si eso fuera así, ahora Eleonor estaría en peligro.

—Por eso tenemos que saber qué hay detrás de todo esto —dijo Susana.

—Vamos, que estáis metidos en un buen lío, ¿no?

—Más o menos —respondió Susana.

César me devolvió la nota y la volví a guardar dentro del diario. Seguidamente me recosté en el sofá y apoyé la cabeza sobre mi brazo, flexionado a la espera de ver qué nos deparaba el día. De repente noté que algo me rozaba la mano. Me giré asustada y vi unos ojos amarillos que me observaban fijamente.

—¡Oh, este es Napoleón! —exclamó César—. Creo que le has gustado, Eleonor.

Napoleón era un gato azul ruso al que le faltaba un trocito de oreja. La izquierda la tenía perfectamente; sin embargo, su pabellón auricular derecho está incompleto. Al parecer le apetecía socializar. Se acercó un poco más a mi cara y comenzó a ronronear mientras me restregaba el lomo. Me encantaban los gatos, así que lo cogí y lo coloqué en mi regazo. Pensé que huiría, pero curiosamente me olisqueó un poco y se recostó entre mis piernas tranquilamente.

—No sé cómo habéis llegado a esa conclusión, pero, si es tan peligroso, quizá no deberíais inmiscuiros —prosiguió César.

—No has conocido en tu vida a persona más cabezota que yo —dije.

César me miró con fijeza unos segundos y sonrió levemente.

—Para conseguir lo que queréis, necesitaréis consultar el censo —dijo.

—Por eso tenemos que acceder al Archivo Municipal. —Sonreí.

Se levantó del sofá y se dirigió a un rincón del salón en el que había una mesa con una botella de whisky y un par de sillones.

Miré al gato, se había dormido. «¿Quién llama a su gato Napoleón?», pensé.

César se sirvió una copa y dio un trago.

—En el Archivo Municipal podréis encontrar registros de la familia —dijo mientras aún saboreaba el licor—. Pero tengo mis dudas.

Beltrán y yo nos miramos de reojo, con gesto preocupado.

—¿Dudas de qué? —preguntó Susana.

—Es posible que también debáis ir al Archivo Histórico Provincial. —Dio otro trago con la calma típica de alguien que está acostumbrado a trabajar bajo presión—. Si, tal y como me dijo Susana por teléfono, estamos hablando de brujería en el siglo dieciséis, hablamos también de la Inquisición, una institución independiente del poder civil. Los archivos de la Santa Inquisición se custodian en otra parte.

—Tiene sentido —dijo Susana—. ¿Podrías conseguirnos ambas cosas?

—Podríamos dividirnos —propuso Beltrán. Acto seguido me miró—. Eleonor y yo podríamos ir al Archivo Municipal. Vosotros dos podríais ir mientras tanto al Archivo Histórico Provincial —dijo refiriéndose a César y Susana.

César se bebió de golpe el whisky restante. Por un momento pensé que se echaría atrás y diría que no.

—Veamos… —Vaciló—. Hay un tesoro por encontrar, un misterio sin resolver y peligro de muerte inminente. ¿Qué probabilidades hay de que salga mal?

—Muchas —respondí.

—Entonces no parece un plan aburrido, ¿no?

—¿Acaso tienes algo mejor que hacer? —lo desafió Susana.

—Me parece bien. He hecho unas llamadas antes de que vinierais. Ya está todo arreglado. Eleonor, Beltrán, decid que vais de mi parte. Susana y yo iremos al Archivo Histórico Provincial.

16

Toledo, 21 de noviembre del año 1500

Felipe reunió a sus mejores hombres de nuevo. En esa ocasión no marchaban a la guerra ni a resolver asuntos fiscales. Aquella era una batalla que el duque ansiaba iniciar por honor. Intercambiaría las palabras justas con Álvaro de Luna antes de desafiarlo a un duelo a muerte, desenvainar su espada y clavársela en su oscuro corazón. Estaba seguro de que Dios estaría de su parte.

Cabalgaron día y noche hasta Cañete. Una vez allí, como un Aquiles que busca la venganza por la muerte de su compañero de armas ante las murallas de Troya, Felipe gritó su nombre a las puertas del castillo. Se levantó el rastrillo y la tropa se abrió paso.

Don Álvaro de Luna, que oteaba el horizonte desde su atalaya, supo perfectamente lo que le deparaba la vida los próximos minutos.

—Bienvenido seáis a mis tierras —dijo Álvaro con los brazos abiertos al recibir al duque de Alba en su salón de audiencias.

Ambos nobles se veían por fin a solas, cara a cara, tal y como deseaba Felipe, que por su parte no se mostraba tan afable.

—Álvaro de Luna, mi honor me ha traído hasta aquí. ¡Por vuestra culpa mi matrimonio ha sido relegado a las sombras de la deshonra!

—¿Por mi culpa? ¿Quién os ha contado tal desfachatez?

—¿Os atrevéis a hablarme así después de la afrenta que vuestras acciones han ocasionado en mi hogar? ¡Exijo un duelo a muerte! ¡Ya! —Debido a la furia, a Felipe se le enrojeció el rostro.

—¿Habéis venido a mis tierras, a mi casa, a mi hogar, a tacharme de traidor y a retarme en duelo? —Álvaro caminó con calma hacia un frutero que descansaba sobre una gran mesa de madera, cerca de un ventanal, junto a unas copas y una jarra de vino. Cogió una manzana y le dio un mordisco.

—¡Vos vinisteis a mi hogar a corromperlo!

—No era mi intención hacer tal cosa —dijo Álvaro mientras masticaba la manzana.

—¡Por supuesto que sí! ¿Acaso estáis insinuando que mi esposa es una mentirosa? ¿Cómo iba a inventarse ella un suceso tan repulsivo? —Felipe hizo el amago de desenvainar su espada.

—Vuestra esposa no miente, mi señor. Permanecer entre sus faldas fue algo que sucedió. Pero os preguntaré algo. ¿Acaso creéis que yo sería tan necio de poner en juego mi honor de esa manera?

—¡No enredéis mis oídos con palabrería!

—Os ruego que me escuchéis. —Álvaro atisbó la mano de Felipe agarrando la empuñadura de la espada—. Aún no he aceptado el duelo. Si sacáis esa espada de su vaina, mis soldados se lanzarán contra vos y entonces tendremos problemas de verdad.

Felipe tragó saliva. No se lo pensó dos veces y soltó la empuñadura. Sabía que tenía mucho que perder si los nervios le jugaban una mala pasada y se dejaba llevar por el enfado.

—¿A qué os referís? —dijo intentando tranquilizarse.

—Os lo contaré, pero antes me gustaría que compartierais conmigo una copa de vino. —Álvaro lo invitó a sentarse frente a él en la gran mesa—. Hablemos como hombres civilizados.

Felipe accedió. No estaba muy convencido de querer compartir aquel momento, la situación no le generaba confianza alguna. Sabía que Álvaro era un hombre muy sibilino. Tenía pocas opciones más. Si Álvaro no aceptaba el duelo, cualquier gesto podría ser considerado un ataque a ojos del reino.

—Estaréis de acuerdo conmigo en que, al igual que el vino,

las mujeres son capaces de aportar ciertas cualidades sensoriales a los hombres —dijo Álvaro mientras servía las copas—. Son cautivadoras y agradables a los sentidos, ¿verdad? —El señor de Cañete sonrió con malicia.

Mientras, Felipe permanecía en silencio. Observaba con desconfianza.

—Ambos aportan sabores complejos, matices diversos y variedad en sus diferentes facetas —siguió—. ¡Ay, el vino! Qué vicio más mundano. Es tal el poder que puede llegar a tener sobre la conciencia del hombre que tendría que ser un pecado.

—No es pecado mientras no se abuse de él. —Felipe intuyó por dónde iba y fue tajante en su respuesta.

—Eso es cierto. Es el hombre quien tiene que saber escapar de la tentación.

Ambos dieron un sorbo al vino que compartían.

—Esta es, sin duda, una de mis mejores cosechas. —Álvaro alzó su copa satisfecho—. Debo decir que me honra que estéis bebiéndolo en estos instantes.

Felipe asintió con la cabeza en señal de conformidad.

—No obstante —siguió—, a veces ese vino posee un encanto especial: una promesa de placer prohibido a cuyos encantos no queda más remedio que entregarse. Las mujeres son el recuerdo vivo del pecado original.

Felipe dio un golpe en la mesa con el puño y se levantó de la silla. Estaba lleno de furia, de nuevo a punto de desenvainar su espada.

—No os precipitéis, mi señor. —Álvaro apenas se inmutó—. Calmaos. Volved a sentaros. —Hizo un gesto a sus soldados para que conminaran al duque a sentarse en la silla. Los soldados de Felipe empuñaron las armas, aunque no avanzaron por precaución—. No deseo haceros mal alguno. Confiad en mí.

—¡Pues id al grano y dejad de herir mi orgullo!

—Todo a su tiempo. —Álvaro se cruzó de brazos y se inclinó hacia atrás, apoyando completamente su espalda en el respaldo de la silla. Podía percibir la desesperación de Felipe y eso en el fondo le gustaba. Jugar con la mente de las personas era algo que siempre le había parecido divertido—. ¿Recordáis la Biblia? Imagino que como buen cristiano la habréis leído.

—¡Por supuesto que la he leído! Soy un fiel devoto. Rezo todas las noches por las almas de los difuntos.

—Lo suponía. Sois un ejemplo para cualquier señor que desee aprender educación y buenas costumbres.

—Gracias. —Felipe se mostró complacido.

—Sabréis entonces que, aunque el demonio tentó a Eva, fue ella quien sedujo a Adán. Ambos fueron expulsados del edén porque ella lo arrastró al pecado.

—Sí, lo sé. Desde entonces, los humanos necesitamos la salvación de Dios.

—¡Maravilloso! —Álvaro aplaudió—. Hombres y mujeres estamos condenados en esta vida. La única forma de salvar nuestras almas y reconciliarnos con Dios es nuestra fe en Jesucristo. Pero fijaos, la tentación de Eva no habría supuesto ningún daño para el hombre si Adán no hubiera pecado. Nuestra alma y nuestro cuerpo quedaron marcados no por el demonio, sino por una mujer llamada Eva.

—¿Qué queréis decir? —Felipe clavó los ojos en los de Álvaro, que parecían perderse en un horizonte inexistente.

—Quiero decir que el pecado nació de la mujer. ¡Las mujeres son las herederas de Eva! Y más peligrosas que las trampas, pues los hombres son atrapados, no solo por sus deseos carnales, sino por sus elocuencias. Son capaces de nublar la conciencia del hombre, tal y como le pasó a Adán. Sus rostros son vientos abrasadores camuflados en hermosas facciones, y sus voces, los silbidos de las serpientes. ¡Llevan el mal en su alma! —Álvaro parecía ido, tenía los ojos inyectados en sangre—. Sus corazones son redes que atrapan incluso a los mejores hombres que hayáis podido conocer. Tan pronto pasan de ser valientes guerreros con indomables corazones a unos esclavos embaucados por el sexo débil. Pero no os confundáis, mi señor. No son débiles, recordad que en las mujeres habita el mal.

—Ellas, más que nadie, deben purgar sus pecados en esta vida —manifestó convencido Felipe.

—Estoy completamente de acuerdo. Sin embargo, debéis saber que hay mujeres que prefieren no hacerlo.

—¡Eligen el camino del diablo!

—Ese es el problema, que esas son las que más tarde o más temprano terminan infectadas por la brujería. ¡Se pierden y pactan ceder su cuerpo y su alma a cambio de hacer el mal!

—¡Pero eso solo ocurre con las malas mujeres!

—Y esas mujeres, mi señor, están entre nosotros, más cerca de lo que pensáis. Son tres los vicios generales que parecen tener un especial dominio sobre las malas mujeres: la ambición, la lujuria y la infidelidad. —Álvaro cambió el tono al mencionar el último vicio. Su intención, desde el principio, había sido manipular a Felipe.

—¿Infidelidad? ¿Estáis insinuando que Julia es practicante de brujería? ¿Creer en la brujería no es ya una herejía?

—Con todos mis respetos, la herejía sería conocer la existencia de tales fenómenos y dudar de su procedencia no humana.

—¡Pero Julia es noble, de alta cuna! ¡Viene de buena familia!

—Y eso solo la hace más ambiciosa, lo que agrava aún más el delito. ¡Ninguna mujer está a salvo de pecado alguno! —Un leve gesto de desprecio apareció en su rostro—. Permitidme esta pregunta. Cuando conocisteis a Julia, ¿os enamorasteis perdidamente de ella?

—Sí, recuerdo el día. Mi esposa es una mujer muy bella. ¡Cualquiera se habría enamorado al instante!

—Por vuestro bien debéis saber que el diablo sabe camuflarse de una manera extraordinaria. Los demonios no pueden cambiar el cuerpo, necesitan de algún mortal que los reciba. ¡Pero recordad que son listos! Ellos jamás elegirían a una mujer fea. Saben que sus cometidos serán más fácilmente alcanzables si atraen a su presa con un rostro angelical, juegan esa carta. Por medio de las brujas pueden cambiar la mente de los hombres e incitarlos al amor desordenado o al odio.

—¿Y vos cómo sabéis todo esto que contáis?

—Se explica en el *Malleus Maleficarum*. Es el libro que todo hombre ha de leer para saber que el verdadero peligro al que nos enfrentamos en este siglo son las mujeres.

—Los hombres hemos demostrado durante cientos de años que somos capaces de gobernar naciones y conquistar nuevos reinos. Por la gracia de Dios somos más fuertes. Dudo mucho que eso vaya a cambiar.

—Mi señor, quizá el problema sea que la gracia de Dios está con los hombres, pero la del diablo se halla entre las mujeres. —Álvaro se inclinó hacia delante—. «He aquí un caballo amarillo, y el que lo montaba tenía por nombre Muerte, y el Hades lo seguía; y le fue dada la potestad sobre la cuarta parte de la tierra, para matar con espada, con hambre, con mortandad y con las fieras de la tierra».

—Estáis citando el Apocalipsis.

—Capítulo sexto, versículo octavo. —Álvaro dio un suspiro mirando al cielo—. Felipe, sabéis que el demonio tiene tantas caras como nombres. En el Apocalipsis se habla de Muerte como uno de ellos. El diablo que camina por la tierra no es más que una metáfora que hace alusión a sus soldados en la tierra: las mujeres. Una nueva era nos aguarda. Por Dios, ¡si tenemos a una reina castellana gobernando el país! ¿No os dais cuenta? El fin del mundo ha comenzado; se presenta ante nuestros ojos y nosotros, los hombres, meras víctimas de la historia, no vamos a hacer nada. ¡Todas son culpables y susceptibles de llegar a viles pactos con el Maligno! ¡Vos deberíais saber que la única mujer libre de pecado es la Virgen María!

—¡Tened por seguro que lo sé! ¿Por quién me tomáis? Sin embargo, considero que afirmar que alguien practica la brujería es una grave acusación.

—Considero aún más grave embrujar a un hombre con la intención de satisfacer sus repugnantes apetitos y jugar así con el honor de una familia entera.

Felipe se mantuvo en silencio.

—¿Acaso habéis observado signos de lucha en su cuerpo? ¿Acaso los sirvientes en palacio escucharon gritos de socorro? Mi señor, entiendo que dudéis. ¡Yo he llegado a dudar hasta de mí mismo! Creí estar volviéndome loco cuando todo ocurrió. ¡Eso solo puede ser obra del mismísimo demonio! ¿Quién si no sería capaz de hacer dudar de su cordura a alguien que ha dedicado media vida a cultivar su sabiduría? ¡Vos sabéis de mi pasión por los libros! —Álvaro dio un último trago a su copa—. Entregadla a la Santa Inquisición. Si es culpable, arderá en el infierno. Si resulta una mujer piadosa y de buen corazón, Dios intercederá y hará que el tribunal la declare inocente. Confiad en Dios.

Siete días más tarde de su partida a Cañete, Felipe Álvarez de Toledo regresó a su palacio. Sin embargo, en esta vuelta a la ciudad, alguien más acompañaba a la tropa.

—¡Felipe! —Julia fue corriendo, feliz, a recibirlo.

Felipe, aún a caballo, la miraba desde arriba con la decepción en los ojos.

—Doña Julia de Fuensalida, quedáis detenida por graves acusaciones de brujería.

—¿Qué? —Julia se dio la vuelta asustada. La voz provenía de un fraile dominico que la miraba con gesto serio.

Inmediatamente, dos alguaciles la esposaron.

—Vuestros actos apuntan a graves crímenes contra la Iglesia y la comunidad —siguió el fraile.

—¡Felipe! ¿Qué es esto? ¡Yo no he hecho nada! —clamaba a los cielos Julia mientras los alguaciles la empujaban dentro de una jaula de metal tirada por dos caballos—. ¡Os estáis equivocando! ¡Mi fe en Dios me guía!

—Incluso los más puros de corazón pueden ser engañados por el diablo —añadió el fraile sin compasión alguna en los ojos.

—¡Por favor! ¡Felipe!

Este se santiguó.

—Que Dios escuche vuestras plegarias —murmuró entre la tristeza y la esperanza.

El carro partió y Julia, aún en estado de shock y con el corazón hecho un nudo, se dejó caer de rodillas pensando que quizá nunca volvería a la que siempre había sido su casa.

17

El plan era sencillo: entraríamos en el Archivo Municipal, buscaríamos cualquier información sobre la familia Fuensalida que nos ayudara a corroborar nuestras sospechas y seguiríamos con nuestras cábalas.

En el acceso al edificio había un control de seguridad con dos agentes, que superamos sin dificultades. Uno de los guardias, el que parecía más cascarrabias, nos acompañó a la sala principal. Era un espacio diáfano, de arquitectura moderna, cuyas formas rectas mezclaban el metal y la madera, típicos materiales del estilo industrial. En algunos rincones se apreciaban restos romanos, protegidos y exhibidos, como sucedía en prácticamente cualquier otro lugar del casco histórico de la ciudad.

Una vez dentro, vino a recibirnos una señora rubia con gafas y bata blanca, muy amable.

—Bienvenidos al Archivo Municipal de Toledo. Sé que vienen de parte del señor César Garrido. Díganme, ¿qué necesitan?

—Nos gustaría echar un vistazo a los archivos relacionados con la familia Fuensalida —dije.

—Siglo dieciséis —añadió Beltrán.

—Maravilloso. Pueden acompañarme por aquí.

Beltrán y yo seguimos a la señora amable de gafas. Observé su chapa identificativa. Se llamaba Dolores García. Por el rabillo del ojo pude ver que el segurata cascarrabias seguía con nosotros.

Pasamos por varias zonas diferenciadas por estanterías que

alcanzaban hasta el techo. El edificio tenía una altura aproximada de dos plantas, sin paredes ni obstáculos divisorios; todo se sostenía mediante estructuras metálicas y tarimas de madera. Desde donde estábamos se podía observar a estudiantes que tomaban notas en sus cuadernos y a investigadores, personas con bata blanca que manipulaban documentos con guantes y pinzas.

Creía que íbamos a subir a la segunda planta, ya que nos dirigíamos a unas escaleras de cristal situadas al final del edificio. Antes de llegar, Dolores frenó el paso y apretó el botón de un ascensor cuya existencia hasta ese momento ignoraba.

—Van a entrar ustedes a un área especial del recinto. En esta zona el acceso está restringido a las personas autorizadas. Los documentos que aquí se guardan son muy antiguos y están conservados de una manera especial para protegerlos del paso del tiempo.

Montamos los cuatro en el ascensor. Al parecer el guardia de seguridad no pensaba abandonarnos en ningún momento. No me había dado cuenta de que había una planta sótano hasta que Dolores marcó el S1 en el panel numérico.

Las puertas del ascensor volvieron a abrirse y salimos de uno en uno. Continuamos caminando; seguíamos a Dolores. El sótano no resultaba tan diáfano como la planta superior. Estaba repleto de depósitos enormes diseñados específicamente para mantener condiciones controladas de temperatura, humedad y luz. Allí no había nada ni nadie más. Por no haber no había ni un rayo de sol. El lugar estaba estratégicamente diseñado para prevenir el deterioro y la degradación de los documentos que contenía. Los pasillos, bien iluminados y vigilados con varias cámaras de seguridad, servían para ir de un depósito a otro. Lo que más llamaba la atención eran su techo abovedado y las estructuras de piedra terminadas en arco de medio punto que se alzaban en el lugar. Había varias hileras de arcos de piedra que se integraban muy bien con el resto de la estancia.

—Aquí se encuentran todos los documentos desde el año mil ciento diez hasta el mil quinientos veinticinco. —Dolores abrió la puerta tras pulsar unos dígitos en el panel de la cerradura electrónica—. Pueden pasar, pero antes, por favor, pónganse esto.

Nos dio un par de guantes de látex a cada uno. Se aseguró también de que tuviéramos unas pinzas de trabajo para poder manipular aquello que necesitáramos.

Avanzamos unos metros. La puerta se cerró detrás de nosotros.

Allí dentro olía a papel viejo.

Nos miramos el uno al otro.

—Fuensalida —dijimos al unísono.

Ambos nos pusimos a buscar en las estanterías cualquier cosa que pudiera servirnos.

Tras varios minutos de exploración, hallamos unos legajos que correspondían a la época y a la inicial del apellido.

—Efe, efe... —murmuraba yo—. Fuenespina, Fuenmayor, Fuensaldaña... ¡Fuensalida! ¡Ahí está! —dije señalando un legajo que estaba a un par de metros de altura del suelo.

—Necesitaremos una escalera, pero no veo ninguna cer...

—¿Puedes levantarme? —interrumpí—. Creo que, si me levantas y estiro el brazo, puedo llegar sin problemas.

—Intentémoslo.

Me puse delante de Beltrán esperando a que me cogiera en volandas.

—Sube.

Miré hacia abajo, Beltrán estaba en cuclillas, ofreciéndome sus hombros para que me sentara en ellos.

—Si me dejas subirte, será más fácil.

Así lo hice. Abrí las piernas y coloqué el trasero sobre sus hombros. Me agarró fuerte los muslos para que yo no cayera hacia atrás. Se levantó y con él me alcé yo también. Estiré los brazos y saqué el legajo que contenía los documentos de la familia Fuensalida. Cualquier cosa que pudiéramos encontrar me valía.

Tenía el corazón a mil.

Le pasé el legajo a Beltrán, que cuidadosamente lo dejó en una mesa de estudio que había en una de las esquinas del depósito.

—¿Cómo bajo ahora? —dije nerviosa.

—Deslízate, yo te cojo.

Me incliné hacia delante y deslicé una pierna. Iba despacio, pero me resbalé, y justo cuando creía que me iba a dar de boca contra el suelo, Beltrán me agarró rápido de un brazo.

—Te tengo.

Flexionó un poco las piernas y pude poner un pie a tierra. Me agarró de la cintura para que pudiera bajar definitivamente. Una vez en el suelo, nos quedamos uno frente al otro. Lo tenía demasiado cerca y eso me ponía nerviosa, pero también estaba ansiosa por saber qué había dentro del legajo. Me mordí el labio y miré de soslayo el expediente.

Beltrán notó a leguas lo ansiosa que estaba.

—Tranquila —dijo mientras me agarraba las manos y me miraba a los ojos—. Sea lo que sea lo que encontremos, seguro que nos sirve. Respira.

Asentí rápido y suspiré.

Ambos nos sentamos en la mesa de estudio.

Estuvimos un par de horas sumergidos entre la correspondencia, los registros de matrimonio y de bautismo, los testamentos, los documentos de propiedad y algún que otro litigio sin importancia. Y cuando creíamos que nuestros esfuerzos habían sido en vano, lo vimos. El árbol genealógico. Era un papel enorme, doblado de mala manera. Como si alguien, quinientos años antes, lo hubiera guardado sin ningún tipo de miramiento. Lo desplegamos. Aquello era más largo que el prospecto de la píldora anticonceptiva. Nos miramos boquiabiertos. No podía ser.

—Está roto —dije atónita.

—Falta un trozo... —Beltrán tampoco daba crédito. Lo observó de cerca, con atención—. Aparecen Gutierre de Fuensalida y Juana Téllez de Toledo como la primera generación. Luego Gutierre Gómez de Fuensalida y su mujer, María de Arroniz Pacheco, que a su vez son los padres de Catalina, Juana, María y...

—Falta Julia. Fíjate. —Señalé—. La línea de sucesión se rompe justo ahí.

—La parte que falta es la que le correspondería a ella.

—¿Algún desliz con el papel?

—Lo dudo. El resto del árbol está intacto. Sería demasiada casualidad. El papel no presenta ningún tipo de daño. Ni siquiera las esquinas parecen estar dobladas. Las hermanas aparecen con sus correspondientes parejas y descendencias.

—Excepto María, que no tiene pareja ni descendencia.

—Eso será porque se metió a monja, era muy común en la época —explicó Beltrán.

—Ah, entonces es por eso.

—Pero esto es diferente, Eleonor. La parte de Julia simplemente no está. La han arrancado.

—No necesito más pruebas —sentencié en voz alta.

Doblé de nuevo el árbol genealógico, aunque no por los mismos pliegues, pues eso de plegar un papel o un mapa siempre me resultó imposible. Me cansé de usar las pinzas. Lo hice como pude. Miré con disimulo por la ventana del depósito. Observé al de seguridad hablando con Dolores. No me lo pensé dos veces y me lo guardé en el bolsillo trasero del pantalón.

—¡¿Qué haces?! —susurró a gritos Beltrán.

—Si quiero demostrar que a mi abuelo lo asesinaron, necesitaré pruebas, ¿no?

—¡Si nos pillan nos meteremos en un buen lío!

—Ya estamos en un buen lío. Además, no nos van a pillar. Aquí dentro no hay cámaras.

—¿Cómo lo sabes?

—Porque las cámaras están en los pasillos. ¿No las has visto?

—No me he fijado en eso, no pensaba delinquir.

—No estoy delinquiendo. Estoy luchando por lo que es justo. —Me puse en pie y volví a colocar los documentos en el mismo orden en el que los habíamos encontrado—. Ayúdame a dejar esto como estaba.

Beltrán me agarró de la muñeca y me acercó a él.

—Estás loca —susurró a escasos centímetros de mí. Pude notar el jadeo en su respiración. También estaba nervioso, pero sus ojos desprendían un brillo especial.

—¿Ahora te das cuenta? —Sonreí.

Miró mis labios y dibujó una media sonrisa en los suyos.

—Si nos pillan, te entregaré —amenazó divertido.

—Pero eso no va a pasar —le dije sin separarme.

Fijó los ojos en los míos. Aquel azul intenso me invitaba a sumergirme y a perderme en ellos. El contraste perfecto se lo daba su media melena castaña y ondulada, especialmente el mechón que le caía por la frente, un toque desenfadado que me encantaba.

La puerta se abrió y Dolores entró en el depósito.

—¿Ha habido suerte, chicos?

—No —respondí rápido, separándome de Beltrán—. Es una pena, pero no hemos encontrado nada, ¿verdad?

—No, no hemos tenido suerte. Habrá que seguir buscando.

18

Toledo, 8 de diciembre del año 1500

Hace ya diez días que estoy entre estas cuatro paredes. Cuando llegué me despojaron de mis ropajes y me dejaron con apenas un camisón. El frío y la humedad me calan hasta los huesos y el hambre comienza a causar estragos en mi cuerpo. Noto mi estómago rugir, pero en raras ocasiones puedo alimentarlo con algo más que pan duro y agua. Por suerte, un día después de ser arrestada, Rosa pudo venir a verme y me trajo el diario, la pluma y algo de comida decente.

La única luz que entra en mi celda es la que se filtra a través de una pequeña ventana, mi único contacto con la realidad que conozco. A menudo observo, bajo la puerta, sombras distorsionadas que me parecen espectros que bailan y se ríen de mi desgracia.

Miro mis manos y pienso en mi mala suerte. El inquisidor general decidió, a pesar de mi noble estirpe, que las llevara sujetas igualmente con grilletes de hierro.

No he conocido nada más amargo que la espera en esta celda, donde el silencio solo se rompe por los gritos y los lamentos de los torturados y el eco de mis pensamientos. El aire aquí dentro es denso y está cargado de angustia y desesperación. Siento que estoy en el rincón más oscuro del mundo. Estoy atrapada en una espiral de ansiedad y terror en la que me pregunto todo el rato cómo he llegado hasta aquí o por qué me está pasando esto a mí. Jamás imaginé que me encontraría en esta situación.

Si Dios existe, el perdón me ha de rogar.
Mi único refugio es mi propia resistencia.

Yo, Julia

Julia guardó su diario y su pluma debajo de una pequeña tabla de madera y se quedó dormida otra vez. Allí pocas cosas había por hacer más que esperar.

—¡Mi señora! —La voz de su doncella la sacó del sueño en el que se hallaba.

—¡Rosa! —Julia se levantó rápido y corrió hacia la puerta—. ¡Habéis podido venir de nuevo!

—Sí, mi señora. Me han dejado traeros algo de comida. Les he dicho que estabais en estado y eso ha ablandado el corazón del inquisidor general.

—Gracias a Dios —musitó Julia.

El alguacil abrió la puerta y ambas pudieron abrazarse.

—¡Ha de ser rápido! —gritó el hombre que aguardaba con las llaves de la celda.

Rosa le dio la comida a Julia que, desesperada, comenzó a morder y a tragar sin apenas masticar. Había llevado un poco de pan, queso, leche y miel.

—¡Con cuidado! No me gustaría que os atragantarais.

Julia omitió la advertencia y siguió comiendo como si jamás lo hubiera hecho antes.

Rosa tragó saliva antes de hablar. Tenía la mirada triste. Se había preparado toda la mañana para darle las nuevas a Julia, pero aun así temía su reacción.

—Os traigo también noticias, mi señora.

—Decidme —dijo con la boca llena. Bebió leche para poder tragar.

—Fue Álvaro de Luna. Ese miserable convenció a vuestro esposo de que vos habíais pactado con el diablo. Lo engatusó para que os entregara al Santo Oficio.

—Pero ¡¿qué decís?! —Julia quedó estupefacta.

—Sí, y ahora la Santa Inquisición está recopilando confesiones de personas que aseguran haberos visto practicando las artes oscuras —balbuceó la doncella.

—¡Yo jamás he hecho tal cosa!

—Lo sé, mi señora. Por eso intenté buscar ayuda. Sé que sois inocente.

—¡A mi padre! ¡Escribid a mi padre! ¡Él sabrá qué hacer!

—Mi señora, escribí a vuestro padre, pero no fue él quien me respondió, sino vuestra madre. Me dijo que vuestro padre está en el extranjero y que es difícil contactar con él a menos que la corte intervenga. Lo difícil, en este caso, es que eso ocurra, pues ya sabéis que los poderes están muy bien divididos y que la corte no puede inmiscuirse en las labores del Santo Oficio.

—¡Excusas! ¡Mi padre es amigo de los reyes!

—Sí, pero vuestra madre no lo es, y resulta difícil que le concedan audiencia con los reyes al tratarse simplemente de una mujer. Por no hablar de lo complicado que le resultaría viajar sola desde Málaga. Ya sabéis lo peligrosos que son los caminos. Aun así, si queréis, puedo seguir intentándolo.

—¿Y qué tipo de ayuda habéis buscado mientras tanto, Rosa? —preguntó Julia desesperada.

—He pensado en un letrado en leyes que pueda defender vuestra causa, pero por el momento no encuentro a ninguno que quiera representaros.

Julia se vino abajo y comenzó a llorar.

—Pero, veréis, sé de una mujer. Ella es conocedora de plantas y ungüentos. Asiste nacimientos y… —hizo una pausa para bajar el tono de voz— los interrumpe.

—¿Los interrumpe? Rosa, pero ¿qué os pasa? ¿Os habéis vuelto loca? ¿Queréis interrumpir mi embarazo?

—No, por supuesto que no. Además, no creo que eso sea posible estando tan vigilada.

—¡Pues me da igual lo que sea entonces, no pienso dejar que me relacionen con una hechicera!

—Mi señora, con todo el respeto, estáis acusada de brujería, ya no tenéis nada que perder.

—¡Id terminando! —gritó el alguacil.

—Si una hechicera o bruja o como se llame se inmiscuye en esto, se levantarán más testimonios en mi contra —susurró Julia. Vigilaba de reojo al alguacil para evitar que se enterara de la conversación.

—Me consta que es una mujer respetada por los secretos que guarda. Nombré su práctica abortiva porque ya sabéis que, a quien se ofrece a realizar malpartos en vientres ajenos, se le suelen deber muchos favores. Solo os digo que esa mujer conoce a mucha gente. Por favor, mi señora, vamos a intentarlo al menos. No pienso rendirme.

Julia miró a Rosa a los ojos. Pudo leer preocupación en ellos. Su doncella y amiga quería ayudarla a cualquier precio.

—¿Cómo se llama? —preguntó al fin.

—Clara. Se llama Clara.

—¿Y cuál es el plan?

—¡El tiempo se ha agotado! —gritó el alguacil.

—Si me lo permitís, iré a hablar con ella —dijo Rosa resistiéndose a las advertencias.

—Os lo permito. Id. ¡Corred!

—¡Fuera de aquí! —El alguacil agarró a Rosa por la ropa y la apartó de golpe, tirándola al suelo—. ¡Salid ya de aquí u os echaré a los perros!

Rosa huyó tan rápido como pudo. En su corazón guardaba la esperanza de poder salvar a su amiga.

19

Eran más de las cuatro de la tarde cuando salimos del Archivo Municipal. No habíamos comido nada en todo el día, así que pedimos una pizza en un local del centro y nos la comimos en la calle, sentados en un portal.

—Odio los bordes de la pizza —dije apartando uno. —¿Sabes algo de César?

—No sé nada. ¿A ti Susana te ha dicho algo?

Miré mi móvil. Manché la pantalla de tomate.

—Ni rastro.

Hice malabares con una porción en una mano, una servilleta en la otra y el móvil entre las piernas, a punto de caer.

—En ese caso tendremos que esperar hasta que den señales de vida.

Beltrán rescató el móvil antes de que se fuera al suelo.

—No quiero ir a casa —me adelanté. Sabía que tarde o temprano tenía que volver, pero en aquel momento no me apetecía.

—¿Quieres que esperemos en el taller?

—¿Tienes vino?

—Por supuesto que tengo vino, ¿por quién me tomas?

Sonreí.

Detuve la mirada en la suya. Sus ojos tenían la capacidad de atraparte. Beltrán era guapo, pero tenía algo que me atraía más allá de lo físico. Había algo genuino en su forma de ser; desprendía una energía diferente.

—Sí, por favor. Mejor allí —respondí.

El taller estaba tan desordenado como siempre.

—Vamos a despejarnos un poco —propuso.

—Me parece una gran idea.

—¿Te apetece jugar al parchís?

Lo miré frunciendo el ceño, confundida.

Beltrán rio a carcajadas.

—Es broma —dijo—. Te voy a enseñar mi bodega. Vas a probar uno de los mejores tintos que puedas imaginar.

—¿Aquí abajo tienes bodega?

—No subestimes los subsuelos de Toledo.

—Demasiado tiempo viviendo en Madrid.

—Tengo trastienda. —Señaló con la cabeza la puerta de madera que había visto el día anterior—. ¿Me acompañas? —Me ofreció su mano y, aunque la agarré con cierto pudor, me dejé llevar.

Lo seguí con cuidado, esquivando los cachivaches que había por el suelo.

Cruzamos la puerta y nos adentramos en un pasillo con paredes de piedra vista que, a su vez, conducía a una pequeña habitación. Sentí que retrocedía en el tiempo con cada paso. En aquella pequeña estancia había un sofá, una estantería con libros, algún marco de fotos, un escritorio lleno de papeles y una pequeña chimenea.

El taller de Beltrán olía a historia y nostalgia, pero aquella parte era especial, tenía una especie de magia que te abrazaba y te transportaba a otra época. Las paredes eran de ladrillo y el suelo de piedra. La habitación estaba dividida en dos por una fila de tres arcos de herradura.

—No me puedo creer que tengas esta maravilla de arquitectura árabe escondida bajo el suelo. ¿De qué siglo es? —pregunté.

—Siglo diez o incluso más antiguo. Piensa que está bajo el suelo. Fueron cuatrocientos años de dominio musulmán.

—Tulaytulah.

—Así llamaron a la ciudad. ¿Sabes qué significa?

—Significa «alegría». Me lo contó mi abuelo.

—Así es.

—Es impresionante —dije mientras acariciaba la piedra.

Por un momento pensé que estaba haciendo una visita al pasado.

—Este sitio es increíble, Beltrán.

—¿Te gusta?

—Me encanta.

—Pues esta es mi cueva, aquí vengo cuando necesito desconectar de todo.

—¿Pasas muchas horas aquí?

—Bastantes. Mi existencia discurre entre libros y antiguallas, aunque de vez en cuando también tengo vida.

Sonreí con cierta melancolía. Las palabras de Beltrán evocaron la imagen de mi abuelo leyendo, escribiendo y trabajando en su despacho. La esencia de su vida estaba intrínsecamente ligada a las páginas de los libros añejos y las antigüedades. Su presencia siempre llevaba consigo el extraño perfume a páginas envejecidas y a polvo, una fragancia que quedó grabada en mi memoria.

Lo recordaba con nostalgia, pero, ahora que sabía que cabía la posibilidad de que me lo hubieran arrebatado, su ausencia también me generaba una impotencia y una frustración incontrolables.

Abrió un mueble bar que tenía en una esquina.

—¿Esta es tu bodega? —pregunté irónica.

—Cada uno lo llama como quiere.

Sacó una botella cuya etiqueta no me sonaba para nada.

—¿Qué vino es ese?

—Es un vino elaborado con uva de la viña familiar de unos conocidos —dijo antes de abrir la botella.

—¿De aquí?

—Sí, de Toledo. —Me puso una copa—. Uva garnacha. Cosecha del 2020. Tres medallas de plata. Pruébalo.

Di un sorbo. Estaba suave y dulce.

—Vaya, está rico.

Beltrán sonrió y se sirvió su copa. Hizo varios estiramientos con el cuello, primero hacia un lado y luego hacia otro.

—Debes de estar cansado.

—Un poco. Esta noche recupero.

—El sueño no se recupera, ¿lo sabías?

—¿Ah, no?

—Qué va, es un mito. El sueño que pierdes lo has perdido para siempre.

—Entonces me debes una noche.

—Hecho. —Hice un brindis al aire y ambos dimos un trago a nuestra copa. Luego paseé por la estancia observando los detalles. Pude comprobar que leía a Pérez-Reverte, Dolores Redondo, Santiago Posteguillo y Luis Zueco—. ¿Qué te pareció *El tablero de la reina*?

—¿El de Luis Zueco?

—Sí.

—Muy bueno, como todos los suyos.

Me encanta la gente que lee. Álex solo leía las redes sociales. Una chica que conocí el día en que enterramos a mi abuelo me dijo: «Jamás te acuestes con alguien que no tenga libros en casa». Era una tía rara que apareció de la nada y se puso a contarme su vida, pero creo que razón no le faltaba. Luego me dijo que le sonaba mi cara y que quería leerme la mano, pero me dio miedo e hice como que me llamaban por teléfono.

Continué fisgoneando cada rincón de aquel escondite. Encontré en la estantería una grulla de papel.

—¿Haces papiroflexia? —La cogí entre las manos.

—Sí, me relaja.

—Quién lo diría, con lo rudo que pareces.

—Nunca juzgues un libro por su cubierta.

Sonreí.

—Anda, ¿y este chico quién es? —dije señalando una foto en la que aparecía acompañado.

—Es mi hermano.

—No sabía que tenías un hermano. —Observé un atisbo de

tristeza en su mirada. Recordé la conversación sobre el perdón—. ¿Es a él?

—¿Cómo? —Me miró confundido.

—¿Es a él a quien debes perdonar?

—No se te escapa una, ¿verdad?

—Soy psicóloga. —Sonreí, triunfante.

Beltrán sonrió a su vez.

—Está bien. Te lo contaré desde el principio.

—Si no te apetece, lo entiendo.

—Me apetece.

Dio un trago a su copa, se descalzó y se sentó en el sofá. Me invitó a hacer lo mismo.

—Tengo un hermano mayor, que tiene cuarenta años —dijo—. Me saca ocho. Se llama Andrés y es sacerdote en la catedral de Toledo.

—Qué curioso.

—No, créeme, lo curioso viene ahora. Estudió medicina. Quería ser anestesista. Pasó años estudiando. Su problema fue que, por muchas veces que lo intentó, no logró acceder a la especialidad que siempre había deseado.

—¿Tuvo que estudiar otra cosa?

—No, calmó su frustración con el alcohol. Empezó a salir y a beber sin control. Más tarde pasó a consumir otras sustancias. Imagino que ahí encontró un refugio, pero nadie supo verlo hasta que fue demasiado tarde.

—Lo siento mucho. —Empaticé con Beltrán y noté cómo se me formaba un nudo en la garganta—. ¿Se recuperó?

—Sí, por suerte mis padres pudieron intervenir e ingresarlo en un centro de desintoxicación durante varios años. Allí fue consciente del daño que se estaba haciendo a sí mismo y a los demás. Con el tiempo y el tratamiento se curó. Creo que una de las cosas que más lo ayudaron fue creer en sí mismo de nuevo, aferrarse a algo que le hiciera sentir útil y en armonía consigo mismo. En el centro tenían una pequeña capilla a la que iba a rezar y a pedir continuamente por su recuperación. Cambió las drogas por la fe.

—Fue su manera de redimirse.

—Eso parece. —Se rascó la nuca.

—¿Lograste perdonarlo?

—Aún no. Es difícil. ¿Te sentirías con la legitimidad de perdonar cuando tú también has hecho cosas mal? —Respiró hondo—. Hay cosas de las que me arrepiento todos los días de mi vida.

Pude sentir el dolor detrás de esas palabras. Beltrán también cargaba con el peso del arrepentimiento. Pocas cosas conozco peores que el remordimiento de conciencia. Saber que hubo algo que pudiste hacer y no hiciste, y recordártelo todos los días, es una condena eterna, como una sombra del pasado que te persigue sin respiro. A veces la vida te concede el honor de una tregua; sin embargo, la mente no, la mente es peor. Es capaz de envolverte en sus tentáculos y encerrarte en su versión de las cosas, como un enemigo invisible que ataca cada día y del cual no puedes librarte porque, al fin y al cabo, eres tú mismo.

—Es valiente reconocerlo. ¿Puedo saber qué pasó?

—Fui yo quien intentó animarlo sacándolo de fiesta. Pienso que, si lo hubiera ayudado de otra manera, quizá él nunca se habría refugiado en el alcohol. Quizá nunca hubiera visto que en ese mundo los problemas se olvidan. No sé…

—No puedes decir eso.

—¿Por qué no? Fue así. No lo hice bien y lo reconozco.

—No puedes decir eso porque todos hemos salido de fiesta alguna vez para despejarnos e intentar olvidar. Tu voluntad era buena, solo querías ayudar. Tú no sabías que él podía llevar al extremo la situación. No es lo mismo salir de fiesta de vez en cuando que tomar la decisión de acudir a las sustancias cuando todo va mal. Su elección no fue tu responsabilidad.

—Pero ¿y si no hubiese sido así? ¿Y si nunca jamás le hubiera dicho «Andrés, vístete, que hoy salimos»? Quizá nunca habría pasado por lo que pasó.

—Quizá no, o quizá hubiera dado con cualquier otra cosa aún peor. Eso no lo sabremos nunca. Sacar de contexto las decisiones del pasado no tiene sentido; en cada momento nos acompañan unos pensamientos, unas emociones y una forma de ver las cosas. Con el tiempo todo cambia, incluso nosotros. No tiene lógica juzgar un hecho del pasado con la información de la que disponemos hoy. Lo que hoy tenemos lo hemos aprendido por el camino; si lo hubiéramos tenido antes no habríamos hecho lo que hicimos.

Beltrán reflexionó cabizbajo y en silencio.

—No sé por qué te estoy contando todo esto —dijo al final—. Pero eres buena.

—Quizá necesitabas hablarlo con alguien. —Vi sus ojos encharcados. Tenía que romper el hielo—. Me has visto bailar *pole dance* con las columnas de mi casa, tienes derecho a contarme lo que quieras.

—También te he oído cantar.

—Había conseguido que casi se me olvidara. —Me llevé la mano a la frente intentando ocultar la vergüenza y el enrojecimiento súbito de mis mejillas.

—Te diría que lo siento, pero no es verdad. —Rio.

—Tranquilo, no sería la primera vez que alguien me miente. Negó con la cabeza.

—No, no puedo con las mentiras. Ya tuve muchas en una época de mi vida. Ya no hago lo que no me gustaría que hicieran conmigo.

—Beltrán —hice una pausa para mirarlo a los ojos y colocar la mano en su regazo—, gracias por compartir esto conmigo. Los errores del pasado quizá no se puedan cambiar, pero sí podemos aprovechar cada día como una oportunidad para no volver a cometerlos.

Beltrán me agarró la mano con firmeza y se inclinó hacia mí. Tenerlo tan cerca y oler de nuevo su perfume hizo que un escalofrío me recorriera todo el cuerpo.

—Gracias a ti.

—¿Por qué? —susurré con la voz algo temblorosa.

—Por aparecer en mi vida.

—Eso lo dices porque aún no me has visto enfadada. —Reí nerviosa.

—Me lo puedo imaginar. Eres arrolladora.

—¿A qué te refieres?

—¿No lo sabes? Eres como un huracán. Llegas y lo pones todo patas arriba.

—Llevo el mal en las venas. —Bromeé mostrando las muñecas.

—Lo que llevas en tus venas ahora mismo no es el mal, precisamente.

—¿Es el bien? —Fruncí el ceño.

Beltrán sonrió de nuevo.

Tenía una sonrisa preciosa, cálida, acogedora. Su mandíbula cuadrada contrastaba con la suavidad del resto de sus rasgos. Sentí un cosquilleo en el estómago. Me pregunté cuántas veces antes había pasado por alto esos detalles.

Mi mente quería divagar, pero la interrumpí.

—¿Más vino? —pregunté nerviosa.

—¡Claro!

Noté que el corazón me iba a cien. Fui a coger la botella de vino, pero cuando la tuve en las manos se me resbaló y cayó al suelo haciéndose añicos.

—¡Mierda! —exclamé.

El vino se desparramó por el suelo invadiéndolo todo a su paso.

—¿Estás bien? —preguntó preocupado.

—Sí, sí.

No me había dado cuenta de que uno de los cristales me había hecho un pequeño corte en el pie.

—¿Eso es sangre?

—Sí, creo que sí.

Beltrán palideció.

—¿Estás bien?

—Me estoy mareando un poco.

—¿Cómo que te estás mareando? ¿Es por el vino?

—Es por la sangre.

—No me jodas que te mareas si ves sangre.

—Un poco. —A Beltrán se le puso cara de Virgen de la Macarena.

Lo ayudé a tumbarse en el sofá y le di aire con lo primero que pillé. Un cojín, en concreto.

—¡Ay, por Dios!

—Estoy bien, estoy bien. Déjame unos minutos —dijo apenas sin aliento.

Rápidamente me envolví el pie con unas servilletas. Dejó de salir sangre y tuve la oportunidad de ver la herida. No parecía nada profunda. La lavé con agua y me puse una gasa encima con un poco de esparadrapo que pillé en un botiquín que encontré cerca del baño.

Volví donde Beltrán. Había recuperado algo de color.

—¿Cómo estás? ¿Es grave? —preguntó aún tumbado.

—No necesitaré puntos, no te preocupes. —Me dio la risa.

—¿De qué te ríes?

—De ti. —No podía parar de reír.

—¿De mí? ¡Pero si estoy fatal!

—Es que me parece gracioso que te marees con la sangre.

—¡No es gracioso! —Me tiró el cojín que me había servido para abanicarlo unos instantes antes—. Se pasa mal.

—Lo sé, lo sé. Lo siento. —Intenté aguantarme, pero se me volvió a escapar una carcajada.

—Li sientiii... ¡No lo sientes, te estás descojonando! —protestó.

Noté que mi móvil vibraba. Era un mensaje de Susana.

> No había nada   17:30

Se refería al Archivo Histórico Provincial. ¿Cómo que no había nada?

> **Dónde estáis?** 17:31

> **En el taller de Beltrán** 17:32

> **Vamos para allá** 17:32

—Susana y César están de camino —informé.

—Te has cortado en el pie, está todo lleno de cristales y yo estoy medio moribundo. Van a creer que nos hemos montado una orgía sadomasoquista —bromeó tras incorporarse en el sofá.

Me senté a su lado.

—No sé qué versión me gusta más. —Rápidamente me di cuenta de lo que acababa de decir.

Beltrán soltó una carcajada.

—¿Te va el BDSM?

—¿Qué? No, no. Qué dices. Lo decía por lo de la orgía.

—No sé si lo estás arreglando o empeorando.

—Desde luego lo estoy empeorando. Me voy a callar. —Noté como mis mejillas empezaban a arder.

—Por mí puedes seguir. Es gracioso.

—¿El qué? —Esquivé su mirada.

—Verte roja como un tomate.

—¡Cállate! —Me tapé la cara con el mismo cojín de antes—. Me la estás devolviendo, ¿verdad?

Beltrán rio de nuevo.

—Sí, es broma —dijo pasándome el brazo por los hombros.

Tenerlo tan cerca me ponía más nerviosa de lo que estaba dispuesta a admitir.

—¿Estás mejor? —inquirí tratando de volver a la conversación.

—Mucho mejor —dijo sonriendo.

Yo también sonreí. Su cara estaba muy cerca de la mía.

—Me alegro. —Me aclaré la garganta—. Tal vez deberíamos recoger esto antes de que vengan.

—Tienes razón. Deberíamos. —Beltrán apartó el brazo con suavidad antes de levantarse a buscar una escoba y un recogedor.

Mientras él se encargaba de aquello, yo empapé más servilletas con el vino que se había derramado por el suelo.

Estábamos recogiendo ya los últimos cristales cuando llamaron al timbre César y Susana.

Beltrán subió a abrirles.

—¿Os ha dado por limpiar ahora? —Me preguntó Susana por lo bajini cuando bajó y vio el percal.

—Bueno, digamos que hemos tenido un pequeño percance.

Mi amiga me miró con cara de desconcierto.

—No preguntes —le contesté entre dientes.

Una vez devuelta la habitación a su estado original, colocamos todas las pistas encima de la mesa. Teníamos el diario, la nota de mi abuelo y el árbol genealógico rasgado. Los cuatro nos sentamos alrededor.

—¿Qué es esto? —preguntó César en referencia al árbol genealógico.

—Lo ha robado Eleonor.

—¡Beltrán! —protesté.

César rio.

—Eres de las mías —bromeó.

—Pensé que podría ser una prueba valiosa —dije convencida.

—¿Estaba así cuando lo encontrasteis?

—Sí.

César tomó el papel entre las manos y lo miró de cerca.

—Esto demostraría lo que sospechábamos.

—Hasta ahora lo que tenemos claro es que Julia de Fuensalida era una mujer noble y acusada de brujería. ¿No es así? —recapituló Beltrán.

—Sí —respondí—. Pero vamos, de brujería poco, porque más bien parece que la violaron y que toda la movida viene de ahí.

—Eso parece. Alguien intentó colar esa excusa. La apresaron y la encerraron por un delito con bastante peso en aquella época; eso de la brujería se lo tomaban muy en serio —explicó César.

—Pero no sabemos por qué se silenció lo ocurrido —concluyó Susana.

—Ni quién lo silenció —dije.

—Tampoco sabemos cuál era el interés de Rodrigo —añadió Beltrán.

—Bueno, vayamos por partes. Julia era noble... —César se sacó el móvil del bolsillo. Estaba vibrando. Le echó un vistazo rápido y lo volvió a bloquear—. Una acusación tan grave podía acabar con el prestigio de cualquiera, aun siendo noble, pero especialmente si eras una mujer.

—Sí, pero no creo que ningún plebeyo se atreviera a formular tales acusaciones. Tuvo que hacerlo alguien con mucho poder —determinó Beltrán.

—¿El rey? —pregunté.

—¿Fernando el Católico? No, para que un testimonio tuviera validez en aquella época no era necesario que viniera del rey. Además, no creo que el rey se quisiera meter en un berenjenal así sin venir a cuento. Habría servido cualquier persona perteneciente al clero o a la nobleza —aclaró Beltrán.

—En ese caso, nadie mejor que el propio culpable —propuso Susana—. O alguien que quisiera encubrirlo.

—Estoy de acuerdo, considero que cualquiera de las dos opciones nos vale. —A César casi se le oía el centrifugado de la cabeza—. Sin embargo, también creo que no cualquier noble podía decir algo así y que se le tomara tan en serio.

—Tuvo que ser un hombre. A las mujeres siempre se las cuestionaba. —Beltrán también parecía muy concentrado.

—¿De qué me suena eso? —dije con ironía—. Entonces buscamos a un hombre noble del siglo dieciséis.

Todos asintieron.

—Está bien —continué—. Pudo violarla un hombre noble,

pero ¿creéis que un solo hombre podría tener también la capacidad de manipular tantos datos?

—Si era inteligente e influyente, sí —determinó Beltrán.

—¿Y creéis que pudo ser él quien silenciara cualquier registro? —quise saber—. ¿Incluido el de la Santa Inquisición? César y Susana no han encontrado nada sobre el caso en el Archivo Histórico Provincial.

—Está claro que no sin ayuda —siguió Beltrán.

Susana se llevó la mano a la frente, suspiró y dijo:

—Quizá la familia Fuensalida estaba avergonzada y quiso desentenderse.

—¡Eso es, la familia! —celebró César—. ¿Sabemos si estaba casada?

—Sí, con un tal Felipe. Lo pone en el diario. —Recordé el escrito en el que Julia contaba lo nerviosa que estaba por contarle lo ocurrido a su marido—. ¿Os suena algún Felipe del siglo dieciséis?

—Era un nombre muy común en aquella época. Sin ir más lejos, el marido de Juana la Loca se llamaba así —informó César.

—¡No estaba loca! —protestó Susana.

—Se llamaba Felipe el Hermoso, ¿no? —dijo César, como si no la hubiera escuchado.

—Exacto. Y no estaba loca —insistió Susana—. Solo era una mujer que no se comportaba como la sociedad de la época esperaba. Encima tenía un marido que le era infiel cada dos por tres. Eso de que estaba loca fue una invención de su marido y de su padre para alejarla de la corona cuando la reina Isabel murió. ¿Tú te mantendrías cuerdo si empezaran a invalidarte y a hacerte luz de gas?

—¿Luz de gas? —preguntó César.

—Sí, luz de gas.

—Pero ¿qué coño es eso?

Luz de gas. ¿Cuántas veces me había hecho eso Álex?

—Es una forma de abuso emocional —interrumpí—. El objetivo es manipular la percepción de la realidad de otra persona y hacerla dudar de su cordura. Eso fue lo que probablemente hicieron con Juana.

Todos guardaron silencio.

Me dirigí a César.

—Si tú y yo vemos que una mesa es blanca, pero yo quiero hacerte creer que es verde, porque a mí me interesa que así lo creas, pongo en duda tu opinión y solo te hago ver los argumentos que me favorecen y tú terminas creyendo que es verde. —Observé su expresión. Arrugaba la frente, estaba atento—. Si tú sientes preocupación por algo y yo te digo que eres muy exagerado, que eso que dices es una tontería o que hay peores cosas en el mundo por las que preocuparte, quizá al principio protestes o te parezca injusto mi punto de vista. Pero si te lo repito una y otra vez, hago presión de grupo sumando argumentos de personas que piensan como yo, te comparo con gente que no muestra preocupación o te pongo ejemplos de cosas por las que sí validaría tu preocupación, terminarías pensando que esa emoción de preocupación no tiene sentido y que no mereces sentirte mal porque hay gente que lo está pasando peor.

El silencio continuó.

Sabía que nos referíamos a Juana, pero en el fondo yo sentía que estábamos hablando de mí.

Finalmente César abrió la boca, resignado.

—Vale, Juana la Loca no estaba loca. ¿Cómo la llamo entonces?

Susana resopló y puso los ojos en blanco.

—¿Y si fue la propia Inquisición? —Beltrán fue ágil y volvió al tema principal antes de que aquello terminara convirtiéndose en un debate.

—¿La Inquisición tenía acceso a los archivos municipales? —intervine rápidamente yo también—. ¿No se supone que lo civil y lo religioso estaba separado?

Los tres me miraron en silencio, de nuevo.

—¿No? —insistí.

—Tienes razón —dijo al fin Susana.

—¿Habéis leído ya todo el diario? —preguntó César.

—No, nos falta un trozo que no entendemos ni a tiros —respondió Beltrán.

—¿Por? —El móvil de César volvió a vibrar de nuevo. Sin mirar la pantalla, bloqueó la llamada entrante.

—Está en latín —explicó mi amiga.

—Entonces ya me diréis cómo lo hacemos —refunfuñé recostándome en el sofá.

Tras varios segundos de reflexión, Beltrán habló:

—Solo se me ocurre una persona que pueda ayudarnos.

Lo miré intrigada.

—¿Quién? —pregunté temiéndome la respuesta.

—Mi hermano.

20

Toledo, 9 de diciembre del año 1500

Rosa sabía que, si quería hablar con Clara, debía dirigirse a su morada. No era fácil encontrarla en otros lugares. Era una mujer escurridiza y peligrosa a la que muchos temían, pero eso a Rosa no le importaba en absoluto. Su objetivo era ayudar a Julia.

Consciente de que muchos en Toledo se habían unido a la histeria colectiva y ofrecían falsos testimonios contra su amiga, Clara era entonces su única esperanza.

Callejeó por la judería hasta dar con su puerta. Abrió una mujer de aspecto desaliñado, aunque la diferencia de luz con el interior dificultaba ver su rostro.

—¿Qué queréis? —preguntó la mujer con voz aterciopelada.

—Necesito hablar con Clara. Ruego su ayuda.

—Muchas vienen buscando ayuda. ¿Qué tipo de ayuda necesitáis? —La pregunta parecía la encrucijada que decidiría el destino de Rosa, similar a la que la esfinge planteó a Edipo.

—Se trata de mi amiga. Está en graves apuros.

La mujer guardó un prolongado silencio, aunque pronto hizo el ademán de cerrarle la puerta en las narices.

—¡Vuelve en otro momento, niña! —espetó.

—¡Esperad! —Rosa evitó con la mano que la puerta se cerrara—. Tengo dinero.

Una ligera brisa acarició el pelo de Rosa y dejó al descubierto el broche de su capa, que tenía grabado el escudo de la familia Fuensalida.

—¿Venís sola? —Su semblante había cambiado al identificar el escudo.

—Sí.

La mujer escudriñó los alrededores en busca de miradas indiscretas. No quería levantar más sospechas de las que ya despertaba.

—Pasad.

La puerta se abrió y Rosa entró a la casa. Sus ojos se adaptaron gradualmente a la oscuridad del interior.

—Habladme de Julia —solicitó la mujer de voz aterciopelada.

—¿Cómo sabéis que vengo por eso?

—Toda la ciudad conoce lo ocurrido —mintió. Aunque era cierto que la ciudad estaba al tanto del caso, Clara sabía que la doncella conocía a Julia gracias al escudo.

—Necesito hablar con Clara.

—Yo soy Clara.

Rosa frunció el ceño, intentando discernir las facciones de la mujer en la penumbra. Solo después de que sus ojos se hubieran acostumbrado a la falta de luz se dio cuenta de que con quien había estado hablando todo el rato era la persona a la que buscaba.

Clara era una mujer de unos cincuenta años, alta, delgada y de corazón fuerte y alma indomable. Su pelo moreno y rizado estaba adornado con algunas canas que los años le habían proporcionado. Su rostro era un mapa que acumulaba experiencia y vivencias; las arrugas de expresión propias de la edad casi podían narrar la historia de su vida. Vestía con harapos y olía a lavanda. A pesar de ser una mujer madura, Clara jamás había compartido su hogar con hombre alguno; su única compañía era una gata negra llamada Alma, que entraba y salía a capricho. Su casa estaba repleta de libros, piedras, plantas y frascos con brebajes. Desde las alturas, sus ojos marrones observaban a Rosa con seriedad.

—Debéis ayudarme —balbuceó la doncella con la voz temblorosa y los ojos encharcados.

—Calmaos. —Clara se mostró inquebrantable—. Lloriqueando no lograréis nada.

Rosa luchó con fuerza para mantener a raya el nudo de la garganta. Respiró hondo antes de hablar.

—Julia es inocente —afirmó conteniendo el llanto.

—Lo sé.

—¿Lo sabéis? —preguntó confundida.

—Sí, he visto a otras mujeres pasar por lo mismo que ella.

Rosa miró a Clara frunciendo el ceño, sin comprender del todo.

—A muchas —reiteró—. Lo que le ha sucedido a Julia no es un caso aislado. Cientos de vecinas toledanas están siendo perseguidas desde hace algún tiempo. El Santo Oficio busca las casas y calles en las que viven esas mujeres para detenerlas antes de que puedan huir. La Inquisición no se cansa de ajusticiar herejes, especialmente mujeres. ¿No lo sabíais?

—No tenía ni idea…

—¡Los nobles vivís en una burbuja!

—¿Por qué mujeres? —preguntó Rosa confundida.

—Nos temen.

—¿Qué daño podríamos causarles nosotras?

Clara exhaló con resignación.

—Siempre es la misma historia. Disfrazan el odio por aquellos que no comulgan con sus doctrinas con un discurso de orden y convivencia. Usan la Inquisición como un medio para mantener el control social, un fin que ansían alcanzar sin importar cómo. ¡Les da igual el sufrimiento humano! Lo único que desean es ajusticiar a quienes no profesan su fe de la manera que ellos quieren. Quienes vamos a contracorriente somos un peligro ante sus ojos. —Clara caminó por la habitación. Se detuvo frente a un ventanal y fijó los ojos en el exterior, como si quisiera perforar aquello que estuviera mirando con la intensidad de su mirada, deseando venganza con cada fibra de su ser—. ¡El cristianismo no es esto! En sus inicios promulgaba la igualdad entre los hombres y las mujeres. Sin embargo, ahora… las mujeres somos un grupo que debe ser vigilado de cerca. Creen que somos más débiles, emocionales y, por ende, más propensas a la superstición. Pero la realidad es que, como os digo, nos temen. El mal que ven en nosotras es solo un reflejo de la oscuridad que reina en sus corazones. El pueblo siempre necesita un chivo expiatorio en el que escupir sus miserias y encontrar el bienestar que proporciona sentirse moralmente superior. Solo necesitan una causa que parezca justa para la mayoría; con ello justifican cualquier atrocidad.

—¿Y Dios y el diablo?

—¡Eso es solo un cuento para ocultar sus verdaderas intenciones! —afirmó Clara con dureza.

—¡Pero Dios existe!

—¡Claro que existe! ¡Y el diablo también! ¡Y las enfermedades! ¡Y la mala suerte! ¡Y las malas personas! No hay necesidad de usar al demonio como un ente que malmete en todas partes para explicar la maldad que pueda albergar un ser humano en su interior. El diablo tiene otros menesteres más importantes que persuadir a las mujeres.

—Vaya...

—Aprovechan la debilidad que nos atribuyen para justificar sus acusaciones de herejía. Las mujeres, al igual que los hombres, podemos ser infames y malvadas, pero no poseemos maldad por naturaleza ni precisamos a Satanás para ello.

—Entonces ¿las brujas no existen?

Clara asintió.

—La hechicería y la brujería son tan antiguas como la vida. Los pueblos siempre han encontrado caminos para alejar a las mujeres de los espacios de poder reservados a los hombres. Así que, sí, a ojos del pueblo existen. Son las ingobernables, las osadas y las rebeldes las que arden en las llamas de su propia determinación, las que son utilizadas como un pretexto para apartarnos a todas del poder. Nada tienen que ver con la fama que las precede. Las brujas no son lo que crees.

—¿Y qué son?

—Son mujeres libres.

A Rosa le gustó mucho eso de ser mujer libre, aunque no entendía muy bien qué significaba. Ella era libre, ¿o no?

—¿En qué se diferencian de las demás mujeres?

—En que deciden qué hacer con su propia vida. No están sujetas a la autoridad de sus padres o de sus maridos. Sus voces valen tanto como las de los hombres.

—Pero ¿cómo hacen para sobrevivir? ¡Sin un hombre que provea, las mujeres estamos destinadas a la perdición!

—¿Y no te parece eso la mayor de las injusticias? ¡Nosotras podemos hacer tantas cosas como ellos! Tenemos las mismas capacidades. Podemos leer, estudiar, cazar, usar la naturaleza como recurso para subsistir… ¡No somos tontas, como dicen! Los hombres que quieran acompañarnos serán bienvenidos, aunque pocos se atreven a compartir sus privilegios. Que la unión entre los hombres y las mujeres sea por amor y no por necesidad.

—Entonces ¿las brujas no firman pactos con el Maligno para obtener poderes? —preguntó Rosa de nuevo, tratando de comprender.

Clara rio irónicamente.

—A ojos de la Iglesia las mujeres somos naturalmente inferiores. Nos perciben tan por debajo de los hombres que consideran que no podemos ser artífices de nada por nosotras mismas, que somos meras transmisoras del mal. Se inventan pactos con el diablo para que su discurso cobre sentido. Para ellos tenemos el poder de alterar el orden natural y la armonía de la creación divina, pero luego somos unas ignorantes incapaces de salir adelante sin la ayuda de un hombre. —Volvió a reír, esa vez con más fuerza que la anterior—. ¿No es absurdo? Cuando se usa la fe para explicar las desgracias propias y ajenas las conclusiones pueden llegar a ser disparatadas. En la fe se halla el consuelo, la esperanza y la guía de lo moral, pero jamás las respuestas a los males de la humanidad. La capacidad de coartar la voluntad de los demás es propia de personas que usan a los otros como marionetas. El mal siempre planta su semilla en los corazones de algunos hombres y mujeres a los que no les importa el daño que puedan causar; no obstante, eso jamás sucederá por voluntad de hechicera alguna. El único poder que tienen las brujas es el de vivir sin sometimiento.

—Entonces hay más mujeres como Julia. —Rosa tragó saliva con dificultad—. Mujeres que han tenido un destino atroz sin ser culpables de nada de lo que se las acusa…

—Sí y no. Hay charlatanas, como en todas partes. Las hay que aprovechan todo este delirio colectivo en su propio beneficio, para obtener unas monedas a cambio. Al final no deja de ser un sustento. Cada una hace lo que puede para sobrevivir en este mundo infernal. No obstante, esas estafadoras no engañarían a nadie si no hubiera necias que encontraran en la hechicería una esperanza para alcanzar lo que la moral y las leyes les impiden. Creen que haciendo amarres, encendiendo velas o bebiendo brebajes van a conseguir que su marido deje de maltratarlas, que sus amantes no las abandonen o que sus vecinos dejen de odiarlas.

—¿Y qué pasa con ellas?

—Algunas son desterradas, otras son azotadas en público… y otras pocas, quemadas en la hoguera.

—En esta ciudad solo ha sucedido eso con los conversos herejes.

—En el extranjero ya ha pasado con aquellas a las que consideran culpables. Podría ocurrir aquí también. —Clara recordó con pesar las desgracias que sus ojos habían visto años atrás—. Julia es una mujer noble, quizá por ello tengan algo más de compasión. Pero, si hay testigos fiables que argumenten contra ella, es muy posible que la procesen por un delito grave. Y eso nunca termina bien.

—¿Podrían quemarla en la hoguera? —La angustia que le produjo toda la información que aquella mujer le había proporcionado hizo que el corazón de Rosa latiera con fuerza.

—Me temo que sí. Y, seguramente, más pronto que tarde. Cuando eres un simple campesino los procesos inquisitoriales pueden llegar a durar un año. Cuando eres noble la cosa cambia. Al Santo Oficio no le suele interesar alargar mucho los escándalos.

—¿Y qué podemos hacer? ¡Debemos salvarla!

—De momento, nada.

—¡¿Cómo que nada?! —protestó la doncella, desesperada, cerrando los puños, como si su cuerpo se estuviera preparando para iniciar una pelea cuerpo a cuerpo con un enemigo que, en aquel instante, resultaba invisible.

—Nada más que esperar. No podemos entrometernos o nos procesarán también a nosotras. Tenemos poder, pero solo en la sombra, justo donde permaneceremos. —Clara susurraba con un matiz de resignación en la voz—. Confiad en Dios.

21

Beltrán pensaba quedar con su hermano para pedirle que nos tradujera el texto en latín. Después de lo que me había contado sobre su pasado y la relación que mantenían, quizá no era la mejor idea.

—¿Estás seguro de que quieres hacer eso? —le pregunté—. Tal vez podríamos apañarnos de otra manera.

—Estoy seguro. —Su mirada emanaba determinación—. Ahora está pasando esto y es ahora cuando lo necesito. Puede que ya no tenga más oportunidades para acercarme a él. Le haré una llamada.

Asentí. En realidad el momento perfecto no existe.

De repente alguien tocó al timbre del taller.

—Voy a abrir —dijo Beltrán.

—Te acompaño. —César se levantó tras él.

Los dos desaparecieron rápidamente de nuestra vista.

—¿Te encuentras bien? —me preguntó mi amiga una vez a solas.

—Sí, en teoría estoy bien. Es solo que... tengo miedo.

—Si tienes miedo, entonces no estás bien.

Sonreí con cariño. Era imposible ocultarle algo a Susana.

—Tienes razón, lo cierto es que no lo estoy.

—Demasiada incertidumbre —dijo con seguridad.

—No lo soporto. —Los ojos se me encharcaron—. ¿Por qué a veces las cosas se complican tanto? ¿Por qué tienen que pasar estas cosas? Duele mucho saber que existe una mera posibilidad de que a mi abuelo lo mataran. ¡Es tan injusto esto, Susana! —Comencé a llorar sin consuelo—. Y ni siquiera sé con quién enfadarme. ¡Ni mis padres lo saben! No sé a quién gritar ni con quién descargar toda mi furia. ¿Con el universo? ¿Acaso se merecía mi abuelo un final así? ¿Después de todo? Era una persona buena con todo el mundo, ya sufrió mucho en su vida. Tuvo que cargar con la muerte de mi abuela y la soledad de saberse solo. Y yo... yo pude haberle dado más como nieta. Pude haberlo visitado más, haberle dado más abrazos o haberle hecho más llamadas de teléfono.

—Te entiendo, El, es muy injusto. Pero también creo que estás siendo muy dura contigo misma.

—No, no soy dura, ¡es que de verdad pude haberlo hecho mejor! —Con total confianza, cogí un pañuelo de papel del bolso de Susana, me sequé las lágrimas y me soné los mocos—. Y todo el rato me pregunto: ¿y si hubiera hecho más? ¿Y si el día en que me llamó por teléfono y me dijo las ganas que tenía de volver a verme no le hubiera contestado «ya quedaremos» y simplemente hubiera cogido mi puto coche para venir a verlo? ¿Por qué no pude despedirme de él y decirle cuánto lo quería? ¿Por qué tuve que ser tan egoísta?

—Tú tenías tu propio caos.

—Lo sé, pero aun así son pensamientos que me rondan la cabeza. Y ¿sabes una cosa? Quizá pienses que soy una ridícula por lo que voy a decir, pero necesito expresarlo en voz alta. Hace unos meses, al soplar las velas por el día de mi cumpleaños, pedí un deseo. Ese deseo fue estar bien con Álex. Gasté mi deseo de cumpleaños en pedir estar bien con un tío que no me quiere. Si lo hubiera llegado a saber, habría pedido que mi abuelo estuviera aquí ahora mismo. —Sentía que el llanto me desgarraba el pecho.

—No eres ridícula, cariño. —Susana vino hacia mí y me abrazó—. Eres humana. Tú no sabías que todo esto iba a pasar.

—Yo solo quería tomar el control de mi vida y cambiar el rumbo de las cosas. Siempre he sido una conformista. ¡Para una vez que intento hacer las cosas bien! —Me sentía culpable y avergonzada, pero también me autocompadecía. Tenía la sensación de que últimamente nada me salía a derechas.

—Lo sé, cariño, lo sé. No te sientas mal por ello, bastante tienes ya con lo que estás viviendo.

—Vine aquí para intentar afrontar la pérdida de mi abuelo y tener tiempo para mí, para reflexionar... No sé. Es lo que todo el mundo te dice: «Dedícate tiempo». Y eso intenté hacer, ¡maldita sea! No entiendo por qué tuve que encontrar ese maldito diario.

—El, lo siento mucho. —Mi amiga me cogió la mano con delicadeza—. Sobre la muerte sé que nada de lo que pueda decirte calmará ahora mismo ese dolor que sientes. Pero con respecto al diario, me gustaría pensar que lo encontraste en el momento exacto. A veces el destino tiene formas extrañas de mostrarnos lo que necesitamos afrontar.

—¿Qué quieres decir? —La miré desconcertada y, con la otra mano, me sequé las lágrimas que me resbalaban por las mejillas.

—A veces, en la vida, pasan cosas que, aunque al principio pueden parecer dificultades o simples coincidencias, me gusta pensar que en su esencia son mensajes cifrados. —Susana hablaba con un tono muy sereno. Parecía estar totalmente convencida de lo que decía—. Lugares, objetos, personas... Llegan a nuestra vida para enseñarnos algo. Tienen un propósito. Un propósito de aprendizaje. Eleonor —dijo mientras me agarraba la mano con más fuerza—, el diario era de tu abuelo, ya formaba parte de tu historia antes incluso de que lo encontraras.

—¿Crees que era inevitable?

—Creo que todo esto del diario está ocurriendo por una razón. Quisiste tiempo para encontrarte a ti misma. ¿Y si el diario es parte del camino? Este objeto no es solo un nexo con la historia de Julia, también es un nexo con tu abuelo. A veces, las piezas del rompecabezas encajan en el momento adecuado, cuando estamos listos para escuchar las respuestas que buscamos. ¿Harías ahora mismo algo diferente que investigar todo este lío?

—No.

—¿Entonces? Llevas una leona dentro de ti; sácala.

La miré aún con lágrimas en los ojos y sonreí. Mi amiga tenía razón.

—No lo harás sola. Estamos todos contigo.

Susana me miraba con verdadera compasión.

—Pareces tú la psicóloga.

—¡Qué va! Solo soy una aficionada. —Hizo un aspaviento con la mano, dejando claro que no se había tomado en serio mi último comentario.

«¡Que te vayas de aquí!». Era la voz de César. Chillaba en el piso de arriba.

Las dos nos miramos para corroborar en los ojos de la otra lo que acabábamos de oír.

«¡Te ha dicho que fuera!», voceó Beltrán.

Nos levantamos al momento del sofá y salimos de allí tan rápido como pudimos.

Subí las escaleras secándome las últimas lágrimas.

—¿Qué está pasando? —pregunté, aún afligida, a Beltrán, que me detuvo abruptamente, impidiéndome el paso.

—Se trata de tu ex —dijo—. No sabemos por qué está aquí, pero es mejor que no salgas.

—¿Álex? —pregunté incrédula.

—Sí… —Con delicadeza, me levantó la barbilla con un dedo para mirarme—. Oye, ¿estás bien?

—Sí. —Aparté la cara y, con un gesto rápido, logré asomarme y ver que Álex efectivamente estaba en la puerta. Hicimos contacto visual—. ¿Qué está pasando?

Traté de salir, pero Susana me cogió por detrás.

—Él, hazle caso a Beltrán. Ese tío me da miedo.

—Chicos, yo hablaré con él —dijo César—. Eleonor, no te preocupes.

César apartó a Álex de la puerta y se lo llevó a una esquina.

Yo estaba flipando. Era lo que me faltaba. Un ex psicópata.

«¿Tiene los santos cojones de venir a buscarme aquí? Pero ¿qué hace?», pensé.

Desde los ventanales del taller los veía discutir. Aunque no podía escuchar claramente lo que decían, la expresión de César era inconfundible: estaba enfadado. Álex, que permanecía en silencio, se guardaba las manos en los bolsillos de la chaqueta.

Me arrimé todo lo que pude sin que me vieran e intenté afinar el oído.

—¡¿Cómo se te ocurre?! —le espetó César entre dientes mientras lo agarraba de la camiseta y lo zarandeaba. Parecía furioso. No me extrañaba. ¿Cómo podía ser alguien tan retorcido?

Sentí una mezcla de impotencia y rabia. ¿Cómo se atrevía a merodear por el taller? ¿Cómo era capaz de acosarme de esa manera? ¿Con quién había estado todos esos años? No tendría que haberle dicho quién era Beltrán ni dónde trabajaba. Tampoco debería haberlo bloqueado, probablemente eso lo había forzado a buscarme en la calle, desesperado.

Por un momento pensé en ir y cantarle las cuarenta, pero luego consideré que lo mejor era irme directa a casa. Salir en plan Wonder Woman solo empeoraría las cosas. Ganas de meterle una hostia no me faltaban.

—Siempre ha sido un idiota. —Susana me abrazó por detrás.

—Necesito irme de aquí.

—¿Estás segura?

—Sí, necesito caminar. Quiero estar sola y que me dé el aire.

Me fui prácticamente corriendo, calle arriba. Callejeé rápido hasta que me sentí «a salvo».

Estaba completamente sola en la calle. Tenía demasiada rabia y agobio acumulados. Lancé un grito a la nada y les pegué una patada a unas bolsas de basura que hasta aquel momento permanecían apiladas, esperando a los servicios de limpieza.

Seguí caminando a solas.

Aunque aún me daba miedo ir a la casa de mi abuelo, sabía que era el único sitio donde podría estar sola en aquel momento. Iría, recogería los objetos que aún quedaran esparcidos y me encerraría en mi cuarto con pestillo.

Seguir adelante con mi vida estaba resultando más difícil que de costumbre. ¿Por qué no podía Álex simplemente dejarme en paz y continuar con su vida? No podía controlar sus acciones, pero sí las mías. Me prometí a mí misma no flaquear en mi establecimiento de límites. No lo desbloquearía. Ahora con más razón.

Cuando llega el frío, Toledo es una ciudad fantasma desde el momento en que oscurece. Llevaba un par de minutos caminando y escuchando solo mi respiración agitada y el latir de mi corazón cuando oí el eco de otros pasos.

Me di la vuelta y vi que alguien se acercaba por detrás.

«Que no cunda el pánico», me dije.

Seguí caminando.

Era la silueta de un hombre.

«Tranquila».

Caminé más rápido.

La figura estaba cada vez más cerca.

Sentí que el corazón se me iba a salir por la boca.

Cogí el móvil torpemente.

Quería avisar a Susana. Traté de desbloquearlo, pero estaba tan nerviosa que no atinaba. Por fin lo logré, pero, como en un mal sueño, los dedos me temblaban y no lograba marcar el número.

El hombre se acercaba cada vez más. Casi podía verle el rostro.

Se me cayó el móvil en un charco. Lo cogí rápidamente, limpié el agua con el forro de la chaqueta y lo volví a intentar. Por suerte seguía funcionando, aunque estaba mojado y se me resbalaba de las manos.

«Mierda, mierda, mierda».

Sentí que mi momento había llegado. Al igual que mi abuelo, yo era la siguiente. Eso me pasaba por meter las narices donde no me llamaban.

En un descuido, vi que el hombre que me acechaba pasó de largo. Me sentí tonta y avergonzada. No era un asesino ni un asaltante. Era como si tuviera el cerebro frito: tanto miedo acumulado hacía que mi cabeza ya no supiera diferenciar entre la realidad y la ficción.

Guardé el móvil. Observé con atención la calle, no había nadie más. La tensión se desvaneció. Hice el ademán de seguir caminando en la misma dirección, esa vez más tranquila. Aunque, por desgracia, esa tranquilidad no duró mucho.

—Hola, fea. —Álex apareció de entre las sombras y se interpuso en mi camino. Casi choqué contra él.

El grito que salió de mi interior superó al anterior.

—Hola. —Me temblaban las piernas y las manos.

—Qué sola estás, ¿no? —Álex se acercó peligrosamente a mí. Alzó la mano y me la acercó a la cara. Cerré los ojos. Su intención era apartarme, con cuidado, un mechón—. Una chica tan guapa como tú no debería ir sola por la calle a estas horas. Hay mucho maleante suelto.

—Déjame en paz, Álex —le respondí, apartándome.

—¿Por qué? —Frunció el ceño. Su rostro me decía que parecía no entender lo incómodo que resultaba lo que estaba haciendo.

—Esto es acoso.

—¿Es acoso acompañar a mi novia a su casa por la noche para protegerla y que no le pase nada?

—¿En qué momento hemos acordado eso? Tú y yo ya no somos pareja.

—No sé vivir sin ti, El. —Avanzó hacia mí.

—Pues tendrás que aprender —dije dando un paso hacia atrás—. Intenta olvidarte de mí como yo estoy intentando olvidarme de ti.

—¿Has dicho «intentando»? —Álex sonrió como un lobo—. ¿Tanto te cuesta olvidarme?

—¡No se puede olvidar a alguien de la noche a la mañana!

—¿Tanta huella he dejado en tu vida? —Parecía henchido de orgullo.

—Demasiada para mi gusto. —Puse una ligera mueca de asco.

Álex rio con una carcajada sonora.

—Tú siempre tan sutil. —Me miró de arriba abajo—. Y tan guapa.

No me di cuenta hasta que fue demasiado tarde; me había acorralado entre él y la pared. Puse en alerta todos mis sentidos.

—Álex, no te acerques más.

Chasqueó la lengua.

—¡Maldita sea, Eleonor, no voy a hacer nada que tú no quieras! —Con una mano me agarró la barbilla para que lo mirara y con la otra golpeó la pared, dejando luego la mano apoyada sobre la piedra. Utilizaba su brazo como barrera—. ¿Es que no me conoces lo suficiente?

—A veces siento que no te conozco en absoluto.

—Soy yo. Mírame.

Esquivé su mirada. Estaba demasiado cerca y eso, dadas las circunstancias, me hacía sentir muy incómoda.

—¡Mírame, joder! —Me apretó aún más la barbilla con la mano. Me forzó a mirarlo—. ¿Es que acaso ahora me tienes miedo?

—Álex, me estás haciendo daño.

—Lo siento. —Apartó la mano de mi cara y la apoyó también en la pared. Luego agachó la cabeza y respiró hondo varias veces.

—Deja que me vaya a casa, por favor —supliqué.

—Estoy intentando relajarme. Solo quiero hablar contigo, ¿vale?

—Yo no quiero hablar contigo.

—Pues yo sí, ¡joder! ¿Qué problema tienes con hablar?

—Quiero irme ahora mismo.

Álex rio y se pasó la mano por el pelo rubio, como acostumbraba cuando estaba desesperado. Me miró fijamente varios segundos, asintió y se apartó.

—Puedes irte cuando quieras —dijo poniendo los brazos en cruz.

Aquello no me daba buena espina.

—¿Me puedo ir? —pregunté confundida.

—Claro.

Insegura, me moví con la intención de empezar a caminar. Aún no había terminado de poner el pie en el suelo cuando me volvió a acorralar bruscamente contra la pared. Me hizo daño en la espalda. Gemí de dolor.

Me inmovilizó las manos y me miró de cerca. Sus ojos brillaban en la plenitud de su locura.

—No te vas a ir hasta que me des lo que quiero.

—¿Qué quieres? —Me recompuse todo lo rápido que pude y lo miré con furia.

—A ti.

Álex llevó la boca hacia la mía y comenzó a besarme apasionadamente. Había imaginado esa situación cientos de veces. Deseaba tener, una vez más, los labios de Álex sobre los míos, pero aquello no me estaba gustando. No supe cómo reaccionar, estaba en shock. No entendía qué estaba pasando. Por una parte, mi lengua reconocía la suya y yo me moría de ganas por saborearla una vez más, pero, por otra, estaba muerta de miedo. Intenté apartarme, pero sus manos me sujetaron el rostro y me lo impidieron. Traté de empujarlo, presionando fuerte contra su pecho, pero él tenía mucha más fuerza y resistía cada uno de mis intentos. Empecé a sentir que me faltaba el aire. Me besaba con tanta agresividad que no podía respirar.

Al final actué a la desesperada: le mordí la lengua. Álex se apartó de repente.

—Puta… —susurró antes de tocarse la boca y mirar la sangre en sus dedos.

Cerré los ojos. Sentí que la angustia de aquel momento me había traicionado. Aquella agresión podría acarrear consecuencias. Lo había hecho por pura desesperación. No quise hacerle daño. Estaba aterrorizada.

—Lo siento mucho Álex, yo… lo siento… —Sollocé acercándome lentamente a él.

Se mostraba impasible.

—Álex, perdóname… —Continué llorando desesperada.

Me agarró de la cintura y me apretó fuerte contra la suya. Noté su erección bajo el pantalón.

En otros tiempos, notar su bulto en la entrepierna me habría hecho enloquecer, pero entonces nada más lejos de la realidad. Estaba muy confundida, aunque lo que más sentía hacia él no era deseo, era rechazo.

—Escúchame, Eleonor. No vuelvas a hacer eso —susurró entre dientes.

Colocó la mano en mi nuca y me agarró el pelo con fuerza para acercarme de nuevo a su boca. No me resistí, era mejor así. Nuestros labios quedaron a escasos milímetros de distancia. Puse las manos sobre su pecho. Pude sentir en las palmas su corazón, que latía con fuerza, y en el rostro su respiración acelerada.

—Te deseo, El. Necesito follarte ahora mismo.

No podía creérmelo: ¿Álex se estaba excitando con eso?

—Eres asqueroso —dije aún con lágrimas en los ojos.

—¿No te gusta? —Bajó la mano hacia mi sexo y empezó a frotarlo por encima del pantalón—. Vamos, El, te encanta hacerlo conmigo.

—Así no, Álex.

—Mejor sin pantalones, ¿verdad? —Me desabrochó el botón de los vaqueros.

—¡No! ¡Álex, para! —dije retorciendo el cuerpo, tratando de que dejara de tocarme.

Por suerte, paró de repente.

—A sus órdenes, mi capitana… —me susurró al oído en tono de burla—. Aunque lamento comunicarle, mi capitana, que hay algo en lo que la voy a desobedecer. Deberá meterme en el calabozo esta noche por ello. Aunque, si quiere, puede quedarse conmigo… —Álex sonrió con malicia. Esa sonrisa siempre me volvía loca; sin embargo, aquella noche aquello también me pareció diferente.

La ira asomaba cada vez más en mis pupilas.

—Voy a volver a besarla, mi capitana —continuó. Me bajó la cremallera del abrigo y metió la mano por debajo de mi jersey hasta acariciarme un pecho.

—¡No! ¡Te he dicho que pares! —Intenté apartarle la mano en vano—. ¡Te volveré a morder!

—Ni se te ocurra —dijo besándome el cuello.

—¡Volveré a hacerlo si vuelves a besarme, Álex! —grité, desafiante, mientras golpeaba con fuerza el brazo que me manoseaba el cuerpo. Sentí que sus manos estaban por toda mi piel. Era una sensación agobiante, horrible. Las manos que un día me habían llevado al nirvana del placer me parecían las de un pulpo baboso y psicópata.

—Te besaré todas las veces que quiera. Eres mía.

—¡No soy tuya! —grité sin parar de resistirme.

—Si no eres mía, no serás de nadie. —Me tapó la boca con la mano—. Chisss... Piénsalo bien, nunca encontrarás a alguien como yo.

Aquello pintaba francamente mal. Me cansé. Era mi última oportunidad para escapar; de lo contrario, aquello acabaría mal. Me moví rápido. No sé cómo lo hice, pero le di un rodillazo en la entrepierna y lo dejé KO.

Álex cayó redondo al suelo, retorciéndose de dolor.

—De eso se trata, capullo —le dije mirándolo desde arriba.

Estaba jadeando. No sabía con quién había compartido mi vida todos aquellos años, pero desde luego tampoco quería comprobarlo.

Me alejé rápido. Corrí. Corrí como no lo había hecho jamás y, cuando llegué a la casa de mi abuelo, lo cerré todo a cal y canto.

Me tiré en la cama y me pasé un buen rato llorando. Estaba muy agobiada y me dolía mucho el pecho.

Todavía sollozando, cogí el móvil.

Tenía varios wasaps. El primero de Susana y el resto de un número desconocido.

> **SUSANA**
> Cuando descubráis algo más sobre
> Julia, avísame! 18:35

+ 34 677 00 33 42
Soy Beltrán   18:15

No tenía aún tu número, me lo acaba
de dar Susana   18:15

He logrado hablar con mi hermano.
Hemos quedado mañana a las nueve
en la catedral   18:16

Te espero en la Puerta del Reloj   18:16

Al menos escribía sin faltas de ortografía.
Esa noche me dormí por puro agotamiento.

22

Toledo, 15 de diciembre del año 1500

Diecisiete días en las mazmorras eran muchos días, sobre todo para alguien como Julia, que jamás había pasado una penuria en su vida. Daba igual lo mucho que calentara fuera el sol, para ella solo existían el frío y la oscuridad. Allí dentro perdía la noción del tiempo. Si no hubiera sido por su diario, habría enloquecido.

Desde el lúgubre rincón de su mazmorra donde se sentaba, su mirada vidriosa se perdía en el único rayo de luz que entraba por la ventana. El alba había comenzado.

Cerró los ojos y apretó fuerte los párpados, como si sus ganas de escapar pudieran transportarla a cualquier otra parte. Su mente vagó por el pasado: las tardes aprendiendo a coser con su madre, los juegos de ajedrez con su padre, las poesías que escribía, los bailes que inventaba junto a sus hermanas… Recordó algunos pasos que replicó torpemente en la mazmorra, como si aquello fuera el salón de su palacio y no las cuatro paredes húmedas que la custodiaban. Sus oídos aún podían escuchar el laúd y la flauta que interpretaban aquella dulce melodía. Aferrarse a la memoria para escapar del infierno funcionaba.

A menudo, esos cálidos recuerdos se entremezclaban con momentos oscuros, como en aquel instante: entre la melodía y el tenue rayo de sol, la oscuridad se abría paso de manera insidiosa. Revivió el tacto de aquellas zarpas manoseándole el cuerpo, la mirada de decepción de Felipe, el dolor de los grilletes que le apretaban las muñecas, la sensación de ver por última vez su casa, la quemazón del hierro al rozar una y otra vez su delicada piel. La culpa, la vergüenza, el miedo.

Cayó al suelo y, con ella, sus lágrimas.

Juntó las manos para rezar en silencio por la misericordia de Dios.

Sabía que el juicio estaba cerca.

La puerta se abrió. Por ella apareció un grupo de alguaciles.

—Levanta, bruja.

Julia se puso de pie sin rechistar, aunque por dentro deseara con todas sus fuerzas arrancarle la cabeza a aquel hombre.

Quiso mostrarse digna aun vistiendo un camisón sucio. Sintiendo el frío suelo de piedra bajo los pies, caminó con paso firme y la espalda recta. Jamás daría el lujo, a quien la viera, de que sospechara sometimiento.

La condujeron hasta una amplia sala con el mobiliario de madera dispuesto de manera estudiada. Allí dentro también reinaba la oscuridad. La única fuente de luz provenía de las antorchas que parpadeaban en las paredes, cuyos destellos hacían juegos de luces y sombras en los tensos rostros de los presentes, que aguardaban su llegada. Las paredes de la sala eran altos muros de piedra adornados con imágenes religiosas cuyos rostros parecían mirar lo que sucedía, sin consuelo alguno. En el centro de la sala había una gran mesa de madera oscura, despojada de ornamentos, en cuya superficie descansaban algunos libros, manuscritos y crucifijos de hierro. La mesa estaba rodeada de bancos de madera acolchados, ocupados por hombres vestidos con túnicas y rostros ocultos bajo capuchas: el tribunal eclesiástico de la Inquisición. Ante aquella imagen, un escalofrío recorrió el cuerpo de Julia. Le costó tragar saliva.

En un rincón de aquella sala se erguía un estrado desde el que los testigos, uno a uno, darían testimonio. La última en hablar sería ella, la acusada.

Muchos habitantes de la ciudad estaban allí. Al mirar a su alrededor, distinguió a varias personas conocidas. Entre ellas, su amiga y doncella, Rosa, y Claudia y Pedro, dos jóvenes sirvientes de Julia. A la llamada familiar que Rosa procuró por todos los medios acudió Catalina, una de sus hermanas. No vio ni a Juana ni a María, aunque entendía que esta última no se encontrara presente, ya que estaba en clausura. Lo buscó con los ojos desesperadamente, pero no, Felipe tampoco estaba.

Sus oídos acallaron los murmullos de quienes la observaban con ojos implacables y se centraron en su agitada respiración y el fuerte latir de su corazón. Tenía miedo. El día había llegado, su juicio estaba a punto de comenzar.

Un hombre bajito y calvo repasó los cargos en su contra. A Julia le llamó la atención su rostro, le resultaba extrañamente familiar. Tardó varios segundos en darse cuenta de que quien leía el auto de acusación era el fraile que había acudido a su casa el día de la detención, el inquisidor general Tomás de Torquemada.

—Julia de Fuensalida, se os acusa ante la corte de la Iglesia del delito de brujería. Presentamos como prueba que la acusada se encuentra en estado de gestación como resultado de confundir la mente de un hombre con el objetivo de cometer actos impuros fuera del matrimonio, dejando con ello en evidencia al duque de Alba, Felipe Álvarez de Toledo. Por el poder de Dios que me ha sido concedido en esta tierra, el tribunal determina que dichas circunstancias no son más que el resultado de actos impíos y heréticos. Por ello se lleva a cabo este juicio, en presencia del tribunal y de la representación mayoritaria de la ciudad de Toledo, como una opción justa y una muestra de clemencia por parte de la Iglesia hacia la acusada.

Al presbítero dominico Tomás de Torquemada le gustaba esmerarse en los preparativos. Era capaz de todo con tal de actuar en cumplimiento estricto de la doctrina de la fe católica. Tenía fama de ser un administrador eficiente, un trabajador pulcro y un hombre imposible de sobornar. Su expresión era un reflejo de la severidad con la que se trataba a sí mismo y a los demás; la profundidad de las líneas que le recorrían el rostro mostraba una vida dedicada a la fe y a la lucha contra la herejía.

La Santa Inquisición, según él, era una obra piadosa cuyo destino era purgar de maldad la tierra. Estaba dispuesto a erradicar cualquier cosa que supusiera un impedimento para lograr tal fin, sin importar los costes. Era de esas personas que creían que el fin justificaba los medios. Vivía considerando que la obra de Dios era mucho más importante que su misma vida. Siempre portaba con él libros y manuscritos con doctrinas que justificaban su cruzada. Si los libros amparaban su postura, jamás había espacio para la compasión. Por todo eso y por el uso de la tortura para obtener confesiones, así como por la quema en la hoguera de los culpables, su nombre era sinónimo de crueldad. En aquella ocasión, los libros se hallaban encima de la mesa, a punto de presenciar lo que iba a suceder.

Tras leer el auto de acusación, llamó a los testigos. La mayoría eran vecinos de la ciudad a los que Julia no pudo reconocer.

—Esta mujer es la responsable de traer desgracias a nuestros huertos. Todos recordamos el día en que el cielo se tiñó de naranja —declaró un campesino. Julia se acordaba, ese día Felipe le había ordenado que cerrara todas las ventanas de palacio. Llegaron rumores de que eran vientos de África cargados de arena del desierto—. Esas nubes no portaban agua, sino tierra. ¿Cuándo hemos visto aquí tal cosa? —siguió el hombre—. Luego grandes trozos de hielo cayeron del cielo. Todos nuestros cultivos se echaron a perder. ¡Estoy seguro de que es todo por culpa de esta mujer!

—¿Y por qué estáis seguro de que esta mujer podría haber intervenido para que tal desgracia sucediera? —preguntó Torquemada.

—¿Acaso el demonio no disfruta viendo el sufrimiento ajeno?

Todos los allí presentes escucharon los susurros de las gentes de la ciudad.

Torquemada asintió e invitó al campesino a dejar libre el estrado para los próximos testigos. No le dio mucha credibilidad a lo narrado, el móvil no le resultó convincente y el testimonio no era fiable. Ante todo, debía ser exacto y metódico en sus procedimientos, sin salirse de lo estipulado. Hacía honor a su reputación.

Tras el revuelo, una joven mujer de piel blanca y cabellos oscuros se abrió paso entre la muchedumbre.

—¿Tienes algún cargo contra ella? —preguntó Torquemada.

Asintió con la cabeza. De repente se hizo el silencio de nuevo.

—Yo sé que indujo un amor maligno en un hombre por una mujer —dijo desde el estrado sin parar de manosearse el vestido.

—En efecto, las brujas tienen seis maneras de lesionar a la humanidad, y esta es una de ellas —confirmó un miembro del tribunal—. Pero ¿cómo sabéis que eso es cierto?

—¡Porque lo pude ver con mis propios ojos! —Rompió a llorar—. ¡Lo viví en mis propias carnes! ¡Ese hombre es mi marido!

La sala exclamó sorpresa a la par.

—Explícate, mujer —ordenó Torquemada. Luego llamó a la calma con gestos para poder prestar atención a la mujer que testificaba.

La mujer se secó las lágrimas con su delantal.

—Me llamo Jimena. Mi marido es Domingo, el panadero. Muchos de aquí lo conocen. —Comprobó con la mirada que los allí presentes asentían—. Todos los días sale a repartir el pan por la ciudad. Un día como cualquier otro llegó a las dependencias del palacio de Fuensalida. Ese día yo me dirigía al mercado. Coincidimos. —Hizo una pausa para luchar contra su propio llanto—. Aunque ahora pienso que no fue casualidad, sino que fue Dios en su lucha contra el demonio quien quiso que ese día yo estuviera allí. —Suspiró—. Aquella mañana no abrió la puerta de las cocinas el servicio, sino ella misma. —La mujer miró con atrevimiento a Julia, que permanecía atenta, escuchando—. ¿Qué hace una mujer de tan alta cuna en las cocinas de su casa? Pude ver que miraba con lascivia a mi marido. Puedo jurar ante el tribunal que aquellos eran los ojos del mismísimo diablo. Jamás he visto tanta maldad en las pupilas de alguien. —Comenzó a sollozar—. Pude ver que murmuraba unas palabras antes de que mi marido se fuera de allí. ¡Desde entonces no ha vuelto a ser el mismo! ¡Ya nada es como antes!

A Julia le encantaba merodear por las cocinas de su palacio. Lo había hecho desde niña; le gustaba mucho probar los platos que sus sirvientas cocinaban para ella y su familia. Con el paso de los años era algo que seguía haciendo. Recordaba perfectamente el día en que conoció a Domingo. Intentó ser amable con él, pero jamás habría compartido lecho con otro hombre estando casada y enamorada de Felipe.

—¡Esto es intolerable! —gritó una voz femenina desde el público, revolucionando toda la sala.

Los inquisidores se miraron entre ellos sorprendidos.

—¡Silencio! —ordenó Torquemada—. Continúa, mujer.

Esta siguió, cabizbaja y avergonzada.

—Desde hace varios meses sale todas las noches a fornicar con otra. ¡Y adivinad quién es! ¡Ella! —gritó señalando a Julia—. ¡Los vi hacerlo en las caballerizas! ¡Tienen la osadía de copular sin esconderse! Sus cuerpos se entremezclan como si fueran serpientes en celo, se acarician con rudeza, se lamen los genitales y las bocas toman el nombre de Dios en vano. ¡Pude escuchar los gemidos desde la calle! ¡No tienen vergüenza! ¿Quién es capaz de fornicar de esa manera más que el demonio?

—¡Santo Dios! —Un hombre del pueblo se echó las manos a la cabeza.

—¡Mi marido es un buen hombre! No haría nada así si no fuera porque una fuerza oscura lo está empujando —continuó con la mirada perdida—. Y no solo eso, lo embrujó de tal modo que, desde entonces, mi marido no yace conmigo. ¡No puedo engendrar descendencia!

—¡Está destrozando su vida! ¡No hay otra explicación! —gritó una voz desde el público.

—¡También me ha hechizado a mí! —gritó de nuevo la mujer—. ¡Ha implantado en mí los celos! ¡Esa ramera está boicoteando mi matrimonio y mi felicidad! ¡Viene a por mí! ¡Está intentando desviarme de mi virtuoso camino! —La mujer se echó a llorar de nuevo, desconsolada—. ¡No lo soporto más!

Otra vez hubo revuelo en la sala. Los murmullos rezaban incredulidad.

—Si las mujeres se comportan de ese modo entre sí, cuánto más lo harán con los hombres. —Torquemada negó con la cabeza, cabizbajo—. Tu marido y tú recibiréis la ayuda y la compensación que merecéis, no te preocupes —dijo mientras varios alguaciles ayudaban a bajar del estrado a la mujer, que había montado en cólera, presa de la desesperación.

—¡Bendita sea la Iglesia del Dios padre todopoderoso! —gritaba mientras se alejaba—. ¡Todas las brujas deben morir! —Su voz se seguía oyendo en la lejanía.

Julia intentó atar cabos. Sabía que ella no era quien se acostaba con el panadero. Si aquella mujer tenía razón y su marido le era infiel con alguien en sus caballerizas, solo había una posibilidad: Pedro, su sirviente. No andaba mal encaminada. Domingo tenía más predilección por los hombres que por las mujeres. No podía airear su orientación sexual, así que usaba su matrimonio como tapadera y daba rienda suelta a sus deseos carnales con el joven Pedro, quien gustosamente lo recibía en las caballerizas cada noche. Lo que la mujer del panadero vio aquella mañana en la que Julia salió a recoger el pan no fue más que una coincidencia. Era Pedro quien habitualmente recibía la mercancía; así fue como se conocieron. La noche en la que la mujer merodeaba por las inmediaciones del palacio, vio a dos personas manteniendo relaciones sexuales, pero confundió a Pedro con una mujer. Pedro tenía el pelo largo y se lo soltaba para el momento, ya que por el día se lo recogía en una trenza. El panadero volvía exhausto a casa cada noche y no tenía ni fuerzas ni deseo para cumplir con sus deberes maritales.

Por alusiones debía testificar el panadero, pero Julia ya sabía que él jamás reconocería una relación homosexual fuera del matrimonio, pues aquello también era una herejía por la que sería perseguido, torturado y posiblemente quemado en la hoguera.

—¡No erráis cuando llamáis bruja a esta mujer! —gritó Domingo mientras subía al estrado—. Os contaré mi historia. —Se aclaró la garganta—. El día en que la conocí mi vida cambió. No deseaba otra cosa que estar entre sus brazos —mintió—. Sucumbí al fuerte deseo carnal en cuanto sus ojos se cruzaron con los míos. Sabía que no estaba siguiendo los designios del Señor y quería dejar de hacer lo que hacía, pero una fuerza interior me forzaba a seguir cometiendo el pecado del adulterio. Mi esposa me rogaba que estuviera en casa con ella y que ejerciera mis deberes maritales, pero me era imposible. Jamás había sentido esta falta de voluntad.

—¡Eso es brujería! —gritaron desde el público.

Torquemada volvió a pedir silencio.

—Toda la ciudad sabe que soy un hombre honrado. Nunca traicionaría la confianza de mi mujer. Me arrepiento mucho de mis actos, pero entended —dijo hacia el tribunal— que no soy yo quien comete tales actos impuros sino el diablo.

—No lo ponemos en duda, buen hombre. —Torquemada tomaba notas—. ¿De sus labios salían palabras que no pudierais entender? ¿Os dio a beber algún brebaje o hizo algo fuera de lo normal?

—No. No dijo nada, solo me miró. Pero su mirada parecía… parecía no pertenecerle. —De repente, Domingo se puso nervioso, su plan no incluía contestar a esa pregunta. Tenía que inventarse algo sobre la marcha—. No sé có-có-có-cómo explicarlo —tartamudeó en busca de una respuesta—. Su-su-su-sus ojos de repente cambiaron y pasaron a ser los de una serpiente.

El asombro del tribunal era palpable. Domingo se sintió satisfecho.

—¿Cómo es esto posible? —murmuró uno de los miembros.

—Las brujas que tienen el poder de encantar a través de los ojos son las que más unidas están a Satanás —dijo Torquemada, que había leído mucho acerca de las brujas; nada se le escapaba.

—Santo Dios. —Otro miembro del tribunal se santiguó.

—Gracias, Domingo, por vuestro testimonio. Podéis abandonar el estrado —concluyó Torquemada—. Es posible, pues, que embrujar a don Álvaro de Luna no fuera su primera hazaña —dijo mirando a otro miembro del tribunal. Luego observó con detenimiento sus manuscritos durante unos segundos.

A pesar de lo que estaba escuchando, Julia permanecía en relativa calma. Sabía que el tribunal aún no tenía ninguna prueba concluyente. Hasta el momento todos los indicios y los testimonios eran circunstanciales, no existía nada que relacionara lo ocurrido con Álvaro con la supuesta brujería que practicaba Julia.

—Demos paso al siguiente testimonio —dijo el inquisidor—. Que hable ahora Claudia Zayas.

La multitud se abrió para dejar paso a la sirvienta.

Julia no esperaba verla testificar.

—¿Qué tienes que decirnos respecto a la acusada? —preguntó Torquemada.

—Yo... —Miró a su señora a los ojos. Estaba muy nerviosa, a punto de romper a llorar—. Yo creo que doña Julia es una buena mujer.

Todos en la sala reaccionaron con sorpresa.

—¿Por qué decís eso? —preguntó un miembro del tribunal.

—Porque así lo creo, mi señor. —Claudia tenía miedo, no levantaba la vista para mirar al tribunal. Hablaba en voz baja—. Esta señora siempre nos ha dado un buen trato en palacio. Jamás ha vociferado o exigido atenciones especiales. Sin embargo..., por nuestras calles corren rumores que acrecientan mi miedo y mis sospechas.

—Entiendo vuestras palabras, joven —dijo el mismo fraile—. Los rumores pueden ser engañosos, pero también debemos tomarlos en serio. Estamos haciendo una investigación exhaustiva. ¿Podríais decirnos específicamente qué os lleva a sospechar que esta mujer está involucrada en prácticas prohibidas?

Claudia permaneció en silencio unos segundos hasta que Torquemada intervino:

—¿Hay algo más que quieras decir?

Claudia siguió sin hablar.

—¿Algo más, joven? —insistió el inquisidor general.

—Sí —respondió finalmente la doncella—. Esa noche… la vi hacer algo extraño.

Torquemada se incorporó.

—Cuéntanos a todos los aquí presentes… —dijo con un brillo de maldad en los ojos.

Claudia se aclaró la garganta antes de iniciar su relato.

—Mi señor, es cierto que doña Julia siempre nos ha tratado bien, pero… aquella noche, como digo, la vi hacer algo extraño. —La doncella se aferró a su delantal en un intento de controlar los nervios—. Mientras los invitados disfrutaban del gran baile, yo me hallaba en la planta de arriba del palacio. Me encontraba arreglando las habitaciones para que mi señora pudiera tenerlo todo listo antes de dormir. —Hizo una pausa y reflexionó unos instantes—. La oí murmurar algo en el jardín.

—¿Lograste escuchar qué era lo que murmuraba?

—No puedo afirmar con certeza lo que dijo, pero… Dicen que puede comunicarse con criaturas de la noche y que ha sido vista realizando rituales extraños en luna llena. Y esa noche, mi señor, había luna llena.

La sala volvió a revolucionarse. Entre el gentío se escuchaban gritos: «¡Bruja!», «¡A la hoguera!», «¡Muerte a la bruja!».

Julia pudo percibir que el sentimiento de la gente se volvía en su contra. Un escalofrío le recorrió todo el cuerpo, no podía creer lo que estaba escuchando. Si bien era cierto que esa noche había salido al jardín, no fue más que para respirar aire fresco y maldecir la presencia de Álvaro de Luna en su fiesta.

El inquisidor general frunció el ceño, preocupado por la gravedad de tales acusaciones. Creyó que Julia pudo haber estado invocando en ese momento a un súcubo, un demonio sexual con aspecto de mujer, con la intención de tener relaciones con don Álvaro.

De repente, la muchedumbre se separó y abrió paso a la figura de Gonzalo, el tabernero. Era la primera vez que Julia veía a ese hombre. Por su gesto, parecía estar disfrutando de recibir toda la atención de la sala.

—¡Doy por seguro que esta mujer es una bruja! —dijo al señalar de manera amenazante con el índice a Julia—. Una persona que ha nacido entre algodones, que jamás ha pasado hambre, que duerme segura tras los fuertes muros de su palacio... ¿Y hace un pacto con el diablo? ¿Para qué?

Aquello era justo lo que pensaba Julia: qué teoría más absurda esa de ser bruja sin necesidad alguna. ¿Qué iba a lograr con la brujería que no tuviera ya por derecho de sangre?

—¡La ambición del diablo no tiene límites! —Gonzalo se tambaleaba ligeramente; había bebido—. Nosotros luchamos cada día por mantener a nuestras familias, por tener un trozo de pan duro que llevarnos a la boca, por no morir a causa de las enfermedades que asedian la ciudad. Y, mientras tanto, los nobles viven como reyes. ¡No les importamos! Nosotros procuramos no pecar ni sucumbir a la lujuria. ¡Pero ellos solo anhelan el poder! Y en algunos casos el placer... ¡He aquí la prueba! Esta mujer lo tiene todo y, en lugar de vivir feliz, se dedica a fornicar y a hacer imposible la vida de los otros. Además —siguió con aires desafiantes—, la vi en pleno bosque invocando al Maligno para luego danzar y copular con él. ¡Lo vi con mis propios ojos! ¡El diablo es un macho cabrío de grandes cuernos!

La muchedumbre lanzó un grito de sorpresa. Una señora se desmayó al imaginar tal cosa.

Una lágrima resbaló por la mejilla de Catalina, la hermana de Julia. No podía aguantar más aquella escena y se fue de la sala. Pasó cerca de Rosa, con quien cruzó la mirada antes de partir.

El tribunal también pareció impresionado.

La gente cuchicheaba.

Al segundo, Gonzalo vomitó todo el alcohol que había ingerido. La gente estalló a reír.

Mientras el tribunal dedicaba unos minutos a comentar lo ocurrido, Julia no podía dejar de sentir asco. Lo que no sabía era que a aquel señor le había pagado Álvaro de Luna para que testificara en su contra. El error que cometió Álvaro fue pagarle antes de que hiciera el trabajo. Gonzalo era un borracho que solo pensaba en beber, así que nada más recibir el dinero, horas antes del juicio, se lo había gastado en alcohol.

—¡Alguacil! —gritó Torquemada—. ¡Llevaos a este borracho fuera de la sala! Esto es un juicio serio. No vamos a tolerar testimonios de borrachos.

El tribunal rechazó a Gonzalo por sus palabras, no porque estuviera borracho. No podían permitir que las voces del pueblo se levantaran contra los estamentos. Sabían que las brujas fornicaban con demonios y que, por esa parte, era posible que la imagen descrita fuera real; sin embargo, si daban veracidad a aquello, también se la daban a la parte del discurso más revolucionaria contra los nobles. No sería de buen gusto una insurrección ciudadana respaldada por la Santa Inquisición. Al apartar a Gonzalo de inmediato, se aseguraban de que el pueblo no diera credibilidad a toda la alocución.

El inquisidor general ordenó una pequeña pausa para limpiar el vómito.

Aunque el desagradable olor aún se percibía en el aire, Torquemada insistió en que fueran pasando más testigos. Los siguientes fueron personas desconocidas para Julia. Cada relato destacaba por encima del anterior, como si la gente de la ciudad peleara por su minuto de gloria y compitiera por un trofeo al testimonio más impactante. Algunos simplemente subían al estrado sin historia alguna que contar, daban su opinión y se largaban para seguir contemplando el espectáculo.

—Cuando una persona está mal, llora, no come y permanece triste por mucho tiempo. Todos hemos visto a esta mujer paseando por las calles de nuestra ciudad después de lo ocurrido. No me creo que una persona que hace su vida con normalidad haya pasado recientemente por algo malo —dijo una muchacha.

—Yo nunca la he visto hacer la señal de la cruz —soltó otra.

—Por las noches percibo una presencia cerca de mi cama y

temo que pueda ser ella, que intenta arrebatarme la vida para quedarse con mi marido —contó una más.

Durante toda la mañana, Julia tuvo que soportar las sandeces del pueblo. Muchos de los testigos relataron escenas absurdas, opiniones nada trascendentes en el juicio y situaciones que nunca habían ocurrido. A excepción del relato de Jimena y Claudia, el resto de los declarantes, hasta el momento, parecían meras víctimas de la histeria colectiva.

Aquel día, una mujer, cuyo rostro Julia aún no conocía, escuchaba todas aquellas majaderías escondida entre las sombras de la muchedumbre, atenta a todo lo que estaba pasando en aquella sala.

Clara confirmó entonces lo que le había contado a Rosa unos días antes: el pueblo necesitaba una cabeza de turco que cargase con el origen de todos sus males. El boca a boca había difuminado la historia y los lugareños, presos del ansia por encontrar soluciones a sus problemas, se unían en relatos del todo alejados de la realidad.

23

Eran las ocho en punto de la mañana. Había dormido del tirón. La casa aún seguía patas arriba, pero me daba lo mismo. Me miraba al espejo y me cepillaba el pelo con tranquilidad. Lo que había sucedido horas antes reafirmaba mi opinión sobre Álex: era un puto psicópata.

Recordé la imagen de él retorciéndose de dolor en medio de la calle. Me reí. Al instante me sentí mala persona, pero me reí. Dios sabe cuánto tiempo había estado deseando no haberme forzado. Me daba pena porque, ¡maldita sea!, era Álex, ¡el tío del que siempre había estado colgada! Pero ¡qué leches!, se lo merecía. Jamás pensé que pudiera comportarse de aquella manera.

Eran casi las nueve, así que salí disparada hacia la catedral, hacia la Puerta del Reloj, tal y como me había dicho Beltrán por WhatsApp el día anterior.

Cuando me encontraba a la altura de la plaza de las Cuatro Calles, lo vi; caminaba, nervioso, de un lado a otro de la reja.

—Está cerrada —le dije.

Dio un brinco. Estaba tan ensimismado en sus pensamientos que no se había percatado aún de mi presencia.

—Perdona, no quería asustarte.

—¿Llevas ahí mucho rato? —Sonrió.

—Acabo de llegar. —Le devolví la sonrisa—. ¿Estás bien?

—Estoy algo nervioso. Es la primera vez que hablo con mi hermano después de… ya sabes. —Miró su reloj.

—Habíamos quedado a las nueve, ¿verdad?

—Sí. —Señalé el reloj de la fachada de la catedral—. Faltan tres minutos para la hora en punto.

Le noté el nerviosismo en la cara.

—Tranquilo. —Me acerqué a él y le puse la mano sobre el hombro—. Todo irá bien.

Se limitó a sonreír amablemente.

Andrés apareció segundos después.

Vestía una sotana negra que lo cubría hasta los pies. Su imagen, pulcra y ordenada, transmitía serenidad y calma. Sus rasgos, notablemente similares a los de Beltrán, reafirmaban su parentesco. A diferencia de su desaliñado hermano, Andrés lucía pelo corto y un afeitado impecable que realzaba su presencia. Me pareció entrañable ver que el mismo inconfundible azul de los ojos de Beltrán destacaba tras las gafas que reposaban en su nariz.

—Disculpad el retraso —farfulló unos metros antes de llegar a la puerta. Sacó un llavero enorme de su bolsillo y abrió la reja para que entráramos al patio. La volvió a cerrar detrás de nosotros. La llave podía medir unos quince centímetros perfectamente.

Allí mismo, antes de acceder al interior de la catedral, nos tendió la mano a los dos.

—Beltrán, cuánto tiempo —dijo con una sonrisa.

—Sí, lo sé. Hacía mucho que no hablábamos. —Beltrán apretó los labios en una fina línea—. Gracias por recibirnos.

—Tú debes de ser Eleonor.

—Sí, encantada. Gracias por atendernos hoy.

—No se merecen. Por el tono en la llamada de mi hermano ayer, parecía que queríais tratar algo urgente. —Abrió la enorme puerta con dos giros de llave—. Entrad conmigo.

Accedimos a la inmensa catedral. Si el exterior ya era majestuoso, el interior era como tocar el mismísimo cielo. Las paredes de piedra y los techos altos y abovedados hacían que allí dentro la temperatura fuera algo inferior. La luz de las primeras horas de la mañana se filtraba por las vidrieras y pintaba el suelo de colores, como si la divinidad de Cristo iluminara aquel recinto sagrado y nos indicara el camino hacia la salvación. Me pareció curioso que, para ser tan pronto, ya oliera a incienso.

Observé a Beltrán con disimulo. No hablaba, solo miraba el entorno como si fuera su primera vez. Me recordó a aquellas ocasiones en las que coincides en el ascensor con el vecino y, mientras llegas a tu planta, te pones a mirar el techo tratando de evitar cualquier contacto visual con la otra persona.

A medida que avanzábamos hacia la parte trasera del altar mayor, me di cuenta de que solo nuestros pasos rompían el silencio sagrado. Estábamos solos.

—Pasad por aquí, por favor. —Andrés abrió una pequeña puerta de madera, oculta tras una pared, y accedimos a unas escaleras de caracol que bajaban.

Beltrán me invitó a pasar antes que él.

Lo bueno de acceder a sitios ocultos es que descubres lugares nuevos cargados de historia; lo malo es que esos sitios suelen ser angostos e irregulares. En mi caso no calculé bien la distancia de un escalón a otro y perdí el equilibrio. No caí hasta abajo del todo, haciendo el ridículo de mi vida, porque Beltrán fue rápido y me agarró del gorro de la chaqueta. Aun así, la escena fue bastante bochornosa, porque pasé de casi ahorcarme con mi propia chaqueta a escurrirme hacia abajo y quedar literalmente tumbada en las escaleras con media chaqueta fuera y el ombligo al aire. Fue como caerse a cámara lenta.

—¿Estás bien? —oí que preguntaba Andrés desde abajo.

—¡Tachaaán! —exclamé desde el suelo y escondida dentro de la chaqueta, como si aquella escena formara parte del final de algún show perfectamente preparado.

Beltrán se echó a reír al mismo tiempo que me pasaba por encima y se colocaba delante de mí para echarme una mano. Yo no podía moverme porque mi abrigo se había convertido en una camisa de retención. Beltrán me agarró a peso como si fuera una croqueta gigante. Cuando logré ponerme en pie y hacer las paces con mi abrigo, alcé la mirada.

—Bienvenida de nuevo al mundo. —La sonrisa de Beltrán a escasos centímetros de mí casi hizo que me cayera de nuevo al suelo.

—Gracias —dije tremendamente avergonzada y con incipiente dolor de culo.

—Cuidado, te quedan dos escalones para llegar, y eso son dos oportunidades más para morir —bromeó Beltrán.

—Ahora vas tú delante. Si caigo yo, caes tú también.

—Qué bonito, como en *Titanic*.

—En *Titanic* era al revés. Si saltas tú, salto yo.

—Bueno —interrumpió Andrés, elevando algo más el tono de voz—. Este es mi despacho. Podéis sentaros.

El despacho se me antojó algo lúgubre y desangelado. Me pareció más bien una mazmorra reformada. Sin embargo, conozco cierto portal web de alquiler de viviendas que lo describiría como «acogedor», aunque a ti solo te infunda deseos de querer averiguar si el asesino fue el Coronel Rubio con la tubería en el jardín o la Srta. Amapola con el cuchillo en la biblioteca. Apenas medía cuatro o cinco metros cuadrados y el mobiliario era escaso: una mesa, tres sillas, un crucifijo colgado en la pared y cero ventanas.

—¿En qué puedo ayudaros? —preguntó Andrés sentado al otro lado de la mesa. A pesar de tener un rostro dulce, me parecía un hombre distante.

Dejé hablar a Beltrán; al fin y al cabo, Andrés era su hermano.

—Necesitamos que nos ayudes a traducir un texto en latín.

—¿Lo habéis traído? —preguntó.

—Sí. —Saqué el diario de su sitio habitual, el bolsillo de mi pantalón trasero, localicé el fragmento que necesitábamos traducir y se lo di a Andrés, que lo tomó en las manos con cuidado.

—¿Qué es esto? —preguntó.

—Un diario —respondí sin entrar en más detalles.

Me miró con suspicacia y se dispuso a leer el escrito.

Un par de páginas después se santiguó.

—Santo Dios... —Cerró el diario—. ¿De dónde habéis sacado esto?

—Digamos que fue una herencia —contesté procurando no darle más importancia—. ¿Has podido entender algo de lo que pone?

—Describe un juicio.

Beltrán y yo permanecimos en silencio, esperando más información, pero Andrés ni se inmutó.

—¿Y ya está? ¿Nada más? —pregunté incrédula al cabo de un rato.

—Nada más. —Negó con la cabeza.

—Necesitamos saber qué pasa en ese juicio y qué le sucede a la mujer que escribe el diario. —Beltrán trató de encontrar la aprobación en mi mirada. Supe leer su intención y asentí rápidamente.

—¿Para qué queréis saber eso? —Andrés sabía perfectamente cómo poner distancia emocional.

—Es importante para nosotros —respondió su hermano.

—La queman en la hoguera, como a todos los herejes —dijo el sacerdote, impasible.

—¿La... queman? —musité.

—Sí, se describe en esta página. —Señaló con el dedo índice el fragmento donde Julia reproducía su sentencia. Lo leyó en voz alta—: *Caro tua igne purificante ardeat, et anima tua redemptionem inveniat per poenitentiam. Sit omnibus exemplum tuum cautela.* «Que vuestra carne arda en el fuego purificador y vuestra alma encuentre redención a través de la penitencia. Que vuestro ejemplo sirva de advertencia para todas las demás» —tradujo—. Son palabras de la sentencia que leyó el inquisidor general y que se le grabaron en la mente.

Había algo que no me cuadraba. Si no había nada más, ¿por qué mi abuelo estaba tan obsesionado con el diario? ¿La historia de una mujer noble quemada en la hoguera por una falsa acusación de brujería era algo por lo que merecía la pena morir? Estaba claro que me faltaba información. Pero, si no estaba en el diario, ¿dónde estaba?

—¿Puedo ayudaros en algo más? —preguntó Andrés dispuesto a despacharnos ya.

De repente lo recordé.

—¡La nota! —exclamé. Percibía cierta tensión en el ambiente, pero aun así no quería dejar escapar la oportunidad—. Mira. —Se la entregué—. No está en latín, pero quizá puedas ayudarnos a desvelar su significado.

Andrés la leyó. Luego me miró y volvió a mirar el papel. Hasta el momento había mantenido una expresión seria e imparcial, pero aquí pude empezar a notar cierta preocupación. Dio un tirón a sus hábitos, intentando ajustarlos, a pesar de que ya estaban perfectamente arreglados.

—Sí que hay algo más, ¿verdad? —me atreví a decir.

Andrés cogió aire y lo soltó de manera notable. Por unos segundos se limitó a girar, de manera pausada y concentrada, un anillo que portaba en el dedo anular de la mano derecha. Tras un instante en silencio y cabizbajo, concentrado en la sortija, el sacerdote alzó la mirada y la enfocó directamente hacia su hermano, dejándole claro que su humor había cambiado. Desde luego, era un hombre que dominaba sus gestos a su antojo.

—¿Por qué la has traído aquí, Beltrán? —dijo con una calma contenida.

—¿Cómo?

De repente el espacio me pareció muy pequeño para tanta tensión.

—¿Por qué has traído a la casa de Dios a una persona que se relaciona con la masonería? —Tenía las cejas fruncidas, pero controlaba la ira que el brillo de sus ojos delataba.

Beltrán me miró. Tenía la misma cara de confusión que yo.

—¿Masonería? —farfullé.

—¿Te estás riendo de mí, Beltrán? —increpó Andrés entre dientes—. ¿Vienes a mi casa, después de tantos años, a burlarte de mí?

—Yo no quiero burlarme de ti. —Alzó las manos en son de paz—. Creo que te estás confundiendo.

—¡No tengo nada que ver con la masonería, ni siquiera sé qué es eso! —exclamé en mi defensa.

—¿Y por qué tienes este diario? —Me habló con un tono suave y firme. Luego se dirigió a su hermano sin dejar de contener su exasperación—: Cualquier documento que tenga que ver con la Santa Inquisición debe estar en los archivos del Tribunal del Santo Oficio —dijo al mirarme de soslayo, con desprecio— y no en manos de cualquiera.

—Allí no hay nada —le espetó él.

Andrés lo fulminó con la mirada.

—Fuimos ayer —continuó Beltrán—. Estaba todo limpio. Lo único que encontramos fue un árbol genealógico en el Archivo Municipal, y estaba roto justo por la parte que corresponde a la autora de ese diario.

—Me estáis metiendo en un lío. —El sacerdote se masajeó la sien en busca de respuestas—. ¿A quién se lo has robado? —me reprendió.

—No he robado nada. El diario era de mi abuelo.

—¿Era? —Su expresión se suavizó ligeramente.

—Murió hace unas semanas.

Asintió en silencio, sin apartar la mirada de la mía.

—Lo siento mucho. —A pesar de la fachada de persona impenetrable, pude percibir la compasión que emanaba de sus ojos—. ¿Sabes cómo murió?

—Un infarto.

Levantó una ceja incrédulo.

—Al menos esa es la versión oficial —reconocí.

—¿Pudiste ver algo del lugar en el que murió o sabes qué pudo haber hecho antes?

—Estaba en su despacho, tomando una taza de té y estudiando el diario…

—¿Has dicho una taza de té? —interrumpió.

—Sí.

—¿Sabes qué té era?

—No.

Andrés cerró los ojos y respiró hondo, como si en su interior se estuviera lamentando de algo predecible.

—Lo descubrieron y lo asesinaron —dijo al fin—. Sabía más cosas de las que debía.

—Hace un par de días llegamos a la misma conclusión —añadió Beltrán.

Una risa nerviosa se apoderó de Andrés. Eso me desconcertó más de lo que ya estaba. No pude evitarlo y tuve el reflejo de agarrar con fuerza la mano de Beltrán. Él respondió dándome un apretón breve y acariciándome el dorso con un dedo.

—¡Realmente no tenéis ni idea! Estáis metidos en un buen lío y ni siquiera sabéis por qué. —Siguió riendo de manera descontrolada. Me recordó al Joker.

—Dinos qué sabes. —Beltrán mantenía la mirada intensa y firme.

Al cabo de un rato, Andrés se calmó, sacó un pañuelo de tela de su sotana y se secó el sudor de la frente.

—La vida nunca deja de sorprenderme. Dios quiere seguir poniéndome a prueba. —Parecía que hablaba para sí.

—Hermano, algo me dice que tú eres el único que puede ayudarnos —insistió Beltrán—. No estaría aquí si no creyera en ti.

El sacerdote caviló. Parecía que llevaba tiempo esperando oír eso. Se guardó el pañuelo y se dispuso a contarnos todo lo que sabía.

—Mirad, nuestra Iglesia guarda secretos. Hace cientos de años, una mujer cuestionó todo un sistema de costumbres y creencias. —Había recobrado la voz suave—. Imaginad lo que os digo, ¡una mujer! Ahora las cosas han cambiado y todo es diferente. Pero que en el mil quinientos una sola mujer fuera capaz de poner en duda el orden establecido y de hacer temblar los cimientos del poder… Eso fue demasiado para la época.

—¿De quién estás hablando? —me atreví a preguntar.

—De Julia de Fuensalida. Aquí, en Toledo, tenemos prohibido hablar de aquello. Esta historia jamás vio la luz en otros lugares, es uno de los más grandes secretos de la archidiócesis de Toledo. A la nobleza no le interesaba tener una mancha en su historial y a la Iglesia tampoco le seducía la idea de darle poder a una mujer. Sin duda, Julia tuvo la valentía de denunciar una violación y de enfrentarse al sistema, pero incluso su propia familia le dio la espalda. La causa era buena, el momento histórico no tanto.

—Por eso el árbol genealógico está roto.

Andrés asintió.

—A Julia la ejecutaron, su acta se archivó y adiós, muy buenas. Hubo algún revuelo el día de su condena a muerte y fue la comidilla del pueblo durante un tiempo. Algunas mujeres se atrevieron a alzar la voz algo más tarde, pero las asesinaron a todas a sangre fría, los soldados de la corte, acusadas de rebelión, o las quemaron en la hoguera, inculpadas de falsos delitos de brujería. Sin duda, las advertencias de la Santa Inquisición resultaron efectivas.

—Muerto el perro, se acabó la rabia —murmuré.

—¿Y por qué la Iglesia nunca dijo nada, ni siquiera años después? —preguntó Beltrán.

—No es un episodio del que la Iglesia se enorgullezca. Reconocer tal misoginia en la actualidad equivaldría a aumentar el rencor que muchos ya guardan a la institución. —Se levantó arrastrando la silla y se dispuso a merodear por aquel espacio tan reducido—. Eran otros tiempos, un contexto completamente diferente. Imaginad cómo sería hacer tales declaraciones hoy en día, cuando hay personas que ponen el grito en el cielo tras analizar el contenido de las películas, las canciones y los chistes de hace veinte años. Esa gente no entendería que aquellos acontecimientos pertenecen a otra época y que, por lo tanto, no se pueden juzgar a la luz de las normas, los valores o la ética actuales. —Se colocó delante del crucifijo y volvió a jugar con su anillo—. Por otra parte, asumir que se ha ocultado información sería admitir que se ha engañado a la población. Aquellos que intentamos hacer llegar la palabra del Señor perderíamos credibilidad. Se cuestionaría la fiabilidad de la Iglesia. Algunas personas podrían incluso perder la fe en Dios.

—A mí me parece que la gente tiene derecho a saber la verdad —dije.

—Es preferible una mentira que mantenga la estabilidad que una verdad que la perturbe —concluyó él con firmeza.

—Andrés, ¿por qué nombraste antes la masonería? ¿Qué tiene que ver en todo esto? —preguntó Beltrán.

—Son los únicos que hoy en día podrían saber algo al respecto. —Se dirigió a mí—: Dices que el diario lo tenía tu abuelo. Era masón, ¿verdad?

—No lo sé... Yo... No tengo ni idea, lo siento. Ya te he dicho que ni siquiera sé qué es la masonería —balbuceé.

—Es una sociedad secreta internacional que se dedica a promover la fraternidad, la caridad y el desarrollo espiritual y personal de sus miembros. También se encarga de favorecer los principios éticos y morales en la sociedad —informó Beltrán.

—¿Es algo así como una secta?

—No exactamente. Digamos que es una organización discreta y exclusiva, pero no es una secta. Las sectas suelen tener un enfoque más cerrado y están organizadas en torno a un líder carismático. En la masonería tienen una estructura jerárquica basada en la fraternidad entre sus miembros. Se suelen organizar en logias localizadas en diferentes partes del mundo.

—Ya entiendo...

—¿Recuerdas si tu abuelo hacía cosas extrañas, fuera de lo normal?

Recordé que mi abuelo muy normal muy normal nunca fue.

—¿Cosas extrañas como qué? —pregunté.

—¿Sabes si le gustaba usar simbología o le viste acudir a alguna reunión o ritual?

—¿Los masones usan simbología?

—Sí, bastante —respondió Beltrán—. Y además tienen muchos símbolos distintos. La escuadra y el compás es uno de ellos, el más conocido tal vez. También usan el altar masónico, el ojo, la letra ge mayúscula, la estrella flamígera...

De repente tuve un flashback.

—Bueno, ahora que lo decís, cuando mi abuela murió y yo decidí pasar algunos días haciendo compañía a mi abuelo, recuerdo despertarme de madrugada y escuchar gente en la casa.

—¡Ja! Hacían sus reuniones en casa. —Andrés chasqueó los dedos.

—Eleonor. —Beltrán me miró con determinación. Se acababa de percatar de algo importante—. La estrella de cinco puntas grabada en el reloj de tu abuelo.

Logré recordar la estrella, la que aparecía grabada junto a la locución latina *Tempus fugit*.

—Sí, tenía una. Era una estrella con un sol detrás.

—No es un sol —dijo Andrés.

—Es la estrella flamígera, un símbolo masón. ¿Cómo no me di cuenta antes? —Beltrán se llevó las manos a la cabeza—. La estrella flamígera es menos popular, pero es el símbolo del hombre primordial o... del maestro masón.

—El más alto cargo en la masonería —terminó Andrés.

No podía creer lo que estaba escuchando.

—Te dejó esta nota, ¿verdad? —dijo Andrés señalando el papel que habíamos encontrado en el doble fondo del reloj.

Asentí nerviosa.

—Te ha dejado un mensaje escrito en clave. Tu abuelo sabía cómo se las gastaban sus antecesores.

—Los masones siempre han tenido fama de reflejar sus conocimientos en sus trabajos arquitectónicos y artísticos, ¿te refieres a eso? —comentó Beltrán.

—Sí, siempre dejaban su huella allá donde querían. Una manera de contarle a la humanidad grandes secretos sin llegar a revelar nada que pusiera en riesgo la integridad de sus logias. Parece ser que, una vez más, lo han vuelto a hacer. —Andrés señaló con la mirada la nota con la letra de mi abuelo.

La tomé y la volví a leer:

Observando el paso del tiempo, impasible se halla una de
las tres. Custodiada por las bestias de oro, tras las que
se esconde el tesoro.
Bajo la mirada de quien admira el origen de la vida.
Para, con la eternidad, burlarse de aquellos
que el silencio usan como culto a la justicia.

—¿Y qué quiere decir esto?

—El principio no lo entiendo muy bien, pero creo que sé a lo que se refiere el final. «Aquellos que el silencio usan como culto a la justicia» es una frase derivada de la original en latín: *Iustitiae cultus silentium*. Es justo la máxima que está pintada al óleo en el falso dintel de la entrada de la Sala Capitular de esta misma catedral —dijo Andrés.

—En la Sala Capitular se reunían los más altos cargos de la Iglesia toledana para tratar asuntos de interés. Nada de lo que se dijera entre aquellas cuatro paredes debía cruzar la puerta —añadió Beltrán.

—«El silencio es el culto a la justicia» —tradujo Andrés—. La nota básicamente dice que algo o alguien se burla de la Iglesia. El secreto, después de cientos de años, no solo ha traspasado las paredes de la Iglesia, sino que alguien averiguó algo más y tenía la intención de revelarlo.

—Mi abuelo.

—¿Podrías dejarme el diario y las anotaciones, Eleonor? Quizá así pueda profundizar algo más en la investigación —solicitó Andrés.

Al principio me produjo desconfianza. ¿Debía dejar el diario de mi abuelo en manos de una persona que acababa de conocer? No estaba segura de que eso fuera buena idea. Mi abuelo quiso que yo lo tuviera, pero también es verdad que estábamos bastante estancados y que habíamos quedado con Andrés para que nos ayudara. Tal y como me encontraba yo, desprenderme del diario era lo que menos quería, pero quizá lo que más me convenía. Si Andrés lograba encontrar algo, podríamos avanzar mucho más en la investigación.

Miré a Beltrán. Asintió.

Entendí su gesto como una señal para que me fiara de Andrés. Al fin y al cabo era su hermano, ¿no?

Se lo di. Vi cómo se lo guardaba con cuidado en la sotana.

—Tranquila. Conmigo está a salvo —dijo.

De repente sonaron las campanas. Ya eran las diez. En cuestión de minutos la catedral estaría llena de gente.

—Creo que nuestra reunión termina aquí.

Salimos de aquella pequeña habitación. Andrés se despidió de nosotros cuando llegamos a la superficie, con la promesa de volver a vernos al final del día.

No quise salir de allí sin entrar a la Sala Capitular, observar los retratos de los primeros treinta y dos arzobispos toledanos, pararme frente a la puerta y, en su falso dintel, bajo las pinturas al óleo sobre el muro de yeso que representaban una escena del juicio final, leer con mis propios ojos: *Iustitiae cultus silentium*.

Ya fuera de la catedral empezamos a caminar en silencio.

—¿Estás bien? —preguntó Beltrán interrumpiendo el ruido de mi cabeza.

—Sí, estoy bien. ¿Y tú?

—Bueno, he estado mejor otras veces —dijo cabizbajo.

—¿Te parece si damos un paseo y tomamos un poco el aire? Beltrán accedió.

Recordé algo que en el momento me había llamado la atención:

—Oye, eso que le has dicho a tu hermano de «no estaría aquí si no creyera en ti» ¿iba en serio?

—Sí, iba en serio. No habría pensado en llamarlo si no fuera porque de verdad confío en él.

—¿Alguna vez dejaste de hacerlo?

—Verás... —Se metió las manos en los bolsillos mientras caminaba—. Tratar con él cuando consumía no fue nada fácil. En esa época... recuerdo que era como si tuviera una doble cara. Mentía, robaba... Nos traicionó muchas veces. Un día me harté y le dije que jamás volvería a confiar en él. Tendrías que haberle visto la cara. Yo aún la recuerdo. Fue como si algo se le hubiera roto por dentro. Le hice daño.

—Ambos os hicisteis daño.

—Sí, lo sé. Pero, cuando amas a alguien, su dolor también es el tuyo. Intento pensar que no tenía otra opción. Observé durante mucho tiempo cómo Andrés mataba a mis padres en vida. Eso me dolía. Nuestra relación se marchitaba y yo no iba a dejar que su enfermedad acabara con todos. Tuve que protegerme. Tuve que poner límites, y el único límite que contemplé fue el de romper nuestra relación. Lo quiero mucho, siempre lo he querido, ¡es mi hermano! Pero aquella persona no era mi hermano. No eran sus ojos, no era su forma de hablar ni de comportarse. Era un borracho más.

—Hiciste lo que tenías que hacer.

Beltrán asintió y me dedicó media sonrisa.

—¿Cómo sabes que ahora puedes volver a confiar en él? —pregunté.

—Sé todo el esfuerzo que ha hecho para estar bien. Sé que ha trabajado duro, que ahora dedica su vida a ayudar a los demás y... descolgó el teléfono. Eso no me lo esperaba.

—Quizá él tampoco esperaba que lo llamaras.

—Hacía años que no contactaba con él.

—¿Te sientes mejor ahora que sabes que puedes retomar la relación?

—Siento que ahora empieza una nueva oportunidad para volver a acercarnos y estrechar lazos. Los dos hemos crecido y madurado. Nos ha dado tiempo a reflexionar.

—Os merecéis esta oportunidad.

—Nunca es tarde, supongo.

Seguimos en silencio y sin rumbo aparente.

SEGUNDA PARTE

ARDER

24

Toledo, 15 de diciembre del año 1500

Julia volvió abrumada a la mazmorra. Acababa de vivir una situación surrealista. No solo había tenido que presenciar que los testigos fueran pasando uno a uno para hablar de ella, sino que la mayoría de las cosas que habían dicho eran absurdas. La primera ronda acababa de terminar; sin embargo, lo peor aún estaba por llegar.

Estaba aturdida. Tenía frío, hambre y sueño. Los gritos y el repiqueteo de las cadenas de los demás presos arrastrando por el suelo le ponían la piel de gallina. Intuía que pronto compartiría destino con ellos.

Con la mirada perdida en un rincón sombrío de la celda, meditó sobre aquellos que, ilusos, pensaron que de allí podrían salir vivos algún día. Y no se refería a sanos y salvos de cuerpo, sino de espíritu. Pensó en cómo el paso del tiempo, la monotonía y la crueldad les habrían desgastado el alma y transformado la esperanza en resignación, tal y como le estaba pasando a ella. Perder hasta la voluntad de resistir es angustiante. Sin embargo, algo dentro de ella permanecía vivo, algo la invitaba a seguir buscando la luz en la oscuridad, empezando por ese rincón sombrío que miraba sin mirar.

Pensó en la lucha eterna entre el bien y el mal, en el amor y el odio, y en la vida y la muerte. ¡En el mundo tenía que haber un equilibrio!

Estaba cansada, tenía sueño.

Las sombras de aquel rincón se transformaron en pequeñas figuras que bailaban. Los gritos se fueron modulando en mis oídos hasta convertirse en risas. Pronto las cadenas me recordaron al crepitar del fuego de la chimenea.

Estaba allí, en casa. Podía sentir el calor del hogar.

Olía a cordero asado y mazapanes recién horneados. Papá y mamá descansaban en el salón, mientras mis hermanas cantaban y bailaban. Me busqué. No me costó encontrarme, estaba llorando bajo la mesa. Ese día mis hermanas habían decidido no incluirme en sus juegos. Me sentía triste y sola.

Observé en la distancia cómo la nodriza, una mujer de cabellos oscuros, se acercó a mi yo de cuatro años, me miró con cariño y me dijo: «No llores, hija mía». Luego, secó con su vestido las lágrimas que recorrían mis pequeñas mejillas y me alzó en brazos. Juntas nos asomamos por la ventana.

—Mira, ¿ves ese árbol de ahí fuera?

Yo, la pequeña Julia, asentí.

—Ese árbol, que hoy vemos grande y hermoso, hubo un día en que fue pequeño. Ahora tiene un tronco enorme y unas ramas muy largas y llenas de hojas y flores que ascienden hacia el cielo. Y ¿sabes por qué se sostiene?

Yo, la pequeña Julia, negué con la cabeza.

—Porque, aunque no se vean, ese árbol posee unas raíces profundas y fuertes, bien arraigadas en la tierra. Ahora te sientes pequeña, pero algún día crecerás y, como ese árbol, te convertirás en una mujer grande y hermosa, pero no solo por fuera, también por dentro. Y eso no siempre será evidente para todos. Tus raíces son fuertes. Posees en tu interior el poder y la valentía necesarios para crecer y superar cualquier obstáculo que se interponga en tu camino. Y, si algún día coincides con alguien que, como tú ahora, se siente pequeña, tendrás ante ti la oportunidad de demostrarle cuán capaz es. No subestimes el impacto positivo que tus pequeñas acciones de hoy puedan tener mañana en la vida de los demás. Piensa que, siempre que tu voluntad y tu determinación sean inspiradoras, estarás allanando el camino para las que vengan detrás.

La nodriza dejó de mirar a la pequeña Julia para mirarme a mí. Al principio me asusté, pues pensaba que yo estaba allí como una mera espectadora. Luego me sonrió y me dijo:

—Levántate, lucha y deja huella en el mundo.

Abrió los ojos. De repente lo vio claro: para lograr ese equilibrio debía luchar por ella misma y por todas las que venían detrás.

De golpe, la puerta de madera se abrió de nuevo.

—¡En pie, bruja! —El alguacil la agarró del brazo forzándola a levantarse.

Primero la condujo a otra celda en la que un grupo de mujeres honestas y de buena reputación la esperaban para desvestirla. En aquel paso previo a la tortura se pretendía encontrar cualquier instrumento de brujería cosido en sus ropas, porque bien sabía el inquisidor general que ellas, las brujas, solían confeccionar aquel tipo de amuletos, a instrucción del demonio, con las extremidades de los niños no bautizados, con el propósito de que fueran privados de la visión beatífica.

Cuando las mujeres la desvistieron y vieron que no había instrumento de brujería alguno, avisaron al alguacil para que, desnuda, la llevara ante el inquisidor general.

Caminaron por algunos pasillos subterráneos y descendieron por unas escaleras que a Julia le parecieron eternas. Al final de estas, el alguacil abrió una puerta que revelaba una sala llena de los instrumentos de tortura con los que pretendían lograr su confesión. Esto era importante, pues, por muchos testimonios que el Santo Oficio recopilara, el procedimiento estipulaba que el inquisidor siempre debía velar por la confesión del acusado. La intención última era que el reo abjurara de la herejía y fuera conducido de vuelta al seno de la santa Iglesia y a la unidad de la fe.

Torquemada ya estaba listo para empezar con el interrogatorio. No quería perderse ningún detalle de aquella escena. Aunque pretendiera disimularlo, en el fondo disfrutaba viendo el sufrimiento de aquellos que, a su juicio, actuaban bajo la influencia del demonio. Para él, cada sesión de tortura era una lucha personal contra el Maligno. En su psicosis personal, los gritos de las brujas en la tierra eran melodía para sus oídos. Cuando hacía aquellos grotescos interrogatorios sentía una satisfacción casi orgásmica. El culmen del placer que le recorría el cuerpo de punta a punta actuaba como un somnífero que le adormecía la conciencia. Era como si cada grito, cada lamento y cada palabra arrancados a la fuerza le concedieran un poder sobrenatural; como si el dominio y el control sobre aquellas pobres criaturas lo llevaran a alcanzar un estado de plenitud propio de otro mundo. Aunque su rostro permanecía impasible, la angustia ajena y lo macabro desataban en su interior una orgía de sensaciones adictivas que lo atrapaban, cada vez más, en la espiral de monstruosidad y depravación que él mismo había creado.

Era el momento de ponerse manos a la obra. Como era de esperar, se tomó su trabajo muy en serio. Sabía que los libros dictaban que primero tenía que intentar que la bruja confesara la verdad de manera voluntaria.

—Así que, o confieso ahora lo que vos queréis oír, o lo confieso luego mediante la tortura. ¿Es acaso esto una confesión voluntaria cuando no tengo más opción que decir lo que se espera de mí en esta situación? —confrontó Julia, que ante la adversidad se creció.

—Sois osada —respondió Torquemada.

—Cualquiera con un poco de inteligencia sabría que todo esto no es más que una artimaña.

—Así jamás escaparéis de la pena de muerte.

—¿Y de qué manera esperabais que pudiera evadirla? ¿Asumiendo cargos que no me corresponden?

—Pero ¿cómo os atrevéis?

—Me atrevo porque ya no tengo nada que perder. ¡Este es un mundo de traiciones y falsedades! Tenéis suerte de que no aprendiera a manejar la espada, pero sabed que me instruyeron para pelear con la verdad, y os advierto de que con ella lucharé hasta el final.

—Sois una insensata.

—Podéis llamarme como queráis, excepto cobarde, pues yo no me escondo detrás de mentira o engaño alguno, como aquellos que vestís los hábitos y osáis usar el nombre de Dios para saciar vuestra alma y justificar vuestras atrocidades.

—*In nomine patris et filii et spiritus sancti.* No habláis vos, bella mujer. Habla el demonio. —El inquisidor general se santiguó—. ¿Estáis tan corrupta por él que ni siquiera lloriqueáis o sentís pudor al mostrar vuestra desnudez?

Torquemada tenía entendido que la falta de llanto era una señal inequívoca de brujería. Estaba muy pendiente de las señales, pues sabía que había brujas incapaces de llorar a pesar de que asumían un aspecto lloroso en mejillas y ojos a través de la saliva. Observó a Julia de cerca, pero no encontró ningún indicio ni de una cosa ni de la otra. A Julia ya no le quedaban lágrimas que derramar. Tampoco se sentía vulnerable; al contrario, su desnudez física apenas le importaba. Para ella su cuerpo había pasado a un segundo plano, ahora era solo una mera herramienta en este mundo. Sus energías debían concentrarse en otras cosas. Para demostrar quién era, debía conservar a salvo aquello que siempre la había mantenido inquebrantable: su alma.

Como era de esperar, Torquemada, gran conocedor de todas las argucias de las brujas, aun sabiendo que los testimonios recopilados en sus libros afirmaban que cuanto más se las conjuraba menos lloraban, quiso intentarlo. El inquisidor se acercó, colocó una mano sobre la cabeza de Julia y dijo en voz alta:

—Os conjuro por las amargas lágrimas que derramó en la cruz nuestro Señor Jesucristo por la salvación del mundo, y por las ardientes lágrimas sobre sus heridas derramadas en la hora de la tarde por la más gloriosa Virgen María, su madre, y por todas las que han derramado en este mundo los santos y los elegidos de Dios, de cuyos ojos ahora se han borrado todas, que si sois inocente ahora derramaréis lágrimas, pero que si sois culpable no lo haréis de ninguna manera. En el nombre del Padre y del Hijo y del Espíritu Santo. Amén.

Se apartó despacio. Una parte de él quería verla llorar. La otra esperaba que no lo hiciera, pues ya sabía que ella era bruja, y las brujas no lloran.

Julia se mantuvo serena.

—Ya lo veis todo de mí —dijo con calma, sosteniendo la mirada de Torquemada, que quedó desconcertado ante su valentía.

El inquisidor se había acostumbrado a usar su poder sobre los demás y hacerlos sentir pequeños y débiles. Pero Julia era diferente, y eso lo hacía dudar de su autoridad por primera vez. Había en ella una fuerza impropia de las mujeres que conocía, un fuego que no se apagaría con facilidad.

Pensó enseguida en qué explicaban sus libros al respecto, así que se dirigió a los oficiales y alguaciles que estaban allí y, como si fuera una lección que debieran aprender, les dijo:

—La gracia de las lágrimas es uno de los regalos permitidos al penitente. Porque san Bernardo nos dice que las de los humildes pueden penetrar el cielo y conquistar lo inconquistable. No hay duda de que las lágrimas desagradan al diablo y que es él quien utiliza todo su poder para contenerlas. Así evita que la bruja finalmente alcance la penitencia. —Luego se dirigió a Julia—: ¿No tenéis miedo? —inquirió vacilante.

—Tengo miedo de muchas cosas en esta vida, pero no de mostrarme tal y como soy. No tengo miedo de decir la verdad. No tengo miedo de cuestionar lo que considero injusto si con eso desafío a las sombras que a todas nos oprimen. No tengo miedo, sino ganas de hacerme oír.

A Torquemada le entraron ganas de torturar a aquella joven y provocarle terribles sufrimientos. Era la única manera que conocía de acallar a quienes alzaban la voz. Sin embargo, sabía que no podía jugar demasiado con ella, pues sus torturas no podían hacer sangrar a sus prisioneros. Tampoco podía matarla de manera precipitada sin demostrar culpabilidad ante el pueblo; eso la convertiría en mártir.

—Admirable —dijo al fin—. Un discurso conmovedor. Aunque jamás había conocido a alguien tan estúpido. Confesando la verdad podríais haberos librado del dolor que estoy a punto de infligiros.

Torquemada dio la señal a los oficiales para que la colocaran con las manos atadas a un poste.

—¡Ya he confesado la verdad! Ese hombre, si es que se le puede llamar así a Álvaro de Luna, se ha encargado de que todo el mundo crea una historia que nada tiene que ver con la realidad. Jamás usé poder alguno contra él para enamorarlo, como dicen. ¡Todo lo que cuentan no son más que mentiras y no me escucharéis decir lo contrario!

—No os escucharé decir lo contrario, pero sí os oiré gritar. No pidáis clemencia, pues no la habrá. Vos os lo habéis buscado. Habéis deshonrado a vuestra familia y traicionado a vuestro marido. —Se dirigió a los verdugos—: «Y ella será tan insensible a los dolores de la tortura que podría ser descuartizada antes de confesar alguna verdad» —dijo citando el *Malleus Maleficarum*—. Dadle latigazos hasta que ya no quede piel que arrancar, pero no la matéis ni le dañéis el vientre, pues, aunque ese hijo suyo lo sea del demonio, el castigo se le otorga a ella.

Torquemada se sirvió una copa de vino, se acomodó en su silla y se dispuso a presenciar el espectáculo.

Para Julia aquellas heridas jamás serían unas simples marcas. Dejarían una huella imborrable de dolor y resistencia, un recordatorio visible de la fuerza, la valentía y la determinación. Cicatrices del cuerpo que dolerían en el alma más que en la piel.

25

Aquella mañana el cielo estaba más oscuro de lo normal. A pesar de que eran las diez y media pasadas, el sol permanecía oculto tras las nubes y no se dejaba ver.

—No dejo de darle vueltas a todo —comenté mientras seguíamos caminando para romper el silencio—. ¡Es que ni siquiera sé por dónde empezar a preocuparme! Entre la masonería, los misterios de la historia de Julia, el asesinato, el lío en el que estamos metidos... ¡Soy experta en preocuparme y ahora mismo ni siquiera eso sé hacerlo bien!

—¿Quién crees que pudo asesinar a Rodrigo?

—No sé, ¿la Iglesia?

—Hace ya bastantes años que la Iglesia, como institución, no persigue ni condena a los masones. De hecho, muchos católicos son en la actualidad miembros de algunas logias. Pero es cierto que, por el momento, sería nuestra principal sospechosa. —Beltrán se rascó la nuca—. Aunque también pienso que, si la Iglesia fuera la responsable de la muerte de Rodrigo, mi hermano no nos habría dicho nada. Debe de haber algo más.

—¿A qué te refieres con algo más?

—Me refiero a que no me cuadra que una institución con tantos problemas hoy en día se manche las manos de sangre tan fácilmente.

—Ya, eso es raro. ¿Quién crees que pudo ser?

—Alguien con mucho interés en lo que tu abuelo encontró o en el hilo de su investigación.

—Me he quedado como estaba.

Beltrán sonrió.

—Es difícil pensar con claridad cuando interfiere lo emocional. —Se metió las manos en los bolsillos y suspiró—. Echo de menos a Rodrigo.

—Y yo. Todo lo que siento ahora mismo es una extraña mezcla de emociones. Rabia, culpa, pena, frustración, impotencia... Aunque, por otra parte, también estoy tranquila. Sé que ahora está bien; ahora descansa en paz.

—¿Eres creyente?

—Sí, al menos por el momento —bromeé—. ¿Y tú?

—Me gusta pensar que hay algo, llamémoslo una fuerza superior —dijo ofreciéndome una media sonrisa. Me encantaba el hoyuelo que se le marcaba cerca de la comisura del labio.

—Está bien creer en algo —reflexioné—. Incluso las personas ateas creen.

—No será en Dios.

—No, claro que no. —Reí—. Creen en sí mismos, en su familia, en su vocación o en un propósito mayor. El ser humano necesita creer, eso da significado a nuestras vidas.

—Estoy de acuerdo. Aunque añadiría un pequeño detalle.

—¿Cuál?

—Creer sin fanatismos.

—¿Demasiado fanatismo a lo largo de la historia?

—Ni te lo imaginas. El fanatismo ciega, destruye. Para mí es importante respetar la diversidad. Estudiar historia me ha permitido conocer otras culturas, otra perspectiva de las cosas. El conocimiento enriquece la comprensión del mundo.

—Eso es cierto. Yo creo que el problema del fanatismo es imponer las creencias de uno mismo a los demás. Nunca trae nada bueno.

—A la vista está —dijo refiriéndose al caso de Julia—. No pongo en duda que el reinado de los Reyes Católicos trajera algunas cosas buenas para el país, pero, desde luego, el fanatismo religioso distorsionó la esencia del cristianismo. Desvirtuó sus principios fundamentales y generó interpretaciones extremistas que alejaron la práctica religiosa de su verdadero significado.

—A veces pienso que las cosas no han cambiado mucho desde entonces.

—¿A qué te refieres?

—Las mujeres de hoy en día tenemos más oportunidades y libertades que nunca, hemos conquistado espacios antes inimaginables y, aun así, seguimos siendo víctimas del mismo sistema. ¿Recuerdas el caso de La Manada?

—Sí, claro.

—Esos tipos violaron a una chica y, a pesar de eso, a ella se le cuestionó que no hubiera dicho que no o que, tras la agresión, llevara una vida en apariencia normal. Como si tuviera que pasarse el resto de su existencia llorando por los rincones. Como si, al haberle pasado algo malo, hubiera perdido el derecho a rehacer su vida y volver a sonreír. Los traumas no funcionan así. Las heridas del alma duelen, pero la vida sigue y tenemos que luchar por continuar. —Suspiré y negué con la cabeza mostrando resignación—. Los días en los que el caso fue más mediático, las webs de vídeos porno acumulaban cientos de búsquedas diarias que incluían la palabra «manada».

—Estoy seguro de que el ochenta por ciento eran tíos queriendo poner «mamada», solo que no les dio la neurona.

Lo fulminé con la mirada, aunque no pude evitar reírme.

—Perdón, era broma. —Carraspeó—. Está claro que hemos evolucionado en muchas cosas, pero en otras…

—En otras seguimos anclados al pasado.

—Ya que lo mencionas, en el amor, sin ir más lejos.

—¿En el amor también?

—Concretamente en el amor romántico. Las relaciones, tal y como las entendemos, están completamente influenciadas por todo ese antiguo sistema patriarcal. Usamos el mismo modelo de relación ahora que hace cientos de años.

—Esto me lo vas a tener que contar con detalle. —De repente me di cuenta de que estábamos cerca de la Puerta del Cambrón, una de las entradas de la muralla—. Oye, tú me has enseñado tu refugio. ¿Me dejas que yo te enseñe el mío? —pregunté.

—Claro, soy todo tuyo.

Le tendí la mano y lo conduje donde quería. Salimos por la puerta, cruzamos la calle y llegamos a un mirador desde el que se podía contemplar una panorámica impresionante de las afueras de la ciudad, los montes, el bosque, los edificios y el río Tajo serpenteando entre los árboles que lo flanquean. Desde ahí arriba el frío se notaba más gélido.

—Es precioso —dijo mientras admirábamos un paisaje cada vez más nublado.

Vimos un grupo de cuervos cruzando el cielo. Todos negros, majestuosos.

Un golpe de viento, presagiando la tormenta, le revolvió la media melena castaña y la oscuridad de sus ondas se mezcló con el azul de sus ojos. Sus rizos parecían tener vida propia y aquello me encantaba.

—Cuando vengo a este sitio y siento la brisa en la cara me siento libre. Eso me relaja. —Mi pelo también se enmarañó por el aire y, aunque trataba de colocarlo detrás de la oreja, no había manera de mantenerlo en su sitio. Beltrán se me acercó y apartó un mechón con la mano. Sonreí y desvié la mirada hacia el suelo. A pesar de mis intentos, no podía evitar que mi corazón latiera un poco más rápido cada vez que Beltrán estaba cerca—. A veces me transporto mentalmente al pasado y recreo en mi mente el mismo lugar en el que estoy, pero quinientos años atrás.

—¿En serio haces eso?

—Sí, y me encanta.

—¿Y cómo crees que era este lugar?

—Para empezar, no habría ningún edificio, y desde aquí solo veríamos la casita de alguna familia de campesinos. Sería todo campo y naturaleza. —Miré hacia atrás—. Y para llegar hasta aquí habríamos tenido que caminar por arena y tierra.

—Esa papelera tampoco estaría ahí —dijo señalando el cubo.

—Eso es. —Reí—. Me gusta estar aquí porque me siento apartada del bullicio del mundo. Nadie se vuelve loco apretando el claxon ni el estrés se apodera de ti inconscientemente. Lo único que se oye desde aquí son las hojas de los árboles mecidas por el viento y el canto de algún pájaro.

La brisa llevaba el olor a bosque silvestre y chimenea, y aquello me transportaba a un lugar de calma y seguridad. Cerré los ojos y dejé que esa sinfonía natural me envolviera por completo.

La paz de aquel mirador siempre me invitaba a quedarme un momento más.

Pensaba que Beltrán habría dejado que su mirada se perdiera en aquel vasto paisaje, pero cuando abrí los ojos pude comprobar que seguía mirándome a mí. Sonreía.

—¿No te gusta? —pregunté.

—Claro que me gusta. Pero también me gusta ver cómo disfrutas de las pequeñas cosas.

Sonreí tímidamente.

—Tú conoces los orígenes del amor romántico, ¿verdad? —pregunté con torpeza, buscando volver a la conversación. Me estaba poniendo nerviosa.

—Sí, está relacionado con el romanticismo como movimiento artístico y literario. ¿Te interesa el tema?

Asentí. El tema me interesaba, pero desde luego no era el asunto que más me preocupaba entonces. Tenerlo cerca era sentir un cosquilleo constante por todo el cuerpo. Cada vez que me miraba me daba un vuelco el corazón. Quería estar a su lado, pero al mismo tiempo no sabía si estaba preparada para una relación con otra persona que no fuera Álex. Había estado negándome a mí misma la inevitable atracción que sentía por Beltrán y en aquel momento intuía que me encontraba en una encrucijada entre el pasado y el presente.

—En ese caso... —Se sentó en el borde de la muralla—. Te contaré que nació como un deseo de explorar lo emocional y espiritual, todo lo contrario al enfoque racional y científico de la Ilustración.

—Había ganas de inventarse drama. —La sangre me llegaba lo justo a la cabeza. Verlo hablar con pasión de lo que le gustaba hacía que me atrajera aún más.

—Claro. —Rio—. Imagínate venir de escribir ensayos y, de repente, poder expresar los sentimientos. Fue un movimiento de libertad artística. Todo lo reprimido años atrás explota y cobra vida a través de las pinturas, los libros...

—Y el amor y el desamor son los sentimientos que más inspiran —deduje.

—Exacto. Así es como nace el amor romántico. Cuando los autores hablaban del amor, narraban historias de lo más melodramáticas. Amores imposibles, desamores dolorosos, intensidad, pasión, devoción..., todo mezclado con los estereotipos de la época. Estamos hablando del siglo dieciocho.

—Dios mío, menudo cóctel.

—Pues esa idea del amor es la que seguimos arrastrando en pleno siglo veintiuno.

—Nos siguen pareciendo bonitas las historias en las que un tío que justifica su fachada de malote y dominante por un pasado doloroso se enamora de una chica de aspecto inocente, pasiva y sumisa.

—Exacto. Dos personas diferentes que pertenecen a mundos diferentes, pero que se salvan entre sí gracias al poder del amor.

—Un amor en apariencia imposible y sufrido, pero que funciona. Él la protege del mundo y ella le cura las heridas.

—Los Romeo y Julieta del siglo veintiuno. Siempre es la misma historia.

—Misma historia, diferentes personajes —concluí.

—En realidad, si lo piensas bien, todos son el mismo personaje, pero con distinto nombre.

—Imagino que así es como se disfraza de amor algo completamente tóxico —dije reflexiva, mirando al horizonte—. ¿Crees que el amor sano existe? —pregunté.

—No me cabe la menor duda —contestó firme.

—¿Por qué lo tienes tan claro?

—Porque lo he visto en mis padres. Ellos se quieren de verdad. Están ahí el uno para el otro. Son un equipo. Si ellos pueden tener algo así, ¿por qué no iba a poder yo? No necesito a alguien a quien salvar, solo necesito a alguien con quien compartir mi vida de esa manera. —Sus ojos se encontraron con los míos—. ¿Y tú? ¿Necesitas que te salven?

Esa era una buena pregunta. ¿Necesitaba que me salvaran?

Me senté en el borde de la muralla, cerca de él. No sabía qué decir.

Él levantó la mano para acariciarme la mejilla. Acercó el rostro un poco más al mío. Sonrió y me volvió a mirar a los ojos. Su sonrisa me atrapaba y su mirada llena de deseo me hacía perder la razón. En ese momento sentí que el tiempo se paraba, que no existía nada más que nosotros dos a escasos centímetros de distancia.

—Si me sigues mirando así, voy a tener que besarte —sentenció de manera sugerente.

—¿Te gustaría hacerlo? —Sonreí.

Echó un vistazo rápido a mis labios, dejando claro qué era lo que en aquel instante más deseaba en el mundo.

—¿Que si me gustaría? —susurró—. Tengo ganas de besarte desde el momento en que te vi.

—¿De verdad? —Sentí un cosquilleo por todo el cuerpo.

Asintió.

—Pues hazlo, porque yo también lo deseo tanto como tú.

Los centímetros se convirtieron en milímetros, pero eran tantas las ganas que tenía de probar sus labios que aquellos segundos que tardaron en rozar los míos me parecieron eternos. Cuando por fin se encontraron, sentí que la excitación me recorría todo el cuerpo. Eran carnosos y suaves; besaban con cuidado, pero mostraban unas ganas contenidas. Con delicadeza, Beltrán deslizó el brazo por mi espalda y me atrajo aún más hacia él. Y, como si la fuerza de su extremidad marcara el ritmo, lo que al principio fue un beso tímido se convirtió en apasionado. Las ganas se desbordaron y nuestras lenguas se entrelazaron ansiosas por devorar al otro.

Como si la naturaleza respondiera a nuestra sed incontrolable, empezó a lloviznar. Al principio no solo no nos importó, sino que eso encendió aún más la llama. El magnetismo que nos mantenía unidos era palpable y, a juzgar por la intensidad de sus besos, pude comprobar que era verdad que hacía tiempo que me deseaba. Se lo había estado callando todo el rato.

Nos separamos con cuidado y, sin dejar de mirarnos, deslicé la mano entre sus ondas y enredé los dedos en su cabello. Tenía el pelo suave. Traté de apartar el mechón rebelde que le caía por la frente, pero ni el agua, que cada vez golpeaba con más fuerza, podía doblegar el remolino de su indomable melena.

—Nos estamos mojando —musitó Beltrán. Pude notar su respiración acelerada.

Ya podía caer el diluvio universal que ninguno de los dos tenía ganas de moverse de aquel lugar. Pegué su frente a la mía y volví a besarlo, esa vez mordiéndole el labio inferior.

—No hagas eso —advirtió. En contraste con la oscuridad del día, sus ojos seguían manteniendo el azul brillante.

—¿Por qué? —pregunté sorprendida.

—Si me vuelves a morder el labio, perderé el control y me abalanzaré sobre ti aquí mismo.

Reí.

—Está bien, no lo volveré a hacer.

—Por tu bien, estas piedras no tienen pinta de ser muy cómodas —bromeó.

La lluvia apretó aún más. Parecía que estábamos en la ducha. Nuestra ropa empezó a calar.

—Nos estamos empapando.

—Vámonos. —Beltrán me ofreció la mano y yo la agarré fuerte.

Corrimos hasta refugiarnos bajo el techo empedrado de la Puerta del Cambrón. La tormenta no tenía pinta de parar. Estábamos solos y empapados hasta los huesos.

—¿Cuál es el plan? —pregunté.

Sin mediar palabra, Beltrán me agarró por la cintura y me

acercó a la suya. Me besó de nuevo. Esa vez pude notar en sus labios la humedad del agua. Le rodeé el cuello con las manos, respondiendo con ganas al beso.

El bulto que asomaba en su pantalón rozaba mi pubis y eso me provocaba todavía más. Pegué con más fuerza la cadera a la suya, él me rodeó con los brazos y me acarició con suavidad la piel por debajo del jersey. Luego deslizó las manos por mis vaqueros mojados hasta mi trasero y me agarró fuerte las nalgas, alzándome levemente hasta dejarme de puntillas. Se me escapó un suspiro contra su boca.

Estábamos por la judería, cerca del monasterio de San Juan de los Reyes. Mi casa caía en la otra punta.

—¿Vamos al taller? —preguntó casi sin aliento—. Está aquí al lado.

Asentí.

Corrimos de nuevo. Por suerte la tienda estaba cerca. Cuando llegamos, Beltrán cerró la puerta por dentro y bajamos hasta el cuarto dejando un reguero de agua a nuestro paso.

Me quité el abrigo mientras él encendía la chimenea. Hasta aquel momento no nos habíamos percatado de que hacía muchísimo frío. El calor del fuego pronto empezó a hacer efecto. Aún llevábamos puesta la ropa mojada. Yo no me atrevía a quitármela.

—Te puedo dejar algo de ropa, si quieres. —Me miró de arriba abajo, divertido—. No gasto tu talla, pero no me apetece que pilles una pulmonía.

—Te lo agradecería, aunque seguramente tus camisetas me sirvan de vestido.

—Estoy seguro de que irías preciosa de cualquier forma —dijo mientras se acercaba peligrosamente de nuevo.

—¿Eso piensas? ¿Que soy preciosa?

—Por supuesto. Espero que nadie te haya hecho creer lo contrario.

Sonreí.

—Eres preciosa por fuera. Pero lo que más me gusta es que lo eres aún más por dentro. —Me besó en la frente—. Llevo esperando este momento desde que te vi entrar por la puerta del taller aquel día. La cagué y casi pierdo la oportunidad de conocerte.

—No empezamos con buen pie. —Sonreí.

—¿Puedo? —dijo refiriéndose a quitarme el jersey.

Asentí. Con cuidado me despojó del jersey. El frío y la excitación habían conseguido que mis pezones se intuyeran bajo la tela. Vio mi camiseta interior e hizo el ademán de desabrochar los botones que llevaba, pero lo frené.

—Espera, ahora me toca a mí.

Obedeció.

Sin apartar mi mirada de la suya, moví los brazos con destreza hasta quitarle el jersey. Luego me aventuré a dejarlo también sin la camiseta interior. Beltrán pilló rápidamente la dinámica. Me agarró las muñecas con delicadeza, me besó la mano y colocó mis brazos pegados al cuerpo, con la intención de que no me moviera.

—Es mi turno —dijo. Me acarició con suavidad el pecho por encima de la camiseta.

Sin prisa, fue desabrochando cada botón mientras una mezcla de timidez y excitación me invadía. El frío, al igual que mi camiseta interior, fue poco a poco abandonando mi cuerpo. Mis pequeños pechos quedaron totalmente expuestos ante sus ojos. La vergüenza hizo que me tapara con un brazo, pero Beltrán posó el suyo sobre el mío y me dijo:

—No te tapes, son muy bonitos.

Sonreí. Siempre había tenido complejo de pechos pequeños y era la primera vez que alguien me decía que eran bonitos.

Beltrán se acercó despacio. Esa mezcla de olor corporal y toques de sándalo me volvía loca. Me apartó con cariño el pelo de la cara. Luego deslizó la mano por mi cuello, acariciándolo con sus yemas, y me hizo temblar de placer. Nunca antes mi cuerpo había respondido de aquella manera ante las caricias.

Comenzó a besarme el cuello. Mientras yo alcanzaba el séptimo cielo él bajaba hasta mis pechos. Una vez allí, los acarició, besó y lamió con ganas. Mis pezones estaban tan duros como la erección que escondía bajo su pantalón.

El corazón me latía con fuerza y las mejillas me ardían. El calor que sentía subiendo desde la entrepierna me indicaba que, si eso era un pecado, yo estaba dispuesta a ir al infierno. Un escalofrío me recorrió todo el cuerpo, de pies a cabeza. No pude evitar que se me escapara un leve gemido y, tal y como supuse en aquel mismo instante, aquella fue la señal que desató la bestia que él llevaba dentro. Sus ojos se volvieron fuego y su cuerpo entero respondió a mi invitación de ceder ante el deseo.

Sus manos rodearon rápidamente mi cintura y me atrajo con fuerza hasta la suya. El movimiento me hizo jadear y eso lo encendió aún más. Pegó la frente a la mía y las bocas quedaron a escasos milímetros. Sentía que ya no había marcha atrás y, para qué negarlo, prefería que fuese así.

Nos fundimos en un beso que por poco me corta la respiración. Nuestras lenguas peleaban en un pulso infinito, un baile ardiente y apasionado; nos decían todo aquello que no podíamos expresar con palabras.

Cuando nos separamos apenas unos milímetros pude contemplar su gesto; noté en su expresión la lujuria de quien anhela poseer más allá del plano físico.

Me sujetó la barbilla con la mano e hizo que lo mirara a los ojos.

—Te deseo —susurró.

—Espera…

Me desabroché el pantalón y juntos deslizamos la tela mojada por mis piernas hasta llegar al suelo. Hicimos lo mismo con sus vaqueros. Luego él movió un dedo debajo de la goma de mis bragas, acariciando mi abdomen con el dorso de la mano. Mi piel se erizó por completo. Sentir sus dedos tan cerca de mi entrepierna me hacía estremecer.

Con una mano agarró con firmeza una de mis nalgas mientras con la otra hacía resbalar mis bragas por la piel hacia los pies. Apartó ágil mis labios y abrió mi vulva para sentir la humedad de mi sexo con el dedo corazón. Deslizó la yema desde la entrada de mi vagina hasta mi clítoris, haciendo así más fácil el movimiento circular por toda su superficie. Jugaba con el dedo mientras observaba mi cara de placer.

—¿Sigo? —preguntó.

—Por favor —respondí entre jadeos.

Noté cómo introducía por primera vez un dedo dentro de mí. Joder. Lo sacaba. Joder. Lo volvía a meter. Joder. Cuanto más movía la mano, más me retorcía yo. Sacó el dedo y con delicadeza me invitó a abrir un poco más las piernas para introducir también el anular y dejar ambos dentro por completo, ejerciendo una presión intermitente en la pared anterior de la vagina. Me dejé llevar. Me dejé llevar tanto que perdí el control sobre sus movimientos. Aquello era magia.

—Me encanta verte así —me decía sin apartar la mirada de mí.

Detuvo su estimulación y sacó los dedos de mi vagina, ahora arrugados y húmedos. Se echó uno de ellos a la boca y lo lamió con intención de probarme. Hizo un gesto de aprobación y a continuación se abalanzó de nuevo sobre mi boca. Pude notar mi acidez en su lengua.

El corazón me iba a mil, acelerado. Me faltaba el aire. Tenía ganas de más, mucho más. Aquello no era suficiente. Necesitaba sentir su sexo dentro de mí.

Beltrán se desprendió rápido de su ropa interior, sujetó con fuerza mis caderas y me alzó en volandas con un ágil movimiento. En un acto reflejo lo rodeé con las piernas y me agarré a sus fuertes brazos. Apoyó mi espalda contra la pared y una vez allí, entre su torso desnudo y aquellas piedras del siglo X, nuestras lenguas se volvieron a entrelazar furiosas. Dios mío, ¿dónde había escondido sus ganas de mí todo aquel tiempo?

Empezamos a sudar, presos de la excitación.

—No puedo resistirme más, Eleonor.

—No lo hagas. —Me deslicé hacia abajo, apoyé los pies en el suelo y lo invité a tumbarse allí conmigo, cerca de la chimenea.

Cuando se acostó en el suelo, lo empujé hacia atrás y me senté encima de él.

—¿Tienes preservativos? —pregunté.

—Sí, están en mi cartera.

Sin levantarme, estiré el brazo hasta su pantalón y la alcancé. Era de piel y estaba tan mojada como yo. Saqué el condón, lo abrí con la boca y se lo coloqué. Me deslicé suavemente hasta introducir su sexo dentro del mío. Una vez que lo tuve dentro, empecé a moverme con suavidad, primero hacia delante y hacia atrás, sin separar mis caderas de las suyas, y luego hacia arriba y hacia abajo. Mientras me mecía, él presionaba fuerte la piel de mis caderas con las manos, como si no quisiera dejarme ir a ninguna otra parte.

—¿Te gusta? —le pregunté jadeando.

—Joder, me encanta.

Mi cuerpo y mis entrañas pedían más a gritos. Abrí un poco más las piernas con la intención de tenerlo aún más dentro de mí, pero necesitaba más, así que me acaricié el clítoris con la mano.

Mis caderas se movían de manera suave pero firme; su pelvis entendió el ritmo de la mía y se compenetraron fácilmente. Con una mano ayudaba a aumentar el ritmo de mis caderas y con la otra me estimulaba los pechos de manera intensa. Sabía perfectamente cómo conseguirlo sin hacerme daño. Aquello me estaba gustando demasiado.

—Mírame —le pedí. Sus ojos me volvían loca.

Sin apartar la mirada, Beltrán se inclinó hacia delante y, apoyando su peso en una mano, me agarró fuerte del pelo con la otra.

Yo no dejaba de serpentear encima de él. Cada vez lo hacía más rápido.

Nuestros jadeos se transformaron rápidamente en gemidos.

—Beltrán, no puedo más. —Sentía que estaba a punto de alcanzar el orgasmo.

—No te resistas. Córrete. Vamos. Córrete para mí.

Yo seguía moviéndome con fuerza. Notaba que su pene llegaba hasta lo más profundo de mí. Una y otra vez.

—No pares —me suplicó.

Y allí, con el sudor resbalando por nuestra piel, mi cuerpo explotó de placer. Aún recuerdo el calor inundando todo mi ser. Verme gemir con tanto placer hizo que él también se corriera unos segundos después.

Aún jadeando, me tumbé a su lado y apoyé la cara en su torso desnudo.

—¿Te ha gustado? —pregunté casi sin aliento.

—Ha sido increíble, Eleonor. ¿Qué te ha parecido a ti?

—Apoteósico.

Ambos reímos por mi efusiva respuesta.

Pasados unos minutos, cuando los corazones ya latían con normalidad, recordé la pregunta que me había hecho en el mirador. ¿Necesitaba que alguien me salvara?

—Beltrán.

—Dime.

—No necesito ser salvada. Solo necesito escribir mi propia historia.

—Me gusta eso.

Nos quedamos unas cuantas horas más disfrutando de nuestra desnudez y compañía, como si nada más existiera.

26

Toledo, 15 de diciembre del año 1500

Los olores del sudor y la sangre se mezclaban en el aire. Julia tenía heridas de gravedad por toda la espalda, el látigo había marcado y rasgado su fina piel. En los procedimientos inquisitoriales se dejaba claro que las torturas jamás debían hacer sangrar a los prisioneros, pero la ira y el odio que Julia suscitaba en Torquemada lo incitaron a hacerlo. Fue la única manera que encontró de purgar el pecado el dominico, que en la soledad de la noche visualizaba en su mente aquel cuerpo desnudo y pecaminoso que lo excitaba de manera involuntaria.

Para evitar habladurías y males mayores que complicaran el proceso judicial, el inquisidor general ordenó a una mujer habilidosa con las plantas que le curara las heridas.

La mujer, que desprendía un ligero aroma a lavanda, ejecutó en silencio su trabajo.

Aunque el dolor por aquellos trapos húmedos y ungüentos sobre las heridas abiertas era insoportable, Julia apenas gruñó un par de veces; apretaba los dientes y ahogaba los gritos en su interior. Le dolían más la culpa y la humillación de estar allí encerrada.

Las últimas palabras de Torquemada aún resonaban en su mente, grabadas en su memoria. Desde luego, aquel hombre sabía bien cómo torturar a alguien física y emocionalmente: «Has deshonrado a tu familia y traicionado a tu marido».

Julia había aprendido a amar a su marido sobre todas las cosas, pero sentía su desconfianza como una traición. Él le había fallado a ella, y no al revés. Ella jamás habría dudado de su honor. No obstante, era evidente que él no pensaba lo mismo. Había tenido mucho tiempo para pensar en los motivos que habrían llevado a Felipe a entregarla a la Inquisición y, ya fuera por miedo a que ella fuera una bruja de verdad o por el temor de tener un hijo bastardo, con todo lo que aquello conllevaba, tenía claro que su marido no la quería tanto como afirmaba. A esas alturas, ya había perdido toda esperanza de que el duque reculara en su decisión y la rescatara. Ya no se fiaba de él. A la hora de la verdad, Felipe había demostrado que todas sus palabras de amor se las había llevado el viento. Le dolía que aquel que había prometido amarla y respetarla en la salud y en la enfermedad la hubiera vendido a la primera de cambio.

Con respecto a su familia, no sabía bien qué opinar. Nadie había acudido en su ayuda, a excepción de su hermana Catalina, a quien vio fugazmente mientras los testigos declaraban. Sin embargo, Catalina poco podía hacer por su condición de mujer. Aunque cabe decir que, si Catalina hubiera podido intervenir, tampoco lo habría hecho, pues en su mente no era lógico sacrificar su honor y el de su nueva familia por una hermana de reputación comprometida e inocencia dudosa. Ahora Catalina tenía otras responsabilidades y no podía renunciar a todo lo que tanto le había costado conseguir.

Tal y como su amiga Rosa le había dicho, su padre se hallaba en el extranjero, su madre estaba sola en Málaga y el resto le habían dado la espalda. Julia se autocastigó. Quizá sí los había humillado. Quizá, a partir de ese momento, ella fuera una mancha negra en el impecable historial de la familia. Quizá estuvieron de acuerdo en desentenderse de ella. Pensar en aquello la hundió. Una lágrima le resbaló por la mejilla. Ella solo quería hacer las cosas bien. Ojalá no hubiera dicho nada. Ojalá todo estuviera como antes. ¿O no? ¿Era mejor que pasara todo aquello para saber cómo era realmente su marido? ¿O habría sido mejor que no hubiera pasado nada y haber vivido en la ignorancia toda la vida?

La gente que la amaba, la que debería protegerla, era la que más daño le estaba haciendo.

—Sois una mujer fuerte y valiente. —La curandera interrumpió sus pensamientos. Hablaba desde atrás mientras le aplicaba el vendaje.

Julia se mantuvo en silencio. Trató de volver al bucle mental que la consumía, aunque no la llevara a ninguna parte.

—No merecéis este trato —insistió la mujer.

—¿Qué sabréis vos de lo que yo merezco o dejo de merecer? —contestó finalmente, irritada.

—Sé que sois inocente.

—Quizá, en el fondo, no lo sea tanto.

—¿Por qué decís eso?

—Porque no he hecho las cosas bien.

—¿Siempre sois tan exigente?

—No se trata de exigencia, se trata de aceptar la realidad —respondió Julia con el remordimiento asomándole a los ojos.

—¿De qué realidad habláis?

—De la de haber destruido todo cuanto conozco en esta vida —dijo con la voz quebrada por la culpa. Aunque se mostraba fuerte, la desazón la mataba por dentro.

—Sé que es difícil y siento que estéis pasando por esto. Os ha tocado la peor parte de la historia, sin duda —dijo la curandera—. Sin embargo, debo deciros que, cuando uno destruye todo cuanto conoce, en realidad se está dando la oportunidad de reescribir su propia historia.

—¿A qué os referís?

—Me refiero a que tenéis ante vuestros ojos la oportunidad de renacer de vuestras propias cenizas. Como un ave fénix.

—Como un ave fénix... —repitió Julia en un murmullo.

—Puede que ahora os cueste verlo, pero alzar el vuelo en estos tiempos es un acto de valentía, y vos ya habéis empezado a dar los primeros pasos. Dejaréis atrás lo que fuisteis y os convertiréis en lo que podéis ser. Pero debéis confiar, sin desfallecer. No podéis echaros atrás.

Julia se giró, sorprendida, para mirar a la cara a su interlocutora.

—¿Quién sois?

—Me llamo Clara.

Julia recordó la conversación con Rosa.

—¿Cómo habéis conseguido entrar?

—Soy quien os cura las heridas, ¿es que no lo veis? —Clara sonrió—. De lo contrario moriríais.

—Yo ya estoy muerta.

—Os equivocáis. Como os digo, vuestra vida acaba de empezar.

—¡Es hora de ir acabando! —La voz grave del alguacil interrumpió la conversación.

Clara se sacó del bolsillo un pequeño objeto de metal y se lo introdujo rápidamente en el vendaje.

—¿Qué es eso? —preguntó Julia.

—Es un amuleto. Os protegerá.

—¿Un amuleto? ¡Lo descubrirán!

—No lo harán. Las mujeres somos las únicas que podemos curaros, vestiros o desvestiros.

La curandera le colocó las vendas y salió de allí tan sigilosamente como había entrado. Sin embargo, antes de abandonar la celda, Clara se volvió por última vez y, con la intención de que Julia atara cabos, dijo:

—Levántate, lucha y deja huella en el mundo.

27

El fuego consumía la madera lentamente. Seguíamos desnudos, con nuestras piernas entrelazadas y el calor de nuestra piel sirviéndonos de abrigo. Estábamos tumbados frente a la chimenea; habíamos extendido una manta en el suelo para no congelarnos y usábamos otra de cobijo, para taparnos juntos. Tan a gusto nos encontrábamos que, cada vez que uno se alejaba unos milímetros, el otro lo seguía con su cuerpo, inconscientemente; debía de ser que cada centímetro de distancia nos parecía un kilómetro. No sé las horas que estuvimos hablando ni me importa. Charlamos de todo y de nada. Tuvimos tiempo para profundizar un poco más en nuestras respectivas vidas, para reírnos contando anécdotas y para arreglar el mundo. Era como si el tiempo se hubiera detenido, como si la vida nos hubiera concedido una pausa antes de la hecatombe.

Beltrán me confesó que aquellos días había cerrado el taller y que se estaba dedicando a terminar los trabajos que ya tenía encargados. Lo prefería así, dada la situación, y se lo agradecí. Sin él, desde luego, no habría dado pie con bola. Luego me habló de su infancia, su familia, su trabajo y su vocación por la historia. Ver a Beltrán hablando con tanta pasión me entretenía y me gustaba mucho. Los ojos le brillaban y, aunque su azul me seguía hechizando, ahora me atrapaban por todo lo que expresaban por sí solos. Estaba contándome el episodio del ascenso al trono de Isabel la Católica cuando sentí que no podía contenerme más. A la mierda el Tratado de Tordesillas, lo que yo quería era volver a besar sus labios y tenerlo de nuevo dentro de mí. Con un rápido movimiento me coloqué encima de sus caderas. Noté su erección al instante.

—Me encanta esta perspectiva —dijo—. Sin embargo, ahora vas a dejar que sea yo quien mande.

Alzó el tronco, apoyó una mano en el suelo para mantener el equilibrio y con la otra me agarró por la nuca para atraerme hacia él. Nuestras bocas quedaron lo bastante cerca como para respirar en un único aliento.

—Sorpréndeme —susurré.

Beltrán posó los labios sobre los míos y los saboreó salvajemente. Mi único respiro fue cuando ágilmente me invitó a inclinarme hacia un lado, me tumbó en el suelo y se colocó encima. Las tornas cambiaron pero, lejos de importarme, me pareció increíblemente excitante tenerlo encima. Me encantaba su manera de moverse entre las mantas.

Le di otro preservativo. Después de pelearse con el envoltorio un rato, lo sacó y se lo puso.

—No quería salir —dijo refiriéndose al condón.

Reí. Él sonrió de lado.

—¿Estás lista? —preguntó.

Asentí rápido con la cabeza. Me gustaba mucho que se preocupara tanto por hacerme sentir a gusto.

Colocó mis caderas hacia él y, con las manos, me abrió las piernas y apartó suavemente los pliegues de mi sexo para introducir el suyo. Al principio se contuvo en sus movimientos, pero, cuando no pudo más, endureció las embestidas. Apoyó una mano en el suelo y se inclinó hacia mí para tomar mi boca con desesperación. Ambos jadeábamos y gemíamos mientras disfrutábamos de las vistas del otro.

—Joder, cómo me gustas, Eleonor —confesó con el aliento entrecortado, mirándome a los ojos.

Escuchar aquello me hizo enloquecer. Me aferré a su espalda y, sin darme cuenta, le clavé las uñas en la piel. Beltrán emitió un bramido ronco. Verlo disfrutar hacía que me excitara aún más.

—No pares —le supliqué—. ¡Sigue!

Su sexo entraba y salía con fuerza. Su otra mano me acariciaba el cuerpo con rudeza. El fuego en nuestros cuerpos era cada vez mayor. Las gotas de sudor empezaron a resbalar por nuestra piel. Las ganas de tenernos aumentaban por segundos. No sé dónde hacía más calor, si en la habitación o dentro de mí. El éxtasis estaba cerca. Noté que el sofoco ascendía hasta mis mejillas y una enorme corriente me atravesaba el cuerpo. Arqueé la espalda. Gemí, pronuncié el nombre de Dios en vano y blasfemé unas cuantas veces mientras descargaba en él toda la fuerza de mi deseo.

El segundo orgasmo fue aún más intenso que el anterior. Luego, mi cuerpo volvió poco a poco a la normalidad.

Beltrán se tumbó a mi lado, exhausto. Aún mantenía la erección.

—¿Tú no…? —le pregunté mientras intentaba recuperar el aliento.

—No. —Sonrió y me besó los labios con dulzura—. Estaba concentrado en que disfrutaras tú.

Aquella respuesta me desconcertó un poco.

—Pues he disfrutado mucho —respondí. Me parecía raro que no me intentara convencer para continuar—. ¿Quieres que sigamos?

—No, no. Yo también me lo paso bien así, te lo aseguro. —Se quitó el preservativo.

—¿De verdad?

—Claro. Tener un orgasmo está genial, pero no lo necesito para pasármelo bien.

—¿No te duele luego…? Ya sabes, los…

—¿Qué? ¡Qué va! —Rio—. Eso es un mito que algunos se inventan para chantajear a las mujeres.

—¿En serio? ¿No es real?

—En mi caso no y, si lo fuera, me masturbaría. Me parece bastante egoísta manipular a alguien para quedarte a gusto.

—Vaya… Yo pensaba que sí que era real, que era normal. Estaba acostumbrada a que el otro también tuviera su momento.

—Y lo he tenido, te lo aseguro.

Escuchar eso me hizo sentir bien. Con Beltrán era todo muy diferente. Álex me habría insistido para que le hiciera una felación hasta que él también eyaculara. Me habría dicho que le dolía, que no podía dejarlo así o que vaya novia era yo. No es que no quisiera hacer nada más con Beltrán, es que sentía que no era mi obligación, que no estaba en deuda con él.

Me había acostumbrado a ver el sexo como una moneda de cambio, un «tengo sexo contigo a cambio de que me quieras» o un «me acuesto contigo para dejarte satisfecho y que no te vayas con otra». Sin embargo, aquella perspectiva nueva me hacía reflexionar. Visto así, el sexo me parecía incluso más divertido; no tener que demostrar nada o no tener que cumplir un papel específico, de novia o de pareja o de lo que fuera me hacía sentir libre.

Su manera de ver las relaciones sexuales me atrajo aún más. Me ladeé, apoyé la cabeza en mi brazo flexionado y acerqué los labios a los suyos; los besé despacio, con ternura. Él respondió agarrando fuerte una de mis nalgas. Reí.

De repente, sonó el móvil de Beltrán. Ahí estaba: la hecatombe.

—Sí. —Me miró—. Sí, estoy con ella. No, estábamos esperando noticias tuyas. De acuerdo. En una hora nos vemos allí. —Colgó—. Era mi hermano. Quiere que nos veamos en una hora en el Colegio de Doncellas Nobles. Parece ser que ha encontrado algo.

28

Toledo, 17 de diciembre del año 1500

Al día siguiente, Julia se encontraba de nuevo ante el tribunal. Esa vez era ella quien había subido al estrado para testificar. La sala volvía a estar abarrotada de gente. Cientos de rostros curiosos se amontonaban en los alrededores, ansiosos por presenciar el proceder de la justicia inquisitorial.

En esa ocasión logró fijarse un poco más en el rostro de los miembros del tribunal. Además de Tomás de Torquemada, había tres personas más. Uno de ellos estaba tan gordo que apenas cabía en los hábitos; el otro era delgado, ojeroso y de nariz puntiaguda; el último, que parecía el más mayor de los tres, era ciego.

Julia tenía que jurar que diría la verdad antes de declarar, así que levantó tres dedos como símbolo de la Santísima Trinidad y recogió los otros dos como representación de la condenación de su alma y de su cuerpo. Posó los tres sobre la madera.

—En el nombre del Señor. Amén —comenzó a hablar Torquemada—. En el año mil quinientos, en el día veintisiete del mes de noviembre, a oídos del inquisidor general llegaron un informe público y el rumor persistente de que Julia de Fuensalida, de la ciudad de Toledo, había cometido adulterio bajo el influjo del demonio, lo que nos llevó a tratarlo como un caso de sospecha grave de brujería por estar en contra de la fe y del bien común del reino. En mi presencia y en la de este humilde tribunal han hablado los testigos del caso. Ahora llega el turno de la acusada. Así sea.

El interrogatorio no se hizo esperar.

—¿Podríais contarnos, a quienes estamos en esta sala, qué sucedió la noche del quince de octubre del año mil quinientos? —empezó preguntando el más rechoncho con tono autoritario.

—Organicé una fiesta —respondió Julia, firme.

—¿Dónde?

—En la que siempre ha sido mi casa, el palacio de Fuensalida.

—Y vuestro marido ¿dónde estaba?

—De viaje. Tenía asuntos que atender.

—¿Así que la organizasteis sola? —Tal y como ella se temía, el tribunal tenía la intención de escudriñar cada palabra que dijera.

—No estaba sola, tenía conmigo a todas mis doncellas y sirvientes en palacio. Ellos me ayudaron.

Los inquisidores se miraron entre sí intercambiando gestos y algún que otro murmullo. La verdad era un elemento frágil en manos de estos hombres; estaban dispuestos a manipular cualquier testimonio en su beneficio. En realidad, Julia ya era culpable; el juicio no era más que un mero trámite.

—Bueno, habéis dicho que vuestro marido no estaba… —Por primera vez habló el delgado y ojeroso. Usó un tono que pretendía insinuar mucho más de lo que decía.

Julia respiró hondo antes de hablar. Era obvio que no estaba sola en casa; muchísima gente la rodeaba. Le enfadaba que aquellos hombres entendieran que estaba sola por no tener la compañía de un hombre.

—Ya os he dicho que no estaba sola, mi señor —repitió ella más despacio, a sabiendas de que la habían entendido a la primera.

El clérigo tomó nota y siguió con el interrogatorio.

—¿Con qué frecuencia soléis organizar esas fiestas?

—De vez en cuando.

—¿Cuál fue esta vez el motivo de la celebración? —preguntó.

—Nada en concreto.

—Nos consta que acudió mucha gente, ¿no es así?

—Sí, es así. Acudieron muchos nobles.

—¿Y qué llevabais puesto?

—¿Qué importancia tiene eso para el tribunal? —se quejó Julia.

—Todo el mundo sabe que la manera de vestir en una mujer dice mucho de ella. No es lo mismo cómo viste una mujer noble y de buena reputación que los ropajes de una ramera.

—Llevaba un vestido.

—¿Con escote o sin escote?

A Julia le hervía la sangre. No entendía qué importaba todo aquello en lo acontecido. ¿Acaso llevar una ropa u otra iba a demostrar que ella era más o menos inocente?

—Con escote —contestó conteniendo la ira.

—¿Habíais tenido algún problema previo con los invitados?

—Ninguno.

—¿Y con alguien que no estuviera invitado? —insistió el inquisidor. Julia ya sabía por dónde iba—. Somos conocedores de que, entre las personas que acudieron a esa celebración, estaba el señor de Cañete, don Álvaro de Luna —añadió mostrando una sonrisa siniestra.

—Sí, vino a pesar de no estar invitado.

—¿Y por qué el señor de Cañete acudiría a una fiesta a la que no estaba invitado? ¿Acaso manteníais una relación especial? —preguntó mientras la observaba. Luego desvió la mirada al resto de los compañeros, buscando la complicidad masculina—. No se me ocurre otro motivo por el que pudiera acudir en este caso.

—De ninguna manera —determinó Julia.

—¿Cómo es, entonces, vuestra relación con el señor de Cañete?

—¡No tenemos relación alguna! —exclamó elevando un poco más el tono de voz—. Lo único que me inspira ese hombre es odio.

Torquemada tomó rápidamente la palabra.

—¿Y qué hombre en su sano juicio acudiría al hogar de alguien que lo considera un enemigo? —preguntó. En su diabólica mente tenía trazado un plan que la pondría entre las cuerdas.

Julia recordó lo que le había dicho su vasallo Diego aquella noche.

—Llegó a mis oídos que lo había invitado el cardenal.

—Lo siento, no nos consta tal prueba —dijo con seguridad, aunque ni siquiera se molestó en repasar sus documentos—. ¿Tenéis vos alguna prueba que ofrecer al tribunal sobre este hecho?

Julia reflexionó y negó con la cabeza; no contaba con nada que demostrara que lo que decía era cierto. Quizá aquella información solo fuera un rumor.

—Tal vez el señor de Cañete se sintió con la confianza suficiente para acudir a vuestra casa... —insinuó Torquemada con un tono de voz suave, dando por hecho su hipótesis. Su amabilidad era fingida, la sonrisa perversa lo delataba—. Luego os vieron hablar en privado.

—Estuvimos hablando, nada más.

—Nada más. Si no fue nada más, ¿para qué salisteis entonces al jardín en la soledad de la noche? Os vio una de vuestras doncellas. Una mujer como vos, en esas circunstancias, se expone a cualquier ataque.

—Salí para tomar el aire.

—¿Es que acaso dentro no había aire suficiente? —se mofó el inquisidor general.

Julia no respondió. Se limitó a observar, con tristeza, las risas de la gente. Torquemada siguió:

—¿Qué pasó después?

—Los invitados abandonaron el palacio y yo me fui a dormir.

—¿Alguien más presenció cómo os ibais a dormir?

—Por supuesto, mi doncella.

—¿Y ella vio cómo os dormíais?

—No, no tengo por costumbre conciliar el sueño con alguien vigilando mis párpados. Las puertas de mis aposentos siempre se cierran por la noche y no se abren hasta por la mañana.

—¿Y cómo se cerraron esa noche las puertas de vuestros aposentos?

—¿Cómo que «cómo se cerraron»? —preguntó Julia, indignada.

—¿Las cerrasteis con llave o sin ella?

—Sin ella. ¡Es mi casa!

—¡Pero si os hubierais preocupado de verdad por vuestra seguridad habríais cerrado las puertas con llave!

—Si no puedo dormir tranquila en mi casa, ¿dónde lo haré?

—No estaba vuestro marido, ¡vos misma lo habéis testificado! Una mujer sola, aunque sea en su propia casa, debe cuidarse si no quiere estar expuesta a los peligros.

—¡Esto es humillante! —Julia se sentía impotente. No solo tenía que cargar con haber sido violada, sino también soportar aquellas preguntas que invadían su privacidad y hacían aún más desagradable todo lo que estaba ocurriendo.

—Lo lamento si os he ofendido. —Torquemada trató de usar un tono conciliador, pero solo era una muestra de falsa amabilidad. Actuaba de buenas maneras delante de la gente porque sabía que la opinión del pueblo era importante y que debía tener a la muchedumbre de su parte si quería ver arder a esa mujer—. Solo intentamos comprender lo sucedido.

—Debemos garantizar la seguridad y el orden en esta ciudad, incluso en las circunstancias más inusuales. Entended que las vuestras no son muy comunes, y las preguntas que os hagamos, por ende, tampoco lo serán —añadió el clérigo regordete.

Torquemada la observaba con ojos implacables, en busca de cualquier signo de debilidad. Deseaba dejarla en evidencia, provocar una confesión involuntaria o arrinconarla hasta que no le quedara más remedio que confesar. La tortura con ella no había funcionado, así que solo le quedaba esa opción. La presión psicológica haría que de su boca saliera algo con lo que poder juzgarla de manera convincente. Deseaba verla en ese punto.

A esas alturas, el tribunal había reunido pruebas suficientes como para sancionar a Julia con un castigo leve, pero Torquemada, siempre fiel a sus escritos, conocía la importancia de insistir para obtener la confesión del reo. No obstante, aun siguiendo las normas establecidas, el clérigo era muy inteligente y sabía que, si el Santo Oficio conseguía llevar el proceso hasta el final, cualquier escenario resultante sería positivo para ellos. Si lograban la confesión de Julia, pedirían a las autoridades civiles la condena a muerte por la gravedad de los acontecimientos. Si no lograban la confesión, pedirían igualmente a las autoridades civiles la ejecución de la sentencia de pena capital por la falta de arrepentimiento y reconocimiento de los hechos. Debían derivar el caso a las autoridades civiles —«relajar al brazo secular»— porque el clero, el estamento religioso, no podía ejecutar las condenas. Lo que sí estaba en sus manos era demostrar que la pena de muerte era el castigo merecido. Si el Santo Oficio dictaba una sentencia de tales características, conseguiría apropiarse de todos los bienes de Julia, que no eran pocos al tratarse de una noble; mantener a la población a raya, al constituir una advertencia para otras mujeres que cuestionaran la fe y coquetearan con el diablo; disfrutar de la satisfacción de ver arder a una hereje más, y, finalmente, corroborar ante la institución misma y el pueblo que la Inquisición era necesaria y la única manera de mantener a los vecinos alejados de la herejía.

—Hay testimonios que, como ya sabéis, afirman que aprovecháis las noches de luna llena para celebrar vuestros rituales y comunicaros con seres extraños —siguió el clérigo de grandes dimensiones—. Tenemos la sospecha de que aquella noche, después de hablar con Álvaro de Luna, hicisteis vuestro ritual para enamorarlo y que fuera a vuestros aposentos, arruinando así el honor y la vida de ese pobre hombre. No encontramos otra justificación decente.

—¿Y no podría ser que no estuviera haciendo ritual alguno, sino que estuviera simplemente dando un paseo para evadirme? —dijo Julia forzando una sonrisa amable.

El miembro del tribunal más delgado y ojeroso entendió lo que Julia había querido decir, miró al inquisidor general y sugirió:

—Podría ser. Ya sabéis cómo son las mujeres, cambian de opinión cada poco tiempo. ¡Son tan impredecibles como el viento! Quizá sea tan tonta como todas las demás y simplemente haya sido una descuidada.

—¡No! ¡De no haber querido atraerlo ni siquiera se habría molestado en hablar con él! —exclamó Torquemada a su compañero de tribunal.

—Tiene sentido lo que dice el inquisidor general. —El clérigo más mayor y ciego habló por primera vez y se dirigió a Julia—: Lo odiáis. Tenéis motivos para querer destruirlo en vida. Lo atrajisteis con vuestros encantos y embrujos, y a él no le quedó más remedio que sucumbir.

—¡Es una ramera! —gritó un hombre entre el público. En aquel momento Julia habría deseado ser una bruja de verdad para echarle algún encantamiento que hiciera que le reventara la cabeza.

—Si hubierais estado en apuros de verdad, habríais pedido ayuda desde vuestros aposentos —remató Torquemada—. Cuando una mujer tiene miedo reclama ayuda, grita o intenta huir... Vos no teníais miedo. ¡Lo estabais disfrutando! ¿Cómo si no quedasteis encinta? ¡Todo el mundo sabe que la fecundación no se da si la mujer no disfruta en sus relaciones! Además..., tampoco mostráis signos de lucha en el cuerpo. Cuando nuestras mujeres os desvistieron y lavaron no encontraron ningún rastro de herida o consecuencia de golpe alguno, lo cual quiere decir que no opusisteis ninguna resistencia. —Torquemada estaba jugando sucio. Aludía a momentos anteriores a la tortura, cuando, efectivamente, Julia no tenía marcas de nada. Ahora llevaba la espalda en carne viva.

—Me dejé hacer para que doliera menos. —La rabia la consumía por dentro, pero debía aguantar. No podía perder los nervios, debía jugar bien sus cartas—. No peleé con él porque su fuerza superaba la mía.

—¿Y cómo sabemos nosotros que decís la verdad cuando no tenemos prueba alguna de eso? ¡También podría ser que vos quisierais fornicar en ese momento y que ahora estéis diciendo esto para libraros del castigo! —El resto del tribunal asintió conforme. El inquisidor general continuó hablando—: Luego se lo contasteis a vuestro marido para que él se enfrentara al señor de Cañete y obtener así la venganza que tanto deseabais desde hace años. Sabéis de sobra el poder con el que cuenta el duque de Alba.

Julia sabía que, ante el relato que la mayoría había decidido creer, no tenía nada que hacer. Se dio cuenta de que su versión no importaba lo más mínimo si nadie estaba dispuesto a escucharla. Y, en efecto, nadie lo hacía; sus palabras se perdían en un abismo de prejuicios. Por más que insistiera en decir la verdad, jamás convencería ni al tribunal ni al pueblo ni a nadie.

—¿No vais a decir nada? —insistió el ciego ante su silencio.

Julia miró a su alrededor. Por un segundo pensó en rendirse, ya había sufrido bastante. Pero ¿de qué le iba a servir aquello? Si se rendía ahora, nada de lo que hubiera hecho anteriormente habría servido. ¿Podría seguir aun sabiéndose desentendida de su corazón y sus valores? ¿Podría vivir con ese peso en la conciencia? Total, ya nada sería como antes. Respiró hondo y cerró los ojos. Recordó la conversación en la mazmorra con Clara. Vio con claridad el ave fénix. Vio a aquella niña pequeña que un día fue. Jamás se lo perdonaría si la decepcionaba. Lo tenía claro, no se iba a rendir.

Dio un paso al frente y comenzó a hablar, firme y sin titubeos.

—Decidí contarle la verdad a mi marido porque lo consideré justo. —La sala entera la escuchaba con mucha atención—. Tenía miedo, pero, si algo he aprendido en estos días de tortura, es a luchar contra las injusticias. Imaginé que mi marido, el duque de Alba, me apoyaría. ¡Cualquier mujer querría que su marido la creyera y la protegiera ante un peligro! Pero mi marido no hizo tal cosa. Lejos de defenderme, me entregó a este tribunal para que me juzgara por una herejía que jamás cometí. Jamás fue mi intención acostarme con otro hombre. Jamás fue mi deseo engendrar un hijo de aquel que me arrebató la voluntad. Jamás pensé que el pueblo no entendería que un hombre pudiera forzar a una mujer. No me detendré ante el prejuicio. No me postraré ante el miedo y la opresión.

El discurso cogía fuerza mientras avanzaba y ella, por dentro, a pesar de estar muerta de miedo, seguía abrazándose fuerte.

—¿Os creéis a salvo de algo parecido, acaso? —Julia apeló entonces a las mujeres allí presentes—. ¿Os creéis a salvo de ser violadas y mancilladas por hombres que no deseáis? —Clavó la mirada en varias de ellas; algunas la desviaron avergonzadas. En el fondo, sabían que lo que a ella le había sucedido le podía ocurrir a cualquiera. Siguió hablando con la esperanza de que la verdad se hiciera eco en alguno de los corazones que en aquel momento la escuchaban. Se volvió de nuevo para apelar al tribunal—: Llamáis brujería a lo que no os conviene y, mientras tanto, nosotras callamos por miedo, para no ser públicamente deshonradas. ¿Acaso habríais seguido este mismo proceso con un hombre? No... ¡jamás! Porque una mujer nunca tomaría el cuerpo de un hombre a su antojo, a pesar de que queráis creer lo contrario y lo justifiquéis haciendo partícipe al diablo. ¡No somos posesiones! Somos seres libres con voz propia y herederas de un poder que pretendéis silenciar. No permitiré que sigáis apagando la llama que arde en cada una de nosotras.

La sala exclamó con sorpresa a la vez.

—¡Qué atrevida! —murmuró una joven que estaba en primera fila. Apenas tendría quince años y ya estaba allí como una chismosa más. Julia la miró decepcionada por unos instantes y la muchacha, al ver que aquellos intensos ojos se clavaban en ella, se escondió entre la muchedumbre, presa del miedo.

—Somos el origen de la vida y las portadoras de una sabiduría ancestral. —Julia siguió hablando por encima del rumor de la muchedumbre—. Somos las guardianas de los secretos que hemos callado durante años. Trabajamos en casa, cuidamos y sacamos adelante la vida de nuestros hijos. —Dirigió la mirada entonces a los hombres—. Somos tan capaces como vosotros. No somos brujas, somos mujeres. Nuestra fuerza es inquebrantable, y nuestra resistencia, eterna. ¿Acaso nos teméis?

—¡Orden! ¡Por el amor de Dios! ¡Orden en la sala! —gritaba Torquemada intentando controlar la agitación de la muchedumbre.

Por fin todo el mundo quedó en silencio. Algunas caras parecían reflexivas. Se oyó algún murmullo de fondo. Quizá sus palabras removieron algunas conciencias. Escucharse a sí misma le había dado fuerza. Pensó, incluso, que había ganado algo de terreno.

El tribunal parecía sorprendido, a excepción de Torquemada, que no le quitaba ojo. Su expresión era el reflejo de la ira y la impotencia.

Ninguna otra mujer se atrevió a hablar en la sala, aunque es cierto que muchas abandonaron un acto que, desde aquel momento, consideraban ya un escarnio público.

29

Por suerte, la ropa se había secado con el calor de la chimenea. Nos duchamos en el taller y salimos pitando.

Cuando llegamos al Colegio de Doncellas Nobles, Andrés nos esperaba en una de las entradas. El edificio tenía dos, la del colegio y la de la iglesia; él estaba en esta última, apoyado en las rejas que daban paso a la inmensa puerta de hierro custodiada por un vano de medio punto enmarcado por cuatro pilastras de piedra de estilo dórico. Arriba del todo podía verse el escudo de armas del cardenal Silíceo, el miembro del clero que había regentado la institución en sus inicios.

—Tengo noticias —nos dijo en cuanto llegamos—. Pasad conmigo.

Subimos los pocos escalones de piedra que había que superar antes de cruzar el umbral. Aunque ya no llovía y el sol iluminaba la escalera mojada, el suelo aún resbalaba. Por suerte esa vez no tropecé.

El colegio se había fundado varios siglos atrás para acoger y formar a mujeres jóvenes de cualquier clase social con la intención de que llegaran a ser buenas esposas cristianas y madres de familia. Al terminar sus estudios, en edad de casarse, el colegio aportaba la dote para su matrimonio. Mientras cruzaba la entrada imaginé sus vidas, sus sueños y sus luchas.

Una vez dentro, el olor del incienso me transportó a un recuerdo que creía olvidado: yo misma, con seis años, sentada en un banco de esa iglesia, esperando.

La nave estaba dividida en dos espacios: la iglesia-capilla y el coro de capellanes. En el piso superior, guardado con una reja, se encontraba el coro de las colegialas. El espacio era grandioso y de los techos abovedados colgaban grandes lámparas de araña. Andrés nos condujo hasta la iglesia-capilla. El altar mayor estaba ubicado al fondo, adornado por un retablo de madera dorada y coronado por un cuadro de la Virgen de los Remedios acompañada por el cardenal Silíceo, un mix típico de la época que servía para legitimar el poder, mostrar devoción y conectar a determinadas personas con lo divino. Nuestra Señora de los Remedios era el nombre original del colegio, de ahí que la imagen estuviera presente. En el centro de la capilla se hallaba el sepulcro del mismo religioso. La figura se había representado descansando, con los brazos en posición de rezo y las cuatro virtudes cardinales custodiando el sepulcro. El mausoleo era de mármol, con una inscripción en latín e imágenes esculpidas de la vida del fallecido. Las paredes de la capilla estaban recubiertas con diferentes acabados en madera y mármol rojo. El espacio estaba decorado con obras religiosas, entre las que destacaban el retablo de san Jerónimo, el de la Virgen del Pozo y unos pequeños cuadros, repartidos por toda la capilla, que evocaban el calvario de Cristo. Para ser uno de los siete monumentos de Toledo, no había mucha afluencia de gente. Teníamos que hablar entre susurros para que el personal que allí trabajaba no escuchara nuestra conversación.

—Me preocupa lo que está pasando, así que escuchadme bien —dijo Andrés ante el sepulcro—. Os he traído aquí por un motivo, que es el bien de todos. —A pesar del frío que hacía allí dentro, sacó de su bolsillo el pañuelo para secarse el sudor de la frente. Me iba pareciendo un gesto habitual en él cuando estaba nervioso—. Después de varios siglos de silencio, tu abuelo decidió jugarse la vida por un secreto; al mismo tiempo, alguien pensó que merecía la pena matar por ese mismo secreto. No sé hasta qué punto la Iglesia anda metida en esto, pero, sea como sea, hay una mano removiendo el pasado por algún motivo, y no puedo quedarme impasible, observando cómo todo sucede. Creo que todos tenemos algo que perder y algo que ganar. Eleonor, tú quieres averiguar quién mató a tu abuelo y por qué. Beltrán, Rodrigo era tu amigo, así que imagino que tus motivos son muy similares.

—Sí; además, yo fui la última persona que vio con vida a Rodrigo y, por ende, el sospechoso principal.

—¿Sospechoso principal?

—Sí, pero solo si todo esto trasciende a la policía antes de que demos con lo que buscamos.

—Quién lo diría, hermanito —dijo con ironía Andrés.

—¿Cuál es tu motivo? —preguntó Beltrán.

—Podría deciros que no quiero que la Iglesia se hunda, cosa que es cierta, pero la verdad es que quiero ayudaros. —Lo miró—. Gracias por creer en mí.

Beltrán asintió en un gesto de gratitud y aprobación.

—Cuéntanos —dije.

—Veréis, esta misma mañana ha ocurrido algo. —Andrés tragó saliva—. Me he cruzado con una alumna de este colegio, en la catedral.

—Espera..., ¿alumna? —pregunté—. ¿Aún funciona?

—Sí, funciona. Quedan dos. Pero no son alumnas que se hayan tenido que someter a las antiguas normas y estatutos relativos al linaje y la limpieza de sangre y raza; esos cambiaron en mil novecientos ochenta y ocho. Desde entonces esta institución funciona como una residencia universitaria que respeta la formación de la mujer bajo los principios cristianos, de acuerdo con la voluntad del cardenal Silíceo. Cuando ellas se marchen, el colegio cerrará las puertas y quedará destinado en su totalidad a museo.

—No tenía ni idea.

—Sí. —Andrés sacó el diario de su túnica—. El caso es que al ver a esa muchacha recordé algo. La principal función del colegio siempre ha sido la de acoger a mujeres de cualquier clase para darles cobijo, alimento y formación.

—Una segunda oportunidad —añadió Beltrán.

—Así es. Con independencia del origen o del apellido, el Colegio de Doncellas Nobles ha ofrecido asilo a cualquier mujer desde el siglo dieciséis.

—¿Podríamos decir que es algo así como un símbolo feminista del Renacimiento español? —pregunté.

—Sí, podríamos. Cuando nadie atendía a aquellas mujeres consideradas echadas a perder, aquí se les daba la bienvenida. No hay otro lugar similar en Toledo ni en el mundo. Y… no sé cómo deciros esto, pero… —Andrés carraspeó—. Lo hice simplemente por curiosidad, no esperaba encontrar nada…

—No esperabas encontrar nada ¿dónde? —Lo miré frunciendo el ceño.

—En los archivos de la archidiócesis. Recurrí a ellos.

—¿Has dicho archidiócesis? —preguntó Beltrán.

—Sí, este colegio lo gestiona la archidiócesis de Toledo.

—¿Y qué encontraste? —insistí.

Andrés sacó su móvil. Lo desbloqueó y nos enseñó una foto de un cuaderno en el que había algo escrito a mano.

—¿Qué pone ahí? —Lo miré intrigada.

—Es la lista de las primeras alumnas del colegio.

En aquel momento, un gran grupo de turistas entró en el edificio. Iban acompañados por un guía. Hacían fotos y miraban sorprendidos a su alrededor. El guía, entre broma absurda y broma aún más absurda, les hablaba de la historia de la institución.

«El colegio lo fundó en el siglo dieciséis el cardenal Silíceo, quien defendía fervientemente la ortodoxia católica frente a cualquier forma de herejía. Su compromiso se reflejaba en su apoyo a las actividades de la Inquisición española. En todas sus instituciones volcaba su obsesión: todos los acogidos, los que trabajasen y los que tuviesen a su cargo oficios divinos, debían tener la sangre limpia de toda impureza, es decir, proceder de una familia de cristianos viejos en muchas generaciones. Digamos que era muy purista, aunque ya sabéis que eso no significa que le gustaran las Puris».

El chiste era malo, pero los turistas rieron.

Beltrán alargó el brazo para sostener el móvil con sus propias manos y ver la foto de cerca.

—¡Andrés, por Dios! ¿Qué móvil usas?

—No lo sé.

—¡No se ve nada!

—Es un smartphone.

—De hace veinte años, ¿no? ¡Encima sale tu dedo pulgar en la esquina superior!

—A ver si resulta que te hacen falta gafas, hermano.

—¿Podéis dejar de discutir y centraros en la foto? —me quejé.

—¡Eso intento!

—¡Anda, trae! —Agarré el móvil para verlo yo. Desde luego, Andrés no era un hacha con la tecnología. Los turistas armaban bastante alboroto y eso me despistó—. Se me ha apagado la pantalla, mira a ver. —Le cedí el móvil a Andrés.

—Ah, sí, se ha bloqueado. Espera, que te lo desbloqueo —dijo toqueteando la pantalla. Repitió el mismo patrón de desbloqueo tres o cuatro veces. Me miró y sonrió, nervioso—. Tarda un poco.

«El cardenal Silíceo desempeñó un papel fundamental en el establecimiento del colegio. Fue arzobispo de Toledo y, además de su labor eclesiástica, tenía un profundo interés en la educación y el bienestar de las mujeres jóvenes de la nobleza». El guía continuaba su explicación.

—¿Has conseguido desbloquearlo ya? —Me estaba empezando a desesperar.

—¡Qué va! ¡Ahora se me ha apagado! —exclamó el cura.

Suspiré y me llevé la mano a la frente.

—No pasa nada. Vuélvelo a encender —le dijo Beltrán.

Al rato el móvil pareció resucitar.

—Me pide el pin. —Andrés chasqueó la lengua.

—Pues ponlo —sugirió su hermano.

—Es que no lo recuerdo.

—¿No lo tienes apuntado en ningún sitio? —pregunté.

—Espera, voy a probar con uno. —Beltrán le arrebató el móvil a su hermano—. A ver… 666…

—¡Beltrán! ¡¿Qué haces?! ¿Eres idiota? ¡Trae el móvil! —exclamó Andrés quitándoselo de nuevo.

Beltrán rio a carcajadas.

Andrés intentó concentrarse y, al cabo de unos segundos, anunció:

—¡Lo tengo! Ahora entramos a la foto y listo. —Me miró satisfecho—. Toma —dijo poniéndome el móvil delante de la cara.

—Gracias. —Sostuve el teléfono de nuevo.

Beltrán se asomó por detrás de mi hombro para ver la imagen.

Miré la pantalla. Fruncí el ceño.

Alcé la mirada para encontrarme con los ojos de Andrés. Luego busqué los de Beltrán, que tenía la misma cara de confusión que yo.

Volví a mirar la pantalla.

No podía creer lo que estaba viendo.

30

Toledo, 16 de diciembre del año 1500

Cuando parecía que el juicio había dado un giro de ciento ochenta grados, las puertas de la sala inquisitorial se abrieron de par en par con dramatismo. Álvaro de Luna atravesó el umbral con su don innato para el teatro. Caminaba con tranquilidad, con la cabeza bien alta, sin apartar la mirada de Julia. Al subir al estrado, clavó los ojos en el público y recorrió con la mirada a quienes osaban murmurar en su presencia. Nadie esperaba verlo allí.

—¿Queréis declarar algo, mi señor? —preguntó Torquemada.

—Sí, a eso he venido —respondió Álvaro.

—Adelante.

El murmullo de la sala se desvaneció dejando un silencio expectante.

—Mi nombre es Álvaro de Luna y estoy aquí para expresar mi amor por esta bella mujer.

Se produjo de nuevo un revuelo en la sala. Julia, que lo miraba desde arriba, frunció el ceño escuchando atentamente lo que decía. No se fiaba en absoluto de él, sabía que era un traidor.

—¡Silencio! —ordenó Torquemada—. Por favor, continuad.

—Conocí a Julia hace varios años. Su encanto y su aparente inocencia me atrajeron, supongo que como a muchos otros hombres. Desde que nuestros ojos se encontraron, mi vida cambió. Pasaba las noches en vela, imaginando cómo sería un futuro junto a ella, y, cuando al fin lograba conciliar el sueño, solo era capaz de ver su rostro. Llegué a perder el apetito. Mi corazón siempre le ha pertenecido. —Reflexionó unos instantes—. Aquella noche no me sentí dueño ni de mis pensamientos ni de mis acciones. Aquella noche sentí que la amaba más que nunca: su belleza, su manera de hablar, su olor... Mi voluntad dejó de pertenecerme y pasó a ser suya. Creía que era algo compartido... —Álvaro derramó una lágrima—. No entendí por qué luego ella dijo lo contrario. Me sentí abandonado. Pensaba que ella me amaba tanto como yo la amaba a ella. ¿Cómo iba a saber que no deseaba nuestro encuentro si jamás me dijo lo contrario?

Los presentes en la sala intercambiaron miradas intrigadas. Parecía un testimonio sincero.

Julia, sin embargo, procuró morderse la lengua para no volcar su furia contra él. Todavía no sabía qué pretendía Álvaro con su testimonio, pero estaba claro que aquel hombre era un maldito manipulador.

—¿No creéis, mi señor, que solo poder ver su rostro en sueños ya es una obra del demonio? —preguntó Torquemada—. El diablo tiene la capacidad de confundir la mente de los fieles. Se disfraza de varias formas y con distintos aspectos para engañar en sueños la mente de quien tiene cautivo.

—No lo creo. Yo creo que es amor. —Álvaro miró de manera furtiva a Julia y ella percibió esa sonrisa de lobo propia de las personas con malas intenciones. Por supuesto, se encargó de que nadie más lo viera—. No sabría explicaros por qué o cómo, pero sé que es amor. No imagino un futuro sin ella a mi lado. Ella no es una bruja, me arrepiento de haber dado falso testimonio en el pasado. Julia es simplemente el amor de mi vida y no tengo dudas al respecto. Pido que, por favor, reconsideréis el veredicto. ¡Daría todo lo que tengo por estar con ella! ¡Mis tierras, mis posesiones, mi título! ¡No puedo vivir sin ella a mi lado!

La muchedumbre estaba visiblemente afectada y sorprendida ante tal relato. Contra todo pronóstico, el ánimo del público se enterneció por aquella historia. Comentaban lo apasionado que se mostraba aquel hombre.

El tribunal se apartó para discutir lo ocurrido. Parecían verdaderamente impactados.

Al rato, Torquemada se levantó de su asiento y gritó:

—¡Ni en los peores casos de brujería este tribunal ha visto semejante aberración! ¡El amor enardecido procede de las malas artes del demonio! ¡Un noble como Álvaro de Luna declarando que es capaz de arruinar su vida y de ofrecer todas sus riquezas a cambio del amor de una mujer! ¡Esto solo puede ser obra del diablo! ¡Está claro que esta mujer es una bruja y debe ser condenada y castigada por ello!

La sala entera comenzó a gritar, presa del pánico. Todos creían que ante sus ojos tenían a una bruja de verdad.

El tribunal llamó a la calma y la muchedumbre, poco a poco, volvió a guardar silencio.

—Las mujeres son débiles ante la fe de Dios —siguió Torquemada—. Todo ello queda reflejado en la etimología de la palabra «fémina», que proviene de *fides* y de *minus*, ya que les es muy difícil creer y conservar la fe. Una mujer malvada es por naturaleza más rápida en vacilar de su fe y, por consiguiente, más rápida en abjurar del cristianismo. Esto constituye la raíz de la brujería. —Clavó la mirada en Julia—. Hoy se ha demostrado, al fin, que Julia de Fuensalida es una de las peores brujas a las que el Santo Oficio se haya podido enfrentar. ¡Gracias a Dios que hemos podido intervenir a tiempo y que con sus poderes no ha llegado a destruir la vida de nadie más! ¡Ese engendro que lleva en su vientre es un demonio que pronto verá la luz, porque Satanás puede infectar lo que se ha concebido! ¡Hemos de acabar con ellos! La filocapción es un pecado y este hombre está hundido en él. ¡Hay que salvarlo de la desdicha! —Puso los brazos en cruz, dándole más dramatismo a la escena—. Esta época se encuentra dominada por las mujeres, como ya predijo santa Hildegarda. ¡El mundo está repleto de adulterio! ¡Hemos de hacer algo!

Mientras Torquemada se dirigía al público y la gente lo jaleaba, Julia se arrodilló y, en voz alta, comenzó a recitar algo.

—¿Qué hacéis? —preguntó uno de los inquisidores.

—¡Está lanzando un maleficio! —gritó un hombre del público.

—¡Es una manipuladora que usa las artes oscuras para esclavizar a quienes caen en sus redes! ¡No la escuchéis! —gritó Torquemada.

La multitud estaba agitada y confundida.

Julia, sin embargo, continuó, manteniendo la calma y la determinación.

Los inquisidores ordenaron que se la llevaran de inmediato.

Si aquellas personas no se hubieran puesto a jalear se habrían dado cuenta de que Julia estaba rezando el padrenuestro, y las brujas que aparecen en sus libros no saben hacerlo porque se traban en el intento. Si hubieran puesto atención se habrían dado cuenta de que ella no estaba bajo las órdenes del diablo y solo buscaba consuelo en su fe. Y, si hubieran actuado por voluntad propia y no como las ovejas de un rebaño, se habrían dado cuenta desde el principio de que Julia era inocente. Pero aquello era mucho pedir, porque todos ellos necesitaban un chivo expiatorio para calmar sus miedos y justificar su ignorancia.

31

—¿Has dicho que esto lo encontraste cuando investigaste la lista de las primeras alumnas del colegio? —intenté reafirmar lo que ya sabía.

Andrés asintió en silencio.

—Pero no puede ser...

—Me temo que sí. Cuando vi la lista, tuve la sensación de que mis sospechas cuadraban. —Andrés sacó el papel con las notas de mi abuelo y leyó en voz alta—: «Observando el paso del tiempo, impasible se halla una de las tres. Custodiada por las bestias de oro, tras las que se esconde el tesoro. Bajo la mirada de quien admira el origen de la vida. Para, con la eternidad, burlarse de aquellos que el silencio usan como culto a la justicia». —Plegó el papel y lo guardó de nuevo en el bolsillo de su sotana—. Estas palabras pueden referirse a muchas cosas, pero, visto lo visto, solo aquí cobran un sentido especial.

—Explícate —pedí.

—En la primera línea, «Observando el paso del tiempo, impasible se halla una de las tres», Rodrigo se refería a una de las imágenes que componen la Santísima Trinidad. —Al ver nuestras caras con el ceño fruncido entendió que no estábamos para adivinanzas—. La Santísima Trinidad está compuesta por tres entidades divinas: Padre, Hijo y Espíritu Santo. Suelen estar representadas en todas las iglesias cristianas. Y, como no podía ser de otra forma, en esta capilla también las tenemos. Con «una de las tres» creo que se refiere a la figura del Padre. El único que puede observar impasible el tiempo es Dios —afirmó señalando al punto más alto del retablo del altar mayor.

Talladas en la madera del retablo y siguiendo una línea recta vertical imaginaria, podían verse, de arriba abajo, las tres imágenes en el siguiente orden: Padre, Espíritu Santo e Hijo. El Padre, la escultura a la que se refería Andrés, estaba en la parte superior del retablo, a unos tres metros de altura del suelo, representado por un anciano de pelo largo y barba. Iba vestido con un manto y sostenía un globo terráqueo coronado por una cruz cristiana, que simbolizaba su soberanía sobre el universo. Al Espíritu Santo lo encarnaba una paloma rodeada por una corona de rayos de luz dorada. Por último, el Hijo, representado por la imagen de Cristo rey resucitado, se encontraba a la altura de nuestros ojos.

—Tiene sentido —dijo Beltrán admirando el retablo.

—Además, los ojos del Padre observan el sepulcro. Si trazas una línea recta desde los ojos de la figura, te darás cuenta de que parece que lo mira fijamente.

El alboroto del grupo de turistas me desconcentraba.

«El colegio contó con el patrocinio de familias nobles, que financiaron la educación de sus hijas y parientes en la institución…».

—Eleonor, ¿lo ves? —repitió Andrés devolviéndome a la conversación.

—¿Eh? Sí, sí…

—Dios es la única persona que puede observar todos los tiempos, incluido el tiempo después de la muerte —afirmó—. Además, también es el único que puede, desde su atalaya divina, admirar el origen de la vida, tal y como dice Rodrigo en su escrito: «Bajo la mirada de quien admira el origen de la vida». Tengo la sensación de que, en estas dos líneas, se refiere todo el rato a Dios. Con respecto al «origen de la vida», recordad que la religión cristiana explica el origen de la vida de Jesús por mediación divina o, dicho de otra manera, por obra y gracia del Espíritu Santo. —Desvió los ojos a la paloma con rayos dorados del retablo.

Asentí en silencio. Estaba atenta a su discurso.

—Pero aún hay más —siguió—. Cuando tu abuelo decía: «Custodiada por las bestias de oro, tras la que se esconde el tesoro» —recordó mientras señalaba con el dedo índice el sepulcro del cardenal—, creo que se refería a las alegorías de las cuatro virtudes que custodian la tumba.

Observé el sepulcro. En cada una de las cuatro esquinas de la tumba se hallaban esculpidas cuatro figuras femeninas con los atributos típicos de las virtudes.

—Pero... no son de oro —dije decepcionada.

—Puede que sea una expresión metafórica —intervino Beltrán—. Las virtudes tienen su origen en la filosofía griega y antigua. Platón y Aristóteles ya hablaban de ellas. Representan los valores éticos fundamentales. En la antigua Grecia el conocimiento y los valores se consideraban elementos imprescindibles para una vida virtuosa o, dicho de otro modo, eran tesoros de la vida. —Observó con detenimiento las figuras—. Aunque aquí no están esculpidas las cuatro virtudes típicas, que serían la sabiduría, la justicia, la fortaleza y la templanza. Aquí veo la fortaleza... —Caminaba alrededor del sepulcro mientras señalaba y comentaba en voz alta lo que veía—. La sabiduría y la justicia están representadas por una sola mujer, y luego aquí tenemos a la castidad y la prudencia.

—¿Virtudes griegas en una tumba cristiana? —pregunté.

—Son las virtudes griegas con un toque cristiano. Parece ser que Ricardo Bellver hizo su propia representación de la cristiandad.

—¿Ricardo Bellver?

—Sí, fue el artista que esculpió este sepulcro de mármol en el año mil ochocientos noventa. Silíceo fue enterrado en una humilde caja de madera cubierta por un paño y una mitra negros. Así descansó durante siglos hasta que, a finales del diecinueve, el escultor Ricardo Bellver fue el encargado de hacerle una tumba en condiciones: representó lo que ahora ves.

—Y ahí está el quid de la cuestión —interrumpió Andrés—.

Aunque el cristianismo también comulga con los mismos principios éticos, no tiene mucho sentido que un cardenal católico esté rodeado de simbología ajena a su religión. —Me miró y sonrió—. Como dice Beltrán, este mausoleo no es el original. Bellver adornó el sepulcro a su capricho, con los recursos y las figuras que se le antojaron. Hacerlo tres siglos después, en un contexto histórico completamente diferente, te da más libertad y te brinda la oportunidad de crear casi lo que quieras. Te permite incluso usar tu propia ideología. Y, aunque intentó reflejar con alegorías los valores que quizá pensó que podrían representar lo que fue Silíceo, lo hizo desde su propia filosofía. Una en la que las cuatro virtudes desempeñan un papel significativo.

—Las virtudes tienen un papel significativo en la masonería. —Beltrán pareció entender rápidamente adónde iba su hermano—. Puede que Ricardo Bellver fuera masón.

Andrés asintió.

—¿Qué quiere decir eso? —Miré de reojo al grupo. Se dirigían ya a otra parte del colegio.

—Recuerda que los masones siempre han tenido la costumbre de desvelar secretos a través de sus obras. Eso quiere decir que, muy probablemente, Bellver nos está contando una historia a través de este mausoleo —determinó Beltrán.

—¡Típico de los masones! —Andrés rio—. Se burla del poder de «aquellos que el silencio usan como culto a la justicia». Tal y como os dije esta mañana, esta frase hace alusión a la Iglesia. Bellver se está burlando de la Iglesia al desvelar un secreto a través de su obra, y tu abuelo lo descubrió.

Volví a recordar aquel momento de mi infancia en el que esperaba a mi abuelo sentada en un banco de esa misma iglesia. Al rememorarlo, otra imagen se sumó a la anterior: mi abuelo tomando apuntes en el mismo sitio en el que ahora estábamos nosotros. ¿Era posible que veinticuatro años antes él ya estuviera investigando esa historia?

—Tenemos que prestar atención a más detalles que corroboren esta hipótesis —advirtió Beltrán sacándome de mis elucubraciones—. Fijaos, hay cruces templarias talladas. Se llaman «cruces paté» y también se pueden asociar con la masonería. Aunque nunca se ha encontrado una prueba histórica, se dice que, desde que los disolvió y los persiguió la Iglesia en el siglo catorce, los templarios sobrevivieron de manera secreta y evolucionaron hacia la masonería.

Las cruces paté eran, desde luego, un motivo más para creer en la teoría de Andrés.

Mi mente iba a la deriva y saltaba de una idea a otra, sin orden ni concierto. ¿Me estaba volviendo loca?

Mi oído volvió a conectar con el grupo de turistas.

«Si os fijáis, veréis al cardenal rodeado de flores. No son unas flores cualesquiera. Son amapolas. Las amapolas simbolizan el sueño eterno».

—Las amapolas simbolizan el sueño eterno —repetí—. Los cristianos no creemos en el sueño eterno. Creemos en la resurrección.

Andrés y Beltrán me miraron atónitos.

—Tienes razón. Enterrar a un cardenal rodeado de amapolas es una provocación en toda regla —dijo Andrés.

—El escultor lo está condenando al sueño eterno, sin posibilidad de resurrección en el más allá —añadió Beltrán.

—Se burla del poder de «aquellos que el silencio usan como culto a la justicia» —recordó Andrés.

La cabeza me iba a mil revoluciones por segundo.

Las pistas de mi abuelo nos llevaban hasta allí, pero aún no lograba entender por qué o para qué. ¿Qué esperaba mi abuelo que hiciera yo con toda esa información? Tenía la sensación de que me faltaba alguna pieza para completar el puzle.

Mientras daba vueltas a todo eso, había una imagen a la que mi mente recurría una y otra vez: la foto borrosa del móvil de Andrés en la que aparecía, en la lista de las primeras alumnas que entraron en el colegio en el siglo XVI, una tal Julia. ¿Acaso Julia de Fuensalida no murió en la hoguera tal y como se insinuaba en su propio diario?

32

Toledo, 16 de diciembre del año 1500

Julia estaba atrapada en una pesadilla sin retorno. Ya no había marcha atrás, las circunstancias habían dictaminado su destino: la hoguera. Aquellos hombres no sentirían pena ni compasión alguna por ella.

Tras conocer que las autoridades civiles iban a conceder la pena de muerte, el Santo Oficio ni siquiera se molestó en exponer su nombre y la sentencia en la puerta de las iglesias. No tenían tiempo que perder, pues al parecer los ánimos estaban soliviantados. Tras el revuelo en el juicio, un mensajero se acercó al inquisidor general para informarlo de cierta agitación en la ciudad. Aunque apenas habían pasado unos minutos desde que Julia testificara, en las calles se habían producido varias disputas entre la gente que estaba a su favor y la gente que estaba en su contra. Debía actuar rápido si no quería que aquello se le fuera de las manos.

Los alguaciles obedecieron las órdenes de Torquemada sin objeciones: agarraron a Julia del pelo y la arrastraron hasta las mazmorras entre los insultos de quienes, alguna vez, ella había llamado amigos y vecinos.

—¡Bruja! ¡A la hoguera! ¡Puta! —gritaban.

En la celda el grupo de mujeres la despojó de sus ropas y su dignidad cayó al suelo junto con las telas. Fueron benevolentes y le concedieron una última voluntad antes de abrir la puerta y entregarla a los alguaciles: escribir en su diario. Aquellas páginas, que la habían acompañado desde que su vida se truncó, eran serenidad y paz: un lugar donde escapar cuando sus fantasmas del pasado y del futuro la visitaban, un lugar en el que conectar con sus recuerdos, un lugar seguro donde abrazar desde lo más recóndito de su ser hasta lo más divino de su existencia. Necesitaba poner fin a la historia, a su propia historia.

Sin esperanza, pero con la fuerza de una leona, Julia agarró la pluma y escribió:

Hoy mi corazón está sumido en la oscuridad. Sin embargo, mi alma no teme, porque, aunque en este lugar la justicia es solo un espejismo, allá donde voy los muertos viven eternamente y los justos son bienvenidos.

No temo a las llamas ni temo al dolor; tampoco temo a la muerte, pues sé que mi galardón será grande en el reino de los cielos.

En mi interior, yo sé la verdad de quién soy.

Estas páginas son mi último acto de resistencia. Mis letras serán mañana la voz de la verdad.

Yo, Julia

Le quedaron un par de hojas en blanco que no pudo aprovechar.

Esa fue la última vez que Julia vio el diario.

Las mujeres la lavaron, le colocaron una tela gruesa marcada con una equis, a modo de escapulario, y le cubrieron la cabeza con un siniestro gorro con dos aberturas a la altura de los ojos, que le permitían observar el exterior. La habían vestido con el sambenito, símbolo de la infamia, que servía para señalar a los condenados por el tribunal. Aquel uniforme macabro solo podía estar diseñado por una mente perversa y siniestra. No se conformaban con asesinar a quien se opusiera a su ley, sino que, además, lo ridiculizaban.

Vestida de aquella manera, descalza y con las manos encadenadas, caminó por las calles de Toledo. Temblaba, pero no de miedo; hacía un frío como solo sabe hacerlo en los inviernos toledanos.

No había sumisión en su mirada, sino furia, una furia que le iluminaba los ojos y hacía que parecieran brasas vivas. Los alguaciles que la rodeaban trataban de apaciguar a la multitud enfurecida, que le arrojaba alimentos y objetos con rabia incontenible. Escondida tras la rugosa tela, escudriñaba el entorno y observaba cómo la muchedumbre jaleaba con crueldad. Su mirada se encontró con un grupo de niños que, imitando la conducta de los adultos, proferían insultos y arrojaban escupitajos a sus vestimentas. En aquel momento, una única lágrima se deslizó por su mejilla como un río silencioso, marcando así el contraste entre la inocencia perdida y la brutalidad de un mundo carente de cordura.

En el tumulto de gente que la rodeaba vio algunas caras conocidas. Pudo observar a Jimena, en cuyo rostro percibió un ápice de satisfacción. Para la mujer del panadero era mucho más fácil echar la culpa a otra mujer de lo que hacía el marrano de su marido a escondidas. En su cabeza ni siquiera cabía la posibilidad de que hubiera otra explicación a sus males, tal vez porque eso habría supuesto cuestionar su propia vida y el mundo en el que vivía. Domingo, el panadero, estaba a su lado, cabizbajo y con el gesto serio; ese cobarde jamás se atrevería a decir la verdad a nadie.

Pedro, el sirviente, se encontraba a un par de metros de distancia de la pareja. Miraba a la condenada sabiéndose culpable de los cargos que habían recaído en ella. Sus ojos estaban encharcados. Por la parte que le tocaba, sabía que su señora no había encantado al marido de nadie y, por ende, dudaba mucho de que hubiera hecho pacto alguno con el diablo, pues conocía la verdad de las falsas acusaciones vertidas contra ella. Estaba fervientemente enamorado de Domingo y soñaba con tener una vida con él. La noche de la violación oyó ruido en los aposentos de Julia, pero andaba demasiado ocupado en las caballerizas como para entretenerse en otras cosas. Su declaración podría haber marcado un punto de inflexión en el juicio; sin embargo, aquello habría supuesto hacer públicas su orientación sexual y su relación. Quizá podría haber ayudado a salvar una vida inocente, sí, pero sin duda le habría costado la suya y la de Domingo, pues la homosexualidad no estaba bien vista. El precio que debía pagar por seguir vivo era cargar con el remordimiento el resto de su vida. Lo que Pedro aún no sabía era que su amado no lo quería tanto como él pensaba, sino que le interesaba más su propio bienestar. Aquella misma noche, Domingo pagaría unos pocos maravedíes a un vagabundo para que matara a Pedro a puñaladas en un callejón de la ciudad. Jimena, ajena a todo, pensaría que su matrimonio iba bien gracias a que la bruja había dejado de existir; lo que no sabría nunca era que, realmente, quien había dejado de existir era el amante de su marido.

Claudia, la doncella que trabajaba en palacio, también acudió a presenciar la ejecución. Ella lloraba, pero no de pena, sino de decepción. Era muy beata y creía en la existencia de un mal todopoderoso. Al conocerse la sentencia se sintió traicionada por su señora. No podía aceptar que Julia de Fuensalida, de tan honrada reputación, hiciera pactos con el demonio.

Por supuesto, Felipe no apareció por allí. Es más, se supo que ese mismo día abandonó el palacio de Fuensalida para volver a su ducado. Apenas unos meses más tarde se casaría con otra mujer, ignorando completamente lo sucedido en Toledo.

La comitiva la llevó hasta la plaza Zocodover. Allí, un capellán le hizo la señal de la cruz en la frente y dijo:

—Recibe ahora la señal de la cruz, la cual negaste y rechazaste.

Ella jamás había negado ni rechazado ninguna cruz. Seguía creyendo en Dios y en su mensaje, pero aquellos fanáticos se habían montado su propia historia y no atendían a razones.

El capellán la invitó a subir al cadalso que habían levantado en la plaza y para el cual no habían escatimado en gastos. A un lado estaban los inquisidores y el Tribunal secular, y al otro había otro tablado desde donde un sacerdote celebró una breve misa. Era curioso que nadie se preguntara por qué aquella a la que llamaban bruja aguantó la misa sin retorcerse, chillar o derretirse; quizá solo veían lo que querían ver.

Entre el gentío, divisó a un grupo de mujeres que observaban en silencio todo lo que ocurría a su alrededor. Allí estaba Rosa, con los ojos llenos de lágrimas y la angustia dibujada en el rostro. A Rosa le habría encantado abrirse paso entre la multitud y correr a defender el buen nombre de su amiga. Le habría gustado soltar sapos y culebras a todo aquel que se atreviera a rechistar. Sin embargo, no podía hacer nada de eso porque solo era una mujer. Fue entonces cuando deseó ser una mujer libre. Fue entonces cuando entendió que nunca lo había sido y que allí jamás lo llegaría a ser.

Al terminar la misa, un jurista se puso en pie y llamó a la hereje.

—Yo soy —dijo ella con la voz firme.

Torquemada estaba entre el grupo de inquisidores. Era su turno. Como era de esperar, no se perdió el auto de fe. Se irguió, extendió los brazos, los puso en cruz y, sintiendo suyo el escenario, dijo:

—Nosotros, el Santo Oficio, con el permiso y la benevolencia de sus majestades los Reyes Católicos y el Obispo de esta ciudad, y por la misericordia de Dios, convocamos hoy, día 16 del mes de diciembre del año mil quinientos, a Julia de Fuensalida ante Dios y el pueblo para pronunciar la sentencia que ha sido dictada por la sagrada autoridad de la santa madre Iglesia. —Torquemada desplegó un pergamino y comenzó la lectura de la sentencia—: «Ante los ojos de hombres ilustrados y sabios en materia de teología y derecho civil, habiendo examinado con diligencia y discutido cada circunstancia del proceso con madurez, encontramos que vos, Julia de Fuensalida, habéis sido legalmente declarada culpable de haber sido infectada con el pecado de la herejía por muy largo tiempo». —Levantó los ojos del pergamino y la miró a ella—. ¡Pactasteis con el diablo y osasteis desafiar el orden divino!

La muchedumbre mostraba su apoyo gritando. Parecían estar entusiasmados con la ejecución, como si después de esta no fueran a pasar hambre nunca más, como si todos sus problemas se fueran a desvanecer al día siguiente. Dales circo, que del pan se olvidarán.

Torquemada siguió leyendo:

—«La acusación llegó hace varios días a nuestros oídos y, tal y como dicta la ley, ha sido sometida a un juicio justo en el que se os ha determinado culpable de los más viles y lujuriosos pecados. ¡Os habéis comprometido con el demonio, habéis entregado vuestra alma al pecado y, con ello, habéis traído el tormento a las almas de los fieles inocentes! —Alzaba la voz cada vez que quería dar énfasis a lo que decía—. En nuestra sagrada misión de predicar sobre la existencia del reino de los cielos se encuentra también la de erradicar la herejía y la brujería de nuestro amado país. Habéis negado los ritos y pactos infernales que han sido probados durante el proceso inquisitorial. En nombre de Dios os digo que, durante un tiempo, rezábamos para que confesarais la verdad y renunciarais a la herejía. Nuestro deseo era que fuerais llevada de vuelta al seno de la santa Iglesia y a la unidad de la fe, para que así pudierais salvar vuestra alma y escapar de la destrucción en el infierno. Lo intentamos por todos los medios, pero, siendo vos tan obstinadamente entregada a la maldad y habiendo despreciado nuestro sano consejo, persistiendo antes y ahora con la mente terca y siendo desafiante en vuestras negaciones contumaces, la gracia y la misericordia de Dios no pueden ir más lejos».

Se refería Torquemada a la manipulación, a la presión de grupo y a la fuerza. No eran medios muy justos que digamos. Ella no tenía nada que perder, así que gritó:

—¡Presionar a alguien de cualquier manera para que diga lo que queréis escuchar no es confesar, es chantajear!

El pueblo se quedó petrificado ante su osadía. No pensaban que una mujer en su situación se atreviera a hablar con tanta fuerza.

—¡Maldita seáis, mala mujer! —gritó un hombre desde el público.

—¡Malditos seáis aquellos que, en el nombre de Dios, os creéis con el derecho a juzgar sin conocer la verdad! —respondió la condenada.

La plaza quedó en silencio, expectante. El verdugo se acercó con sigilo, pero Torquemada negó con la cabeza. Posó los ojos, fríos y penetrantes, en la acusada, que le devolvía la mirada y la mantenía con valentía. El verdugo, confundido por la negativa del inquisidor, se detuvo. Torquemada recordó que las brujas solo podían encontrar la muerte en las llamas, así que pensó que no era conveniente arriesgarse.

—Sabed todos que la Inquisición jamás condenaría a nadie sin tener pruebas suficientes. Ejercer sobre los hijos de Dios un poder que solo le corresponde al Todopoderoso es cuando menos osado, y eso es lo que ha hecho esta bruja. ¡Ya veis que es capaz de cualquier cosa! ¡Alguien tan desafiante y temeraria como ella no podrá ser jamás una buena cristiana! —El público asintió y Torquemada lo interpretó como un gesto de aprobación a sus palabras, así que, ignorando lo dicho por aquella mujer, como si nada hubiera pasado, siguió con la lectura de la sentencia—: «Por ello, en aras de salvaguardar nuestra amada fe, la Santa Inquisición, que trabaja para que la paz y la verdad de nuestra santa madre Iglesia sean protegidas de cualquier mal, os entregamos y abandonamos a la justicia secular, y oramos para que dicho Tribunal pueda moderar su sentencia de muerte sobre vos, condenándoos a la hoguera».

Un miembro del Tribunal secular se puso en pie, junto al clérigo, desplegó otro pergamino y leyó:

—«Este tribunal encuentra a la acusada culpable de los delitos que se le atribuyen. Condenamos, por ello, a Julia de Fuensalida a morir quemada en la hoguera».

La muchedumbre volvió a jalear y Torquemada se vino arriba de nuevo, volviendo a tomar la palabra:

—¡Que su carne arda en el fuego purificador y su alma encuentre la redención a través del sufrimiento y la penitencia! ¡Que su ejemplo sirva de advertencia a todas aquellas que consideran transgredir la voluntad de Dios y pactar con las fuerzas del mal! ¡Que la misericordia divina tenga piedad de su alma, pues aquí en la tierra el veredicto ya ha sido dado! ¡Que así sea! —clamó mirando al cielo.

El pueblo aplaudió sus palabras. Sin embargo, una joven mujer dio un paso al frente y gritó:

—¡Nuestra fuerza es inquebrantable, y nuestra resistencia, eterna!

De repente se hizo el silencio de nuevo. Eran las palabras que Julia había pronunciado en el juicio.

Al decirlas en voz alta, la mujer dictó su propia pena de muerte. A los soldados allí presentes se les había encomendado mantener el orden y atacar ante cualquier tipo de sublevación, así que uno de ellos reaccionó clavándole la espada. En aquel momento, aunque nadie más se atrevió a levantar la voz, desde el cadalso se vio cómo más mujeres y varios hombres abandonaban la plaza en señal de desacuerdo.

Torquemada entendió que aquella maldita bruja lo estaba dejando en evidencia, así que no perdió ni un minuto más en pedir al tribunal secular que dieran, de inmediato, la orden de ejecución. Así lo hicieron.

El verdugo se atrevió a mirarla a los ojos cuando se acercó a ella. Sintió que un escalofrío le recorría el cuerpo y le invadió el miedo. Pensó que era una bruja de verdad, pues ninguna mujer había tenido el poder de hacerlo sentir tan pequeño solo con la mirada.

—Vamos, bruja —le dijo con la voz temblorosa—. La hoguera te espera.

La comitiva la llevó caminando hasta las afueras de la ciudad, donde se solía quemar a los herejes. No lo hacían en la misma plaza porque les molestaba el hedor.

Una vez al otro lado de la muralla, la encadenaron a un poste de madera y prendieron fuego a la pira. El humo pronto comenzó a elevarse entre sus pies. Era el final, su muerte se acercaba.

—¡La libertad no es un privilegio! —gritó desafiante mientras tosía. Detrás del sambenito, sus ojos brillaban con intensidad—. ¡Maldigo a todos aquellos que persiguen a quienes son diferentes! ¡Esto no acaba aquí! Yo moriré, pero aquellas a las que llamáis brujas vivirán generaciones hasta el día en que su voz sea escuchada.

La multitud la miraba con miedo y asombro.

—¡Vuestras llamas no pueden quemar la verdad ni extinguir la fuerza que yace en cada una de nosotras! ¡Os enfrentaréis a las hijas de las brujas que no podréis quemar!

Era curioso que, a pesar de ser tan esperada, la quema fuera perdiendo espectadores. Hubo gente que se quedó hasta el final para presenciar cómo el fuego consumía la carne de la bruja. Sin embargo, la mayoría se enfrentó a un dilema moral: jamás habían visto a una mujer tan desafiante incluso en sus últimos momentos.

33

Los tres seguíamos ahí, mirándonos en silencio.

Lo que contaba Andrés parecía bastante convincente; aun así, yo seguía teniendo la sensación de que había algo que no cuadraba. Pese a que el relato tenía sentido, no hallábamos respuesta a algunas preguntas. ¿Para qué querría mi abuelo traerme aquí? ¿Qué más tenía que hacer? ¿Dónde tenía que buscar?

Me dolía mucho la cabeza, como si mi cuerpo hablara y pudiera expresar con el dolor la resistencia a encajar las piezas del rompecabezas. Trataba de unir aquellos fragmentos dispersos en un todo coherente, sin aparente éxito, y aquello me frustraba.

Mientras Beltrán y Andrés discutían acerca de otros posibles significados, yo me alejé unos pasos en busca de un espacio para la reflexión. Me planté frente al altar y aprecié con detenimiento todos los detalles que Andrés había mencionado. El Padre, el Hijo y el Espíritu Santo. Ahí estaban los tres, observándonos desde su posición, esperando la devoción de los fieles. Mi mente divagó: Iglesia, Inquisición, masonería… No encontré nada que pudiera acercarme a lo que necesitaba. La frustración se apoderó de mí. ¿Y si era más sensato abandonar aquella búsqueda? Cerrar la puerta y volver a Madrid para intentar recuperar la normalidad. Aunque ¿qué era la normalidad? ¿Acaso alguna vez la había tenido? Suspiré. Estaba agobiada. Una lágrima se deslizó por mi mejilla. Desvié la mirada a los hermanos, que seguían discutiendo. Habíamos llegado hasta aquí y no teníamos nada. La casa de mi abuelo destrozada, mi vida en peligro, un posible asesinato, la sombra de Álex persiguiéndome... ¿Y si ahora tenía que lidiar con un ex acosador? ¿Estaba condenada a empezar de cero en otro lugar? Eso era lo que pretendía cuando vine a Toledo, pero lo que no sabía era que aquí iba a encontrar más problemas de los que ya tenía. Desesperada, cerré los ojos y comencé a rezar. Mi último recurso cuando en la tierra ya no me quedaban más opciones siempre era aquel, así que, en medio de todo el caos histórico y emocional, empecé a recitar el padrenuestro.

Cuando terminé, me sequé las lágrimas y me senté en uno de los dos escalones que se alzaban hacia el altar. Desde ahí contemplé el entorno con una perspectiva diferente. ¿Cómo habría sido aquel lugar en pleno siglo XVI? De repente, la realidad empezó a desdibujarse y el presente se desvaneció ante mis ojos. Beltrán y Andrés desaparecieron. Dejé de oír a los turistas. Las luces eléctricas que iluminaban el colegio fueron reemplazadas por velas que arrojaban una luz suave y dorada sobre las paredes, ahora convertidas en muros de piedra. Pude ver al descubierto la antigua estructura antes oculta por la madera que la recubría.

Oí el ruido de unas bisagras y puse especial atención a la entrada. De pronto, las puertas de la iglesia se abrieron y, en lugar de turistas, entró un capellán. Vi que se acercaba a mí con seguridad, subió al altar. Al parecer, se disponía a oficiar una misa. Alcé la mirada y vi que en el piso superior entraban unas colegialas vestidas con falda larga y una capa de paño blanco que les cubría la espalda. Marchaban en procesión, con devoción y alegría. Iban cantando en tono bajo una especie de himno en alabanza a la Virgen. Observé que se agrupaban en los bancos del nivel superior, listas para participar en la misa. Estaba en medio de una ensoñación, como si la historia misma se hubiera desplegado ante mis ojos.

En medio de aquel trance tuve una corazonada y regresé bruscamente a la realidad.

Me puse en pie. Mi movimiento desvió la atención de los hermanos hacia mí.

—Andrés, ¿cómo se accedía a este colegio? —pregunté.

—¿Cómo? —Me miró frunciendo el ceño—. Siempre se ha accedido por la puerta.

—¡Ya sé que se accede por la puerta!

—Entonces no entiendo a qué te refieres.

—Me refiero a qué requisitos se necesitaban para ingresar como alumna.

—¡Ah! Pues… que yo recuerde eran tres —dijo rascándose la cabeza—. Pero ahora mismo no sabría decirte cuáles eran. Tendría que buscarlo.

Miré a Beltrán.

—Tú eres un libro de historia con patas, seguro que lo sabes.

—Espero que eso haya sido un piropo.

—¿En estas circunstancias? Por supuesto que lo es.

Beltrán rio.

—A ver… eran tres —contestó—: pertenecer a la diócesis de Toledo, tener sangre pura cristiana y… tener entre siete y diez años—. Frunció el ceño y su expresión se transformó. Se dio cuenta de lo que había dicho.

«Era muy purista y apoyaba las actividades de la Inquisición española». Evoqué para mis adentros las palabras que había escuchado decir al guía minutos antes.

—No es ella —dijimos los dos a la vez.

—¿Qué? —preguntó Andrés.

—Julia solo cumple uno de los requisitos. Jamás habría podido entrar aquí como alumna —dije—. Para empezar, era adulta y estaba casada. Y, para colmo, antes he escuchado al guía decir que Silíceo era muy purista y que apoyaba las actividades de la Inquisición. Es prácticamente imposible que admitiera a una mujer sentenciada a la hoguera. —Suspiré—. No creo que Julia sobreviviera a la hoguera. Quizá nos hemos equivocado. Quizá la de la lista es otra Julia.

—Y no solo por eso, Eleonor —intervino Beltrán—. Julia era noble en el sentido aristocrático, pero, visto desde la perspectiva de Silíceo, estaba contaminada desde el momento en que había sido sospechosa de herejía y brujería. Jamás habría permitido su admisión. Además —Beltrán se dirigió a su hermano—, hay un pequeño detalle en el que no había caído antes, y es que el colegio se fundó en el mil quinientos cincuenta y uno y el diario data del año mil quinientos. ¡Ni siquiera las fechas cuadran! —Chasqueó la lengua en señal de fastidio.

Fenomenal. Cuando parecía que lo teníamos, resultó que no. Ahora sí que ya no sabíamos qué hacer ni adónde ir ni dónde buscar. Andrés había interpretado mal las pistas. Estábamos, de nuevo, en la casilla de salida.

—Quizá debamos darle una vuelta a todo desde el principio.

Andrés se mostró decepcionado.

—Lo siento mucho... —Cabizbajo, sacó de nuevo el diario del bolsillo de su sotana y extendió el brazo con la intención de devolvérmelo—. Lo siento, de verdad. Creo que no puedo ayudaros más.

—No te preocupes, Andrés. Buscaremos otra manera de averiguar qué quiso decir mi abuelo. —Alargué la mano para tomar el diario, pero se me escurrió y cayó al suelo.

—Vaya, discúlpame.

—No pasa nada. —Me incliné para recogerlo. Al agacharme quedé a la altura de uno de los relieves de mármol que el sepulcro tenía a la vista, en uno de sus laterales, a modo de adorno, y algo captó mi atención.

—Esperad un momento.

—¿Qué pasa?

—Creo que he encontrado algo —advertí señalando con la cabeza el relieve. Era grande y rectangular, mediría aproximadamente un metro de largo y unos cincuenta centímetros de alto.

Beltrán se inclinó a mi lado para verlo más de cerca.

—Es la emperatriz Isabel de Portugal, la mujer de Carlos V —explicó.

—No es exactamente eso lo que me ha sorprendido. Mira el color de la pieza, parece un par de tonos más clara que el resto. El sepulcro se hizo en el siglo diecinueve, pero ¿y si esta pieza fuera un añadido posterior a la obra de Bellver?

Andrés también se inclinó.

—Puede que el color esté así porque se haya conservado mejor con el paso del tiempo —dijo.

—Creo que esto va más allá. Fijaos. —Señalé la esquina superior del grabado. Había una grieta enorme en el mármol.

Lo que aún no sabíamos era que esa grieta escondía algo que jamás habríamos imaginado.

TERCERA PARTE

RENACER

34

Toledo, 16 de diciembre del año 1500

Julia estaba atrapada en una pesadilla sin retorno. Ya no había marcha atrás, las circunstancias habían dictaminado su destino: la hoguera. Aquellos hombres no sentirían pena ni compasión alguna por ella.

Tras conocer que las autoridades civiles iban a conceder la pena de muerte, el Santo Oficio ni siquiera se molestó en exponer su nombre y la sentencia en la puerta de las iglesias. No tenían tiempo que perder, pues al parecer los ánimos estaban soliviantados. Tras el revuelo en el juicio, un mensajero se acercó al inquisidor general para informarlo de cierta agitación en la ciudad. Aunque apenas habían pasado unas horas desde que Julia testificara, en las calles se habían producido varias disputas entre la gente que estaba a su favor y la gente que estaba en su contra. Debían actuar rápido si no quería que aquello se le fuera de las manos.

Los alguaciles obedecieron las órdenes de Torquemada sin objeciones: agarraron a Julia del pelo y la arrastraron hasta las mazmorras entre los insultos de quienes, alguna vez, ella había llamado amigos y vecinos.

—¡Bruja! ¡A la hoguera! ¡Puta! —vociferaban.

En la celda el grupo de mujeres la despojó de sus ropas y su dignidad cayó al suelo junto con las telas. Fueron benevolentes y le concedieron una última voluntad antes de abrir la puerta y entregarla a los alguaciles: escribir en su diario. Aquellas páginas, que la habían acompañado desde que su vida se había truncado, eran serenidad y paz: un lugar donde escapar cuando sus fantasmas del pasado y del futuro la visitaban, un lugar en el que conectar con sus recuerdos, un lugar seguro donde abrazar desde lo más recóndito de su ser hasta lo más divino de su existencia. Necesitaba poner fin a la historia, a su propia historia.

Aquella fue la última vez que Julia vio el diario.

No puso impedimento alguno cuando una de las mujeres le arrebató el cuaderno y la pluma y se los guardó en el bolsillo. Aquella misma mujer dejó paso a otra encapuchada que, por su lenguaje corporal, parecía mandar sobre las demás.

—Vamos a sacaros de aquí.

Julia recordó aquella voz aterciopelada.

La mujer se desprendió de la capa y descubrió su rostro. Era Clara.

—¿Qué estáis haciendo aquí? —Julia la miró sorprendida.

—¡Rápido! No hay tiempo que perder —ordenó a las demás—. Coged el nudo de bruja. Hacedlo tal y como os instruí.

Las mujeres le retiraron las vendas y extrajeron el amuleto que Clara había colocado horas antes. Era un símbolo de acero compuesto por un nudo de cuatro esquinas rodeado por un círculo. El nudo de bruja representaba la protección, el poder y la unidad entre ellas, pero también era un recordatorio tangible de fortaleza y resiliencia, pues cada lazada representaba para ellas un elemento de la naturaleza y una barrera poderosa.

—¡Esperad! ¿Qué hacéis?

—Salvaros la vida. —Clara respondió con firmeza.

—¡No! ¡Alto!

Clara la mandó callar.

—¡Silencio si no queréis que nos maten a todas!

—Es lo que harán como se enteren de que estáis intentando liberarme. ¿Cómo pensáis sacarme de aquí?

—Por la puerta.

—¿Qué? —preguntó Julia con indignación—. ¡Pero se darán cuenta!

—¿Podéis callaros de una vez?

Julia sujetó a Clara por la muñeca y esta se giró para mirarla a los ojos.

—¿Por qué? —le preguntó Julia.

—Porque así debe ser —respondió con frialdad. Luego se dirigió al grupo de mujeres—: ¡Ahora!

Las mujeres, que aguardaban la orden de Clara, forzaron las cadenas con el nudo de bruja. La cerradura cedió y Julia quedó libre.

—¿Y ahora qué vais a hacer?

Clara no respondió. Comenzó a desvestirse.

—¿Qué estáis haciendo? —Julia estaba desorientada. Las mujeres empezaron a vestirla con la ropa de Clara—. ¡Deteneos!

—Colocadme este asqueroso trapo viejo. —Clara se refería al sambenito.

Las mujeres la lavaron y le pusieron la tela marcada con la equis. Luego le cubrieron la cabeza con la ominosa coroza y la encadenaron.

Los alguaciles abrieron la puerta y forzaron a Clara a salir. La custodiaron hasta la calle, donde cientos de personas aguardaban para abalanzarse sobre ella y descargar sus frustraciones. Hacía mucho frío, aunque sabía que pronto la sensación sería muy distinta.

Caminaba descalza y con las manos encadenadas, observando a la gente tras la tela que le cubría el rostro. Escuchaba su propia respiración y el latir de su corazón. De repente le pareció que todo iba a cámara lenta.

Pronto su vida empezó a pasar ante sus ojos.

Se vio a sí misma en su ciudad natal, Milán. Sus últimos años allí los pasó aprendiendo medicina gracias a un hombre sabio llamado Leonardo; con él compartía su vocación por aprender y ayudar a los demás.

Recordó el día de su detención, en 1497, tres años antes. Esa tarde había ido a visitar a su maestro, que pintaba un mural en el monasterio de Santa Maria delle Grazie.

—Es magnífico —le dijo.

—¿Os gusta?

—Mucho. Seguro que al duque Ludovico Sforza le encanta.

La pintura ocupaba una pared entera del monasterio. Su maestro lo había pintado con tal perspectiva que las paredes de la pintura parecían una extensión de las de la propia sala.

—La Biblia cuenta que Jesús pasó su última noche con los doce apóstoles. —Sonrió mirando el mural—. Y lo hizo con humildad a pesar de saber que iba a ser traicionado.

Clara también sonrió.

—Sin duda nos dejó una importante lección —dijo.

—No solo eso. Jesús molestaba a las autoridades romanas. Más allá de ser condenado por delitos religiosos, fue una cuestión de ejemplaridad y orden público para el pueblo. Se sacrificó por el bien de todos. A través de su muerte y resurrección, Jesús restauró todas las relaciones quebrantadas por el pecado original: con Dios, con el hombre y con la naturaleza. Nos ayudó en lo divino, pero también en lo terrenal.

Clara asintió reflexiva.

—¿Cómo se llamará? —preguntó señalando la pintura con la cabeza.

—*La última cena* —contestó Leonardo.

Esa misma noche, la Inquisición la detuvo por ser sospechosa de brujería. Una mujer que aprendía a usar plantas y brebajes para sanar a los enfermos era una amenaza, sobre todo para aquellos que creían que esos conocimientos se utilizaban en contra de las normas establecidas. Un día curó de fiebres altas a un enfermo al que los médicos daban por muerto, y los vecinos pensaron que lo había resucitado. Ahí comenzaron las sospechas y las habladurías. Hasta aquel momento, la tutela de su maestro había mantenido a raya a la Inquisición; sin embargo, aquella noche actuaron con diligencia.

El siguiente año Clara lo pasó encarcelada, a la espera de una sentencia firme. Pero todo llega, incluso la pena de muerte.

El día en que iba a ser ajusticiada en la hoguera, una misteriosa mujer la rescató tal y como ella estaba haciendo ahora con Julia. Aún recordaba la expresión de sus ojos: exhumaban fuerza, eran fuego.

Antes de ser ejecutada, la extraña mujer le dijo: «Levántate, lucha y deja huella en el mundo».

Gracias a su valentía, Clara pudo escapar y ser una mujer libre. No podía creer que alguien se sacrificara por ella, y eso le devolvió la fe en la humanidad. Experimentar cómo alguien luchaba por una causa mayor que su propia vida la ayudó a ver el mundo con otros ojos. Desde aquel día, la esperanza en una sociedad mejor para las mujeres la ayudó a sobrevivir en los tiempos difíciles.

Clara se hizo a sí misma una promesa: si alguna vez otra mujer se encontraba en su misma situación, haría lo mismo por ella.

Aunque en su propio interés habría preferido ignorar el asunto, la curandera era una mujer de palabra y en el fondo se había estado preparando durante los últimos años para ese momento.

Rememorar aquella escena le infundió valentía, y su mirada se llenó de determinación. Ignoraba a la multitud enfurecida porque sabía que su cometido era mucho más grande que todo aquello. Confiaba en el poder de sus palabras y acciones. Era conocedora de la revuelta que hacía horas se propagaba en las calles y tenía más claro que nunca que la lucha por la libertad no había hecho más que comenzar.

Julia también estaba allí, escondida entre el gentío. Lo observaba todo con detenimiento. Se encontraba rodeada de las mujeres que aquel día habían acompañado a Clara a las mazmorras. Rosa también estaba allí presente, con los ojos llenos de lágrimas y la angustia dibujada en el rostro. Clara se había convertido en su amiga y no poder ayudarla en aquella situación la hacía sentir impotente. Se agarraron de la mano en busca de consuelo.

—Aquí jamás seremos libres —dijo Rosa.

Julia se mantuvo en silencio; sabía que su amiga tenía razón. Desde su ubicación, pudo ver a Jimena, a Domingo, a Pedro y a Claudia, que observaban a quien creían que era ella. Nadie se dio cuenta del cambiazo. Nadie vio nada raro porque habían aprendido a ver únicamente lo que ansiaban.

Clara reconoció algunas caras, aunque el gesto de satisfacción en el rostro de Jimena le dolió especialmente.

Tuvo que disimular su acento cada vez que hablaba, pero lo hizo con tal autoridad y misticismo que sus palabras se clavaron con fuerza en los corazones de aquellos a los que aún les quedaba una pizca de cordura. La incomodidad que su osadía generaba en el público la impulsaba aún más.

Tras las palabras del inquisidor general, oyó que alguien gritaba entre la multitud:

—¡Nuestra fuerza es inquebrantable, y nuestra resistencia, eterna!

Aguzó la vista y vio que era una mujer del pueblo.

Luego se dio cuenta de que la gente comenzaba a dispersarse.

Clara sonrió, aunque nadie más pudo verlo. Se alegró porque, en realidad, todo lo que entonces acontecía era un logro.

Torquemada entendió que aquella maldita bruja lo estaba dejando en evidencia, así que no perdió ni un minuto más en pedir al tribunal secular que dieran, de inmediato, la orden de ejecución. Así lo hicieron.

Clara clavó los ojos en el verdugo y este desvió la mirada.

—Vamos, bruja —le dijo con la voz temblorosa—. La hoguera te espera.

Aquella tarde fue Clara quien murió quemada en la hoguera y no Julia.

35

Ni corta ni perezosa, rasqué con la uña la grieta. Me hice un poco de daño, pero logré introducir en ella el dedo índice. Hice palanca y, aunque me costó, porque aquello pesaba un quintal, tiré de la pieza hacia fuera.

—Hay algo debajo —dije.

La cara de Andrés era un poema. Probablemente estaba en shock.

—Te ayudaré. —Beltrán agarró con la mano la parte del mármol que ya estaba prácticamente fuera y tiró hacia él.

Ambos estábamos de rodillas, haciendo fuerza. ¿Aquello podía considerarse una profanación?

La pieza pesaba mucho, pero al fin logramos apartarla y dejar al descubierto lo que hasta aquel momento ocultaba: el relieve original.

—¿Qué coño es esto? —preguntó Beltrán perplejo.

—Santo Dios… —Andrés seguía intentado procesar lo que acabábamos de hacer—. Nos van a detener…

—La madre que me parió. —Tosí debido al polvo. No era especialmente alérgica a los ácaros, pero allí debajo había como tres kilos de suciedad.

—Esta no es Isabel de Portugal —dijo Beltrán.

El mármol original presentaba la imagen de una mujer entre llamas cuyo rostro reflejaba serenidad, como si no le importara que el fuego la estuviera consumiendo. A la izquierda, un símbolo compuesto por un nudo de cuatro esquinas rodeado por un círculo.

—Es un nudo de bruja —explicó Beltrán.

—¿Un qué? —Fruncí el ceño.

—Es un amuleto, un símbolo protector.

Asentí.

—Hay una inscripción debajo del relieve —informé.

Andrés pareció reaccionar. Se acercó con cautela.

—*Cecidit. Exussit. Renata est.* Está en latín. —El sacerdote estaba más blanco que la pared.

—¿Qué pone? —pregunté.

—«Cayó. Ardió. Renació» —tradujo.

—¡Mirad! —Pasé los dedos por el grabado—. Tiene barriga. Está embarazada. ¡Es ella!

—Julia no murió —musitó Beltrán.

—¡Andrés tenía razón! —grité emocionada—. ¡Mi abuelo me trajo hasta aquí!

—Andrés, ¿y si la Julia que aparece en la lista de alumnas fuera su nieta? —preguntó Beltrán—. Cuadraría bastante por edad.

Los tres nos miramos boquiabiertos.

—¡Eh! ¿Qué demonios estáis haciendo? ¡Esto es patrimonio nacional! —Un señor alto, grande y muy enfadado se acercaba hacia nosotros con cara de muy pocos amigos. Era el responsable de la seguridad del colegio—. ¿Cómo os atrevéis?

Beltrán y yo nos pusimos en pie rápidamente. El hombre se aproximaba con la porra en la mano. Por suerte, Andrés se interpuso entre él y nosotros.

—Hola, ¿qué tal? ¿Cómo está? Soy el padre Andrés. Encantado de conocerlo. Ellos vienen conmigo…

Mientras Andrés hablaba con el tío de seguridad, Beltrán y yo nos apartamos a un lado de la capilla.

—Acabamos de darle una vuelta a la historia de Toledo —dijo Beltrán.

—Y nos van a detener. —Miré al guardia de seguridad. Estaba llamando a la policía.

—A ver cómo explicamos esto.

De repente noté mi móvil vibrar. Tres wasaps nuevos.

CÉSAR
Susana ha desaparecido. Está con vosotros?
No sé nada de ella   18:35

SUSANA
NO OS FIEIS DE ANDRÉS   16:46

MAMÁ
Cómo vas?   16:05

Mierda. Acababa de verlos todos en ese momento.

Dada la situación, era obvio que mi madre iba a tener que esperar un poco más a mi respuesta.

—¿Qué ocurre? —me preguntó Beltrán.

Le mostré la pantalla.

—Mierda.

—Vámonos —dije.

—¿Y mi hermano? ¿De verdad crees que no debemos fiarnos de él?

—No lo sé, Beltrán. Susana no da más explicaciones.

—Estoy muy confundido ahora mismo. —En sus ojos se reflejaba el conflicto interno que el mensaje de Susana le acababa de generar—. Nos ha traído a una pista importante.

—Ya lo sé, pero ¿y si todo es una especie de trampa? ¿No decíamos que la Iglesia podía ser también sospechosa de la muerte de mi abuelo? ¿Y si nos ha traído hasta aquí para que nos detengan? No tendría que haberle dejado el diario. —Yo también estaba confundida, pero me fiaba de mi amiga Susana—. ¿Y si Susana ha encontrado algo importante y está intentando avisarnos? ¿Y si está en peligro?

Beltrán caviló unos segundos.

—Mira, estoy igual de rayada que tú, pero no me la voy a jugar. Encima mi amiga ha desaparecido —dije—. ¿Quieres pasar la noche en el calabozo?

—¡No! ¡Claro que no!

—Pues vámonos ahora que el segurata está distraído —insistí.

Beltrán me siguió con cara de pocos amigos. No parecía estar convencido para nada de aquello, pero ambos sabíamos que no teníamos otra opción.

Sigilosamente salimos del colegio.

Andrés no se dio cuenta de nuestra desaparición, seguía discutiendo con el tío de seguridad.

Una vez fuera, aceleramos el paso.

—Llámala —dijo.

Le hice caso y la llamé. Su teléfono estaba apagado.

—No da señal. Esto no me gusta nada.

Beltrán sacó su teléfono.

—¿Qué haces?

—Llamar a César.

Susana había desaparecido, pero, antes de hacerlo, me había escrito un mensaje de WhatsApp para advertirme de que no nos fiáramos de Andrés. ¿Por qué? ¿Qué había averiguado sobre él que nosotros no sabíamos? Y, por otra parte, ¿dónde diantres estaba? Quizá se había dormido con el móvil apagado para descansar mejor o estaba en alguna zona sin cobertura. Pronto recordé que tenía a alguien pisándome los talones. Me dio un escalofrío y el miedo me ganó la batalla. ¿Y si le había pasado algo grave por mi culpa? Seguíamos caminando calle abajo. Pronto llegaríamos al monasterio de San Juan de los Reyes, cerca del taller.

Aproveché que Beltrán hablaba con César para escribir a Susana, pero no le llegaban los mensajes. Aunque la llamé por teléfono un par de veces más, seguía sin dar señal. Lo tenía apagado.

—¿Y no sabes nada desde entonces? —Beltrán seguía al teléfono—. ¿Sabes si ha salido de casa? Entiendo. Sí. Tranquilo. La buscaremos juntos. En cinco minutos nos vemos allí.

Beltrán colgó la llamada. Su cara lo decía todo.

—No he logrado contactar con ella —dije.

—César tampoco. Esto me huele muy mal.

—Estoy empezando a preocuparme.

—Y yo. Pero ahora mismo no sé qué pensar. Hemos quedado con César en cinco minutos.

Empezó a llover de nuevo.

—Mierda, lo que faltaba.

Un deportivo plateado se acercó rápido hacia nosotros. Frenó de golpe y las ruedas derraparon ligeramente en los adoquines mojados.

Un hombre bajó la ventanilla.

Era César.

Nos quedamos embobados con su entrada de película.

—¿Subís o necesitáis un croquis?

Subimos al coche. Beltrán se colocó en el asiento del copiloto y yo me senté detrás.

—¿Y bien? —preguntó Beltrán impaciente.

—Sigo sin saber nada —contestó César.

—Mierda —me quejé—. Yo la he llamado, pero nada.

—¿Se os ocurre dónde podría estar? —preguntó César.

Ambos negamos con la cabeza.

De repente tuve una idea.

—¿Y si la geolocalizamos?

—Creo que puedo hacerlo desde mi móvil —dijo César poniéndose manos a la obra.

—¿Eso no es de psicópatas? —preguntó Beltrán.

—¿Qué? ¿Psicópatas? No, no. Esto sirve para ver dónde están los dispositivos de las personas a las que quier… —Me di cuenta de que Beltrán tenía razón—. Vale, sí, a menos que sea para hacerlo con tu familia y por seguridad, sí, es de psicópatas.

Álex y yo siempre nos geolocalizábamos cuando el otro no daba señales de vida. Aunque en realidad esa era la excusa: lo hacíamos cuando pensábamos que el otro nos estaba engañando. Qué tonta había sido con Álex y cuántas cosas tóxicas había aguantado. ¿Por qué mi mente era tan obtusa con este tema?

—Se supone que Susana llevará su dispositivo. Así que, si localizamos su teléfono, la encontraremos a ella —dije rápido, tratando de evitar así los pensamientos y la culpa—. ¿La tienes ya?

—No, aún no —contestó César.

Internet iba mal.

—Joder, sí que tarda esto —se quejó.

—En nada lo tienes.

El teléfono seguía buscando.

De pronto nos marcó un punto en el mapa.

César amplió la pantalla para ver de qué lugar se trataba.

—No puede ser —dijo—. Está en mi casa.

—¿Qué? ¿Cómo que en tu casa? ¿Pero no decías que no sabías dónde estaba? —se indignó Beltrán.

—He buscado por toda la casa, ¿vale? ¡Allí no está! —Recapacitó unos instantes—. A no ser que… esté en la cripta.

—¿En serio tienes una cripta en tu casa? —pregunté sorprendida.

—Sí —respondieron ellos al tiempo.

—Vivo en un antiguo convento —añadió César.

—Ah, sí. Ya no me acordaba.

—Entonces iremos hacia allí. —Arrancó el coche.

Durante el trayecto me entretuve mirando por la ventana, aunque la realidad era que miraba sin mirar. En el fondo, estaba inmersa de nuevo en mis pensamientos, aunque esa vez no era Álex quien los ocupaba. Recordé el día en que Susana, Beltrán y yo habíamos ido a casa de César. Casi nos matamos con el coche, pero en realidad me lo pasé bien. Mi amiga es muy divertida y se notaba que me quería mucho. Aquellos días me había demostrado que yo le importaba tanto como antes. En aquel instante era yo la que estaba preocupada por ella. Me di cuenta de que Susana siempre había sido mi mejor amiga.

«Ojalá no le haya pasado nada», pensé.

Noté que la lluvia caía con mayor intensidad, el ruido de las gotas golpeando el coche era cada vez más fuerte.

El trayecto se me hizo larguísimo. Es lo que pasa cuando estás deseando llegar al destino.

Una vez más, el tiempo no volaba para mí.

36

Afueras de Toledo, 16 de diciembre del año 1500

—Clara lo preparó todo a conciencia —dijo Rosa—. Y yo la ayudé.

—¿Cómo fue? —preguntó Julia. Necesitaba conocer todos los detalles.

Las dos estaban en el bosque, alrededor del fuego. Intentaban entrar en calor. El crepitar de la madera ardiendo resonaba como si también quisiera participar en la conversación.

Era una noche serena. El suelo estaba lleno de hojas secas y crujientes. Aquella noche los destellos plateados de la luna apenas se colaban entre las ramas de los árboles altos y frondosos que se alzaban contra el cielo estrellado. Un ligero y frío viento transportaba consigo la fragancia de la vegetación. El chisporroteo constante de la hoguera las acompañaba.

—¿Recordáis que os dije que esa mujer, Clara, conocía a mucha gente?

—Sí.

—Y que era muy respetada por los secretos que guardaba.

Julia asintió rápido. Estaba impaciente.

—Pues contactó con casi todas las mujeres de la nobleza.

—¿Habéis dicho mujeres de la nobleza? —Julia no sabía si estaba entendiendo bien lo que su amiga quería decirle.

—Con todas las que pudo. Ya sabéis. Incluso vuestras amigas participaron en el rescate.

—¿De verdad?

—Sí, mi señora. Mencía fue una de ellas. Y no lo vais a creer, pero Juana también participó.

—Juana, ¿qué Juana? ¿Os referís a Juana de Castilla?

Rosa asintió feliz.

—¿Verdad que es increíble?

—Dios santo... —Julia trató de procesar toda la información que estaba recibiendo.

—Os aseguro, mi señora, que al igual que vos no sois bruja Juana no está loca.

—Vaya... ¿Cómo lo hicieron?

—Bueno, ya sabéis que las mujeres, por el momento, no tienen mucha voz en este mundo de hombres... —Rosa sonrió y puso especial énfasis al decir «por el momento», pues sabía que aquello tarde o temprano cambiaría—. Por eso hicieron lo que pudieron dentro de sus posibilidades.

—¿Y qué fue?

Julia trató de acomodarse aun estando en el suelo. Se había sentado encima de una piedra y se la estaba clavando en el trasero. La cogió y la lanzó a la oscuridad del bosque. Al moverse sintió un dolor agudo en la espalda y recordó que las heridas del látigo seguían ahí.

—Bueno, ya sabéis. Fulanita conoce a menganita, y un favor sucede a otro hasta que alguien da con quien trabaja para el Santo Oficio y no le importa hacer la vista gorda por unas cuantas monedas.

—¿Me lo estáis diciendo de verdad?

—Jamás he hablado más en serio en toda mi vida.

Julia no podía creer lo que su amiga le estaba contando. Una sensación de calidez le inundó el cuerpo. Se volvió a sentir acompañada después de tanto tiempo.

—¿Por qué las mujeres de la aristocracia accedieron a ello aun sabiendo que la Inquisición no teme señalar a nadie? —preguntó. Necesitaba encajar todas las piezas de aquel puzle en su cabeza.

—Porque están hartas de ser la sombra de sus maridos. Necesitan algo más que dedicarse a bailar, tejer y bordar.

—¿Y cómo dio Clara con ellas?

Rosa rio.

—¿De qué os reís?

—Al parecer Clara había... Digamos que ayudó a malograr algún que otro embarazo.

—Vaya...

—Ya os lo dije, esa mujer guardaba muchos secretos.

Julia reflexionó acerca de lo arropada que se sentía por todas aquellas mujeres con las que compartía valores. Probablemente, ellas seguirían teniendo una vida tranquila y colmada de caprichos; sabía que, de alguna manera, sus almas serían tan prisioneras de sus propias vidas como ella lo había sido el tiempo que había estado entre rejas.

Los días en las mazmorras le habían dejado tiempo para asimilar que su hora había llegado. Sin embargo, volvía a ser libre: más libre que nunca. Y, como toda la ciudad pensaba que había muerto, podía iniciar una nueva vida. Eso sí, no en cualquier sitio, pues si ella ya era muy conocida antes de lo sucedido con la Inquisición, entonces lo era todavía más. Tampoco podría tener los lujos de antes. Tendría que empezar de cero, pero no le importaba. Era mucho mejor eso que la muerte.

—¿Qué ha sido de ese necio de Álvaro de Luna? —preguntó Julia—. No lo vi en la plaza.

—No lo visteis porque lo apresaron tras el juicio —respondió Rosa.

—¿Qué estáis diciendo?

—Una vez que terminó el juicio, hubo mucho revuelo en la ciudad. En las calles se generaron disputas entre la gente que estaba a vuestro favor y en vuestra contra. Julia, ¡vuestras palabras tocaron las almas! —A Rosa le brillaban los ojos, contaba el suceso entusiasmada—. Los aires estaban muy revueltos. Mientras unos peleaban a viva voz, otros se clavaban dagas en el pecho. Pero ¿sabéis qué es lo mejor? Que los guardias reales estaban tan preocupados intentando calmar las aguas que dejaron sin protección a Álvaro de Luna.

Julia sonrió. Escuchaba con atención la trepidante historia que su amiga Rosa le contaba. Deseó con todas sus fuerzas que el final fuera tal y como la historia parecía desvelar.

—Otro grupo de personas aprovechó ese momento para apresarlo y decapitarlo en un callejón —siguió Rosa—. Pero eso no es todo. Resulta que, a modo de burla, dejaron su cabeza clavada en una pica. Cuando los soldados la descubrieron ya era demasiado tarde, todo el mundo la había visto.

—¿Vos la visteis?

Rosa asintió sonriendo.

—Le está bien merecido —sentenció Julia.

—Irá al infierno.

Durante varios segundos las dos amigas disfrutaron del cruel destino reservado a aquel malnacido.

—¿Qué vamos a hacer ahora? —le preguntó Julia a Rosa.

Su amiga miró al grupo de mujeres que hablaban tras ellas. Julia recordó algunas caras. Eran las mismas chicas que habían acompañado a Clara a la mazmorra.

—¿Qué os parece si nos quedamos con ellas? —sugirió Rosa—. Viven en los bosques, alejadas del orden establecido. Cultivan sus propias hierbas y cazan su propia comida. No temen a nada.

—Pero ¿no son brujas? —preguntó Julia. Las miró de nuevo y las admiró. Eran mujeres revolucionarias, fuertes y osadas.

—Sí, pero no son lo que vos creéis. —Rosa sonrió—. Son mujeres libres.

Julia sonrió, luego, fijó la mirada en las profundidades del bosque. Le pareció ver un destello de luz entre las ramas.

Aquella noche pudo ver por última vez a la niña que un día fue despidiéndose de ella con la mano y adentrándose en el bosque. Aquella sería la última vez que la viera.

37

Llegamos a casa de César. Llovía a mares, así que salimos corriendo del coche y entramos rápido. De noche su mansión ya no me
parecía tan bonita. Se oía la lluvia caer intensamente y la luz de
los relámpagos iluminaba el entorno de una manera bastante tétrica.

—¡Susana! —gritábamos al aire.

Durante la búsqueda de mi amiga por las tres mil quinientas
habitaciones de la casa, me separé del grupo y, sin querer, terminé en una habitación llena de armas con siglos de antigüedad.
Había catanas, espadas, dagas, puñales, navajas... Mi instinto
me impulsó a robar una. Cogí lo que parecía una daga romana.
Lo intuí porque nada más verla me recordó a la película *Gladia-*
tor. No tenía ni idea de cómo se empuñaba aquello. ¿Cómo iba a
saberlo si en mi casa usaba el mismo cuchillo para todo? De todos modos me la guardé en el interior del abrigo. ¿Quién sabía si
me haría falta en algún momento? Tenía mucho miedo.

Cuando nos volvimos a encontrar, César insistió en su sospecha:

—Tiene que estar en la cripta, no encuentro otra explicación.

—Eleonor, no te pasará nada. Nosotros iremos delante. —Beltrán debió de ver el horror en mi cara.

—¡Venid por aquí! Bajaremos a la cripta —dijo César.

La cripta.

Nunca nada bueno pasó en una cripta.

César nos condujo por unas angostas escaleras de piedra que

descendían al sótano. Estábamos adentrándonos en el dichoso hipogeo. La oscuridad, el frío y la humedad allí abajo eran ley. El eco de nuestros pasos resonaba con fuerza y creaba un ambiente aún más sombrío. Parecía que ingresábamos en un mundo aparte.

—No tendremos luz hasta que no lleguemos a la primera sala. Hasta allí tendremos que ir con la linterna del móvil —informó César.

—Genial —dije irónica—. ¿Algo más?

—¿Primera sala? ¿Cuántas hay? —preguntó Beltrán.

—Tres.

—Estupendo —me quejé. Preguntar si había «algo más» fue como tentar al universo.

—Al final de estas escaleras, un pasillo nos conducirá a la primera sala.

Bajando las escaleras recordé todas aquellas películas en las que se adentran en sitios similares y no, nunca acaban bien. Intenté convencerme a mí misma de que aquello no era una película y de que probablemente Susana estaría por allí abajo inspeccionando, no sé, alguna piedra de esas que a ella le gustan, pero la sensación constante de claustrofobia no me lo permitía y, siendo realista, nada de aquello pintaba bien.

Las paredes de piedra del pasillo mostraban un cierto desgaste por el paso del tiempo, algunas incluso tenían moho.

Caminaba agarrada a la ropa de Beltrán, a la altura de los hombros. Debido al miedo, tiré con tanta fuerza que casi lo ahogué un par de veces.

No vi que habíamos llegado a la primera sala de la cripta hasta que César pulsó el interruptor y se hizo la luz.

—Vaya… —susurró Beltrán.

Las paredes estaban adornadas con inscripciones en latín y esculturas de santos y ángeles.

—¿No podría haberse dejado el móvil en algún sitio un poco menos perturbador? No sé, una pizzería o algo así —bromeé presa del miedo.

—¡Chisss! —César me mandó callar y nos hizo una señal con la mano para que siguiéramos avanzando.

Divisé al fondo una pequeña puerta de madera. Caminamos rápido hasta ella. César la abrió y entramos en la segunda sala. Estaba repleta de sepulturas e imágenes religiosas esculpidas en piedra. Daba bastante mal rollo.

En aquella estancia la puerta que daba a la tercera y última pieza estaba en la pared derecha. Nos acercamos sigilosos.

Beltrán apoyó la oreja en la madera.

—Se oye algo —susurró.

César y yo imitamos a Beltrán. Al otro lado, efectivamente, se oía algo o, mejor dicho, a alguien. La voz de un hombre.

«Créeme, lo siento yo más que tú, pero esto te pasa por meter las narices donde no te llaman».

Aquella voz...

César hizo indicaciones para entrar.

—Necesitamos un pl...

Antes de que yo pudiera acabar de decir «plan», Beltrán dio una patada a la puerta y la tiró abajo.

Entramos corriendo.

Si aquello hubiese sido una trampa, habríamos muerto. Pero, por suerte o por desgracia, no lo era. Y digo por desgracia porque lo que encontramos allí dentro era dantesco: me iba a costar como mínimo tres sesiones de terapia.

Casi se me salió el corazón por la boca.

No podía creerlo.

Definitivamente, tenía que ser una broma.

Allí estaba Susana, en medio del típico altar de cripta, sentada en una silla, con las manos atadas y la boca tapada con cinta americana.

A su lado, apuntándole a la cabeza con un arma, el hombre que me había prometido toda una vida.

—¿Álex? —pregunté estupefacta.

—Hola, El. —Sonrió—. ¿Qué tal estás?

Puto psicópata.

—No le hagas nada, por favor.

Miré a Susana. Parecía querer decirme algo con la mirada. Negaba con la cabeza.

No la entendí.

—Suelta el arma —le ordenó Beltrán.

—¡Anda! El Capitán América. ¿Qué tal estás? —Disparó al aire. Grité. La bala hizo un agujero en el techo—. ¡Las manos donde las vea!

César y Beltrán las alzaron.

Yo no. Yo saqué la daga de mi abrigo. Me miré las manos. Empuñaban la daga, pero al mismo tiempo no. Los dedos me temblaban. Estaba completamente aterrada.

—Álex… —mascullé entre lágrimas.

Clavó los ojos en los míos. Su mirada me pareció diferente. Siempre los había recordado como unos ojos enigmáticos y provocativos. Ahora me daba la sensación de que pertenecían a un ser sin alma, ido. Tenía la mirada perdida.

—Eleonor, suelta ese puto cuchillo. Tú no matarías una mosca. ¿Acaso sabes cómo se usa eso? —preguntó señalándome con el revólver.

Al verme apuntada con el arma me dio un vuelco el corazón.

Por primera vez en cinco años, mi exnovio supo leer la expresión de mi rostro.

—¿Te da miedo esto? Vamos, si ni siquiera es a ti a quien tengo que matar, aunque te confieso que me encantaría darte un escarmiento por lo de ayer. ¿Sabes? Aún pienso que tú y yo podríamos haber sido muy felices si hubieras querido. —Miró a Beltrán con desprecio—. Pero veo que sigues prefiriendo a alguien con horchata en las venas.

—¿Se trata de eso? ¿Es por mí por lo que estás haciendo todo esto? —Me sentí culpable. Si aquel numerito era por mí, pensaba entregarme sin miramientos.

—Oh, ¡por favor! ¡Deja de creerte el ombligo del mundo! Siempre hablando. ¡Bla, bla, bla! Estoy harto de tus mierdas. «Hay que teneeer responsabilidaaad afectivaaa…». —Trataba de imitarme usando un tono muy agudo y humillante—. «No teneeemos tiempo deee calidaaad...». Lo intenté. Intenté estar bien contigo y ¿cómo me lo pagas? ¡Ignorándome! —Cargó el revólver y apuntó de nuevo a Susana—. ¡Que sueltes el arma, joder!

Tiré al suelo la daga.

—Levanta las manos tú también.

Obedecí.

En las películas, los buenos intentan dialogar con el malo. A mí Álex nunca me había escuchado, pero igualmente quise intentarlo con la idea de entretenerlo y ganar tiempo para pensar en una solución.

—¿Por qué lo haces? —pregunté.

—Me pagan bien.

La tormenta debió de empeorar, porque desde ahí abajo se oía tronar.

—¿Te pagan por esto? ¿Por qué?

—¡¿Qué coño te importa?! —gritó.

—Perdón. —Moví las manos en señal de disculpa—. Jamás pensé que serías capaz de cometer un crimen por dinero.

—¿No me ves capaz?

—No, no me refería a eso.

—¿A qué te referías entonces?

Pensé en participar de su juego.

—A que creía que eras diferente.

—¿Y no lo soy acaso?

Me di cuenta de que detrás de Álex se movía algo. Era Napoleón, el gato de César al que le faltaba un trocito de oreja. Nos había seguido hasta la cripta. Se subió al altar de un salto. Paseaba sigilosamente entre los candelabros.

—Te crees distinto, pero en realidad eres como todos los demás. —Lo miré con todo el asco que pude—. Te consideras el mejor en todo y solo eres un tío con la autoestima por los suelos que necesita el halago constante.

No es que pensara que todos los hombres fueran así, pero

sabía que decirle eso lo iba a descolocar. Él siempre se autoafir-maba al compararse con el resto de mortales, como si fuera una especie de semidiós enviado por el universo.

—Te estás equivocando.

Napoleón iba tocando los candelabros con la patita. Eso me dio una idea. Absurda, pero una idea al fin y al cabo. El gato estaba a punto de tirar algún objeto al suelo, solo necesitaba que sucediera. Mientras tanto, tenía que seguir la conversación.

—No, no me equivoco. No te importa nada excepto tú mismo. Tu pelo, tu moto, tu cuerpo y lo que opinen de ti.

¿Aquella era yo?

—Pues ¿sabes lo que opino de ti? —continué.

—Cállate.

—No, no me voy a callar.

Pues sí, era yo.

—Te lo voy a decir y me vas a escuchar —añadí.

Recordé la serie *Friends*, la escena en la que Rachel y Ross discuten y ella le grita, enfadada y con hambre de venganza, desde el umbral de la puerta: «¡No es tan común, no les pasa a todos los tíos y sí que tiene importancia!».

No podía creerme lo que iba a soltar por mi boca.

—¡¡La tienes pequeña!! —grité.

Era mentira, pero necesitaba bloquearlo emocionalmente.

Sabía que a él le importaba tanto el tamaño que atacar por ahí lo iba a dejar descolocado y hecho polvo.

Álex me miró con una mezcla de confusión y decepción. En efecto, mi comentario le había afectado, así de cutre era el pobre. Lo tenía justo donde quería.

Al mismo tiempo, Napoleón se asustó con el grito y tiró el candelabro al suelo.

Mi exnovio se dio la vuelta rápidamente y disparó. Por suerte no le dio. El gato salió huyendo y se escondió.

Era mi momento. Agarré del suelo la daga y se la lancé. Me habría encantado contarte que tuve una puntería increíble y que la daga voló mágicamente por la sala y giró a la perfección hasta clavársele en el corazón. Por desgracia, no soy Jackie Chan. Ni siquiera sé por qué hice aquello. Supongo que fue la adrenalina. Evidentemente, la daga no lo alcanzó; es más, la arrojé Dios sabe dónde, chocó contra el techo y cayó de nuevo al suelo tan cerca de mí que casi me mata. Lo hice tan mal que, si lo intento adrede, no me sale así ni de coña. Sin embargo, esa distracción le permitió a Beltrán acercarse, hacerle la zancadilla, tirarlo al suelo y robarle la pistola. Menos mal que no era tan torpe como yo.

Álex, tumbado bocarriba, con el pie de Beltrán en el pecho, alzó las manos en señal de rendición.

—¿Ves? Como todos los demás —dije—. Siempre os preocupáis por el tamaño del pene. Das pena.

Me sentí mal. Yo no me creía en absoluto ese cliché de que los hombres se preocupan por el tamaño de su miembro, sin embargo, fue lo primero que se me ocurrió. Y funcionó.

Pude notar que Álex intentaba matarme con la mirada.

—¿Para quién trabajas? —preguntó Beltrán.

Álex no respondió nada.

—¡Dínoslo! —gritó Beltrán.

Álex desvió la mirada a César.

Traté de socorrer a Susana, pero César me agarró del pelo y tiró de mí hacia él. Me sujetó del cuello con el brazo, sacó una pistola y me apuntó a la cabeza.

En aquel momento entendí lo que Susana intentaba decirme con sus gestos.

—Tira el arma, Beltrán —ordenó César.

38

Traición es una palabra compleja, no por su etimología o su morfología, sino por lo que emocionalmente implica.

Traición es que el suelo firme que pisas se desvanezca bajo tus pies.

Que te dejen a la deriva en un océano de confusión y desilusión.

Que te hieran de manera profunda y te dejen una cicatriz invisible que perdure en el alma.

Que lo que antes era roca ahora sea arena.

O, como decía Beltrán, que una persona te abandone y te deje sin luz en medio de un camino que oscurece.

La traición nos obliga a mirarnos en el espejo de la vulnerabilidad. Nos sumerge en una introspección dolorosa y cuestiona nuestras elecciones, nuestras percepciones y nuestras acciones.

La traición arrasa con todo y nos deja frente al abismo de lo desconocido: solos ante el peligro.

Respiraba con dificultad. César me retenía con el brazo a la altura del cuello.

Susana, aunque seguía atada, estaba a salvo. Ningún arma la apuntaba.

—Te lo repetiré. Suelta el arma —dijo firme y despacio.

Beltrán estaba en shock, no podía creer lo que veían sus ojos. La expresión de su rostro era el reflejo más absoluto de la decepción.

—César... —musitó.

—¡Que tires el arma! —gritó él—. ¿O acaso quieres que la mate también a ella?

—¿También? —Beltrán me miró—. Rodrigo...

—¿Qué esperabas que hiciera? ¡Metió las narices donde no debía! ¡Deja el revólver en el suelo!

Beltrán le hizo caso y se agachó con cuidado hasta soltar la pistola.

César indicó a Álex, con la cabeza, que la cogiera, así que se levantó rápido, agarró el arma y apuntó a Beltrán, que automáticamente alzó las manos.

—Ese maldito masón dedicaba su vida a husmear en la historia de Toledo, solo que esta vez se topó con algo que le quedaba demasiado grande. —César rio—. Pero tranquilos, fue fácil. Simplemente preparé un té de estramonio con la dosis suficiente como para simular un infarto.

—¿Estramonio? —pregunté casi sin aliento.

—Una de las plantas más venenosas que existen. Por algo la llaman la hierba del diablo. ¿No es poético? Bastó con una simple infusión con las cantidades adecuadas. ¿Quién haría una autopsia tratándose de una persona de setenta años? Es normal que a las personas mayores les falle el corazón, ¿verdad?

—Hijo de... —Me moví.

—Chisss... —Me acarició la cara con el revólver y me besó en la cabeza.

—¿Por qué lo hiciste? —pregunté con rabia.

—Porque no me quedó otra opción.

—¡Siempre hay otra opción!

—No, en este caso no la había. —Carraspeó—. ¿Sabes? Nuestra relación siempre fue comercial. Me vendía baratijas, aunque he de decir que de vez en cuando me traía reliquias. Un día me habló sobre el diario. Al principio pensé que solo era un hombre senil con ciertos desvaríos mentales, pero más tarde me di cuenta de que probablemente tenía razón. Así que no perdí el tiempo e hice lo que tenía que hacer: chantajear a una gran institución y negociar una enorme cantidad de dinero a cambio de salvaguardar esos hallazgos.

—¿A quién chantajeaste?

—Veamos, Beltrán. Tú que eres tan inteligente y estudioso de la historia. ¿Qué organización crees que puede tener interés en salvaguardar secretos que podrían perturbar la imagen pública de la Iglesia católica? Te daré una pista: prelado.

—El Opus Dei... —susurró.

—¡Excelente! Luego intenté acercarme a Rodrigo y hacerme con toda la información, pero ese maldito viejo no soltaba prenda, así que tuve que amenazarlo. No obstante, el día en que decidí que acabar con su vida era la única manera de robar su trabajo, se llevó consigo lo más importante, la única prueba por la que alguien pagaría tanto dinero: la localización de la tumba de Julia de Fuensalida. Y, con ello, la demostración de que una mujer se había burlado del poder del Santo Oficio y de que, además, había sido capaz de cuestionar las doctrinas y hacer que se tambalearan los cimientos de la Iglesia. Y no solo eso... También sería la demostración de que la institución sigue ocultando cosas a la sociedad e incumpliendo el octavo mandamiento. —César estaba tan absorto en su discurso que aflojó un poco el brazo y pude respirar con algo más de normalidad—. Quise registrar la casa esa misma noche, pero, justo cuando me disponía a buscar, tocaron al timbre. Eran las tres y cuarto de la mañana, ¿quién tiene visita en casa a esas horas?

Mi abuelo. Mi abuelo tenía visita en casa a esas horas porque, tal y como había deducido Andrés, las reuniones masónicas se hacían allí. En aquel momento entendí por qué en su casa no había una cafetera pequeña.

César siguió hablando:

—No me dio tiempo a registrar nada, así que no me quedaba más remedio que mandar a otra persona en mi lugar, alguien que supiera cómo y dónde buscar sin levantar sospechas. Al principio no sabía cómo hacerlo, pero luego viniste tú, Eleonor, y lo facilitaste todo. Mi único problema ha sido que se me olvidara que existen personas que no saben separar las emociones de todo lo demás.

—Álex... —murmuré. A pesar de la situación en la que estábamos, mi mente seguía lúcida debido a la adrenalina del momento.

Recordé la visita de Álex al taller de Beltrán la tarde anterior. Recordé que César había intentado echarlo y se había ofrecido a negociar con él para que se fuera. ¡Era un maldito paripé! En realidad, Álex había ido buscando a César, y este no quería echarlo, sino hablar con él. Y yo pensé que Álex estaba siguiéndome... Qué ingenua fui.

—¡Eso es! —César rio—. Teniendo en cuenta que era tu ex, lo tenía fácil, ¿verdad?

—¡Me debes dinero! —se quejó Álex.

—Te prometí una parte solo si hacías bien tu trabajo. Salgamos de aquí y te daré lo tuyo.

—¿Te gustó mi obra de arte, fea? —se burló.

Entendí su indirecta a la perfección. Lo conocía demasiado. Él había sido quien había registrado la casa.

—Fuiste tú...

Entendí por qué los faroles del patio no funcionaban aquella noche. Álex puso la casa patas arriba y, ya de paso, dio rienda suelta a su ataque de celos. No solo fue a registrar la casa, aprovechó para vengarse de mí inutilizando las luces.

—Así se te quitarán las ganas de mentirme. La próxima vez que te pregunte algo no te inventes excusas absurdas. ¡Este tío —dijo señalando a Beltrán— no fue a arreglarte la luz del patio! ¡Funcionaba perfectamente! —Rio—. Bueno, al menos antes de que yo la estropeara para que así tuvieras que llamar a un electricista con razón.

—Eres despreciable —le dije.

—Y tú una puta.

Ignoré el comentario de Álex. Lo que no pude obviar fue el recuerdo de la noche en la que salimos de fiesta, la conversación que tuve con César y lo que me dijo refiriéndose a mi abuelo:

«Rodrigo era un hombre muy inteligente. Alguien así no malgasta su tiempo en cosas inútiles». El muy cabrón intentaba incitarme a continuar la investigación para luego sonsacarme información. ¡Siempre había pretendido utilizarme!

—Lo preparaste todo, César —espeté.

—¡Claro! ¿Te gusta? ¡Era el plan perfecto! Cada cabo bien atado, cada pieza del puzle bien encajada. ¿Quién crees que le recomendó a Susana que te dijera que en el taller de Beltrán podrías arreglar el reloj de tu abuelo a sabiendas de que él no tenía ni idea de relojes? ¡Era necesario que os conocierais! —Se dirigió a Beltrán—: Joder, tío, no me digas que te has enamorado de ella.

Beltrán me miró y en sus ojos pude leer que sí.

Adiós, destino. Adiós, casualidad. Hola, plan maquiavélico de un puto psicópata perverso y narcisista. Ya sabía yo que lo del destino sonaba demasiado romántico.

—Por cierto, hablando de sentimientos… —César se dirigió a Susana—: Puede que a ti te perdone la vida. Me has sido muy útil.

Ordenó a Álex que le quitara la cinta americana de la boca. Susana parecía tener ganas de decir algo.

—¡Ojalá ardas en el infierno! —gritó.

—Susana de mi corazón… Ser tu pareja ha sido divertido, eso me permitió acercarme aún más a Eleonor y usaros para llegar más lejos en los hallazgos. Me gustas, pero puedes llegar a ser muy irritante.

—Es verdad —dijo ella—, los hombres como tú no soportáis tener a mujeres al lado, preferís marionetas.

—¿Ves? —César rio—. A eso me refiero. Te dije que tenías la oportunidad de hacerte rica junto a mí y te negaste.

—¡Ellos son mis amigos! ¡No pienso traicionarlos!

—Eres débil. Me ha resultado muy fácil manipularte. No deberías fiarte tanto de la gente. Por cierto, Beltrán, ¿qué tal con tu hermano? Qué sencillo ha sido haceros desconfiar de él, ¿no? Un simple mensaje de WhatsApp.

Beltrán miró incrédulo a Susana.

—Me robó el móvil cuando se enteró de que sabía lo que tramaba —dijo ella—. Fue él quien escribió a Eleonor diciéndole que no os fiarais de Andrés.

—Necesitaba teneros a solas.

—¡Eres un monstruo!

—Susana, Susana... Tuviste que fisgonear en mi despacho y encontrar los documentos del Santo Oficio.

—¡Los robaste tú! —gritó Susana.

—¿Por eso no había nada en el Archivo Provincial? —preguntó Beltrán.

—Bueno, yo prefiero llamarlo «pedir prestado por tiempo indefinido». Son pruebas, al fin y al cabo, ¿no? Las necesito para cederlas al Opus Dei y recibir mi recompensa.

—César, te conozco. Tú no eres así —dijo Beltrán.

—Cuando se trata de dinero, las cosas cambian.

—El dinero es solo dinero. ¡Nosotros somos amigos!

—Creo, Beltrán, que tú y yo entendemos la amistad de diferente manera. Para ti es todo ese rollo sentimental de estar por el otro; para mí no es más que un mero intercambio, y creo que ya has dejado de serme útil. Ahora solo estoy tratando de cerrar este asunto. Déjame hacerlo y no te pasará nada.

—No me importa lo que hagas conmigo, pero déjalas en paz a ellas.

—No hasta que me deis lo que quiero.

—¿Qué quieres?

—Saber dónde está la tumba de Julia.

—¿La tumba de Julia? —Beltrán frunció el ceño.

—¿A qué te refieres? —pregunté.

—No os hagáis los locos, lo sabéis perfectamente. Habéis estado con Andrés.

—Pero no hemos encontrado ninguna tumba.

—Beltrán... —César volvió a apretarme el cuello con el brazo—. No me vaciles. ¿Qué más habéis encontrado?

—Nada, lo juro.

—¿Estás seguro? —Amartilló el arma con la que apuntaba a mi cabeza.

—¡Déjame matar ya a este tío! —gritó Álex, desesperado.

—¡Espera! ¡Te lo diré! —exclamó Beltrán.

—¡No le digas nada, Beltrán! —grité.

A pesar del poco tiempo juntos, conocía esa mirada. Se lo iba a decir.

—Encontramos un relieve.

—¿Dónde?

—En el Colegio de Doncellas Nobles. En el sepulcro del cardenal Silíceo.

—¿Y qué ponía?

—¡Beltrán, no! ¡Cállate! —vociferé.

—No me importa lo que hagáis conmigo. Pero, si te lo digo, prométeme que las soltarás a las dos y no les harás nada.

—De acuerdo, a Susana no le haré nada.

—¿Y a Eleonor?

—Me lo pensaré.

—Necesito saber que a ella no le harás nada tampoco.

—Solo quiero saber qué coño habéis encontrado.

—¿La soltarás? —insistió.

César asintió.

—Aparecían una mujer y un símbolo —siguió haciéndome caso omiso—. Un nudo de bruja.

—Interesante. ¿Qué más?

—¡Para! ¡Me matará de todos modos! ¡Ya no tiene nada que perder!

—Unas letras en latín que, traducidas, decían: «Cayó. Ardió. Renació».

—Muy interesante… Eso corrobora lo que conseguí sonsacarle al maldito abuelo. Ahora dime dónde está la tumba.

—Eso no lo sabemos.

—Sí lo sabéis. ¡Dímelo!

El sudor me corría por la frente mientras César apretaba cada vez más el brazo contra mi cuello.

—No, César. Te equivocas. Andrés no nos dijo nada. Él no sabía nada, ¡de verdad! ¡Baja el arma!

—¡Dice la verdad, César! ¡No sabemos nada! —exclamé con un hilo de voz.

—¡Voy a pegarle un tiro ya! —insistió Álex.

—Álex, volveré contigo si es lo que quieres, pero, por favor, ¡no le dispares!

Seguía como ido. Su mirada encerraba la locura de quien ha desconectado de este mundo. Incapaz de responsabilizarse de sus propios actos y emociones, así como de asimilar la realidad de que yo no quisiera saber nada de él, le era mucho más fácil echar la culpa a cualquier otra persona que no fuera él mismo.

Con respecto a César, no podía verle el rostro, pero, a juzgar por la cara de Beltrán, debía de estar distorsionado por la rabia y la frustración. Hablaba como si el mundo entero le hubiera dado la espalda.

—César, por favor… —rogó Beltrán.

—Si quieres algo bien hecho, hazlo tú mismo.

Álex también amartilló su revólver.

—¡No! ¡Esperad! —chilló Susana.

Nadie pudo pararlo.

Se oyó un enorme estruendo.

Se fue la luz.

Luego oímos un disparo.

Silencio.

Otro disparo más.

Y gente, mucha gente.

Sucedió todo en apenas unas milésimas de segundo.

Caí de boca. Por suerte apoyé las manos en la piedra y el golpe no fue tan fuerte, pero aun así me di en la cabeza.

Estaba aturdida.

Me pitaban los oídos.

Notaba gente alrededor.

Mucha gente.

—¡Guardia civil! —logré oír muy a lo lejos.

—Eleonor…

Estaba cansada.

Muy cansada.

Tenía sueño.

Alguien me daba palmaditas en la cara, pero yo solo quería dormir.

Oía voces en la lejanía.

—Está aturdida.

—¿Se ha dado en la cabeza?

—Puede ser, no lo sé. No lo he visto. Se fue la luz.

Parecía un sueño.

Otra vez sentí las palmaditas en la cara. ¡Que yo quería dormir!

—¡Eleonor! ¡Que no es momento de dormir la siesta!

Aquella era Susana.

—Mamá, un ratito más —balbuceé.

—Pero ¿qué dices? ¿Quieres volver ya al mundo real?

—Un bocadillo de tortilla de patata, gracias —volví a farfullar.

Intenté abrir los ojos, pero me pesaban seis toneladas. Solo distinguía una cosa borrosa frente a mí. La cosa era rubia. Poco a poco fue tomando forma. Sí, en efecto, era Susana.

Abrí los ojos del todo.

—¡Al fin!

—¿Dónde estoy? —murmuré.

—En la cripta.

La cripta.

De repente todo volvió. La adrenalina también. Me activé.

—¿Qué ha pasado? ¿Cuánto tiempo llevo desmayada?

—No lo sé, apenas unos minutos. Lo suficiente como para perderte toda la acción.

—¿Tú estás bien, Susana? —Traté de levantarme rápido, pero me mareé y volví a tumbarme.

—Sí, estoy bien. Creo que tú te has dado en la cabeza.

Todo estaba oscuro. La escasa iluminación procedía de unas linternas enormes.

—Eso no me beneficia, necesito las neuronas.

—Tranquila, tus neuronas estarán bien. Tampoco es que las uses mucho.

Miré mal a mi amiga. Ella rio.

—Era broma.

De golpe el corazón me dio un brinco.

—¿Y Beltrán? ¿Dónde está Beltrán? —Intenté levantarme de nuevo. Esa vez sí pude incorporarme.

—Beltrán está…

—¿Le han dado? ¿Está bien? —interrumpí.

—Está herido.

—¿Herido? ¿Cómo que herido? ¿Dónde está? —insistí mirando para todos lados.

—Sí, déjame que te explique. Había tormenta, ¿recuerdas?

—Sí.

—Bien, pues debió de caer un rayo muy cerca de aquí y se fue la luz. Al segundo entró la guardia civil en la cripta y los agentes dispararon a César.

—¿En serio?

—Sí, lo oyeron todo y aprovecharon el apagón para actuar. Lo están atendiendo ahora, pero ya está detenido. Sin embargo, Álex pudo disparar antes.

—¿Y Beltrán?

—Pues ese es el problema. Que el disparo de Álex le dio a Beltrán.

Dejé de oír con claridad. Sentí como si la voz de mi amiga procediera de algún sitio muy lejano, como si mi cuerpo siguiera presente, pero yo me hubiera ocultado en un lugar recóndito de mi mente y fuera una mera espectadora.

—Tranquila, como estaba oscuro falló y solo le dio en el hombro. Sangra mucho, pero está estable. Bueno, estable y mareado, parece ser que ver sangre lo aturde aún más. También está con los médicos.

«Está estable». Mi mente se quedó con eso. Volví a salir de mi escondite.

—¿Dónde? —pregunté.

—Ahí, justo detrás de ti —señaló el altar.

Me di la vuelta y vi a cuatro o cinco sanitarios que lo rodeaban, en el suelo.

De golpe volvió la luz.

Llegó una enfermera corriendo hacia mí.

—¡Espera! ¡Espera! Te has dado un golpe en la cabeza, ten cuidado.

—Estoy bien —dije mientras me dirigía a donde Beltrán. Me arrodillé a su lado. Los sanitarios me dieron un momento a solas con él antes de colocarlo en la camilla y trasladarlo al hospital. Vi que tenía el hombro vendado—. ¿Beltrán?

—Hola, colorín. —Sonrió. No sé si estaba dolorido, mareado o drogado. Quizá las tres cosas.

—Hola. —Se me cayó una lágrima—. ¿Cómo estás?

—No llores. Estoy bien.

—No estoy llorando —dije secándome la cara con el jersey—. Siento que por mi culpa hayas acabado así.

—Y yo siento no haberte conocido antes.

Sonreí. Me acerqué y le di un beso en la mejilla.

—Dicen que sobreviviré. —Tosió—. Ya me debes dos.

Reí. Supe que se refería también al numerito en el que lo había implicado cuando Álex apareció de repente en casa de mi abuelo.

—No hables mucho ahora, necesitas descansar.

La sanitaria se acercó.

—Tenemos que irnos ya, está perdiendo mucha sangre —informó.

Asentí.

Cargaron a Beltrán y lo sacaron de allí.

—Tú también tienes que venir al hospital con nosotros. Tenemos que hacerte una resonancia en esa cabeza —me ordenó.

Asentí de nuevo.

Miré a Susana, estaba con Andrés. Me acerqué hacia ellos.

—Te pido disculpas, Andrés.

—Ya lo sé todo, no te preocupes.

—Se lo he contado yo —dijo mi amiga—. Aunque, si no llega a ser por él, es probable que el desenlace hubiera sido mucho peor.

—¿A qué te refieres?

—A que fue él quien llamó a Emergencias.

—¿De verdad? —Miré a Andrés sorprendida.

—Sí. Me sorprendió que os fuerais del colegio sin decir nada, así que distraje al tío de seguridad y salí tras vosotros —respondió él—. Conduje hasta aquí, procurando pasar desapercibido, y llegué apenas unos minutos después. No sabía qué hacer, pero lo resolví al entrar en esta casa, en cuanto descubrí algo que para mí fue determinante. Recordé vuestras sospechas sobre el asesinato de Rodrigo. Cuando me dijiste que la noche en que murió habían encontrado una taza de té vacía, por el contexto en el que había pasado todo supuse que habría muerto envenenado. Fue solo una mera sospecha hasta que vi la planta de estramonio que este señor —dijo refiriéndose a César— tiene en el jardín. Até cabos y deduje que os estabais metiendo en una trampa.

Recordé lo que Beltrán me había contado sobre la historia de Andrés, el médico que quería ser anestesista. Quizá por eso confirmó sus sospechas tan rápido con el estramonio; de conocimientos sobre sustancias y venenos que alteran el sistema nervioso iba sobrado. Puede que no lograra una plaza MIR, pero no le hizo falta para conseguir algo por lo que siempre le estaremos agradecidos: salvarnos la vida.

—Vaya…, menudo plan preparaste en un momento.

—Claro. No pensarías que iba a entrar yo solo a rescataros, ¿verdad? Mi móvil hará malas fotos y tendrá la pila de años, pero llama a Emergencias igual de bien que uno caro y recién comprado.

Reí.

—Gracias, Andrés.

—Gracias a vosotros por haberme dado uno de los días más emocionantes de mi vida.

Los tres reímos.

—¡Os mataré! ¿Me habéis oído? ¡Cuando vuelva a ser libre iré a por vosotros y os mataré! —vociferaba César desde el otro lado de la cripta. Lo estaban sacando también en una camilla, esposado y en volandas.

—¿Cómo habrá disimulado tan bien que estaba ido de la olla? —preguntó Susana mientras lo veía desaparecer por la puerta.

—Es un psicópata narcisista, es experto en separar las emociones de todo lo demás. Tiene dos caras —dije.

—Él jamás fue quien yo creía. —Susana suspiró—. Creo que me costará entender el por qué de todo.

—No hace falta que entiendas el por qué —caviló Andrés—. Tenemos que asumir que las malas personas existen. El problema es que las buenas personas no concebimos que eso pueda ser una realidad porque, en nuestra mente, la maldad no tiene cabida.

Mi amiga desvió la mirada al suelo, reflexiva.

—¿Estás bien? —pregunté.

—Sí, estoy bien. Andrés tiene razón, quizás no haya nada que entender, pero sí mucho que procesar. Me costará hacerlo con todo lo que ha ocurrido, pero estoy bien. Es mejor saber la verdad ahora y que todo termine a estar con un hombre que no merece la pena.

—Eres muy valiente, Susana. —Le pasé el brazo por el hombro en señal de cariño—. Oye, hablando de hombres que no merecen la pena, ¿y Álex? —pregunté.

—Huyó. No sabemos cómo ni adónde. Lo último es que se esfumó tras disparar.

—Mierda.

—Los agentes están tomando huellas. Lo encontrarán, seguro.

—Eso espero —recapacité sobre el susodicho—. Por cierto, ve pensando dónde y cuándo vas a invitarme a cenar, porque no pienso desbloquearlo jamás.

—Perdona —se acercó la sanitaria de nuevo—, tenemos que irnos. Pueden venir tus amigos si quieres, pero debemos salir ya.

Respiré hondo.

Antes de marcharnos de allí, eché un último vistazo.

Vi unos ojitos brillantes mirándome desde un rincón oscuro. Era Napoleón, estaba escondido. Lo llamé y vino corriendo.

—¿Quieres quedarte conmigo? —El gato se restregó en mi pierna—. Sí, ¿verdad? Ahora que nos hemos quedado solos, creo que lo mejor es que nos hagamos compañía mutuamente.

Lo agarré en brazos. Volví a mirar a mi alrededor. Los guardias civiles estaban atareados analizando cualquier cosa que pudiera servirles. Por lo que pude escuchar a hurtadillas, los agentes se habían desplegado también por las inmediaciones de la mansión. «Espero que encuentren a ese hijo de puta», pensé.

41

Eran ya las tres de la tarde. Habíamos quedado para tomar café en El Rey Burgués. Llegué la primera. Me pareció raro, ya que yo de puntual solía tener lo mismo que de agilidad física, pero supongo que esa vez la impaciencia pudo conmigo. Tenía ganas de volver a ver a Susana y Beltrán en un contexto que no fuera el hospital.

Habían pasado cinco días desde el suceso de la cripta. La primera noche Susana se la pasó cuidando de Beltrán y de mí. Yo estuve ingresada veinticuatro horas para que los médicos pudieran observar mi evolución tras el golpe en la cabeza. Por suerte la contusión no tuvo ningún tipo de secuela posterior. El tiempo en el hospital nos sirvió para ponernos al día de todo lo ocurrido. Le conté con pelos y señales a Susana todo lo que habíamos encontrado en el Colegio de Doncellas Nobles. Ella me relató cómo había pillado a César con las manos en la masa y cómo este había reaccionado cuando se dio cuenta de que Susana lo sabía todo. Según sus palabras textuales: «Se le fue la olla; no parecía él». Le pegó una bofetada y la amenazó con matarla si se resistía. Luego le robó el móvil, llamó a Álex y me mandó aquel wasap, «NO OS FIEIS DE ANDRÉS», en que se hacía pasar por ella. La intención de César, según me contó, era alejarnos de Andrés y tenernos a solas para poder llevarnos a su casa y tendernos la trampa de la cripta en la que Álex estaba involucrado.

A Beltrán lo sometieron a una cirugía de emergencia que resultó exitosa. Tras cuatro noches hospitalizado, ese era su primer día en la calle. Fui a visitarlo todas las veces que pude. Coincidí con Andrés en un par de ocasiones e incluso conocí a sus padres; encantadores, por cierto. Sabían toda la historia, así que los convencí para que me dejaran a mí al cargo los días que Beltrán estuviera convaleciente. Al principio se negaron, pero yo sentía que era mi responsabilidad acompañarlo por algo que, al fin y al cabo, le había sucedido por haberme ayudado. Acabé por convencerlos. Tenían mucho lío en el taller desde que Beltrán se había ausentado, así que cogieron las riendas del negocio, ya que la baja parecía que iba para largo.

Con Beltrán me sentía a gusto. El tiempo que no estuvo durmiendo a pierna suelta durante su ingreso lo pasamos hablando y profundizando más en nuestras respectivas vidas. Desde luego, Beltrán era un hombre increíble en todos los sentidos. Cada vez que me miraba, alteraba, en el buen sentido, todas y cada una de las células de mi cuerpo.

Recuerdo la vez que subí café del bar que había en la planta baja del hospital. Lo observé desde la puerta de la habitación. Miraba por la ventana, ajeno a mi presencia. La habitación olía a él.

Me acerqué con sigilo hacia su cama. Beltrán giró la cabeza en mi dirección; parecía que hubiera captado el aroma del café en el aire.

—¿Quieres? —pregunté con una sonrisa mientras sostenía la taza frente a él.

—Por supuesto. —La tomó entre las manos.

Estuvimos un rato en silencio, disfrutando del café y observando el mundo desde la ventana.

Aquella escena se grabó en mi mente porque me recordó a una frase que me dijo mi madre un día: «Sabes que estás a gusto con alguien cuando aprendes a disfrutar de su compañía sin que te importe compartir momentos de silencio». Por fin entendía a qué se refería; con Beltrán me sentía cómoda sin la presión de tener que estar hablando constantemente.

Álex, por el contrario, usaba el silencio para castigarme. Quizá por eso había aprendido a odiar el silencio entre dos personas.

Con Beltrán sentía que habíamos construido un vínculo que iba más allá de las circunstancias que nos habían unido inicialmente. Sin embargo, yo seguía hecha un lío. A pesar de estar segura de que ya no quería nada con Álex, no sabía si estaba preparada para tener otra relación en aquel momento de mi vida. Para una vez que encontraba a un chico decente, me daba rabia no tener las cosas claras. Estaba confusa por todo lo que había pasado. Sabía que, tras el alta hospitalaria, nuestras vidas volverían a la normalidad y ambos tomaríamos caminos separados. ¿Estaba preparada para aquello? Quizá me había dejado llevar demasiado. ¿Y si me encariñaba más con él y luego me daba la patada? No tenía pinta de ser de esa clase de personas, pero ¿y si sí? ¿Y si me dejaba de hablar? ¿Estaba preparada para más hombres que desaparecen? ¿Había alguna esperanza de que aquello pudiera salir bien? ¿Debía intentarlo? ¿Quería él intentarlo? Cada vez que lo miraba, mi mente volvía a aquel debate. Tenía miedo.

Andrés lo visitó varias veces al día. En una de las ocasiones, bajé con Susana a tomar café mientras ellos pasaban la tarde a solas para hablar del pasado y sus cosas. Según me contó Beltrán después, Andrés entendía que el día de la cripta nos hubiéramos ido y lo hubiéramos dejado solo en el Colegio de Doncellas Nobles. Era normal, dada la situación, y no nos culpaba de haber caído en una trampa.

Lo que más me gustó fue que, aquella tarde, también ocurrió algo importante para ambos hermanos: se sinceraron y se pidieron disculpas por el pasado. Beltrán también lo había pasado muy mal en las últimas semanas y se merecía algo bueno al fin.

Con respecto a mis padres, hicimos un par de videollamadas durante aquellos días; para ello me coloqué en el único rincón de la casa que logré ordenar. Todavía no me había atrevido a contarles lo sucedido. Además, ellos seguían muy felices comiendo espaguetis y pizza por tierras italianas, no quería nublarles la experiencia. Tampoco había sido tan grave… Bueno, había sido grave, pero no lo suficiente como para tener que aguantar una chapa sobre las energías y otra limpieza de chakras a distancia.

Hacía sol, así que me adelanté y pedí un café. Di los primeros sorbos mientras alimentaba mi piel de vitamina D.

Desde donde estaba podía verse la plaza en su totalidad. Observé a un grupo de turistas japoneses que se hacían una foto con el Arco de la Sangre de fondo. Reí para mis adentros.

—¡Oiga usted, señora! —oí a mi derecha. Era Susana.

—¡Ey! ¿Cómo estás? —Me levanté para saludarla.

Nos dimos dos besos. Qué guapa era y qué bien olía, joder.

—¡Estoy mejor que nunca!

—¿De verdad?

—Mejor que nunca, El —insistió con un gesto efusivo, agarrándome el brazo con la mano.

Sonreí.

Ambas nos sentamos.

—Toma. —Me dio una bolsa que llevaba.

—¿Y esto?

—Un regalito. Ábrelo.

—No es mi cumpleaños.

—Me da igual, ábrelo.

—Vale… —me resigné. El regalito estaba incluso envuelto—. Desde luego que un balón de fútbol no es.

—Es mejor, ya lo verás.

Lo abrí. Una portada amarilla con corazoncitos rosas. Me reí. Era todo muy Susana.

—¿Un libro? —Leí en voz alta—: *Me quiero, te quiero.* ¿Y esto?

—Esto es para que aprendas a tener una relación sana —me dijo abriendo mucho los ojos—. Está genial, te va a encantar, ya lo verás. Yo me lo he leído en dos días. César era, literal, lo mismo que describe María Escataplez en el libro.

—Aquí pone María Esclapez.

—Bueno, ¡como se llame!

—Pues… muchas gracias. Me lo leeré. —Le di un beso en la mejilla a mi amiga.

—¿Qué es lo que te vas a leer?

Esa voz…

—¡Beltrán! —Susana pegó un bote.

—¡Hola, Beltrán! —Me alegré muchísimo de volver a verlo. Le abracé el torso, sin rozarle los brazos, no fuera que le hiciera daño, pero le puse tantas ganas que casi perdió el equilibrio.

—Madre mía, Eleonor, no tomes más café.

Reí.

—¡Siéntate! —lo animó Susana.

—¿Habéis empezado la fiesta sin mí?

—Oh, no, llegas en el mejor momento —dije irónica.

Beltrán pidió un café —descafeinado, por supuesto—, y Susana, un té verde.

—Quién nos ha visto y quién nos ve. Parecemos octogenarios —comenté dando un sorbo al café.

—Bueno, es que llevamos unos días intensitos —dijo mi amiga.

—¿Qué tal tu hombro? —pregunté.

—Bien, poco a poco. Ahora lo importante es no moverlo mucho. ¿Y vosotras? ¿Qué tal lleváis el tema? —preguntó Beltrán.

—¿Te refieres a todo lo que ha pasado? —intentó aclarar Susana.

Beltrán asintió.

—Mejor que tú, desde luego —contesté yo sin pensar.

Susana me dio un codazo. Me quejé.

Beltrán rio.

—Lo que quiere decir nuestra querida amiga El es que seguimos procesando mentalmente todo lo ocurrido. ¿Verdad, querida amiga El?

—Sí, sí, me refería a eso.

El camarero fue a servir el café y el té. Susana se lanzó a dar un trago a su infusión.

—¡Joder, cómo quema esto! —exclamó.

—Eres una ansiosa.

Los tres reímos.

Fue una tarde tranquila, de reencuentros, lágrimas y risas.

Estuvimos hablando y recordando todo lo ocurrido días atrás. Hablamos de ilusiones y decepciones. Susana y Beltrán se llevaban genial y entre Beltrán y yo había mucha química. Una de las veces lo pillé mirándome de manera furtiva.

Después del café nos fuimos a dar una vuelta por el centro.

Durante un rato, Beltrán y yo estuvimos discutiendo acerca de si era mejor la salsa barbacoa o la brava. Por supuesto, yo defendía la brava.

Luego Susana nos contó su drama con el traslado. Había llamado a una empresa de mudanzas para que recogiera sus cosas con tal de no volver más a la casa de César.

Serían las cinco y media de la tarde cuando llegamos a la catedral. Estaba atardeciendo y la luz cálida otoñal bañaba cada piedra. Se movió una ligera brisa fría que traía consigo olor a leña.

Como si los tres fuéramos prisioneros de algún extraño hechizo, nos detuvimos frente a la Puerta de los Leones.

El arco apuntado, las estatuas de mirada perdida que la custodian, las escenas de la muerte y asunción de la Virgen, las columnas con los leones, los adornos variopintos repartidos por toda la pared... Seguía siendo una miscelánea muy a juego con mi vida desastre, solo que ahora no corría peligro de muerte, no seguía pilladísima de un ex psicópata, llevaba un poco mejor lo de mi abuelo y no me sentía una mierda. Ya solo me faltaba tener casa propia, pareja estable, un trabajo con el que poder mantenerme, hacer deporte, comer sano y que no me diera ansiedad. Fácil, ¿no?

Reflexioné. En realidad, aquellos días había logrado muchas cosas, al menos emocionalmente hablando. Me había dado cuenta de lo tóxica que era mi relación con Álex y, por otra parte, de lo a gusto que me sentía al lado de un hombre que me respetaba. La historia de Julia me había permitido estar conectada a mi abuelo de una manera diferente y eso me había ayudado a empezar a percibir su ausencia de otra forma. Había recordado la importancia de ser fiel a mí misma y no rendirme ante las adversidades gracias a que Julia no lo hizo en ningún momento. En todo caso, había logrado capturar, y no sin ayuda, a un psicópata de manual. ¿Qué más le podía pedir al universo en menos de dos semanas?

—Esta puerta siempre me ha gustado mucho —dijo Beltrán interrumpiendo mis pensamientos.

—A mí también —admitió Susana—. Me parece que tiene un magnetismo especial.

Yo no dije nada. Aquella puerta no me traía buenos recuerdos. Que fuera consciente de ciertos cambios no quería decir que me sintiera plena y feliz. Miraba la puerta y me volvía a ver a mí misma en plena oscuridad, llorando bajo la lluvia. Podría volver a hacerlo si me lo propusiera.

—Para mí es la más bonita de la catedral —admitió Beltrán—. Siempre se ha dicho que en esta puerta están esculpidas las tres Marías. La que está en la izquierda es concretamente María Magdalena.

—¿La que sostiene un tarro? —pregunté.

—Sí. —Rio—. Y, si te fijas, tiene la barriga un poco abultada. El autor de la obra quiere que sepamos que es una mujer embarazada. El tarro simboliza la fertilidad y la abundancia en muchas culturas.

—¿Un tarro como símbolo de la fertilidad?

—Sí, es bastante común. En la cultura celta tenemos el caldero; en la del antiguo Egipto está el símbolo anj; en la mitología griega encontramos el cuerno de la abundancia o cornucopia; y en la cultura china se cree que la vasija simboliza la unión de dos familias y la continuidad de la prole, ergo la fertilidad. Antiguamente, la descendencia era algo muy importante y tenerla era sinónimo de una vida abundante y dichosa.

—Beltrán, a veces me das miedo —dijo Susana.

—A mí me pone cachonda —solté. Los dos me miraron como flipando en colores y yo seguí como si nada. Alcé el dedo índice para señalar las figuras—. O sea, que serían María Magdalena embarazada, que para nada tiene que ver con la teoría de conspiración —dije con ironía—, María madre de Jesús y María de Cleofás.

—Eso es. —Beltrán sonrió con timidez por mi comentario anterior.

Susana se sobresaltó y me agarró el brazo. Aquel gesto hizo que pegara un grito.

—Qué susto, Susana, ¡por Dios! —me quejé.

—¡Espera, espera! ¿Qué acabas de decir?

—¡Que qué susto me has dado!

—¡No! Lo anterior.

—¿Lo de que me pone cachonda?

—¡No, joder! Estás tontísima, Eleonor...

—¡Ah! ¿Lo de las tres Marías? —No entendía nada de lo que estaba pasando.

—Lo que me contaste en el hospital, Eleonor. Lo de Andrés y el Colegio de Doncellas Nobles.

—Ajá.

—Y eso que me contaste de los masones, que eran personas ilustres que podían revelar secretos ocultos y mandar mensajes al pueblo a través de sus obras.

—Sí, ¿qué pasa? —Fruncí el ceño. Miré a Beltrán. Él tampoco parecía enterarse de nada.

—¿No decía tu abuelo algo de «impasible se halla una de las tres»? ¿Y si no se refería solo a la Santísima Trinidad, como Andrés pensaba? ¿Y si se refería también a las tres Marías? ¡Fijaos! Una de esas presuntas Marías está embarazada, ¡como Julia! Creo que la supuesta María Magdalena no es María Magdalena. ¿Me seguís? ¡Está embarazada! ¡Como Julia! ¡O sea, esta imagen podría ser Julia! ¡Olvidaos de María Magdalena! —exclamó señalando su propia barriga. La gente que aún paseaba por los alrededores nos miraba raro—. ¿No estaba César buscando una tumba? ¿Cómo era el escrito de Rodrigo? ¿Lo tienes?

Asentí.

—¡Sácalo! —dijo Susana enérgicamente. Parecía haberse tomado no un té, sino veinte.

—Aquí está.

—¿Aún lo llevas encima? —preguntó Beltrán.

—Sí, ¿qué pasa?

—No, nada, nada. —Levantó la mano.

Siendo sincera, lo llevaba encima consciente de que en cualquier momento podía pasar algo así, de modo que no me extrañaba encontrarme en aquella tesitura.

—¿Es eso? —preguntó mi amiga observando el trozo de papel que había sacado de mi pantalón vaquero.

—Sí.

—Léelo en voz alta —dijo visiblemente nerviosa.

Observando el paso del tiempo, impasible se halla una de las tres. Custodiada por las bestias de oro, tras las que se esconde el tesoro.
Bajo la mirada de quien admira el origen de la vida.
Para, con la eternidad, burlarse de aquellos que el silencio usan como culto a la justicia.

—«Observando el paso del tiempo, impasible se halla una de las tres». ¿Qué más puede observar el tiempo que la piedra? —preguntó retóricamente mi amiga.

Andrés con la teoría de que quien observaba impasible el tiempo era Dios y Susana con que lo que lo hacía era la piedra. Las dos caras de la moneda. El caso es que sus palabras me recordaron la frase de mi abuelo que tanta rabia me dio el día en que lloré delante de esa puerta: «Estas piedras son testigos de nuestra historia». Después de todo lo que habíamos vivido aquellos días, no me habría extrañado nada que aquella frase que él tanto repetía hubiera sido una pista más. Lo que Susana decía tenía sentido.

—¿Y qué son entonces «las bestias de oro»? —pregunté.

—«Custodiada por las bestias de oro, tras las que se esconde el tesoro» —repitió Beltrán—. Pensemos en modo masón. Los masones demostraron tener interés en la alquimia y la transmutación de los metales en oro, así que... las bestias de oro podrían ser los leones. En la alquimia, aunque el sol representa el oro y el león representa el fuego, el oro es el único metal que no se transforma. En algunas representaciones alquímicas se muestra a un león devorando el sol como una metáfora de la acción del fuego en la búsqueda de la piedra filosofal y la transmutación de los metales en oro, el metal más puro. Esta puerta podría ser una alegoría espiritual, de modo que aquel que pase por ella se convierte en alguien de un nivel espiritual superior o algo así.

—¿Has llegado ya al clímax? —me preguntó mi amiga por lo bajini.

—Casi —le contesté.

—¿El qué? —preguntó Beltrán, que apenas había escuchado un murmullo.

—Decía que el hecho de que en esta puerta haya leones no es casualidad —disimuló Susana volviendo al tema como si nada—. Los leones están custodiando las rejas, antes de llegar al portón. Julia está tras ellos, sobreviviendo al fuego, transformándose en oro... ¡Renaciendo! —Dio saltitos de alegría. Le brillaban los ojos. Me recordaba a mí la primera vez que visité Disneyland—. Dios mío... Es aquí.

Empecé a creérmelo muy en serio.

—«Bajo la mirada de quien admira el origen de la vida» —leí de nuevo—. El origen de la vida es el nacimiento.

—¡El embarazo del que hablabais antes! —vociferó Susana con un tono muy agudo debido a la emoción.

—«Para, con la eternidad, burlarse de aquellos que el silencio usan como culto a la justicia» —dije—. Es aquí. Esculpir todo esto en la mismísima puerta de la catedral es una burla a los religiosos que la acusaron de brujería.

—¡Fijaos en la mano! —volvió a gritar, emocionada, mi amiga.

—Soy miope, a tanto no llego —me quejé.

—¡Está señalando algo con el dedo!

—Parece que se esté apuntando a la barriga, ¿no? —propuso Beltrán—. Indica hacia abajo.

—¿Y si estuviera señalando más abajo aún?

—¿A los pies? —Realmente no pensaba que se refiriera a los pies, pero lo dije esperando que Susana me dijera que sí y volviéramos todos a casa en alegría y comunión. Mucho me temía que lo que venía a continuación no iba a hacerme ni pizca de gracia.

—Más abajo aún. ¿Y si estuviera señalando la tumba de Julia? ¿Creéis que la tumba de la que hablaba César podría estar aquí?

—¿Ahí abajo? —preguntó Beltrán—. ¿En la iglesia?

—En la cripta —concluyó Susana.

Lo sabía.

Lo sabía.

Lo.

Sabía.

—¿Otra cripta? Odio las criptas. No estarás pensando en bajar, ¿verdad?

—Bueno, esta hipótesis sería difícil de creer sin comprobarla —dijo Beltrán.

—¿A qué te refieres? —pregunté otra vez haciéndome la tonta.

—A que vamos a bajar y a que necesitamos ayuda.

¿Por qué me tenía que estar pasando eso a mí, Señor?

42

Eran ya pasadas las once de la noche. Habíamos hecho tiempo hasta que no quedara nadie en las calles. Nos pasamos la tarde en La Desfavorecida, cerca de la catedral. Era donde Susana trabajaba cuando conoció a César y a donde, si no encontraba pronto nada de lo suyo, le tocaría volver. Sus antiguos compañeros nos invitaron a alguna caña y al final terminamos cenando.

Beltrán había hablado con su hermano, que, una vez más, nos colaría, aunque ya nos había advertido de que en la cripta no había nada relacionado con Julia. Él había bajado muchas veces y no le sonaba. Aun así, Beltrán insistió. Lo convenció cuando le dijo que no se trataba de entrar en la cripta que él conocía, sino de hallar otra cripta, un espacio que no fuera común ni siquiera para los clérigos que frecuentaban la catedral. El plan era entrar y buscar cualquier cosa que estuviera relacionada con ella en la pared inmediata a la figura de la puerta. Había que encontrar lo que señalaba el dedo de la imagen.

Aquella noche en la penumbra de casa, tras el visillo, se escondía Teresa. No había pasado mucho tiempo desde que había tenido que hacer lo mismo cuando oyó a una mujer gritando en la puerta de la catedral, bajo la lluvia, mientras se calaba hasta los huesos. No sabía si era porque la mujer iba borracha o porque el mundo estaba cada vez peor. Quizá fueran las dos cosas.

Teresa era una mujer con un pasado turbulento. Su piel oscura se lo había puesto difícil a pesar de vivir en el siglo XXI. Tenía veinte años cuando llegó a Toledo, sola y apenas sin dinero; aun así, gracias a su esfuerzo y su perseverancia salió adelante. Con el tiempo logró estabilizarse y tener una vida tranquila.

Era la típica mujer con una rutina apacible aunque estricta. Por la mañana trabajaba en un pequeño comercio de la zona y en sus ratos libres le gustaba leer, quedar con sus amigas y pasear por el campo. Sin embargo, si algo detestaba era que la rutina dejara de serlo y las cosas se escaparan de su control. Lo solía tener todo planificado al milímetro. Era su modo de vivir.

Teresa era conocida en su vecindario por su amabilidad. Siempre saludaba y, aunque su día a día pareciera común, llevaba consigo el conocimiento de un secreto que había permanecido guardado durante siglos. La ubicación privilegiada de su casa, frente a la Puerta de los Leones, le había permitido estar al corriente de cualquier anomalía que pusiera en riesgo el esfuerzo de tantos años.

Sin embargo, aquella noche tuvo un mal presagio. Oyó demasiado alboroto bajo su ventana y se asomó cautelosa con la intención de no perder de vista a unos jóvenes que rondaban por la zona desde aquella misma tarde. Puso atención y observó que entraban en la catedral a hurtadillas, acompañados por uno de los sacerdotes que frecuentaban el recinto sagrado.

No eran horas de hacer visitas turísticas, así que la vigilante del secreto dedujo lo que aquello significaba.

Marcó un número en su teléfono móvil y, sin quitar ojo a los cuatro jóvenes, hizo la llamada que nunca pensó que haría. Escuchó que al otro lado descolgaban y dijo:

—Ha llegado el momento.

44

Andrés salió, nos abrió la verja, subimos las escaleras de piedra y pasamos el portón de metal. Ya estábamos dentro. Allí ya no había luz, por las vidrieras más altas de la nave central apenas entraba algún resquicio que aportaba la suficiente claridad como para intuir por dónde íbamos. Lo que sí seguía muy presente era el olor a vela e incienso.

El silencio sepulcral inundaba el espacio, así que teníamos que hablar entre susurros. Mientras tanto, yo iba maldiciendo mentalmente a todo ser vivo, cualquier objeto con el que me encontrara y al universo entero. Aunque la curiosidad me podía, no quería bajar a ningún sitio. Ya sabía que César había matado a mi abuelo y que lo tenían detenido a la espera de juicio. Había profesionales investigando el caso y ya no había necesidad de que me jugara más la vida. Sin embargo, allí estaba yo, escrutando las paredes de la catedral con la linterna del móvil y tocando los relieves, como si estuviera leyendo braille, para encontrar algo que nos señalara un camino secreto.

Susana estaba a una distancia de medio metro.

—Eleonor, ¿puedes dejar de protestar? —murmuró.

—¡Pero si lo estoy haciendo mentalmente!

—¡Lo sé, pero es como si te escuchara!

Puse los ojos en blanco. No me vio porque para ello me tendría que haber apuntado con la linterna a la cara. Por suerte ella también estaba muy entretenida leyendo en braille una representación del infierno.

—¡Chicas! —Beltrán nos hizo una señal con la linterna. Estaba junto a su hermano, a unos tres metros de nosotras—. ¡Por aquí tenemos algo!

—Pero ¿qué linterna lleva el móvil de Beltrán? Parece la Spartan Light —bromeó Susana haciendo alusión al anuncio de la teletienda en el que una minilinterna es capaz de alumbrar un campo de fútbol entero.

Corrimos hacia ellos.

—Mirad, es el nudo de bruja. —Beltrán señaló el símbolo. Estaba entre uno de los relieves que se suponía que reproducían escenas del Antiguo Testamento.

—¿Y qué representa este relieve en concreto? —pregunté—. Parece que hay dos personas, ¿no?

—El asesinato de Abel. Este es Caín —señaló—, el que está sobre el cuerpo de su hermano.

—¿Cómo lo mató?

—No se sabe, aunque tradicionalmente se ha dicho que fue con una quijada de asno.

—Pues no veo la quijada por ningún sitio. Es más, no veo ningún arma. Solo veo a una persona encima de otra.

—Quizá se les olvidó ponerla. —Beltrán sonrió. Era un comentario irónico.

Los cuatro nos miramos. Todos pensamos en Julia y en la violación. Lo teníamos. Era ahí.

—¿Qué hacemos ahora? —preguntó Susana.

Sin meditar nada, apreté el símbolo.

—¿Qué haces? —Se burló mi amiga—. ¡Que esto no es la peli *La momia*!

—¡Yo qué sé! ¡Pensé que funcionaría! —Volví a apretar varias veces, presa del nerviosismo y la frustración.

De pronto lo noté. Apretar el símbolo no había hecho que se abriera mágicamente una puerta, pero sí que me ayudó a discernir que el tacto del relieve no era el de una piedra cualquiera. No estaba fría.

—¡Es un trampantojo!

Beltrán tocó el nudo de bruja con el nudillo y luego repitió los golpecitos a su alrededor.

—Es verdad. No es piedra, es madera. —Siguió dando con los nudillos de la mano del brazo bueno sobre las piedras contiguas—. Pertenece a un todo. ¡Es una puerta! Solo tenemos que encontrar la cerradura.

—Necesitamos una llave —dijo Andrés.

—¿Quién quiere una llave cuando tienes una horquilla? —Susana se quitó una del recogido que llevaba—. Tomad.

—¡*Alohomora!* —Todos me miraron—. ¿Qué? Solo quería intentarlo.

—¡Mirad! —exclamó Beltrán—. No tiene cerradura. Solo hay que mover la pieza desde los ángulos adecuados. Ayudadme.

—No creo que funcione, sería demasiado fácil. —Andrés se mostró escéptico.

Susana y yo apoyamos las manos en varios puntos diferentes e hicimos fuerza hasta que en una de esas veces la estructura hizo clic y se deslizó hacia fuera. Terminó por abrirse como uno de aquellos cajones modernos de cocina en los que no hay tiradores y tienes que ejercer una ligera presión en la superficie.

—¿Qué decías, Andrés? —lo desafió Susana.

Alumbramos con las linternas. Susana seguía sin entender por qué la de Beltrán iluminaba como si fuera un faro. Evidentemente lo dejamos a él pasar el primero.

Había escaleras. Más jodidas escaleras estrechas y húmedas.

Bajamos despacio. Hacía un frío cortante y húmedo, tanto que calaba los huesos.

Recordé la cripta de la mansión de César y un escalofrío me recorrió el cuerpo.

Yo iba detrás de Beltrán. A mi espalda bajaban Susana y Andrés. Agradecí que no me dejaran la última porque seguramente habría gritado un par de veces al ver mi propia sombra.

Llegamos al final del tramo, a una pequeñísima habitación de piedra, fría, sin ventanas ni más accesos.

Desde la posición en la que estábamos se vislumbraba la silueta de un sepulcro. No era de mármol. No tenía esculpida ninguna forma humana. Era solo una caja de madera cubierta con un paño blanco.

—No puedo creerlo. —Andrés estaba realmente sorprendido.

—¿Es ella? —Tosí. Ahí abajo había mucho polvo.

—Tiene que serlo —dijo Susana.

—La hemos encontrado... —murmuró Beltrán.

Andrés no paraba de repetir «no puede ser, no puede ser» mientras caminaba de un lado a otro de la cripta.

Beltrán iluminó la pared.

—Mirad esto. —Se acercó con cautela—. Eleonor, ven.

Me acerqué. Me fijé en lo que señalaba. No daba crédito. El papel era tan antiguo como la historia que buscábamos y las letras y los números que lo adornaban se entendían tan poco como los del diario.

—Un momento... —Saqué el árbol genealógico que había robado en el Archivo Municipal. Lo desdoblé y lo coloqué junto al papel que estaba en la piedra. El rasgado de las hojas cuadraba a la perfección—. Entonces no lo rompieron para eliminar el rastro, sino para continuar con el árbol aquí —concluí. Vi de soslayo que Beltrán me miraba anonadado—. Y sigue hacia abajo. El árbol es larguísimo.

—Junto al nombre de Julia pone el año real de su muerte, mil quinientos cuarenta y cinco. No aparece nadie a su lado. No volvió a casarse. Sin embargo, justo la línea que corresponde a su descendencia señala que tuvo una hija llamada Isabel. Nació en el mil quinientos uno y murió en el mil quinientos setenta y cinco. Y esta sí se casó, con un tal Hernando.

—¡Mira! ¡La hija de Isabel se llamó Julia también! ¡Estábamos en lo cierto! ¡El nombre que aparecía en la lista de alumnas del colegio correspondía a la nieta de Julia!

—¡Pero mira! ¡Hay más nombres! —Beltrán alumbró con la linterna hacia abajo. En el árbol genealógico aparecían muchísimos más—: Julia, Isabel, Julia, Beatriz, Juan, Diego... —Beltrán leía la larga lista de descendientes directos de Julia de Fuensalida hasta llegar al final—, María, Leonor, Rodrigo, Antonio y... Eleonor. —Carraspeó—. Eleonor, ¿cómo se llama tu padre?

—Antonio —dijo Susana desde el otro lado del sepulcro.

—¿Qué? ¡Déjame ver! —Alumbré con la linterna y volví a leer en voz alta los últimos nombres—: María, Leonor, Rodrigo, Antonio y Eleonor. —Se me escapó una risa nerviosa.

—¡La hostia puta! —exclamó Susana. Recordó la presencia de Andrés y automáticamente se tapó la boca con la mano.

—¿Puedes dejar ya de decir palabrotas? —se quejó él.

—No, no puede ser. Esto tiene que ser una broma. —Los leí una vez más—: María, Leonor, Rodrigo, Antonio y Eleonor.

—Eleonor... —Beltrán intentó detenerme—. Los nombres no van a cambiar.

Paré de repetir como un papagayo y permanecí en silencio por unos instantes, reflexiva.

—Tu abuelo se llamaba Rodrigo —continuó él—. Tu padre se llama Antonio. Y tú te llamas Eleonor. Puede que la conexión entre esta historia y tú no solo sea tu abuelo, sino que seas tú misma. Y eso está bien. De verdad, formar parte de la historia no es nada malo.

Lo miré a los ojos. Aquellos ojos.

—¿Tú crees?

—Te prometo que no lo es. Es fuerte, no lo niego. Pero para nada es malo. Piensa en su historia y piensa en ti. Compartes genética. Tus raíces son fuertes.

Asentí en silencio.

Aquella historia ya me parecía agridulce antes, así que descubrir que formaba parte de la de mi familia era algo que aún tenía que procesar. Las preguntas empezaban a acumulárseme en la cabeza. ¿A quién se las haría si mi abuelo ya no estaba?

—Chicos, ¿habéis visto esto? —Susana sujetaba un sobre—. ¿Lo quieres abrir tú, El?

Las manos me temblaban, pero aun así accedí a abrirlo. Estaba lacrado y el sello de cera lucía estampado de nuevo el nudo de bruja.

Saqué un papel.

—¿Lo leo en voz alta?

—Sí. Queremos saber qué pone.

Procedí a leer aquellas palabras:

Si crees que las brujas existen, haces bien, pues somos aquellas a las que temen quienes pretenden silenciarnos. Somos las ingobernables, las osadas y rebeldes, las que arden en las llamas de su propia determinación. Somos las herederas de un poder ancestral que pretenden someter. Imparables como el viento, incansables como la lluvia, firmes como la tierra y ardientes como el fuego. Valientes, fuertes y capaces, aprendimos a pelear con la verdad y con ella lucharemos hasta el final, porque nuestra libertad no es un privilegio. No tenemos miedo a cuestionar las injusticias si con eso desafiamos las sombras de la opresión. Nuestra fuerza es inquebrantable, y nuestra resistencia, eterna. Porque, si nos queman, renaceremos de nuestras cenizas. Somos mujeres que arden. Levantémonos, luchemos y dejemos nuestra huella en el mundo. Somos brujas.

—Parece un ritual de invocación —bromeó Susana—. ¿Os imagináis que ahora aparece Satanás?

—¡Cállate! —protesté—. ¡Me estoy rayando! ¿En teoría soy heredera de esta mujer y ni siquiera mi familia sabe nada? ¿Qué significa este escrito? Me preocupa no saber qué se supone que tengo que hacer ahora.

—Por lo pronto deberíamos salir de aquí si no queremos que nos detengan —dijo Beltrán.

—O peor, que nos excomulguen —añadió Andrés.

—No haremos nada de eso.

Todos pusimos atención a aquella voz desconocida que retumbó en las cuatro paredes de la cripta.

—No, si ya sabía yo que tanto grito por aquí abajo no iba a traer nada bueno. —Andrés se sacó del bolsillo el pañuelo de tela para secarse el sudor de la frente.

En la penumbra vimos cómo un hombre de avanzada edad bajaba el último peldaño de las escaleras y entraba en la cripta.

—Ahora es momento de reflexionar.

—¡Monseñor don Francisco! ¡El obispo de Toledo! —Andrés hizo una reverencia.

Susana, Beltrán y yo estábamos alucinando. Aun así, inclinamos la cabeza en señal de respeto.

Tras él iba una mujer de mediana edad, con la piel oscura y el pelo rizado. Tenía el gesto serio.

—Sabíamos que este día llegaría. Habéis encontrado el lugar donde descansa en paz la mujer que sobrevivió a las llamas. —El obispo se santiguaba mientras se acercaba al sepulcro.

Estaba tan nerviosa que pensaba que el corazón se me iba a salir por la boca.

—Desconocemos cómo habéis llegado hasta aquí, pero, ahora que habéis descubierto la verdad, debéis saber que sois conocedores de un gran secreto que durante generaciones nos hemos encargado de proteger.

—¿Por qué?

—Por miedo. La Iglesia ha cometido grandes errores a lo largo de la historia y, creedme cuando os lo digo, no nos sentimos orgullosos. Sin embargo, dichos errores siempre se han dado cuando nos hemos desviado del camino y hemos perdido de vista nuestra única misión: predicar sobre el reino de los cielos —reflexionó el obispo—. No queremos volver a abandonar esa senda, pues eso solo ha conllevado grandes fracasos.

—¿Por qué enterrarla aquí, en la catedral?

—Fue una muestra de arrepentimiento y una manera simbólica de hacer las paces con quienes sufrieron. Honrar a esta mujer y a todas las que experimentaron la persecución del Santo Oficio era una tarea pendiente. Y, aunque sabemos que aún queda mucho por hacer a otros niveles, la Iglesia también está cambiando. Solo necesitamos algo de tiempo y de concienciación. Lo hicimos con la ilusión de construir un puente y dejar a un lado los baños de sangre. —Le hizo una señal con la cabeza a la mujer que lo acompañaba—. Ella es Teresa, vigilante del secreto desde hace años.

La mujer de piel oscura se acercó a mí.

—Julia sobrevivió y pasó el resto de sus días oculta entre las mujeres libres. Aquellas a las que llamaban brujas unieron sus fuerzas para salir adelante. Lo han hecho siempre y lo seguirán haciendo.

El obispo se adelantó unos pocos pasos, acarició con la yema de los dedos el sarcófago y volvió a hablar:

—Te alegrará saber que tuvo una nieta con su mismo nombre y que fue alumna del Colegio de Doncellas Nobles gracias a la intervención de Juana de Castilla, quien, conocedora de la historia, redactó una carta al cardenal Silíceo para que la muchacha pudiera acceder a las instalaciones. Por supuesto, el cardenal nunca supo de quién se trataba realmente. —Suspiró—. Un bosque no era lugar para una niña en aquella época.

—Quienes tuvimos el honor de acompañarlas en su vida continuamos con su legado y enseñanza. Entre nosotras acogemos a quienes se sienten solas o desamparadas. Nos siguen llamando brujas, aunque no hacemos magia ni volamos en escobas. Comenzamos a trabajar junto a la Iglesia desde el momento en que nos ofrecieron limosna y un lugar para honrar su cuerpo —dijo Teresa.

—Entonces ¿las brujas siguen existiendo?

—Sí, existimos. Antiguamente éramos mujeres del bosque. Ahora somos mujeres integradas en la sociedad, que continuamos estudiando y ayudando a la humanidad. Si contáramos la verdad, quedaríamos expuestas a la opinión pública, al chantaje y a la corrupción de quienes solo se mueven por la codicia. Lo hemos hecho durante años con valores y vocación, y queremos seguir haciéndolo así. Deseamos permanecer en la sombra y ayudar desde ahí, sin adulaciones ni premios o reconocimientos públicos:

lo material corrompe el espíritu. Queremos que nuestras reflexiones estén a salvo de ideologías extremas. No pretendemos ocultar nuestra existencia, pero sí preservar nuestra intimidad y confidencialidad. Ya se nos ha perseguido, juzgado y usado para otros intereses a lo largo de la historia. Solo queremos seguir siendo mujeres libres que se ayudan las unas a las otras. —La mujer de piel oscura señaló la carta—. Estas son las palabras que nos han mantenido unidas durante siglos, las que nos han dado la fuerza y el coraje necesarios en los momentos más oscuros.

—Ahora que ya lo sabes todo —dijo el obispo—, está en tu mano decidir qué hacer con la información que posees.

Ambos se dieron la vuelta con la intención de marcharse.

Cuando el obispo había puesto un pie en el primer peldaño, se dio la vuelta y dijo:

—Sé benevolente.

45

Al fin había logrado organizar la casa de mi abuelo. No era la casa que fue, pero al menos ya no parecía que por allí hubiera pasado una estampida de animales en celo. Pese a mis esfuerzos, tendría que dar igualmente muchas explicaciones a mis padres, estaba claro, pero esperaba que al menos la bronca ya no fuera tan grande. Me gasté una pasta en cambiar el colchón y reparar algunos muebles, llamé a un electricista para que arreglara la instalación del patio y, por suerte, Beltrán y Susana me ayudaron a recoger, limpiar y reparar algunos objetos.

Fueron tres días de introspección y reflexión. Tres días en los que no sucedió nada más interesante. Bueno, excepto cuando Susana se cayó de culo mientras pasaba la escoba por la cocina. El resto del tiempo lo dediqué a pensar y pensar: ¿qué debía hacer? No tenía la más remota idea.

Napoleón, por su parte, se había habituado muy bien a la casa. El primer día se paseó por todas las habitaciones y se hizo caca en la entrada. Imagino que, acostumbrado a vivir en una mansión, la casa de mi abuelo le parecería un apartamento de veraneo. Le encantaba el sofá del salón y casi siempre lo encontraba allí durmiendo, al calor de la chimenea.

La segunda noche, mientras estaba en la cocina y le hablaba a Napoleón sobre qué me haría de cenar, me escribió Beltrán:

Qué tal vas? 22:20

Mi corazón latió fuerte. Me gustaba demasiado.

Bien. Estoy pensando en qué hacerme de cenar 22:22

Aún no has cenado? 22:24

No, he estado poniendo lavadoras. Mis padres llegan en un par de días y tiene que parecer que soy una adulta funcional, jajaja 22:27

Jajaja, mientras no encuentres más diarios antiguos que escondan secretos que nos metan en un lío a todos, todo bien 22:27

No me tientes 22:28

A encontrar diarios antiguos no, pero a quedar mañana sí me gustaría tentarte 22:29

Uf, pues por supuesto que quería quedar. Hacía tiempo que no estábamos a solas.

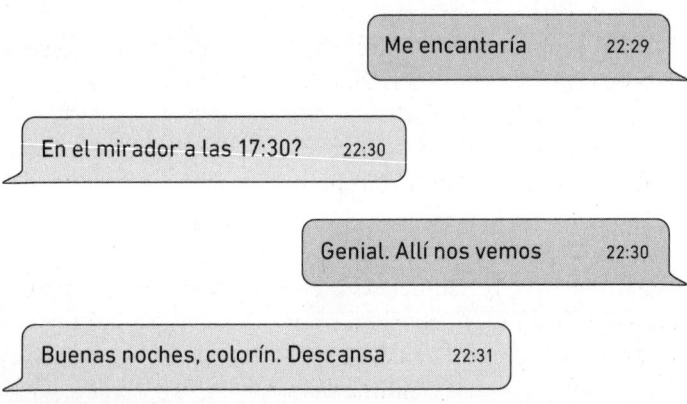

Me encantaría 22:29

En el mirador a las 17:30? 22:30

Genial. Allí nos vemos 22:30

Buenas noches, colorín. Descansa 22:31

«Buenas noches, ser inteligente y superior esculpido por los dioses que me vuelve loca».

No, eso no lo escribí. En realidad le di las buenas noches como una persona normal, bloqueé el móvil y me puse a abrir armarios buscando algo que comer. Bueno, en realidad solo abría armarios en modo automático y sonreía como una tonta. No sabía qué estaba haciendo.

De golpe, Napoleón, que estaba en la encimera de la cocina, bufó a algo inexistente para mis ojos. Tensó el cuerpo y erizó el lomo y, tras un maullido dramático, saltó al suelo y se fue corriendo escaleras arriba como alma que lleva el diablo. Una vez arriba, siguió maullando de manera teatral.

Al principio pensé que estaría en celo, pero la verdad es que era la primera vez que convivía con un gato y verlo así me dejó preocupada.

Subí escaleras arriba para ver a qué diantres maullaba con tanto sentimiento. Me dio un vuelco el corazón cuando llegué al rellano y vi que estaba ante el despacho de mi abuelo.

—¿Quieres entrar? —pregunté.

Napoleón se sentó frente a la puerta.

—Me tomaré eso como un sí.

Estupendo. El gato quería entrar, pero ¿y yo? ¿Quería yo entrar en el despacho a sabiendas de cómo estaba? La policía científica había estado dentro unos días antes para tomar muestras, pero hasta el momento era la única habitación de la casa que había quedado sin organizar.

Me acerqué con sigilo. Napoleón seguía esperando pacientemente. Me miraba, maullaba y miraba la puerta.

—Sí, sí. Ya lo sé. Voy.

Respiré hondo. Era el momento.

Mi abuelo se fue sintiendo la seguridad de tener una nieta fuerte y luchadora. Él confiaba en mí. ¿Por qué no lo hacía yo también? Tenía que afrontar su marcha y asumir su ausencia. Había vivido toda una aventura. Mejor dicho, había sobrevivido a la aventura. Había conseguido enfrentarme a mis miedos y empezar de cero.

Hay que ser muy valiente para mirar dentro, y yo lo había conseguido. Quizá no de una manera impecable, pero ¿quién coño evoluciona en su vida sin tropezar varias veces con la misma piedra? El aprendizaje es lo que tiene.

Allá a donde hubiera ido, estaba segura de que se sentía orgulloso de mí.

Estaba preparada. Claro que sí. Era el momento.

Agarré el picaporte. A pesar de la falta de aceite y del chirrido de los goznes, Napoleón no salió corriendo; al contrario, entró y empezó a ronronear y a restregarse con los libros.

—Este sitio sigue tan desordenado como mi vida.

Fui recogiendo libros. Uno a uno los ordené todos en las estanterías por autor: Miguel de Cervantes, Alejandro Dumas, Ortega y Gasset, Unamuno, Voltaire, Oscar Wilde… Grandes, sin duda. También había obras de autores menores, como un tal Francisco Faura. Y, por supuesto, colecciones como la *Gran Enciclopedia Larousse*.

Mientras colocaba cada ejemplar en las estanterías que el imbécil de mi ex no había logrado arrancar de la pared, en mi mente se iban sucediendo las escenas del pasado. Echaba mucho de menos a mi abuelo y, en cierta manera, el olor a libro antiguo me recordaba a él. Aquello podía parecer una tortura emocional, pero, por alguna extraña razón, necesitaba el contacto con todo su mundo. Quizá siempre lo había necesitado, pero nunca había querido verlo.

Recordé el día de su entierro. Fue un día especialmente triste, pero hubo una escena que, quizá sin saberlo, me produjo tal impacto que se me quedó grabada para siempre.

Mientras cerraban el mausoleo de mi abuelo, al lado, una señora le llevaba flores a su difunto esposo. Me fijé en que se las colocó con todo el cariño y cuidado del mundo. Luego, miró la tumba unos segundos, derramó un par de lágrimas, sacó un cúter y se puso a cortar los hierbajos que habían crecido alrededor del mármol. Me sorprendió y, a la vez, reflexioné sobre algo que jamás olvidaré: aquella señora ya no podía amar a su pareja como lo había hecho cuando estaba en vida; su única manera de mostrarle entonces aquel cariño era arrancando las malas hierbas de su sepulcro.

Desde aquel momento, tuve más claro que nunca que quien no te demuestra interés es porque no quiere, y que siempre siempre, hay maneras de demostrar amor, incluso aunque la otra persona no esté presente.

Lloré a moco tendido hasta que me llamó la atención un sobre granate que sobresalía de un libro titulado *Malleus Maleficarum*.

Me di cuenta de que Napoleón hacía ya rato que se había pirado.

Me limpié los mocos y las lágrimas con el mismo pañuelo; no tenía otro.

Saqué el sobre granate. Estaba lacrado con un sello del símbolo del nudo de bruja.

—Mierda.

Lo abrí.

Querida Eleonor:

Me imagino que, cuando leas esta carta, ya habré tenido la oportunidad de contártelo todo.

Como ya sabes, la vida es un viaje lleno de giros inesperados. A lo largo de este camino sé que aprenderás muchas lecciones valiosas. No obstante, con la esperanza de llegar a ti en el momento adecuado, quiero compartir contigo la lección más valiosa que la vida me ha dado: aprender a soltar.

Durante la vida probablemente te descubras cargando con situaciones y personas que no te aportan o resistiéndote a dejar marchar en un viaje sin retorno a las personas que más quieres. Suelta lo que no puedes cambiar, pues aferrarte a lo inevitable es cortar las alas de tu libertad. Ser consciente del final de las cosas te recordará la importancia de vivir cada día con un propósito. Busca el tuyo, pues cuando te llegue a ti el momento, lo que tú eres será tuyo para siempre.

Ahora ya sabes de dónde vienes. En el pasado está escrita la historia de la humanidad y, si algún día decides conocer la parte oculta, solo tienes que seguir el símbolo del nudo de bruja.

No dejes que el miedo a lo desconocido te paralice.

Confía en ti misma y jamás subestimes el poder que reside en tu interior. Tienes la fuerza necesaria para superar cualquier obstáculo. Eres fuego.

Con cariño,

TU ABUELO

Aquella noche lo vi claro.

Era el momento.

No tenía ni idea de en qué trabajaría o dónde viviría, solo sabía que al fin tenía un motivo por el que luchar y que la historia de Julia solo había sido el principio.

46

Habíamos quedado a las cinco y media, eran las cinco y veinte. Salí de casa. El sol, suave, bañaba las calles.

Caminé nerviosa hasta el mirador. Cuando llegué, Beltrán ya estaba allí. Le sonreí de lejos y vi cómo me devolvía la sonrisa. Qué guapo era.

No nos habíamos vuelto a besar desde que nos acostamos, porque, aunque ganas no me habían faltado, un par de criptas, un balazo en el hombro y varios días en el hospital no nos lo habían puesto fácil.

Aunque me apetecía abalanzarme sobre él y besarlo apasionadamente, le di un abrazo. Él respondió apretándome fuerte, aunque solo con un brazo; el otro seguía lesionado.

Alargué aquel momento apoyando la cabeza contra su pecho. Respiré hondo para oler el cuero de su chaqueta. Estar entre sus brazos me hacía sentir tranquila y a salvo del mundo. Su presencia me atrapaba.

—Hola, colorín.

—Hola. —Me separé para poder verle la cara. Sonreía.

—Caíste en la tentación —bromeó. Se refería a su mensaje de la noche anterior.

—Es imposible no hacerlo. Este mirador es precioso —dije contemplando el paisaje.

—¿Solo el mirador? —preguntó haciéndose el indignado.

—Bueno, el mirador y quizá esa piedra de ahí. —Señalé una piedra random.

—¡Oh, genial!

—Es broma. Me apetecía mucho quedar contigo a solas —confesé.

Sonrió y se tomó un momento para, con cuidado, acariciarme dulcemente la mejilla.

—Imagínate a mí. —Me miró con fijeza. Luego dirigió los ojos hacia el suelo, avergonzado—. Casi te pierdo. Solo de pensar que ese hijo de puta podría haber apretado el gatillo...

—¿Tuviste miedo?

—Estaba muerto de miedo, El. —Suspiró y miró al horizonte—. He pasado por muchas cosas en la vida, pero nunca por algo así. Perdí a tu abuelo, no soportaría perderte a ti también. Ya sé que hablamos algo de esto en el hospital, pero cada vez que lo pienso...

—Beltrán, no te castigues más. —Me acerqué a él y deslicé la mano para acariciarle la mejilla—. No pasó nada, estoy bien. Estoy aquí, contigo.

Me sujetó la mano y la besó con cariño.

—Jamás me lo habría perdonado.

—Lo hiciste muy bien. Si te sirve de consuelo, yo me quedé inconsciente mientras tú te desangrabas. Imagínate lo culpable que me puedo llegar a sentir.

—¿Bromeas?

—De ninguna manera.

—¿Cómo vas a controlar el quedarte inconsciente?

—¿Y tú? ¿Cómo vas a controlar el tener un amigo psicópata?

Me miró sin mediar palabra.

—¿Lo entiendes ahora? —insistí.

—Sí, claro que sí. Pero... es diferente.

—¿En qué es diferente?

—En que, para mí, perderte habría sido insoportable.

—Vaya, ¿y eso por qué?

—Porque me he enamorado de ti.

Traté de pensar y coger aire a la vez.

Al principio no pude. Casi me ahogo.

No sabía qué decir.

Pese a que en la cripta de la casa de César lo supe, era la primera vez que lo escuchaba con sus propias palabras. No esperaba que lo dijera.

El sol comenzaba a teñir el cielo de tonos cálidos, aunque en mi interior la incertidumbre no hacía más que nublarme el día. No es que yo no sintiera nada por él. De hecho, Beltrán me encantaba, pero la razón me decía que no era el momento de apostar por una relación.

Me habría encantado decirle que era recíproco, que yo también me estaba enamorando de él, que quería seguir conociéndolo, que anhelaba ir a más y que deseaba con todo mi corazón dejarme llevar. Pero nada de aquello pasó. Beltrán me gustaba muchísimo y tenía claro que, si quisiera iniciar algo con alguien, lo haría con él. Mi corazón me decía que él era un lugar seguro y una persona maravillosa, pero había algo mucho más importante que me impedía dar aquel paso: yo misma. Había tomado una decisión que implicaba centrarme en mí misma. Había escogido un camino y no quería que nada ni nadie se interpusiera esa vez. La noche anterior me había dado cuenta de que mi destino estaba en otra parte y, desde entonces, tenía mucho más claro qué iba a hacer con mi vida, aunque supusiera empezar de cero una vez más.

La brisa fresca del mirador me acarició el rostro y con ella vino el recuerdo de la primera vez que habíamos estado allí juntos. La situación se volvía aún más difícil si cabía.

El aire volvió a pasar por mi garganta.

—Yo… —balbuceé—. Beltrán, me gustas mucho, pero yo no… no sé…

Alzó la mano para acariciarme la mejilla y recoger con la yema de su dedo pulgar la lágrima que comenzó a resbalar por ella.

—¿Qué es lo que no sabes? —En su rostro comenzaba a asomar la preocupación.

—No creo que esto pueda funcionar en este momento. —Los ojos se me humedecieron y me apreté fuerte el labio inferior para evitar llorar.

Casi pude oír cómo su corazón se rompía en mil pedazos. Me dolió mucho verlo así.

—¿Por qué piensas eso? —musitó.

—Creo que aún no estoy preparada.

Él asintió con seriedad.

—Lo siento —añadí.

—¿Por qué crees eso? —Su mirada buscaba la mía, pero yo la esquivaba.

—Necesito buscarme a mí misma. Siento que ahora mismo mi destino está en otra parte. Quizá me equivoque, no lo sé. Pero de ser así necesito darme cuenta por mí misma. Necesito intentarlo.

—Entiendo... —Respiró hondo tratando de recomponerse—. Si necesitas tiempo, puedo esperarte —dijo con la voz rota.

Negué en silencio, mirando al horizonte.

Fijé la vista en él. Sus ojos también estaban húmedos.

No podía hablar. Sentía que si lo hacía iba a explotar en llanto. No quería despedirme de Beltrán, pero debía hacerlo. La decisión estaba ya tomada.

Vi una lágrima caer por su mejilla.

Me odié en aquel momento a pesar de que solo estaba intentando ser responsable. Me intenté convencer de que hacerle daño entonces le ahorraría más dolor en el futuro. Que yo no estuviera preparada para tener una relación, por mucho que la deseara, sería todavía peor para los dos, lo sabía. Yo también lo estaba pasando mal en aquel momento. No es agradable decirle que no a un buen tío que no solo lo aparenta, sino que ha demostrado serlo de verdad.

—No estoy lista aún, Beltrán. No quiero hacernos daño.

—Está bien. —Suspiró y se alejó un par de pasos—. ¿Qué vamos a hacer ahora?

Su pregunta resonó en el aire y, durante un momento, el silencio se apoderó de los dos. Miré al paisaje que se extendía ante nosotros, tratando de encontrar la respuesta en el horizonte. No era fácil tomar decisiones después de todo lo que habíamos vivido.

—Supongo que seguiremos nuestros respectivos caminos. —Le di la carta de mi abuelo—. Ahora tengo un motivo.

Leyó la carta y me la devolvió.

—Ahora puedes escribir tu propia historia. —Esbozó una media sonrisa.

Asentí.

—Él, mereces ser feliz.

—No sé qué haré ni adónde iré, pero quiero saber más. Ahora mismo siento que es lo que necesito. Durante años he dedicado mi vida a otras personas, ignorando lo que a mí me hacía feliz. Cuando me quise dar cuenta, era demasiado tarde. Ahora que sé que hay más secretos necesito saber cuáles son. La historia de Julia es también mi historia. Gracias a esto he encontrado sentido a mi vida. Necesito priorizar mis deseos y a mí misma, aunque sea por una vez. He aprendido muchas cosas estos días, pero siento que es mi deber seguir narrando la vida de estas mujeres y divulgar su palabra.

—Lo que dices es admirable, El. Entiendo que, después de lo que has vivido, quieras centrarte en tu vida. —Sonrió—. Quién sabe si algún día nos volveremos a encontrar. Quizá vuelvas a necesitar a un historiador —bromeó.

—Seguro que sí.

Observé cómo el sol comenzaba a sumergirse lentamente en el horizonte, como si fuera un reflejo de nuestra despedida.

—¿Puedo pedirte una última cosa?

—Claro. Dime.

—¿Puedo besarte por última vez?

Sonreí.

No iba a encontrar a un hombre como él en la vida. Me sentía culpable por no estar preparada, pero sabía que continuar con aquella historia en aquel momento iba a hacernos mucho daño.

Me acerqué a él despacio, le rodeé el cuello con las manos, cerré los ojos y pegué su frente a la mía. Mi corazón se aceleró en cuanto nuestras pieles se rozaron.

Acerqué los labios a los suyos y, suavemente, se deslizaron en un beso dulce y amargo a la vez. Él me rodeó la cintura con la mano. Sus labios eran conocidos pero nuevos a la vez. Era el beso de un adiós a lo que pudo haber sido y no fue.

Deslicé las manos desde su cuello hasta su pelo y, una vez ahí, se perdieron entre sus rizos. La última vez que lo hice caía sobre nosotros el diluvio universal.

Al separar nuestros labios, ambos nos miramos a los ojos sabiendo que aquello no era el final.

—Beltrán... —Suspiré.

—El, eres libre. Si tu corazón te está indicando ese camino, debes seguirlo —susurró.

La brisa fresca del mirador volvió a acariciar mi rostro y trajo consigo el dolor de los adioses. Qué difícil es despedirse de alguien cuando no quieres hacerlo.

Nos separamos lentamente. Sus ojos reflejaban la tristeza que sentía, pero en su sonrisa pude hallar la comprensión que necesitaba para no marcharme arrastrando la culpa.

—¡Oh! ¡Casi lo olvido! —Beltrán sacó una figura de papiroflexia de color verde de su cartera—. Llévate esto.

—¿Es una mariposa? —pregunté sosteniéndola entre las manos.

Asintió.

—Así te acordarás de mí. Sirven para atraer la buena suerte. Me la hice a mí mismo cuando las cosas empezaron a ir mal, y mejoraron. Te la regalo porque deseo que todo te vaya bien.

—Es preciosa. Gracias por todo, Beltrán —murmuré intentando contener las lágrimas que, de nuevo, amenazaban con escaparse.

—Gracias a ti. Nunca olvidaré lo que hemos vivido estos días.

Le di otro beso, esta vez en la comisura, a modo de despedida. No le dije adiós, pues dentro de mí sentía que nuestros caminos volverían a encontrarse.

Hice el ademán de marcharme.

Caminé lentamente hacia la Puerta del Cambrón. Cuando estuve cerca de la entrada a la muralla, eché la vista atrás. Beltrán seguía en el mirador, observándome. Alzó la mano para despedirse de mí. Lo vi sonreír.

«Nos volveremos a ver», dije para mis adentros.

Respiré hondo, tratando de encontrar la fuerza para seguir adelante y no volver corriendo hasta sus brazos. Continué la marcha y me escondí entre las piedras de la muralla, perdiéndolo de vista. Y así, con el sol ocultándose en el horizonte, dejé en pausa aquel capítulo de mi vida; sabía que aún me quedaban muchas páginas por escribir.

Tenía por delante un largo camino por recorrer y, aunque el corazón pesaba, sabía que era el momento de buscar mi propia luz.

El sol ya se había ocultado por completo y la penumbra acechaba de nuevo las calles de Toledo.

Caminé hacia el futuro sin mirar atrás. La noche se extendía ante mí, llena de incertidumbres y posibilidades. Sin embargo, yo ya estaba lista para enfrentar lo que viniera.

Si crees que las brujas existen, haces bien, pues somos aquellas a las que temen quienes pretenden silenciarnos. Somos las ingobernables, las osadas y rebeldes, las que arden en las llamas de su propia determinación. Somos las herederas de un poder ancestral que pretendéis someter. Imparables como el viento, incansables como la lluvia, firmes como la tierra y ardientes como el fuego. Valientes, fuertes y capaces, aprendimos a pelear con la verdad y con ella lucharemos hasta el final, porque nuestra libertad no es un privilegio. No tenemos miedo a cuestionar las injusticias si con eso desafiamos a las sombras de la opresión. Nuestra fuerza es inquebrantable, y nuestra resistencia, eterna. Porque, si nos queman, renaceremos de nuestras cenizas. Somos mujeres que arden. Levantémonos, luchemos y dejemos huella en el mundo. Somos brujas.

Nota de la autora

En la novela me he permitido algunas licencias históricas con el propósito de dar más coherencia e interés a la historia que pretendía contar. No es mi intención aburrir con datos y fechas a quien haya llegado hasta esta página, de forma que a continuación solo detallaré las que me parecen más importantes.

- Tomás de Torquemada murió en Ávila en 1498. Sin embargo, me parece un personaje tan carismático y propio de la leyenda negra española que no podía dejar de usarlo como antagonista en esta novela.
- Los condestables de Castilla Pedro Fernández de Velasco (1425-1492) y doña Mencía de Mendoza (1421-1500) fueron incluidos en la historia porque, durante un viaje a Burgos, visité la catedral, supe de su vida y me parecieron una pareja muy entrañable. Automáticamente me imaginé a Mencía siendo amiga de Julia.
- El palacio de Fuensalida se construyó por encargo de Pedro López de Ayala hacia 1440. No hay pruebas de que Gutierre Gómez de Fuensalida viviera en ese palacio y, aunque sí las hay de que tuvo tres hijas, evidentemente no de que existiera una cuarta llamada Julia.
- Álvaro de Luna nació en 1390 y murió en 1453. Fue un noble castellano de la casa de Luna que llegó a ser condestable de Castilla, maestre de la Orden de Santiago y valido del rey Juan II de Castilla. No hay vestigios de que violara

a ninguna mujer, pero sí tenemos constancia de una serie de rumores, envidias y leyendas que me parecía que hacían muy interesante al personaje. Lo elegí precisamente por eso y por lo enigmático que resultó su final en la vida real: la leyenda cuenta que lo decapitaron en la plaza Mayor de Valladolid y que su cabeza se expuso públicamente en una bandeja de plata. Probablemente, como pasa en todas las historias populares, su final tenga más de mito que de verdad.

- El duque de Alba que aparece en mi novela, Felipe Álvarez de Toledo, solo comparte con el original el apellido. El personaje histórico en el que me he inspirado se llamaba Fadrique Álvarez de Toledo y Enríquez (1460-1531). No hay pruebas de que viviera absolutamente nada de lo que he descrito entre estas páginas. Lo elegí porque necesitaba a un noble influyente de la época que pudiera casarse con Julia con el argumento de la necesidad de unir más el reino de Castilla.

Agradecimientos

Esta es la parte que más me gusta leer en libros ajenos, pero la que más odio hacer en mis propios libros, porque soy una persona muy sensible y siempre me emociono mucho cuando la escribo (y no es que no me guste emocionarme, es que, cuando empiezo a llorar, no puedo parar). Así somos las personas intensas, que lo vivimos todo al 200 %.

Este libro es mi primera novela, un sueño que anhelaba cumplir tarde o temprano. Debo decir que para mí el proceso ha sido todo un reto y, por ello y porque no podría haberlo sacado adelante sin el apoyo de las personas que menciono a continuación, voy a hacer un ejercicio de contención de lágrimas mientras voy redactando las siguientes líneas. (Spoiler: sale mal. Ya estoy llorando).

En primer lugar, quiero agradecer este libro a Clara Rasero, mi editora. Gracias por haber confiado en mí desde el principio y por haber puesto toda tu alegría e ilusión en este proyecto; por haber aguantado mis idas de olla constantes, por entender mi intensidad, por contestar mis mensajes casi al segundo, por ser tan comprensiva y respetar mis tiempos, por la paciencia que has tenido escuchando los audio-pódcast que te mandaba cada dos por tres por WhatsApp y por reírte de mis tonterías (aunque eso en realidad no es bueno porque luego pienso que soy graciosa). Gracias por haberme acompañado en esta aventura desde el principio y por haber reído y llorado conmigo.

Gracias a mi equipo Bruguera y a mi equipo Ediciones B de Penguin Random House por confiar en mí y apoyarme en el que para mí ha sido todo un reto: escribir mi primera novela.

Gracias a Julio César, de Toledo Mágico, por cada ruta llena de misterio por la ciudad y por dar alas a mi imaginación. Y Gracias especialmente, Julio, por aguantar mis preguntas constantes sobre brujas e inquisición en Toledo.

Gracias a Concepción y José Antonio, del taller Potenciano e Hijos del Ángel, en Toledo (el taller de Beltrán) por acogerme tan bien aquel día que me presenté en su tienda diciendo que era la de uno de los personajes de mi primera novela. No solo no me tomaron por una chalada, sino que se animaron a participar en la novela aportando datos muy interesantes sobre el trabajo que desempeñaban. Eso me permitió enriquecer mucho más al personaje de Beltrán.

Gracias a Óscar, de Patrimonio Nacional de Toledo, por ser mi guía en el Colegio de Doncellas Nobles y por compartir conmigo la pasión por la historia de Toledo.

Gracias a Toledo y a sus gentes por ser una ciudad refugio.

Gracias a mis lectores/as por seguir mi trabajo, por apoyarme y por ser siempre tan buenos/as críticos/as conmigo.

Gracias a mi familia por apoyarme en cada paso que doy y por animarme a hacer lo que me dicta el corazón.

También quiero darme las gracias a mí misma. Por haber salido adelante cuando creía que no podía más, por ser una luchadora nata, por ser fiel a mis valores, por no decaer y por seguir confiando en mí cuando las cosas se tuercen. Gracias por ser fuego. Yo también soy una mujer que arde.

Recuerdo que, cuando era adolescente, a la hora de despedirme de un grupo, dejaba los dos últimos besos de despedida para la persona que me gustaba; así sentía que llevaba su esencia más tiempo conmigo. Hoy quiero transportar esta misma creencia a estos agradecimientos, dejando para el final a la persona más especial de mi vida: mi marido Alberto. Gracias por ser amigo y confidente. Por animarme cuando me vengo abajo, por tu amor y apoyo diario, por acompañarme en mis locuras, por ayudarme a ser mejor persona cada día, por compartir conmigo tus ideas, por ser inspiración y por no dejarme sin luz en la oscuridad. Contigo hasta el final. Eres mi lugar seguro.

Bibliografía

Ciudad FCC (s. f.), *Palacio de Fuensalida*, <https://www.ciu
dadfcc.com/-/palacio-de-fuensalida>.

CRUCES BLANCO, Esther, «Gutierre Gómez de Fuensalida, embajador real y alguacil mayor de Málaga (1487-1537)», en López de Coca, J. E. y A. Galán, eds., *Las ciudades andalu-
zas (siglos XIII-XVI). Actas del VI Coloquio Internacional
de Historia Medieval de Andalucía*, Málaga, Universidad de
Málaga, 1991, pp. 453-462, <https://medievalistas.es/wp-
content/uploads/attachments/00940.pdf>.

Cultura Castilla-La Mancha (s. f.), *Colegio nuevo de Doncellas
Nobles*, <https://cultura.castillalamancha.es/patrimonio/
catalogo-patrimonio-cultural/colegio-nuevo-de-doncellas-
nobles>.

—, *Palacio de Fuensalida de Toledo*, <https://cultura.castillala
mancha.es/patrimonio/catalogo-patrimonio-cultural/pala
cio-de-fuensalida-de-toledo>.

FRUGOcio, *Real Colegio de Doncellas Nobles (Toledo)*, 2021,
<https://frugocio.es/2021/10/15/real-colegio-de-doncellas-
nobles-toledo/>.

HATMAN, Alexis, *Diccionario Masónico*, Barcelona, 2007,
pp. 73-74, <https://www.uned.es/universidad/inicio/unidad/
museo-virtual-historia-masoneria/sala-xix-simbolismo-
masonico/la-estrella-flam%C3%ADgera.html>.

KRAMER, Heinrich y SPRENGER, Jacob, *Malleus Maleficarum.
El martillo de las brujas*, —, autopublicado, 2020.

Lajo Trapote, Marina, «La leyenda de la ejecución de Don Álvaro de Luna», en *Informauva*, 2021, <https://www.informa uva.com/leyenda-ejecucion-don-alvaro-luna/>.

López Frías, David y Espartero, Marta, «Una de las grandes webs porno advierte de que cientos de españoles buscan el vídeo de La Manada», en *El Español*, 2018, <https://www. elespanol.com/reportajes/20180504/grandes-porno-advierte-cientos-espanoles-buscan-manada/304719560_0.html>.

Márquez de la Plata, Vicenta, *Mujeres e Inquisición*, Madrid, Ediciones Casiopea, 2021.

Muñoz Páez, Adela. *Brujas: La locura de Europa en la Edad Moderna*, Barcelona, Debate, 2022.

Pérez Vaquero, Carlos, «Caín y Abel (II): ¿por qué se dice que el arma homicida fue una quijada?», en *Iustopía. Anécdotas y curiosidades jurídicas*, 2014, <https://archivodeinalbis.blogspot. com/2014/08/cain-y-abel-ii-por-que-se-dice-que-el.html>.

Porres Martin-Cleto, Julio, «Las casas de la Inquisición en Toledo», en *Toletum*, n.º xx, Real Academia de Bellas Artes y Ciencias Históricas de Toledo, 2011, <https://realacademia-toledo.es/wp-content/uploads/2011/07/www.realacademia-toledo.es_files_toletum_0020_toletum20_casasinquisicion. pdf>.

Rizzi, Francisco (1683), *Auto de fe en la plaza Mayor de Madrid* [Óleo sobre lienzo], Museo Nacional del Prado, <https:// www.museodelprado.es/coleccion/obra-de-arte/auto-de-fe-en-la-plaza-mayor-de-madrid/8d92af03-3183-473a-9997-d9cbf2557462>.

Rodríguez, Arturo, «Cómo era ser torturador para la Inquisición», en *El reto histórico*, 2022, <https://elretohistorico. com/como-era-ser-torturador-para-la-inquisicion/>.

Sánchez, Valle, «El arzobispado abre al mundo el Colegio de Doncellas Nobles», en *ABC Toledo*, 2016, <https://www. abc.es/espana/castilla-la-mancha/toledo/abci-arzobispado-abre-mundo-colegio-docellas-nobles-201602252226_noti cia.html?ref=https%3A%2F%2Fwww.google.com%2F>.

Santos Vaquero, Ángel, «La vida en el Colegio de Doncellas Nobles de Toledo», en *Hispania Sacra*, LXIX 139, 2017, pp. 149-161, ISSN: 0018-215X, doi: 10.3989/hs.2017.010.

Toledo monumental, *Real Colegio de Doncellas Nobles*, <https://toledomonumental.com/monumentos/real-colegio-de-doncellas-nobles/>.

Vidales, Felipe, *Para mi bien y no para mi daño. Resignificar (y mapear) las vidas de las brujas y hechiceras castellanoman-chegas*, Castilla-La Mancha, Instituto de la Mujer, 2021, <https://institutomujer.castillalamancha.es/sites/institutomujer.cas tillalamancha.es/files/documentos/paginas/archivos/para_mi_bien_y_no_para_mi_dano.pdf>.